OS MISTÉRIOS DA SELVA NEGRA

Emilio Salgari

OS MISTÉRIOS DA SELVA NEGRA

Tradução
Maiza Rocha

Apresentação
Regina Rocha e Maiza Rocha

livros da tribo

ILUMINURAS

livros da tribo
divisão infanto-juvenil

Copyright © 2009 desta edição e tradução
Editora Iluminuras Ltda.

Capa e projeto gráfico
Michaella Pivetti

Revisão
Virgínia Arêas Peixoto
Leticia Castello Branco

(Este livro segue as novas regras do Acordo Ortográfico da Língua Portuguesa.)

CIP-BRASIL. CATALOGAÇÃO-NA-FONTE
SINDICATO NACIONAL DOS EDITORES DE LIVROS, RJ

S159m

Salgari, Emilio, 1862-1911
    Os mistérios da selva negra / Emilio Salgari ; tradução
Maiza Rocha. - São Paulo : Iluminuras, 2009.
    il. - (Piratas da Malasia ; v. 2)

    Tradução de: I misteri della jungla nera
    Cronologia do autor
    ISBN 978-85-7321-293-8

    1. Piratas - Literatura infanto-juvenil. 2. Índia - Literatura infanto-juvenil.
3. História de aventuras. 4. Literatura infanto-juvenil italiana.I. Maiza Rocha.
II. Título. III. Série.

08-5323.   CDD: 028.5
                            CDU: 087.5

03.12.08   05.12.08   010056

2009
EDITORA ILUMINURAS LTDA.
Rua Inácio Pereira da Rocha, 389 - 05432-011 - São Paulo - SP - Brasil
Tel./Fax: (11) 3031-6161
iluminuras@iluminuras.com.br
www.iluminuras.com.br

Índice

Apresentação

Regina Rocha e Maiza Rocha

Salgari: a memória de quando cada jovem era o Spielberg de si mesmo e projetava sobre a parede mágica do próprio quarto as aventuras que fluíam das linhas dos livros.

Michele Serra

Í NDIA, MEADOS DO SÉCULO XIX. *Na sufocante e tenebrosa selva negra, o bravo caçador de serpentes, Tremal-Naik, se apaixona por uma linda jovem, a Virgem do templo, mantida como refém pela fanática seita de estranguladores, os tugues. Acompanhado pelo fiel Kammamuri, tenta libertá-la antes que sirva de oferenda à monstruosa divindade Kali.*

Emilio Salgari, sinônimo de ação e aventura, apresenta ao leitor em Os mistérios da selva negra, *o segundo volume do ciclo "Piratas da Malásia", um romance repleto de batalhas, mistérios e emoções intensas, vividas por um herói imprudente, intempestivo, apaixonado e generoso, tomado, ao mesmo tempo, por dúvidas e incertezas.*

O livro foi lançado em 1887, quatro anos depois da publicação em capítulos de Os tigres de Mompacem, *inicialmente com o título* Os estranguladores do Ganges. *Era a primeira versão daquela que seria uma obra-prima posterior,* Os mistérios da selva negra.

A trama gira em torno dos tugues, uma seita dedicada à morte, cujas vítimas eram sacrificadas em homenagem a Kali, deusa da destruição e da morte. Salgari a retrata fielmente, conforme a iconografia clássica: a língua vermelha de sangue, saindo da boca, vestida com uma tanga feita de mãos amputadas e com um colar de caveiras humanas. Uma das suas quatro mãos brande uma espada e outra, a cabeça degolada de um gigante.

Os símbolos que a representavam eram o lagarto e a serpente, e Salgari adotou este último, seja como símbolo da ambiguidade oculta no romance, seja na conduta de Tremal-Naik: a tatuagem em forma de serpente no peito dos "malévolos" tugues é uma mensagem de perigo; a profissão do "bom" Tremal-Naik, o caçador de serpentes, é cheia de estratagemas.

Diferentemente dos personagens de Os tigres de Mompracem, *em que os temidos piratas que lutam contra os ingleses são heróis, os tugues, de* Os mistérios da selva negra, *são homens maus e inimigos sanguinários tanto do conquistador branco quanto da maioria dos próprios indianos.*

Salgari costuma atribuir aos animais o papel de personagem verdadeiro e real. Neste romance há dois: Darma, o inteligente tigre domesticado de Tremal-Naik, e Punthy, o seu cachorro. O primeiro é fundamental para a trama e para o tom do romance.

Segundo Ann Lawson Lucas, em sua apresentação à edição italiana de 2001, a sociedade secreta dos tugues (cujo significado é "enganador") estava ativa há séculos em toda a Índia, mas Salgari preferiu ambientar o seu romance na região do Delta do Ganges, o rio sagrado, em cujas margens os cadáveres eram cremados em piras ou jogados na água para que pudessem ir para o paraíso. Conforme ele nos conta neste livro, na zona do delta se encontravam os "cemitérios flutuantes" dos mortos em viagem para o mar.

O autor usa com insistência a linguagem da morte também nas metáforas: a cor da luz é "cadavérica", a atmosfera da selva é "fúnebre"; a morte está sempre presente, e até mesmo os animais dos Sunderbunds (as gargantas do enorme delta) – tigres, rinocerontes, crocodilos e cobras – matam de maneira furtiva e feroz.

Os tugues eram uma sociedade secular secreta, explica Ann Lawson Lucas, mas também uma seita religiosa, da qual faziam parte hindus e muçulmanos. A atividade deles consistia no cumprimento sistemático de homicídios rituais instantâneos e perfeitos: um grupo de tugues podia contar com centenas de membros, mas agiam em pequenos grupos, cujos integrantes tinham uma função precisa. Eram capazes de viajar durante semanas ou meses inteiros, ao longo das estradas arenosas das planícies ou das trilhas úmidas da selva, com o objetivo de se insinuar e ganhar a confiança de outros viajantes, e acabavam por matá-los em momento oportuno, muitas vezes depois de terem passado dois ou três dias juntos. Estrangulavam com um pedaço especial de seda amarela ou branca, em cuja extremidade estava amarrada uma moeda de prata consagrada à deusa Kali, e depois de mutilarem os corpos os sepultavam em fossas cavadas por eles ou no fundo dos poços dos campos. Todos os equipamentos usados – punhais, picaretas e rumal (a peça de seda, também chamada ruhmal) *– eram objetos sagrados para a deusa e só podiam ser utilizados pelos iniciados, conforme estava estabelecido na complexa hierarquia dos tugues. Viviam à custa dos bens, algumas vezes respeitáveis, das pessoas que assassinavam. Esses bens eram divididos também de acordo com a sua norma, segundo os níveis e funções dos membros. Matar mulheres, tigres ou europeus era absolutamente proibido.*

Na Índia, os tugues recebiam proteção dos marajás, que os utilizavam para enriquecer, e eram ajudados pelo interesse ou pelo medo dos camponeses, policiais ou até mesmo padres. À parte isso, ninguém sabia com exatidão quem eram os tugues, que se comunicavam e se reconheciam por meio de um complexo sistema de sinais e de um dialeto secreto completamente inventado, o Ramasee.

Em sua jornada para salvar a amada Ada, Tremal-Naik conta com a ajuda de exóticos faquires, em particular do repugnante Nimpor, cujo braço esquerdo, reduzido a pele e osso e sempre erguido, já estava ancilosado. Sua mão, amarrada com correias e fechada de modo a formar uma espécie de vaso, estava cheia de terra e continha, plantado, um pequeno mirto sagrado.

Os faquires são ascetas hindus que buscam alcançar a santidade pela contemplação, pela mortificação do corpo e por certos exercícios físicos e intelectuais. Como "demonstração", podem exercer domínio sobre as batidas do coração e de todas as funções do corpo, obter a catalepsia ou parar o fluxo sanguíneo de algumas veias por alguns minutos. Praticam, com frequência, a própria mortificação e produzem ferimentos em si mesmos. Segundo os faquires, a superação da dor física é o caminho para algo muito maior, a libertação espiritual.

Salgari, ao mesmo tempo que informa o ano em que ambientou o romance, indica que o lugar exato se situa perto das "três bocas do Mangal". O próprio nome do rio significa palude e é autêntico, como o são Raimangal e Raimatla. O autor define essa região ao afirmar: "embrenhar-se naquela selva é ir ao encontro da morte". Acompanhando Tremal-Naik nesta aventura, o leitor também vai se embrenhar nesta selva sinistra, enfrentar os tugues, conhecer os faquires e participar da tentativa de resgate da Virgem do templo.

Os mistérios da selva negra

Primeira parte

O mistério do Sunderbunds

1. O assassino

O GANGES, FAMOSO RIO CELEBRADO pelos indianos antigos e modernos, cujas águas têm a reputação de serem sagradas para esses povos, depois de riscar as montanhas nevadas do Himalaia e as ricas províncias de Serinagar, Déli, Odhe, Bahare e Bengala, se divide em dois braços a duzentas e noventa milhas do mar, formando um delta gigantesco, intrincado, maravilhoso e, talvez, único.

A imponente massa de água se divide e se subdivide em uma enorme quantidade de rios menores, riachos e canais que retalham de todas as maneiras possíveis a imensa extensão de terra encerrada entre o Hugly, o verdadeiro Ganges, e o golfo de Bengala. Origina-se daí uma infinidade de ilhas, ilhotas e bancos de areia que, indo na direção do mar, recebem o nome de *Sunderbunds*.

Não há nada mais desolador, mais estranho e mais assustador do que a vista desses *Sunderbunds*. Nenhuma cidade, nenhum vilarejo ou cabana, nem mesmo um simples refúgio; do sul ao norte, do leste ao oeste, só se avistam imensas plantações de bambus espinhosos, apertados uns contra os outros, cujos altos cimos ondulam ao sopro do vento, empestado pela exalação insuportável dos milhares e milhares de corpos humanos que se decompõem nas águas envenenadas dos canais.

É raro avistar uma figueira-da-índia elevando-se acima daqueles caniços gigantescos; é ainda mais raro encontrar um grupo de mangueiras, de jaqueiras ou de *nagassi* surgindo entre os pântanos, ou de chegar ao olfato o perfume suave do jasmineiro, do *sciambago* ou da mussenda, que despontam timidamente entre aquele caos de plantas.

De dia, um silêncio enorme, sinistro, capaz de incutir temor nos mais corajosos, reina soberano; à noite, ao contrário, há um estrépito horrível de gritos, rugidos, silvos e assobios, capaz de gelar o sangue.

Peça a um bengalês para pôr o pé nos *Sunderbunds* que ele vai recusar sem a menor hesitação; prometa cem, duzentas, quinhentas rúpias, e nem assim vai conseguir demovê-lo de sua decisão inabalável. Diga ao *molango* que vive nos *Sunderbunds*, desafiando a cólera e a peste, as febres e o veneno daquele ar putrefato, para entrar naquela selva e, da mesma forma que o bengalês, ele vai recusar. O bengalês e o *molango* não estão errados; entrar naquela selva é caminhar ao encontro da morte.

De fato é ali, entre aqueles amontoados de espinheiros e de bambus, entre aqueles pântanos e aquelas águas amareladas, que se ocultam os tigres, espiando a passagem das canoas e até mesmo dos navios, para se arremessar sobre a ponte e destripar o barqueiro ou o marinheiro que ousar se mostrar; é ali que crocodilos medonhos e gigantescos, sempre ávidos por carne humana, observam e espreitam a presa; é ali que vaga o rinoceronte assustador, tão irritável que uma coisa absolutamente supérflua é capaz de levá-lo à loucura, e é ali que vivem e morrem as numerosas variedades de cobras indianas, entre elas a *rubdira mandali*, cuja mordida causa hemorragia, e a píton, capaz de formar uma espiral e esmagar um boi no meio; e é ali, enfim, que muitas vezes se oculta o tugue indiano, esperando ansiosamente a chegada de um homem qualquer para estrangular e oferecer a vida extinta à sua terrível divindade!

Apesar de tudo, na noite de 16 de maio de 1855, um fogo gigantesco ardia nos *Sunderbunds* meridionais, mais precisamente a uns três ou quatro passos das três bocas do Mangal, o rio enlameado que se afasta do Ganges e deságua no golfo de Bengala.

Aquele clarão, cujo fantástico efeito se destacava vivamente no fundo escuro do céu, iluminava uma vasta e sólida cabana de bambu. Aos pés desta, envolto em um grande dotim de chintz estampado, dormia um indiano de estatura atlética, cujos membros superdesenvolvidos e musculosos denotavam uma força incomum e a agilidade de um quadrúmano.

Era um belo tipo de bengalês, perto dos trinta anos, de pele amarelada e extremamente luzidia, untada havia pouco tempo com óleo de coco; suas feições eram bonitas: lábios carnudos mas bem delineados, que deixavam entrever dentes admiráveis; nariz bem torneado, fronte alta e pintada com linhas de cinza, sinal particular dos adeptos de Xiva. Todo o conjunto exprimia uma energia rara e uma coragem extraordinária, que normalmente faltavam a seus compatriotas.

Como foi dito, ele estava dormindo, mas o seu sono não era tranquilo. Grandes gotas de suor irrigavam a fronte que, muitas vezes, ficava crispada e soturna; seu peito amplo se elevava quase impetuosamente, desarrumando o dotim que o envolvia; suas mãos, pequenas como as de uma mulher, se fechavam convulsivamente e corriam pela testa, arrancando o turbante e revelando o crânio cuidadosamente raspado.

Eventualmente saíam dos seus lábios palavras truncadas e frases estranhas, pronunciadas em um tom de voz suave e apaixonado.

— Aqui está ela — dizia ele, sorrindo. — O sol está se pondo... descendo atrás dos bambus... o pavão se cala, o marabuto levanta voo, o chacal uiva... Por que não aparece?... O que é que eu fiz? Não é este o lugar certo?... Aquela não é a mussenda de folhas sanguíneas?... Venha, venha, doce aparição... estou sofrendo, entenda, sofrendo e ansiando pelo instante de ver você de novo.

Ah... aqui está ela, aqui está ela..., os seus olhos azuis estão olhando para mim, seus lábios, sorrindo... ah! como aquele sorriso é divino! Minha querida, você parece uma visão celestial; por que fica calada na minha frente? Por que está me olhando assim?... Não tenha medo de mim, sou Tremal-Naik, o *caçador de serpentes da selva negra*... Fale, fale, me deixe escutar a sua voz tão doce...

O sol está se pondo, as trevas descem como corvos no bambuzal... não desapareça, não desapareça, não quero que isso aconteça, não! Não! Não!

O indiano deu um grito agudíssimo e uma forte angústia se delineou em seu rosto.

Um segundo indiano saiu correndo da cabana ao ouvir o grito. Este último tinha uma estatura bem mais baixa e mais delgada que o primeiro, com pernas e braços que se assemelhavam a bastões nodosos recobertos de couro. O aspecto selvagem, o olhar turvo, o *languti* curto que cobria os quadris, os brincos que pendiam das orelhas, tudo aquilo, em suma, levava a considerá-lo, à primeira vista, um marata, povo belicoso da Índia ocidental.

— Pobre patrão — murmurou ele, olhando para o homem adormecido. — Quem sabe que sonho terrível perturba o seu sono.

Atiçou de novo o fogo e se sentou ao lado do patrão, agitando lentamente um *punka* de penas de pavão belíssimas.

— Que mistério — retomou o adormecido com voz rouca. — Parece que estou vendo marcas de sangue!... Visão querida, fuja daí... você vai se sujar com o sangue. Por que estou enxergando tudo vermelho?... Por que todos esses laços? Estão querendo estrangular alguém, então? Que mistério?

— O que ele está dizendo? — se perguntou o marata surpreso. — Sangue, visões, laços?... Mas que sonho!

De repente, o adormecido estremeceu, arregalou os olhos cintilantes como dois diamantes negros e sentou.

— Não!... Não!... — exclamou ele com voz rouca. — Não quero!...

O marata olhou para ele com complacência.

— Patrão — murmurou ele. — O que o senhor tem?

O indiano pareceu voltar a si. Fechou os olhos, depois tornou a abri-los, fitando o rosto do marata.

— Ah! É você, Kammamuri! — exclamou.

— Sou eu, patrão.

— O que você está fazendo aqui?

— Velando o seu sono e espantando os mosquitos.

Tremal-Naik aspirou fortemente o ar fresco da noite, passando a mão na testa várias vezes.

— Onde estão Hurti e Aghur? — perguntou após alguns instantes de silêncio.

— Na selva. Ontem à noite eles descobriram os rastros de um tigre grande e saíram para caçá-lo hoje de manhã.

— Ah! — murmurou Tremal-Naik.

Sua fronte se contraiu e um suspiro profundo, que parecia um rugido sufocado, veio morrer nos seus lábios secos.

— O que o senhor tem, patrão? — perguntou Kammamuri. — Parece que está doente.

— Não é verdade.

— Mas mesmo dormindo, o senhor estava se lamentando.

— Eu?...

— O senhor, patrão. Estava falando de visões estranhas.

Um sorriso amargo aflorou nos lábios do *caçador de serpentes*.

— Estou sofrendo, Kammamuri — disse ele com raiva. — Oh! Estou sofrendo demais.

— Sei disso, patrão.

— Como você sabe?

— Há quinze dias que eu observo o senhor e vejo rugas profundas na sua testa; além disso, o senhor anda melancólico, taciturno. Antes o senhor não era triste assim.

— E verdade, Kammamuri.

— Que dor pode estar afligindo tanto o senhor, patrão? Será que está cansado de viver na selva?

— Não diga isso, Kammamuri. Foi aqui, no meio deste deserto de espinheiros, nestes pântanos, nesta terra de tigres e de cobras que eu nasci e cresci, e aqui, nesta minha amada selva, vou morrer.

— E então?

— É uma mulher, uma visão, um fantasma!

— Uma mulher! — exclamou Kammamuri surpreso. — O senhor disse uma mulher?

Tremal-Naik balançou a cabeça em uma afirmação e apertou a fronte com força entre as mãos, como se quisesse sufocar algum pensamento tétrico.

Por vários minutos reinou um silêncio profundo entre eles, rompido apenas pelo gorgolejo da torrente que se rompia contra as margens e pelos gemidos do vento que acariciava a imensa selva.

— Mas onde o senhor viu essa mulher? — perguntou Kammamuri. — Onde pode ter sido, já que os únicos habitantes da selva são os tigres?

— Eu a vi na selva, Kammamuri — disse Tremal-Naik com voz surda. — Foi numa noite que não esquecerei nunca! Eu estava caçando cobras na margem de um riacho, lá longe, bem no meio daquele denso bambuzal, quando, a vinte passos de mim, no meio de um canteiro de mussendas de folhas sanguíneas, surgiu uma visão, uma mulher linda, radiante, fantástica. Nunca acreditei, Kammamuri, que existisse uma criatura tão linda na terra, nem que os deuses do céu fossem capazes de criá-la. Os olhos dela eram negros e vivos, os dentes, muito brancos, a pele, morena, e dos seus cabelos castanhos escuros, que ondulavam sobre os ombros, vinha um perfume doce que inebriava os sentidos. Ela olhou para mim, deu um gemido longo, aflito e depois desapareceu da minha vista. Não consegui me mover e fiquei ali, imobilizado, com os braços esticados para a frente, completamente desorientado. Quando voltei a mim e comecei a procurá-la, a noite já caíra sobre a selva e não vi nem ouvi mais ninguém. Quem era aquela aparição? Uma mulher ou um espírito celeste? Até agora não sei.

Tremal-Naik se calou. Kammamuri achou que fosse a febre, ao ver como ele estava tremendo violentamente.

— Aquela visão foi fatal para mim — retomou Tremal-Naik com raiva. — Desde aquela noite uma transformação estranha está se operando em mim;

parece que me tornei um outro homem e que uma chama terrível está queimando no coração, e não para de aumentar!

Eu poderia até dizer que aquela aparição me enfeitiçou. Se estou na selva, eu a vejo dançando diante dos meus olhos; se estou no rio, eu a vejo nadando na proa do meu barco; penso, e o meu pensamento corre para ela; durmo e nos meus sonhos é sempre ela que aparece. Acho que estou ficando louco.

— O senhor está me assustando, patrão — disse Kammamuri, olhando em volta com receio. — Quem era essa criatura tão linda?

— Não sei, Kammamuri. Mas era linda, ah, sim, como era linda! — exclamou Tremal-Naik com um tom apaixonado.

— Talvez fosse um espírito.

— Talvez.

— Talvez uma divindade.

— Quem sabe?

— E o senhor não a viu mais?

— Vi, muitas e muitas vezes. Na noite seguinte, à mesma hora, sem saber como, eu me encontrava na margem de um riacho. Quando a lua se ergueu por trás da floresta escura do norte, aquela criatura maravilhosa apareceu de novo entre o canteiro de mussendas. "Quem é você", perguntei. "Ada", respondeu ela. E desapareceu, dando o mesmo gemido. Tive a impressão de que ela mergulhava na terra.

— Ada! — exclamou Kammamuri. — Que nome é esse?

— Um nome que não é indiano.

— E ela não disse nem mais uma palavra?

— Nenhuma.

— Que estranho; eu não teria voltado lá.

— E eu voltei. Havia uma força irresistível, tão forte que me impelia contra a minha vontade para aquele lugar; tentei fugir mil vezes, mas não tive forças para fazê-lo. Já disse a você, parecia que eu estava enfeitiçado.

— E o que o senhor sentia na presença dela?

— Não sei, mas o meu coração batia com mais força.

— E o senhor nunca teve essa sensação antes?

— Nunca — disse Tremal-Naik.

— E agora, ainda encontra essa criatura?

— Não, Kammamuri. Eu a vi dez noites seguidas; sempre à mesma hora ela aparecia diante dos meus olhos, me contemplava em silêncio, depois desaparecia, sem fazer barulho. Uma vez eu acenei para ela, mas ela não se moveu; uma outra vez, abri os lábios para falar, e ela pôs um dedo nos lábios, me pedindo para ficar quieto.

— E o senhor nunca foi atrás dela?

— Nunca, Kammamuri, porque aquela mulher me dava medo. Há quinze dias ela apareceu toda vestida de seda vermelha e olhou para mim por mais tempo que o habitual. Na noite seguinte eu a esperei em vão, chamei em vão; nunca mais a vi.

— Então o senhor ama aquela visão.

— Amar? Nem sei o que significa essa palavra.

Naquele instante, a uma grande distância, na direção dos imensos pântanos do sul, ecoaram algumas notas agudíssimas. O marata se levantou e ficou cinza.

— O *ramsinga!* — exclamou ele aterrorizado.

— O que está assustando você? — perguntou Tremal-Naik.

— O senhor não está ouvindo o *ramsinga?*

— E daí, o que quer dizer isso?

— Está anunciando uma desgraça, patrão.

— Bobagem, Kammamuri.

— Eu nunca ouvi o *ramsinga* tocar na selva, a não ser na noite em que o pobre Tamul foi assassinado.

Àquela lembrança, uma ruga profunda sulcou a fronte do *caçador de serpentes.*

— Não é preciso ficar alarmado — disse ele, se esforçando para parecer calmo. — Todos os indianos sabem tocar o *ramsinga*, e você sabe que muitas vezes alguns caçadores têm a ousadia de pôr os pés na terra dos tigres e das cobras.

Assim que acabou de falar, ouviu-se o grito choroso de um cachorro e, pouco depois, um forte miado, que poderia ser confundido com um verdadeiro rugido. Kammamuri tremeu da cabeça aos pés.

— Ah!, patrão! — exclamou. — Até os cachorros e os tigres estão anunciando uma desgraça.

— Darma! Punthy! — gritou Tremal-Naik.

Um fantástico tigre real, de estatura alta, formas vigorosas e pelagem laranja riscada de preto, saiu da cabana e fixou o seu dono com olhos que soltavam raios terríveis. Alguns instantes depois apareceu, atrás dele, um enorme cachorro negro, com uma cauda longa, orelhas agudas e uma grossa coleira de ferro cheia de pontas no pescoço.

— Darma! Punthy! — repetiu Tremal-Naik.

O tigre se encolheu, emitiu um resmungo e com um salto de quase cinco metros acabou caindo aos pés do dono.

— O que você tem, Darma? — perguntou ele, passando as mãos no dorso robusto da fera. — Você está inquieto.

O cachorro, em vez de correr para o dono, se plantou sobre as quatro patas, esticou a cabeça para o sul, farejou o ar por alguns momentos e latiu, choroso, três vezes.

— Será que aconteceu alguma desgraça com o Hurti e o Aghur? — murmurou o *caçador de serpentes* com inquietação.

— Acho que sim, patrão — disse Kammamuri, lançando um olhar assustado para a selva. — A esta hora eles deviam estar aqui, mas não deram sinal de vida.

— Você ouviu alguma detonação durante o dia?

— Ouvi uma no meio da tarde e, depois, mais nada.

— De onde ela veio?

— Do sul, patrão.

— Você já viu alguma pessoa suspeita andando pela selva?

— Não, mas o Hurti me disse que, uma noite, viu sombras na margem da ilha Raimangal, e o Aghur contou que ouviu uns ruídos estranhos vindo da figueira-da-índia sagrada.

— Ah!, da fiqueira-da-índia! — exclamou Tremal-Naik. — Você também ouviu alguma coisa?

— Talvez. O que vamos fazer, patrão?

— Vamos esperar.

— Mas podem...

— Quieto! — disse Tremal-Naik, apertando o braço dele com tanta força que quase interrompeu a circulação do sangue.

— O que o senhor está ouvindo? — murmurou o marata, batendo os dentes.

— Olhe ali, você não acha que os bambus da selva estão se mexendo?

— É verdade, patrão.

Punthy fez ouvir pela terceira vez o seu grito choroso, que foi seguido pelas notas agudas do misterioso *ramsinga*. Tremal-Naik tirou do cinto de pele de tigre uma pistola longa e rica, incrustada de prata, e a armou.

Naquele instante, um indiano alto, seminu, armado apenas com um machado, arremessou-se para fora do bambuzal, correndo desabaladamente para a cabana.

— Aghur! — exclamaram ao mesmo tempo Tremal-Naik e o marata.

Punthy se lançou contra ele, ganindo sinistramente.

— Patrão!... Pa... trão! — balbuciou o indiano.

Chegou como um raio diante da cabana, cambaleou como se tivesse sido atingido por um mal-estar súbito e inesperado, esbugalhou os olhos, deu um grito estrangulado que parecia um estertor e tombou entre as ervas, como uma árvore arrancada pelo vento.

Tremal-Naik já correra para ele. Uma exclamação de surpresa escapou da sua boca. O indiano parecia moribundo. Tinha nos lábios uma espuma sanguinolenta, o rosto estava todo ferido e sujo de sangue, os olhos perturbados e muito dilatados. O homem estava arquejante e emitia suspiros roucos.

— Aghur! — exclamou Tremal-Naik. — O que aconteceu com você? Onde está o Hurti?

Ao ouvir aquele nome, o rosto de Aghur se contraiu de uma maneira assustadora e ele arranhou raivosamente a terra com as unhas.

— Patrão!... Pa... trão! — balbuciou ele com terror profundo.

— Fale.

— Estou su... focando... corri muito... Ah!, patrão.

— Será que ele foi envenenado? — murmurou Kammamuri.

— Não — disse Tremal-Naik. — O pobre diabo galopou como um cavalo e está sufocando; vai se recuperar em pouco tempo.

De fato, Aghur começava a voltar a si e a respirar livremente.

— Fale, Aghur — disse Tremal-Naik depois de alguns minutos. — Por que você voltou sozinho? Por que tanto pânico? O que aconteceu com o seu companheiro?

— Ah!, patrão — balbuciou o indiano, arrepiando-se. — Que desgraça!

— O *ramsinga* já tinha anunciado — murmurou Kammamuri, suspirando.

— Continue, Aghur — insistiu o *caçador de serpentes*.

— Se o senhor tivesse visto o pobre coitado... estava lá, esticado no chão, enrijecido, com os olhos para fora da órbita...

— Quem?... Quem?...

— Hurti.

— Ele está morto! — exclamou Tremal-Naik.

— Está, foi assassinado no pé da figueira-da-índia sagrada.

— Mas quem o assassinou? Diga logo, para que eu possa vingá-lo.

— Não sei, patrão.

— Conte tudo o que aconteceu.

— Tínhamos saído para caçar um grande tigre. A seis milhas daqui desentocamos a fera que, ferida pela carabina do Hurti, fugiu para o sul. Seguimos a sua pista durante quatro horas e a encontramos de novo perto da margem, em frente à ilha de Raimangal, mas não conseguimos matá-la, pois, assim que nos viu, se jogou na água e só saiu aos pés da grande figueira-da-índia.

— Bom, e depois?

— Eu queria voltar, mas o Hurti se recusou, dizendo que o tigre estava ferido e por isso seria uma presa fácil. Atravessamos o rio a nado e chegamos à ilha Raimangal, onde nos separamos para explorar os arredores.

O indiano se interrompeu, batendo os dentes de terror, e empalideceu assustadoramente.

— A noite estava caindo — retomou ele, com voz soturna. — Estava começando a ficar escuro nos bosques e reinava um silêncio fúnebre, de dar medo. De repente, uma nota aguda, a do *ramsinga*, ecoou. Olhei em torno e os meus olhos se depararam com os de uma sombra que se encontrava a uns vinte passos de mim, semi-oculta em um arbusto.

— Uma sombra! — exclamou Tremal-Naik. — Você disse uma sombra?

— Disse, patrão, uma sombra.

— Quem era? Diga, Aghur, diga!

— Parecia ser uma mulher.

— Uma mulher!

— É, tenho certeza de que era uma mulher.

— Bonita?

— Estava muito escuro para que eu pudesse vê-la claramente.

Tremal-Naik passou uma mão na testa.

— Uma sombra! — repetiu ele diversas vezes. — Uma sombra lá! E se for a minha visão?... Vá em frente, Aghur.

— Aquela sombra olhou para mim durante alguns instantes e depois esticou um braço na minha direção, encorajando-me a ir embora depressa. Surpreso e assustado, obedeci, mas ainda não dera cem passos quando um grito lancinante atingiu as minhas orelhas. Reconheci aquele grito imediatamente; era o Hurti.

— E a sombra? — perguntou Tremal-Naik, tomado de uma estranha agitação.

— Nem sequer virei para trás para ver se ainda estava lá ou se tinha desaparecido. Corri pela selva com a carabina na mão e cheguei à grande

26

figueira-da-índia. Embaixo dela, estendido no chão, vi o pobre Hurti. Chamei e ele não me respondeu; toquei nele: ainda estava quente, mas o coração não estava mais batendo!

— Tem certeza?

— Absoluta, patrão.

— Onde foi atingido?

— Não vi nenhuma ferida no corpo.

— Isso é impossível!

— Eu juro.

— E você não viu mais ninguém?

— Ninguém, e também não ouvi nenhum barulho. Fiquei apavorado, me joguei no rio, perdi a carabina quando estava nadando e voltei para a nossa selva. Acho que eu estava tão aterrorizado que corri seis milhas sem parar, nem mesmo para recuperar o fôlego. Pobre Hurti!

2. A ilha misteriosa

U M PROFUNDO SILÊNCIO se seguiu à triste narrativa do indiano. Tremal-Naik de repente adquiriu uma expressão sombria e muito nervosa e começou a caminhar diante do fogo, com a cabeça inclinada sobre o peito, a testa contraída e os braços cruzados. Kammamuri, congelado pelo terror, encolhera o corpo e estava meditando. Até mesmo o cachorro cessara de dar seus uivos chorosos e se estendera ao lado de Darma.

As notas agudas do misterioso *ramsinga* arrancaram o *caçador de serpentes* da sua meditação. Ele levantou a cabeça como um cavalo de batalha que ouve o sinal de ataque, lançou um olhar profundo para a selva deserta, na qual ondulava então uma densa neblina carregada de exalações venenosas, girou o corpo, se aproximou de Aghur e disse:

— Você já tinha ouvido o *ramsinga*?

— Já, patrão — respondeu o indiano. — Mas só uma vez.

— Quando?

— Na noite em que Tamul desapareceu, ou seja, há uns seis meses.

— Portanto, você também acha, como o Kammamuri, que ele anuncia alguma desgraça?

— Acho, patrão.

— Você sabe quem é que o toca?

— Nunca soube.

— E você acha que o tocador tem alguma relação com os misteriosos habitantes de Raimangal?

— Acho.

— Quem você suspeita que sejam aqueles homens?

— Será que são mesmo homens?

— Não acredito que sejam as almas dos mortos.

— Então devem ser piratas — disse Aghur.

— E que interesse poderiam ter em assassinar os meus homens?

— Quem pode saber? Talvez queiram nos assustar para nos manter a distância.

— Onde você acha que ficam as cabanas?

— Não tenho a menor ideia, mas tenho a impressão de que toda noite eles se reúnem embaixo da sombra fresca da figueira-da-índia sagrada.

— Está certo — disse Tremal-Naik. — Kammamuri, pegue os remos.

— O que o senhor está querendo fazer, patrão? — perguntou o marata.

— Ir até a figueira-da-índia.

— Oh! Não faça isso, patrão! — gritaram os dois indianos ao mesmo tempo.

— Por quê?

— Vão acabar com o senhor do mesmo jeito que acabaram com o pobre do Hurti.

Tremal-Naik encarou ambos com olhos que soltavam chamas.

— O *caçador de serpentes* nunca tremeu diante de nada na vida, e não é nesta noite que vai começar. Para o barco, Kammamuri! — exclamou ele, com um tom de voz que não admitia réplica.

— Mas, patrão!...

— É possível que você esteja com medo? — perguntou Tremal-Naik desdenhosamente.

— Eu sou um marata! — disse o indiano com orgulho.

— Então agora vá. Esta noite eu vou ficar sabendo quem são esses seres misteriosos que me declararam guerra; e quem é aquela moça que me enfeitiçou.

Kammamuri pegou um par de remos e se dirigiu para a margem. Tremal-Naik entrou na cabana, retirou de um prego uma longa carabina com um cano cheio de arabescos, se muniu de uma grande bolsa de pólvora e enfiou no cinto um enorme facão.

— Aghur, você fica aqui — disse ele, saindo. — Se não voltarmos dentro de dois dias, vá se juntar a nós em Raimangal com o tigre e com o Punthy.

— Ah! patrão...

— Não se sente suficientemente corajoso para ir até lá?

— Coragem eu tenho, patrão. Eu queria dizer que não é uma boa ideia ir até aquela ilha maldita.

— Tremal-Naik não vai deixar que o assassinem, Aghur.

— Leve o Darma com vocês. Ele pode ser útil.

— Ele iria trair a minha presença e eu quero desembarcar sem ser visto nem ouvido. Adeus, Aghur.

Jogou a carabina a tiracolo e se aproximou de Kammamuri, que estava esperando perto de um pequeno *gonga*, um barco rústico e pesado, escavado no tronco de uma árvore.

— Vamos partir — disse.

Saltaram para dentro do barco e se puseram ao largo, remando lenta e silenciosamente.

Uma escuridão profunda, que se adensara ainda mais por causa de uma névoa pestilenta que ondulava sobre os canais, as ilhas e ilhotas, cobria os *Sunderbunds* e a corrente do Mangal.

À direita e à esquerda se estendiam enormes quantidades de bambus espinhosos, arbustos espessos, sob os quais se ouviam os resmungos dos tigres e os sibilos das cobras, plantas compridas e cortantes, confusas, misturadas, juntas umas das outras de forma a dificultar a passagem.

A distância, contudo, na linha fosca do horizonte, algumas árvores se destacavam aqui e ali, mangueiras carregadas de frutas deliciosas, tamareiras, latanias e coqueiros de aspecto majestoso, com longas folhas no alto.

Um silêncio fúnebre e misterioso reinava em toda parte, rompido a custo pelo murmúrio das águas amareladas que roçavam os ramos arqueados dos mangues e as folhas do loto e pelo sussurro dos bambus, agitados por um sopro de ar quente, sufocante, envenenado. Tremal-Naik, estirado na proa, com o fuzil à mão, estava silencioso e mantinha os olhos apertados, observando ora uma margem, ora a outra, onde continuavam a ser ouvidos latidos roucos e sibilos chorosos. Kammamuri, por sua vez, estava sentado no meio e fazia o pequeno *gonga* voar, deixando atrás de si uma esteira de uma fosforescência admirável, que quase levava a acreditar que aquelas águas deterioradas estivessem saturadas de fósforo. De vez em quando, contudo, parava de remar, retinha a respiração e ficava escutando durante alguns minutos, perguntando depois ao *caçador de serpentes* se ele não havia ouvido ou visto nada.

Já estavam navegando havia meia hora quando o silêncio foi rompido pelo som do *ramsinga* que veio da margem direita, mas parecendo tão próximo que levava a crer que o tocador estava a cerca de cem passos de distância.

— Alto! — murmurou Tremal-Naik.

Nem bem terminara de dizer a palavra e um segundo *ramsinga* respondeu ao primeiro, mas a uma distância maior, entoando uma melodia melancólica, enquanto a outra era brilhante e viva.

A música indiana se baseia em quatro sistemas que têm uma relação íntima com as quatro estações do ano e, a cada uma delas, são aplicados um tom e um modo particular.

É melancólica na estação fria, viva e alegre na estação da renovação, lânguida no forte calor do verão e brilhante no outono.

Então por que esses dois instrumentos estavam sendo tocados de forma tão oposta? Talvez fosse um sinal. Kammamuri temia que sim.

— Patrão — disse ele —, fomos descobertos.

— É provável — respondeu Tremal-Naik, escutando atentamente.

— E se a gente voltasse? Esta noite não está muito favorável para nós.

— Tremal-Naik nunca volta. Reme com força e deixe que os *ramsinga* toquem à vontade.

O marata retomou os remos, fazendo o *gonga* avançar, e não tardaram a chegar a um lugar onde o rio se estreitava como o gargalo de uma garrafa. Um bafo de ar quente, sufocante, carregado de exalações pestilentas, atingiu o nariz dos dois indianos.

Diante deles, a cerca de trezentos ou quatrocentos passos, apareciam numerosos fogos-fátuos que vagavam de forma bizarra sobre a negra superfície do rio. Alguns, como que atraídos por uma força misteriosa, vinham dançar na frente da proa do *gonga* e depois se distanciavam com uma rapidez fantástica.

— E cá estamos, neste cemitério flutuante — disse Tremal-Naik. — Em dez minutos vamos chegar à figueira-da-índia.

— Vamos conseguir passar com o *gonga*? — perguntou Kammamuri.

— Com um pouco de paciência, vamos.

— Patrão, não é bom ofender os mortos.

— Brama e Vixnu vão nos perdoar. Força nos remos, Kammamuri.

Com alguns golpes do remo, o *gonga* chegou ao afunilamento do rio e desembocou em uma espécie de baía, na qual se entrelaçavam os ramos dos tamarineiros colossais, formando uma espessa abóbada verdejante.

Ali flutuavam numerosos cadáveres que os canais do Ganges haviam arrastado até o Mangal.

— Continue! — disse o *caçador de serpentes*.

Kammamuri estava prestes a retomar as remadas quando a abóbada de plantas que cobria aquele cemitério flutuante se abriu para dar passagem a um bando de seres de asas negras, pernas muito compridas e bicos agudos e imensos.

— O que temos de novo agora? — exclamou Kammamuri surpreso.

— O marabuto — disse Tremal-Naik.

De fato, uma centena daqueles pássaros fúnebres do rio sagrado vinha descendo, batendo alegremente as asas e pousando nos cadáveres.

— Continue, Kammamuri — repetiu Tremal-Naik.

O *gonga* foi lançado à frente e depois de cerca de meia hora havia atravessado o cemitério e se encontrava em uma baía bem mais ampla, completamente desimpedida, que era dividida em dois braços por uma aguda ponta de terra, na qual se destacava uma árvore imensa e singular.

— A figueira-da-índia! — disse Tremal-Naik.

Kammamuri começou a tremer quando ouviu aquele nome.

— Patrão — murmurou, com os dentes cerrados.

— Não tenha medo, marata. Guarde os remos e deixe que o *gonga* seja arrastado até a ilha. Talvez tenha alguém por perto.

O marata obedeceu e se estendeu no fundo da canoa, enquanto Tremal-Naik fazia o mesmo, depois de armar a carabina por precaução.

O *gonga*, girando sem parar e transportado pela corrente, que só podia ser percebida de leve, rumou para a ponta setentrional da ilha Raimangal, sede dos seres misteriosos que haviam assassinado o pobre Hurti.

Um silêncio profundo reinava naquele lugar. Não era possível ouvir sequer o sussurro dos bambus gigantescos, visto que o vento noturno cessara, nem as notas dos *ramsinga*. O próprio rio parecia ter-se transformado em óleo.

Tremal-Naik, contudo, de vez em quando erguia com cuidado a cabeça e perscrutava atentamente as margens, pois não estava se sentindo nem um pouco seguro com aquele silêncio. O *gonga* encalhou, com uma leve esfregadela, a apenas uma centena de passos da figueira-da-índia, mas os dois indianos não se moveram. Ficaram durante dez minutos naquela expectativa angustiada, e então Tremal-Naik ousou se levantar. A primeira coisa em que pousou os olhos foi uma forma negra, confusa, estendida no meio do mato, a cerca de vinte metros da margem.

— Kammamuri — murmurou. — Levante-se e arme as suas pistolas.

O marata não precisou ouvir a ordem duas vezes.

— O que o senhor está vendo, patrão? — perguntou ele com um fio de voz.

— Olhe lá.

— Ei!... — fez o marata, arregalando os olhos. — É um homem!

— Quieto!

Tremal-Naik levantou a carabina, mirando aquela massa escura que tinha a aparência de um ser humano deitado, mas abaixou sem ter atirado.

— Vamos ver o que é aquilo, Kammamuri — disse ele. — Aquele homem não está vivo.

— E se estiver fingindo estar morto?

— Pior para ele.

Os dois indianos desembarcaram e se dirigiram bem quietos para aquele indivíduo que não dava sinal de vida. Estavam a uma dezena de passos quando um marabu se ergueu ruidosamente, voando para o rio.

— É um homem morto — murmurou Tremal-Naik. — Se estivesse...

Não chegou a terminar a frase. Em quatro saltos se aproximou daquele cadáver; uma exclamação surda saiu de seus lábios contraídos pela raiva.

— Hurti! — exclamou.

De fato, aquele cadáver era de Hurti, o companheiro do indiano Aghur. O infeliz estava deitado de costas, com os braços e pernas repuxados, provavelmente pela dor, o rosto assustadoramente decomposto e os olhos abertos, saltando das órbitas. Os joelhos estavam quebrados e ensanguentados, assim como os pés, sinais evidentes de que fora arrastado por alguns trechos do terreno, talvez enquanto ainda estava agonizante, e da boca escancarada saía um bom pedaço da língua.

Tremal-Naik ergueu o infeliz indiano para ver em que lugar fora atingido, mas não encontrou nenhuma ferida no corpo.

Ao examinar melhor, contudo, viu em torno do pescoço uma equimose bem marcada e, atrás do crânio, uma contusão que parecia produzida por uma esfera grande ou por uma pedra arredondada.

— Primeiro o deixaram atordoado e depois o estrangularam — disse ele com voz surda.

— Pobre Hurti — murmurou o marata. — Mas por que o assassinaram, e por que desta forma?

— Vamos acabar sabendo, Kammamuri, e eu juro que Tremal-Naik não vai deixar o delito impune.

— Mas eu tenho medo de que os assassinos sejam muito poderosos, patrão.

— Tremal-Naik mostrará que é mais poderoso do que eles. Vamos voltar à canoa.

— E o Hurti? Vamos deixá-lo aqui?

— Vamos jogá-lo nas águas sagradas do Ganges amanhã de manhã.

— Mas e os tigres? Vão devorá-lo esta noite!

— O *caçador de serpentes* vela o cadáver de Hurti.

— Mas como? O senhor não vai voltar?

— Não, Kammamuri, vou ficar aqui. Depois que eu tiver terminado a minha tarefa, então vou abandonar esta ilha.

— Mas vão assassinar o senhor.

Um sorriso de desdém aflorou nos lábios do orgulhoso indiano.

— Tremal-Naik é um filho da selva! Volte para a canoa, Kammamuri.

— Isso nunca, patrão!

— Por quê?

— Se acontecer uma desgraça com o senhor, quem vai ajudar? Deixe-me acompanhá-lo e juro que vou segui-lo aonde for.

— Mesmo que eu resolva encontrar a visão?

— Mesmo assim, patrão.

— Então fique comigo, bravo marata, e vai ver que nós dois valemos por dez. Siga-me!

Tremal-Naik dirigiu-se para a margem, amarrou o *gonga* a boreste e, com uma violenta sacudida, virou-o e afundou.

— O que está fazendo? — perguntou Kammamuri surpreso.

— Ninguém deve saber que chegamos aqui. E agora, vamos revelar o mistério.

Trocaram a pólvora das carabinas e das pistolas, a fim de se assegurarem de não perder o tiro, e se dirigiram para a figueira-da-índia, cuja figura imponente se destacava orgulhosamente nas trevas profundas.

3. O vingador de Hurti

AS FIGUEIRAS-DA-ÍNDIA, TAMBÉM chamadas de *al moral* ou figueiras dos templos, são as árvores mais estranhas e mais gigantescas que se podem imaginar.

Têm a altura e o tronco dos nossos maiores e mais grossos carvalhos e inumeráveis ramos, esticados na horizontal, descem pelas finíssimas raízes aéreas que, assim que tocam a terra, afundam e engrossam rapidamente, infundindo novos nutrientes e uma vida mais vigorosa na planta.

Com isso, acontece que os ramos crescem cada vez mais, gerando novas raízes e, portanto, novos troncos, cada vez mais distantes, de maneira que uma única árvore cobre uma área vastíssima de terreno. Pode-se dizer que ela forma uma floresta sustentada por centenas e centenas de estranhas colunatas, sob as quais os sacerdotes de Brama colocam seus ídolos. Na província de Guzerate existe uma figueira-da-índia chamada "Cobir bor", bastante venerada pelos indianos e à qual não hesitam em atribuir três mil anos de idade; tem uma circunferência de seiscentos metros e cerca de três mil colunas, ou raios, como preferem alguns. Antigamente ela era muito maior, mas parte dela foi destruída pelas águas do Nerbudda, que arrasaram uma parte da ilha na qual ela cresce.

A figueira-da-índia sob a qual os dois indianos se encontravam para passar a noite era uma das mais gigantescas, guarnecida com mais de seiscentas colunas, sustentando ramos imensos carregados de pequenos frutos vermelhos e com um tronco muito grosso, mas que a determinada altura estava cortado.

Depois de ter examinado escrupulosamente colunata por colunata para se assegurarem de que não havia ninguém escondido atrás, Tremal-Naik e Kammamuri sentaram perto do tronco, lado a lado, com a carabina montada e colocada sobre os joelhos.

— Alguém vai vir até aqui — disse o *caçador de serpentes* em voz baixa. — Azar de quem chegar primeiro ao alcance do tiro da minha carabina.

— Então você acha que esses seres misteriosos que assassinaram o Hurti vão vir aqui? — perguntou Kammamuri.

— Tenho certeza absoluta. Você vai ver, marata, que antes de chegar o amanhã vamos saber de alguma coisa.

— Vamos dominar e matar o primeiro que chegar.

— Vai depender das circunstâncias. Vamos lá, agora silêncio e olhos bem abertos.

Tirou da bolsa uma folha semelhante à da hera, conhecida na Índia pelo nome de betel, de sabor amargo e um pouco picante, acrescentou um pedacinho de noz de areca e um pouco de cal e começou a mastigar aquela mistura que conforta o estômago, fortifica o cérebro, preserva os dentes e melhora o hálito. Duas horas se passaram como se fossem dois séculos. Durante todo esse tempo, nenhum ruído perturbou o silêncio que reinava sob a sombra densa da árvore gigantesca. Devia ser meia-noite, ou um pouco menos, quando Tremal-Naik, com as orelhas esticadas, pensou ter ouvido um barulho estranho. Poderia ser descrito como um ronco, parecido com aqueles que muitas vezes precedem um terremoto, mas bem mais surdo.

Tremal-Naik se sentiu invadido por uma vaga inquietação.

— Kammamuri — murmurou com um fio de voz. — Fique em guarda.

— O que o senhor está vendo? — perguntou o marata, estremecendo.

— Nada, mas ouvi um rumor diferente.

— Onde?

— Parece que veio da terra.

— Isso é impossível, patrão!

— Os ouvidos de Tremal-Naik são muito aguçados para se enganar.

— O que o senhor acha que era?

— Ainda não sei, mas vamos descobrir.

— Patrão, existe algum mistério terrível aqui.

— Você está com medo?

— Não, sou um marata.

— Então vamos descobrir tudo o que acontece aqui.

Naquele instante, o misterioso ronco se repetiu sob a terra. Os dois indianos olharam em volta surpresos.

— Parece que estão tocando tambores enormes aqui embaixo, o *hauk*, por exemplo — disse Tremal-Naik.

— Não pode ser outra coisa — respondeu Kammamuri. — Mas como é possível que o barulho venha de dentro da terra? Será que esses seres misteriosos fizeram seu refúgio lá embaixo?

— Deve ser isso mesmo, Kammamuri.

— O que vamos fazer, patrão?

— Vamos continuar aqui; alguém vai sair de alguma parte.

— *Tykora!* — gritou uma voz.

Os dois indianos ficaram de pé num salto ao mesmo tempo. Que coisa estranha, incrível: aquela palavra fora pronunciada tão perto deles que seria possível acreditar que a pessoa que gritara estava por trás dos seus ombros.

— *Tykora!* — murmurou Tremal-Naik. — Quem pronunciou esse nome?

Olhou em torno, mas não viu ninguém; olhou para cima, mas só avistou os ramos da figueira-da-índia confundidos entre as trevas.

— Será que tem alguém escondido entre os ramos?

— Mas não — disse Kammamuri, trêmulo. — A voz veio de trás de nós.

— Estranho.

— *Tykora!* — exclamou a mesma voz misteriosa.

Os dois indianos voltaram a olhar ao redor. Não era mais possível se enganar; alguém estava perto deles, mas com a surpresa e, digamos, o terror que estavam sentindo, não conseguiam ver.

— Patrão — murmurou Kammamuri. — Estamos enfrentando algum espírito.

— Não acredito em espíritos — respondeu Tremal-Naik. — Nós vamos descobrir esse ser que está se divertindo em nos assustar.

— Oh!... — exclamou o marata, dando três ou quatro passos para trás, como um bêbado.

— O que você está vendo, Kammamuri?

— Olhe lá... patrão! Olhe!...

Tremal-Naik levantou os olhos para a figueira-da-índia e avistou um feixe de luz saindo do tronco decepado. Apesar da sua coragem extraordinária, sentiu o sangue gelar nas veias.

— Uma luz — balbuciou, transtornado.

— Vamos fugir, patrão! — suplicou Kammamuri.

Ouviu-se pela terceira vez, sob a terra, o misterioso barulho e uma nota vibrante do *ramsinga* saiu do tronco da figueira-da-índia. A distância soaram notas parecidas.

— Vamos fugir, patrão! — repetiu Kammamuri, alucinado de terror.

— Nunca! — exclamou Tremal-Naik decididamente.

Colocou o punhal entre os dentes e agarrou a carabina pelo cano para usá-la como se fosse um porrete. De repente, mudou de ideia.

— Venha, Kammamuri — disse ele. — Antes de começar a luta, é melhor ver com quem teremos que lutar.

Ele arrastou o marata a uma distância de duzentos passos do tronco da figueira-da-índia e os dois se esconderam atrás de três ou quatro colunas reunidas de onde podiam observar sem serem descobertos.

— Nem uma palavra agora — disse. — No momento oportuno, vamos agir.

Do tronco colossal da figueira-da-índia ressoou uma última nota agudíssima que despertou todos os ecos dos *Sunderbunds*. O feixe de luz que vinha do alto da árvore desapareceu e, no seu lugar surgiu uma cabeça humana coberta com uma espécie de turbante amarelo.

Ela girou em torno por alguns instantes, como se estivesse examinando para ver se havia alguém embaixo da gigantesca árvore, depois se ergueu e um homem, um indiano a julgar pela cor da pele, saiu e agarrou um dos ramos. Atrás dele saíram mais quarenta indianos que escorregaram pelas colunatas até o chão.

Todos eles estavam praticamente nus. Apenas um *dubgah*, uma espécie de saiote, de um amarelo sujo, cobria os quadris; tinham tatuagens estranhas no peito, que deviam ser letras do alfabeto sânscrito e, bem no centro, havia uma cobra com cabeça de mulher.

Um fino cordão de seda que parecia um laço, mas que tinha uma bola de chumbo na extremidade, fazia diversas voltas em torno do *dubgah* e havia um punhal enfiado naquele entranho cinto.

Aqueles seres misteriosos sentaram silenciosamente no chão, formando um círculo em torno de um velho indiano, de braços muito longos e o olhar brilhante como o de um gato.

— Meus filhos — disse ele com voz grave. — A nossa mão poderosa golpeou o desgraçado que ousou pisar neste solo consagrado aos tugues e proibido para todos os estrangeiros. É mais uma vítima a se juntar àquelas que caíram sob o nosso punhal, mas a deusa ainda não está satisfeita.

— Sabemos disso — responderam os indianos em coro.

— Sim, filhos livres da Índia, a nossa deusa pede outros sacrifícios.

— Que o nosso grande chefe ordene e todos nós partiremos.

— Sei bem que vocês são corajosos, filhos — disse o velho indiano. — Mas o tempo ainda não chegou.

— O que o senhor está esperando então?

— Um grande perigo nos ameaça, filhos.

— Qual?

— Um homem lançou seu olhar sobre a *Virgem* que vela o templo da deusa.

— Que horror! — exclamaram os indianos.

— Sim, meus filhos, um homem atrevido ousou olhar o rosto da formosa *Virgem*, mas, se ele não cair sob o fulgor da deusa, com certeza vai perecer sob o nosso laço infalível.

— Quem é esse homem?

— Vocês saberão a seu tempo. Tragam a vítima.

Dois indianos se levantaram e se dirigiram para o local onde estava o cadáver do pobre Hurti. Tremal-Naik, que assistira àquela estranha cena sem pestanejar, ao ver aqueles dois homens que agarravam o morto pelos braços e o arrastavam para o tronco da figueira-da-índia, ergueu-se de um pulo com a carabina na mão.

— Ah! Malditos! — exclamou ele com voz surda e mirou.

— O que o senhor está fazendo, patrão? — sussurrou Kammamuri, pegando e abaixando a arma depressa.

— Tenho que acertá-los, Kammamuri — disse o *caçador de serpentes*. — Eles mataram o Hurti, é justo que eu o vingue.

— O senhor quer que nos matem? São quarenta contra dois.

— Tem razão, Kammamuri. Temos que pegar todos de uma vez.

Soltou a carabina e voltou a deitar, mordendo os lábios para segurar a cólera.

Os dois indianos já haviam arrastado Hurti para o meio do círculo e o colocaram na frente do velho.

— Kali! — exclamou ele, erguendo os olhos para o céu.

Tirou o punhal do cinto e o enfiou no peito de Hurti.

— Miserável! — gritou Tremal-Naik. — Isso já é demais!

Ele já se arremessara para fora do esconderijo. Um raio atravessou as trevas, seguido por uma detonação ruidosa, e o velho indiano, atingido em pleno peito pela bala do *caçador de serpentes*, caiu sobre o corpo de Hurti.

4. Na selva

A O OUVIR O ESTAMPIDO inesperado, os indianos ficaram de pé num salto, com o laço na mão direita e o punhal na esquerda. Vendo o chefe se debater no chão, todo sujo de sangue, por um momento esqueceram o matador para correr em seu auxílio. Esse lapso foi suficiente para que Tremal-Naik e Kammamuri escapassem sem que ninguém percebesse.

A selva, coberta de densos arbustos espinhosos e de bambus gigantescos que prometiam um refúgio excepcional, estava a poucos passos. Os dois indianos se precipitaram para dentro dela, correndo desesperadamente durante cinco ou seis minutos, depois se deixaram cair embaixo de um grupo abundante de bambus, com mais de dezoito metros de altura.

— Se você dá valor à sua vida, não se mexa — disse rapidamente Tremal-Naik a Kammamuri.

— Ah!, patrão! O que o senhor foi fazer? — disse o pobre marata. — Agora estão todos atrás de nós e vão nos estrangular como fizeram com o coitado do Hurti.

— Vinguei o meu companheiro. Além disso, não vão nos encontrar.

— São espíritos, patrão.

— São homens. Fique quieto e preste atenção.

A distância se ouviam os gritos dos terríveis habitantes da figueira-da-índia.

— Vingança! Vingança! — berravam.

Três notas agudas do *ramsinga* ecoaram na selva e se ouviu dentro da terra o ribombar surdo de pouco antes. Os dois caçadores se agacharam, tentando diminuir de tamanho, e até mesmo seguraram a respiração. Sabiam que se fossem descobertos seriam imperdoavelmente enforcados com os laços de seda daqueles indivíduos monstruosos que já haviam sacrificado tantas vítimas.

Ainda não haviam passado três minutos quando ouviram o bambuzal ser aberto com violência e avistaram, na escuridão, um daqueles homens com o laço na mão direita e o punhal na esquerda, passando como uma flecha diante da mata e desaparecendo no coração da selva.

— Você viu, Kammamuri? — perguntou Tremal-Naik em voz baixa.

— Vi, patrão — respondeu o marata.

— Eles acham que nós já estamos longe e estão correndo como loucos para tentar nos alcançar. Em poucos minutos não haverá mais ninguém atrás de nós.

— Mas é melhor desconfiar disso, patrão. Aqueles homens me assustam.

— Não tenha medo, pois eu estou aqui. Fique quieto e continue muito atento.

Um outro indiano, armado como o primeiro, passou correndo alguns instantes depois e também desapareceu no meio do bambuzal.

Ao longe ainda soavam alguns gritos e alguns zumbidos, que pareciam ser também um sinal; depois ficou tudo em silêncio.

Meia hora transcorreu. Tudo indicava que os indianos, talvez seguindo uma pista falsa, estivessem bastante longe. O momento não poderia ser mais propício para girar sobre os próprios pés e escapar em direção à margem.

— Kammamuri — disse Tremal-Naik. — Nós podemos começar a andar. Os indianos, pelo que me parece, devem estar todos bem longe de nós, no meio da selva.

— Tem certeza disso, patrão?

— Não estou ouvindo mais barulho nenhum.

— E para onde vamos? Para o lado da figueira-da-índia, talvez?

— Isso mesmo, marata.

— Talvez o senhor queira esconder-se lá dentro?

— Ainda não, mas amanhã à noite vamos voltar aqui para desvendar esse mistério.

— Mas quem o senhor acha que sejam aqueles homens?

— Ainda não sei, mas vou descobrir, Kammamuri, como vou descobrir também quem é aquela mulher que vela no templo da terrível deusa deles. Você ouviu o que o velho disse?

— Ouvi, patrão.

— Não sei, mas parece que estava falando de mim; e tenho a suspeita de que a *Virgem* seja...

— Quem poderia ser?

— A mulher que me enfeitiçou, Kammamuri. No momento em que o velho falou dela, senti o coração bater com uma força estranha e isso acontece todas as vezes que...

— Quieto, patrão!... — murmurou Kammamuri com voz sufocada.

— O que você ouviu?

— Um bambu se mexer.

— Onde?

— Lá... a trinta passos de nós. Quieto!

Tremal-Naik levantou a cabeça e olhou ao redor, observando com atenção a negra massa de bambus, mas não avistou ninguém. Estendeu as orelhas, retendo a respiração, e teve um sobressalto. Um rumor, apenas audível, podia ser ouvido na direção indicada pelo marata; poderiam dizer que uma mão afastava com todo cuidado as folhas largas e cordiformes das plantas gigantescas.

— Alguém está se aproximando — murmurou ele. — Não se mova, Kammamuri.

O ruído crescia e aproximava-se, mas muito devagar. Dali a pouco viram dois bambus se dobrarem e apareceu um indiano, que se curvou até o chão, levando uma mão à orelha. Ficou um minuto assim e depois levantou-se. Parecia estar farejando o ar.

— Gary! — sussurrou ele.

Um segundo indiano saiu do meio daqueles bambus, a seis passos de distância do primeiro.

— Você não ouviu nada? — perguntou o recém-chegado.

— Absolutamente nada.

— No entanto, parece que tinha alguém sussurrando.

— Você deve estar enganado. Estou aqui há cinco minutos, com os ouvidos bem atentos. Estamos seguindo uma pista falsa.

— E onde estão os outros?

— Com certeza, muito à nossa frente, Gary. Devem estar com medo de que os homens que se atreveram a desembarcar aqui tentem um ataque ao templo.

— Para quê?

— Há quinze dias, a *Virgem do templo* encontrou um homem. Foram vistos por um dos nossos trocando sinais.

— Por quê?

— Estão achando que o homem quer libertar a *Virgem*.

— Oh! Mas que crime medonho! — exclamou o indiano chamado Gary.

— Esta noite, desembarcou aqui um indiano, companheiro do miserável que ousou levantar os olhos para a *Virgem* da nossa venerável deusa. Sem dúvida veio espionar.

— Mas aquele indiano foi estrangulado.

— Foi, mas outros homens desembarcaram depois, e um deles assassinou o nosso sacerdote.

— E quem é este homem que olhou para o rosto da *Virgem*?

— É um homem terrível, Gary, e capaz de tudo: é o *caçador de serpentes* da selva negra.

— Ele tem que morrer.

— E vai morrer, Gary. Por mais que ele corra, vamos alcançá-lo e estrangulá-lo com os nossos laços. Agora você deve ir. Caminhe em frente até chegar à margem do rio; eu vou ao templo para proteger a *Virgem*. Adeus, e que a nossa deusa nos proteja.

Os dois indianos se separaram, tomando dois caminhos diferentes. Assim que o barulho acabou, Tremal-Naik, que ouvira a conversa inteira, se levantou de um salto.

— Kammamuri, temos que nos separar — disse ele com grande emoção. — Você ouviu o que eles disseram: sabem que desembarcamos e estão atrás de mim.

— Ouvi tudo, patrão.

— Você vai seguir o indiano que está indo para a margem e, assim que puder, atravesse o rio. Eu vou seguir o outro.

— O senhor está escondendo alguma coisa, patrão. Por que o senhor não vem comigo para a margem?

— Tenho que ir ao templo.

— Oh! Não faça isso, patrão!

— Você não vai conseguir me convencer. A mulher que me enfeitiçou está no templo.

— E se assassinarem o senhor?

— Vão me matar ao lado dela e assim eu morro feliz. Vá embora, Kammamuri, vá embora porque a febre começa a tomar conta de mim.

Kammamuri deu um suspiro profundo, que mais parecia um gemido, e ficou de pé.

— Patrão — disse com voz comovida —, onde vamos nos encontrar de novo?

— Na cabana, caso eu escape da morte. Agora vá.

O marata se embrenhou na selva, seguindo a pista do indiano que ia em direção à margem do rio. Tremal-Naik ficou ali, olhando para ele, com os braços cruzados no peito e a fronte anuviada.

— E agora, vamos desafiar a morte!... — disse ele, erguendo a cabeça com altivez, quando o marata desapareceu.

Jogou a carabina a tiracolo, deu uma última olhada ao redor e se distanciou a passos rápidos e silenciosos, seguindo o restro do segundo indiano, que não devia estar muito longe.

O caminho era difícil e todo emaranhado. Até onde os olhos alcançavam, o terreno estava coberto por uma rede compacta de bambus que se erguiam a uma altura realmente extraordinária.

Viam-se ali os chamados *bans tulda*, cobertos de folhas enormes que, em menos de trinta dias, atingiam uma altura de mais de vinte metros e uma largura de cerca de trinta centímetros.

Também os *behar bans*, de apenas um metro, com o tronco vazio, mas forte, armados de longos espinhos, e uma grande variedade de outros bambus, normalmente conhecidos nos *Sunderbunds* pelo nome genérico de *bans*, que cresciam tão juntos uns dos outros que era preciso usar um cutelo para abrir caminho.

Um homem que não tivesse prática de se movimentar naquele lugar sem dúvida desapareceria no meio daquelas plantas gigantescas e se encontraria impossibilitado de dar um passo adiante sem fazer ruído, mas Tremal-Naik, que nascera e crescera na selva, andava por ali com uma rapidez e uma segurança surpreendentes, sem produzir o menor ruído.

Não estava andando, pois isso seria absolutamente impossível, mas rastejando como um réptil, deslizando entre as plantas, sem nunca parar e sem nunca hesitar sobre o caminho a seguir. De vez em quando, encostava a orelha no chão para ter certeza de que não perdera a pista do indiano que o precedia e transmitia pelo terreno os seus passos, por mais leves que fossem.

Já percorrera mais de uma milha quando percebeu que o indiano se detivera inesperadamente. Encostou a orelha três ou quatro vezes, mas o terreno não transmitia nenhum ruído; levantou, então, escutando com profunda atenção, mas não ouviu nenhum sussurro. Tremal-Naik começou a ficar inquieto.

— O que aconteceu? — murmurou ele, olhando em torno. — Será que ele percebeu que eu o estava seguindo? Preciso ficar em guarda!

44

Percorreu ainda três ou quatro metros rastejando, levantou a cabeça e logo em seguida abaixou-a de novo. Chocara-se contra um corpo macio que estava pendurado no alto, mas que fugira depressa.

— Oh! — disse ele.

Um pensamento terrível atravessou o seu cérebro. Jogou-se rapidamente para um lado, desembainhando a faca, e olhou para cima.

Não viu nada, ou pelo menos parecia não estar vendo nada. No entanto, tinha certeza de que batera em alguma coisa e que, sem a menor dúvida, aquilo não era uma folha de bambu.

Por alguns minutos ficou imóvel como uma estátua.

— Uma píton! — exclamou de repente, mas sem se perturbar.

Ouviu-se um sussurro repentino no meio dos bambus e, em seguida, um corpo escuro, longo e flexível, desceu ondulando por uma daquelas plantas. Era uma cobra píton monstruosa, de mais de sete metros de comprimento, que se alongava na direção do *caçador de serpentes*, esperando envolvê-lo entre suas espirais viscosas e estrangulá-lo com um daqueles apertos terríveis a que ninguém podia resistir. Estava com a boca aberta, o maxilar inferior dividido em duas extremidades, como as pinças de uma tenaz, a língua bifurcada esticada e os olhos em brasa, brilhando sinistramente na escuridão profunda.

Tremal-Naik se deixara cair no chão para não ser apanhado pelo monstruoso réptil e reduzido a um monte de ossos quebrados e de carne sanguinolenta.

— Se eu me mexer, estou perdido — murmurou ele com um sangue frio extraordinário. — Se o indiano que está à minha frente não perceber nada, estou salvo.

O réptil descera tanto que já conseguia tocar o chão com a cabeça. Alongou-se então em direção ao *caçador de serpentes*, que mantinha a rigidez de um cadáver, ondulou por algum tempo sobre ele, lambendo-o com a língua fria e em seguida tentou passar por baixo do seu corpo, a fim de envolvê-lo. Por três vezes voltou à carga, sibilando de raiva, e por três vezes foi obrigado a desistir, contorcendo-se de mil formas diferentes, subindo e descendo pelo bambu em torno do qual se enrolara. Embora estivesse horrorizado, Tremal-Naik continuava imóvel, fazendo um esforço sobre-humano para se dominar, mas assim que viu o réptil se levantar, espiralando-se em parte sobre ele mesmo, começou a rastejar depressa, indo cinco ou seis metros para longe. Acreditando estar fora de perigo, virara para se erguer novamente quando ouviu uma voz ameaçadora gritar:

— O que você está fazendo aqui?

Tremal-Naik levantou-se depressa, com a faca em punho. A sete ou oito metros de distância, bem perto do local onde antes estivera o réptil, surgira de improviso um indiano de alta estatura, extremamente magro, armado com um punhal e com uma espécie de laço que acabava em uma bola de chumbo.

No peito, tinha tatuada a misteriosa cobra com cabeça de mulher, rodeada por algumas letras do sânscrito.

— O que você está fazendo aqui? — repetiu o indiano, com um tom ameaçador.

— E você? O que está fazendo? — rebateu Tremal-Naik, com uma calma glacial. — Talvez você seja um daqueles miseráveis que se divertem em assassinar as pessoas que desembarcam aqui?

— Sou e fique sabendo que agora vou fazer exatamente isso com você.

Tremal-Naik começou a rir, olhando para o réptil que começava a desfazer os anéis, já balançando quase sobre a cabeça do indiano.

— Você acha que vai me matar — disse o caçador, — e, em vez disso, a morte está chegando para você.

— Mas antes, você vai morrer! — gritou o indiano, fazendo a corda de seda assobiar ao girá-la sobre da cabeça.

O sibilo choroso que o réptil soltou fez com que ele parasse no momento em que arremessava a bola de chumbo.

— Oh! — exclamou, manifestando um profundo terror.

Levantara a cabeça e se vira diante do réptil. Quis fugir e deu um salto para trás, mas tropeçou em um bambu tombado e caiu no meio das plantas.

— Socorro! Socorro!... — gritou ele desesperado.

O enorme réptil deixara-se cair no chão e num piscar de olhos agarrara o indiano na sua espiral, apertando-o de tal modo que o impedia de respirar e fazia estalar todos os ossos do seu corpo.

— Socorro!... Socorro!... — repetiu o desgraçado, arregalando assustadoramente os olhos. Tremal-Naik, com um movimento espontâneo, lançara-se na direção dos dois. Com um terrível golpe de faca, cortou em dois a píton que sibilava com raiva, cobrindo a sua vítima com uma baba sanguinolenta. Estava prestes a dar outro golpe, quando ouviu os bambus tremularem furiosamente em diversos lugares.

— Ele está aqui! — trovejou uma voz.

Eram outros indianos que corriam para o local, os companheiros do infeliz que o réptil, embora cortado em dois, continuava a esmigalhar, fazendo o sangue espirrar da carne. Percebeu o perigo que corria e, sem esperar mais, começou a correr a toda velocidade pela selva.

— Ele está aqui! Aqui! — repetiu a mesma voz. — Fogo nele! Fogo!

Um tiro de arcabuz ribombou, despertando todos os ecos da selva, depois outro e mais um terceiro. Tremal-Naik, escapando milagrosamente dos projéteis, voltara-se, rugindo como as feras que ele caçava na selva.

— Ah! Miseráveis! — berrou ele, furioso.

Retirara a carabina do ombro e apontara para os atacantes que vinham em sua direção com os punhais entre os dentes e os laços na mão, prontos para estrangulá-lo. Saiu do cano uma faixa de fogo, logo seguida por uma detonação. Um indiano soltou um grito medonho, levou a mão ao rosto e despencou no meio do mato.

Tremal-Naik retomou a sua corrida desenfreada, saltando para a direita e para a esquerda, a fim de impedir que o inimigo conseguisse fazer mira sobre ele.

Atravessou um grupo de bambus, que derrubou furiosamente, e se embrenhou no meio da selva compacta, fazendo com que os seus perseguidores perdessem a pista.

Correu assim por um quarto de hora; parou um momento para recuperar o fôlego na borda da plantação e, em seguida, precipitou-se como um louco no meio daquele terreno pantanoso e descoberto, sulcado por numerosos canais de água estagnada. Seus olhos estavam injetados de sangue e os lábios, cobertos por uma espuma, mas nem assim parava de correr, como se tivesse asas nos pés, saltando sobre os obstáculos que impediam a sua passagem, afundando nos pântanos, imergindo nas lagoas ou nos canais, com um único pensamento na cabeça: colocar a maior distância possível entre ele e os seus perseguidores.

Não era capaz de dizer o quanto correra. Quando finalmente parou, estava a cerca de duzentos passos de um templo maravilhoso que se erguia, isolado, na margem de uma ampla lagoa contornada por ruínas colossais.

5. A Virgem do templo

AQUELE TEMPLO, UM PAGODE do mais puro estilo indiano, era o mais bonito que Tremal-Naik já vira nos *Sunderbunds*. Inteiramente construído em granito cinzento, tinha mais de dezoito metros de altura, com uma base muito larga, medindo dois terços da altura, contornada por colunatas estupendas que haviam sido esculpidas com aquela valentia que distingue a raça indiana.

Conforme o templo subia, estreitava-se aos poucos até terminar em uma espécie de cúpula, tendo uma gigantesca bola de metal por cima e uma ponta bastante aguda, sustentando a misteriosa cobra com cabeça de mulher.

Nos cantos do templo se divisava o Trimúrti indiano, figura com três cabeças em um único corpo, sustentado, por sua vez, por três pernas e, aqui e ali, uma enorme quantidade de esculturas estranhas e curiosas, representando diversos personagens da história sacra dos indianos, Brama, Xiva, Vixnu, Parvadi, a sinistra deusa da morte montada em um leão, Darma-Ragia, o Plutão dos indianos, e muitas outras divindades, além de um grande número de monstros assustadores e de cabeças de elefantes com a tromba esticada.

Tremal-Naik, como já foi dito, detivera-se subitamente, surpreso por encontrar aquele templo num local em que acreditava só existir a selva bravia.

— Um templo — exclamara ele. — Estou perdido!

Deu uma rápida olhada ao redor. Estava em uma espécie de clareira, com uma extensão de mais de mil e quinhentos metros, de onde haviam retirado todos os arbustos e bambus.

— Estou perdido! — repetiu ele com raiva. — Se eu não encontrar um esconderijo, em cinco minutos, todos aqueles homens furiosos vão despencar em cima de mim para me estrangular.

Por um instante teve a ideia de voltar para trás e alcançar a selva para se esconder, mas havia mais de oitocentos metros para percorrer, ou seja, tempo suficiente para que os perseguidores o descobrissem. Pensou nas ruínas que contornavam o lago, mas elas não apresentavam qualquer tipo de refúgio.

— E se eu subisse até lá — murmurou ele, olhando para o topo do templo. — E por que não?...

Um homem como ele, acostumado a todo tipo de exercício, e que possuía uma força hercúlea, combinada com uma agilidade tão extraordinária que faria inveja a um macaco guenon, era capaz de escalar até a cúpula, subindo pelas colunatas e pelas esculturas que se uniam de maneira a formar uma rampa e uma escadaria estranha.

Ele correu para o templo, depois de ter desarmado a carabina e de jogá-la a tiracolo, escutou por alguns instantes e, confirmando o profundo silêncio que reinava por lá, deu início à ousada escalada.

Com uma rapidez surpreendente, subiu em uma coluna e de lá se arremessou para as paredes do templo, agarrando as pernas das divindades, escalando os seus corpos, apoiando os pés nas suas cabeças, segurando as trombas dos elefantes e os chifres dos bois do deus Xiva.

Uma coisa estranha, incompreensível e misteriosa estava acontecendo: quanto mais subia, mais sentia o coração bater com força e os membros adquirirem uma força extraordinária. Ele se sentia como que atraído por uma força irresistível para o topo do templo e, ao entrar em contato com aquela pedra fria, experimentava sensações desconhecidas e inexplicáveis.

Provavelmente eram duas horas da madrugada quando finalmente chegou à cúpula, depois de ter executado mais de vinte manobras aéreas de gelar o sangue de um ginasta e de ter corrido, por diversas vezes, o perigo de cair de cabeça de lá de cima e esfacelar o crânio. Com um último arremesso se agarrou à gigantesca bola de metal, encimada pela ponta que sustentava a cobra com cabeça de mulher.

Para sua surpresa, ele percebeu que estava oscilando sobre uma abertura larga, profunda e obscura como um poço, atravessada por uma barra de bronze, sobre a qual encontrou uma forma de apoiar o pé.

— Onde estou? — perguntou a si mesmo. — Este poço, sem dúvida, deve levar ao interior do templo.

Abandonou a grande bola e agarrou a barra, olhando para baixo, mas só viu trevas; aguçou os ouvidos, mas o mais profundo silêncio reinava embaixo dele, sinal evidente de que não havia ninguém lá dentro. Espantou-se ao ver uma corda bastante grossa, feita de fibras vegetais brilhantes e flexíveis, amarrada à barra e desaparecendo pela abertura. Segurou a corda e, reunindo suas forças, puxou; percebeu de repente que a outra extremidade estava amarrada a um corpo um tanto pesado que, com o puxão, balançou tilintando.

— Deve ser um candeeiro — disse Tremal-Naik.

Subitamente, deu um tapa na testa.

— Agora estou me lembrando! — exclamou ele com grande emoção. — Claro... aqueles dois homens estavam falando de um templo... de uma *Virgem* que vela... Meu bom Vixnu, será que...

Parou de falar e levou as duas mãos ao coração que batia com uma impetuosidade inacreditável. Estava sentindo uma emoção parecida com a que sentira naquelas noites, quando se encontrava na presença da estranha visão.

Foi como um raio. Agarrou a corda e começou a descer no escuro, embora ainda ignorasse aonde iria chegar no final, nem o que o esperava lá. Poucos minutos depois, seus pés bateram em um objeto arredondado que emitiu um som metálico, repetido várias vezes pelos ecos do templo.

Estava prestes a se curvar para ver o que era aquilo, quando um rangido parecido com o de uma porta girando nas dobradiças chegou aos seus ouvidos. Olhou para baixo e pensou ter visto uma sombra se movimentando na escuridão, mas sem produzir nenhum tipo de barulho.

— Mas quem pode ser? — se perguntou, arrepiado.

Com uma mão extraiu a pistola e a empunhou, decidido a vender caro a sua vida caso fosse descoberto, e esperou, imóvel como uma estátua de granito.

Um suspiro profundo subiu até ele e o impressionou de uma maneira nova e misteriosa. Parecia que fora apunhalado no coração.

— Estou louco ou enfeitiçado — murmurou ele.

A sombra parara diante de uma massa escura, enorme, que se encontrava exatamente embaixo da corda.

— Aqui estou, terrível divindade! — exclamou uma voz de mulher que abalou Tremal-Naik até o fundo da alma.

Para aumentar ainda mais a sua surpresa, o indiano ouviu um líquido sendo derramado no chão e percebeu um perfume suave se expandir no ar.

— Que gente monstruosa! — pensou ele. — No entanto, essa voz tem um tom doce como as notas do sarangui... É estranho. Estou tremendo com se tivesse febre. Por que será?...

— Eu odeio você! — exclamou a mesma voz, com uma profunda amargura.

— Odeio você, divindade assustadora, que me condenou ao martírio eterno, depois de ter destruído tudo o que me era mais caro na terra. Assassinos, que vocês sejam amaldiçoados nesta e na outra vida!

Uma explosão de choro se seguiu à maldição que aquele ser misterioso rogara sobre os homens que chamara de assassinos. Pela segunda vez, Tremal-Naik sentiu todos os membros estremecerem e ele, o homem que possuía uma alma inacessível, ele, o bravo filho da selva, ele, o *caçador de serpentes*, pela primeira vez na vida ficou comovido.

Por um momento, teve a ideia de se deixar cair no vazio, mas foi retido por alguma desconfiança. De resto, era tarde demais, visto que a sombra se distanciara, desaparecendo na escuridão; e um pouco depois ele ouviu o ruído das dobradiças da porta que se abria.

— Mas será que eu não vou conseguir resolver esse mistério? — murmurou Tremal-Naik quase com raiva. — Mas quem são então esses monstros que precisam tanto de vítimas? E quem pode ser essa divindade assustadora? Quem é essa mulher quem vem rogar maldições à meia-noite, justo na hora dos crimes, dos fantasmas e das vinganças?... Quem é esse ser que chora, enquanto os outros estrangulam? Que me comove tanto, enquanto os outros me provocam asco? Que tem uma voz tão doce e suave quanto uma harpa celestial, enquanto a dos outros é ameaçadora?... Eu preciso ver esse ser, essa mulher; quero falar com ela porque sei que assim vou ficar sabendo de tudo. Não sei, mas uma voz interna me diz que já vi essa mulher outras vezes e que ela fez o meu coração palpitar, que essa mulher é...

Parou de falar ofegante, quase assombrado. Uma chama subiu ao seu rosto e o inundou de suor.

— E se for a minha visão! — exclamou ele com voz trêmula de emoção. — Quando eu estava escalando o templo, já sentia uma emoção forte; quando desci até aqui, cheguei a tremer. E se for verdade?... Tenho que descer.

Deixou-se cair e pousou os pés sobre um objeto duro e irregular que emitiu aquele som particular dos corpos metálicos e, especialmente, dos de bronze.

Percebeu que estava sobre uma massa negra, diante da qual a mulher derramara o perfume, amaldiçoara e chorara.

— Mas o que será isto? — murmurou ele.

Inclinou-se, apoiou as mãos naquela massa de bronze e deslizou por ela até tocar o chão. Os seus pés resvalaram em uma superfície lisa e úmida.

— Foi aqui que ela entornou o perfume — disse ele. — Esta fragrância que chega ao meu nariz confirma isso. Amanhã vou saber onde estou e quem ou o que vou enfrentar.

Deu seis ou sete passos, tateando na escuridão, e ficou de cócoras, com as pistolas na mão, esperando que um raio de luz iluminasse aquele templo misterioso.

Algumas horas se passaram sem que o menor ruído perturbasse o silêncio sinistro que reinava naquele lugar; mais adiante, onde ficava a abertura, o céu começava a clarear e os astros, a empalidecer com os primeiros raios do sol. Tremal-Naik, imóvel, com os olhos bem abertos e os ouvidos atentos, continuava esperando com aquela paciência que é típica das raças asiáticas.

Por volta das quatro horas, o sol apareceu repentinamente no horizonte, iluminando a grande bola de bronze que se erguia no topo do templo, e um feixe de luz desceu da ampla abertura. Tremal-Naik se pôs em pé de um salto, surpreso e aturdido com o espetáculo que se descortinava diante dos seus olhos.

Ele estava em uma espécie de cúpula imensa com paredes estranhamente pintadas. As dez primeiras encarnações de Vixnu, o deus guardião dos indianos, cuja residência fica em Vaicondu, ou o mar de leite da cobra Adissescien, estavam pintadas em torno e circundadas pelos principais *deverkeli*, ou os semideuses venerados pelos indianos, protetores dos oito ângulos do mundo, habitantes do *sorgon*, ou seja, o paraíso daqueles que não têm mérito suficiente para ir para o *cailasson*, ou o paraíso de Xiva. Na metade inferior dessas paredes estavam esculpidos os *cateri*, gigantescos gênios malévolos que, divididos em cinco tribos, vivem andando pelo mundo, do qual não podem sair, e que nem sequer merecem a bem-aventurança prometida aos homens, a não ser depois que tiverem recolhido um número enorme de preces.

No centro do templo se elevava uma grande estátua de bronze, representando uma mulher com quatro braços, um dos quais brandia uma longa adaga e outro, uma cabeça. Um grande colar de caveiras descia até o peito do pé e um cinto de mãos e braços amputados cingia os seus quadris.

O rosto daquela mulher horrível estava todo tatuado, as orelhas, adornadas com anéis e a língua, pintada de vermelho escuro, cor de sangue, saía quase meio palmo da boca, representada por um sorriso feroz; os pulsos estavam apertados em pulseiras largas e os pés pousavam sobre um gigante coberto de feridas.

Aquela divindade, isso se percebia à primeira vista, inebriada pela embriaguez do sangue, estava dançando sobre o corpo da vítima.

Outro objeto estranho era uma pia de mármore branco que estava engastada nas pedras brilhantes do pavimento. Encontrava-se cheia de água limpíssima e, dentro dela, era possível observar um peixe de um belo amarelo-ouro, pequeno e muito parecido com o peixe-manga do Ganges.

Tremal-Naik nunca vira nada igual.

Ele se detivera diante da monstruosa divindade e a contemplava com um misto de estupor e medo.

Quem seria aquela figura sinistra rodeada de crânios e enfeitada de mãos e braços amputados? O que significava aquele peixinho dourado nadando naquela pia branca? Que relação teriam aqueles dois símbolos estranhos com os homens ferozes que perseguiam e estrangulavam seus semelhantes?

— Será que eu estou sonhando? — murmurou Tremal-Naik, esfregando várias vezes os olhos. — Não consigo entender nada.

Nem bem acabara de pronunciar essas palavras, ouviu um rangido. Virou-se com a carabina na mão, mas logo em seguida recuou até a monstruosa divindade, conseguindo reter com muito esforço um grito de susto e de alegria.

Diante dele, sob o limiar de uma porta dourada, se encontrava de pé uma jovem de uma beleza maravilhosa, com o mais angustiado terror estampado no rosto.

Devia ter cerca de catorze anos. A silhueta era graciosa e tinha formas fantasticamente elegantes.

Apresentava feições de uma pureza antiga, animada pela brilhante expressão da mulher anglo-indiana.

A pele era rosada, de uma suavidade incomparável; tinha olhos negros e cintilantes como diamantes; um nariz reto que em nada se parecia com o típico nariz indiano, lábios delgados, cor de coral, fechados em um sorriso melancólico que deixava entrever duas fileiras de dentes de uma brancura ofuscante. A cabeleira farta, de um castanho cinzento e escuro, separada na testa por maço de grandes pérolas, estava presa em nós e entrelaçada com flores de magnólia de um perfume suave.

Como foi dito, Tremal-Naik recuara rapidamente até a monstruosa estátua de bronze.

— Ada!... Ada!... A aparição da selva! — exclamou ele com voz sufocada.

Não conseguiu dizer nada mais e ficou ali, mudo, ofegante e extasiado, olhando para aquela criatura maravilhosa que continuava a fitá-lo com profundo terror.

De repente, a jovem deu um passo para frente, deixando cair no chão um grande sari de seda, que a recobria como uma ampla capa e era enfeitado com uma tira azul e frisado com desenhos enigmáticos.

Um feixe de luz ofuscante a envolveu, escondendo-a da visão do *caçador de serpentes*, que foi forçado a fechar os olhos.

Aquela jovem estava literalmente coberta de ouro e pedras preciosas de valor incalculável. Uma couraça de ouro, coberta com os mais belos diamantes de Golconda e de Guzerate e decorada com a misteriosa cobra com cabeça de mulher, encerrava todo o seio e desaparecia em um grande xale de caxemira, bordado de prata, que cingia seus quadris; diversos colares de pérolas e diamantes do tamanho de avelãs pendiam do seu pescoço; enormes pulseiras, também cobertas de pedras preciosas, ornavam os seus braços nus, e o calção largo, de seda branca, se estreitava no peito dos pés pequenos e nus, com argolas de coral do mais belo tom vermelho. Um rio de sol que entrou por um pequeno orifício, ao bater naquela profusão de ouro e de joias, praticamente mergulhou a jovenzinha em um mar de luz com um brilho ofuscante.

— A visão!... a visão!... — repetiu Tremal-Naik pela segunda vez, estendendo os braços para ela! — Oh, mas como você é bonita!...

A jovem olhou ao redor, atordoada, levou um dedo aos lábios, como se pedindo que ele se calasse, e caminhou direto para ele.

— Você é um louco! — disse ela com espanto. — O que veio fazer aqui?... Que tipo de insensatez arrastou você até este lugar horrível?...

O *caçador de serpentes*, sem pensar, caiu de joelhos e estendeu as mãos para ela, que recuou mais espantada ainda.

— Não me toque! — disse, com um fio de voz.

Tremal-Naik deu um suspiro:

— Você é muito bonita! — exclamou ele com paixão.

— Cale-se, Tremal-Naik!

— Você é linda!... — repetiu o bravo filho da selva.

Ela colocou um dedo nos lábios.

— Se não quiser que eu morra, não faça barulho — disse a jovem em uma doce repreensão. — Você ainda não conhece os tremendos perigos que nos ameaçam.

— Não se esqueça de que eu sou Tremal-Naik! Quem é esse homem que ameaça você? Basta me dizer quem é e eu, o *caçador de serpentes*, juro que amanhã esse inimigo terá desaparecido da terra!...

— Não fale assim, Tremal-Naik!

— Por quê?... Escute, minha jovem: eu nunca vi um rosto de mulher na minha selva, habitada apenas por tigres. Quando vi você pela primeira vez, sob os últimos raios do sol poente, lá, atrás daquele arbusto de mussenda, senti todo o meu corpo estremecer. Parecia que você era uma divindade descida do céu, e eu caí em adoração.

— Cale-se! Cale-se! — repetiu a jovenzinha com voz entrecortada, escondendo o rosto entre as mãos.

— Não posso me calar, minha encantadora flor da selva! — exclamou Tremal-Naik com mais paixão. — Quando você desapareceu, parecia que tinham arrancado alguma coisa do meu coração. Fiquei como que embriagado. A sua visão não parava de dançar diante dos meus olhos, o sangue corria mais rápido nas veias e línguas de fogo subiam para o meu rosto e para o meu cérebro. Disseram até que você tinha me enfeitiçado!

— Tremal-Naik! — murmurou a jovem ansiosa.

— Não dormi naquela noite — prosseguiu o *caçador de serpentes*. — Tive febre e uma necessidade furiosa de rever você. Por quê? Eu não sabia, e não conseguia me convencer de que aquilo tinha realmente acontecido. Foi a primeira vez na vida que tive uma emoção tão forte assim. Isso foi há quinze dias. Todas as noites, ao cair do sol, eu via você de novo, atrás da mussenda, e ficava feliz; parecia que haviam me transportado para um outro mundo, parecia que eu me tornara um outro homem. Você não falava comigo, apenas me olhava e, para mim, isso já era demais; aqueles seus olhares eram eloquentes e me diziam que você...

Deteve-se ofegante, olhando para a jovem que mantinha o rosto entre as mãos.

— Ah! — exclamou ele dolorosamente. — Então você não quer que eu fale.

A moça estremeceu e olhou para ele com olhos úmidos.

— Por que falar — balbuciou ela, — quando existe um abismo entre nós? Por que você veio aqui, despertar impiedosamente uma esperança vã no meu coração? Então não sabe que este lugar é maldito, proibido principalmente àqueles que eu amo?

— Que eu amo! — exclamou Tremal-Naik com alegria. — Repita, repita essas palavras, minha graciosa flor da selva! Então é verdade que você me ama? Então é verdade que você vinha todas as noites para trás da mussenda porque me ama?

— Não faça com que me matem, Tremal-Naik! — exclamou a jovem com angústia.

— Matar! Por quê? Que perigo ainda está ameaçando você? Eu não estou aqui para defender você? Que importa se este lugar é maldito? Que importa se há um abismo entre nós? Eu sou forte, tão forte que, por você, posso sacudir este templo e despedaçar aquele horrível monstro diante do qual você derrama perfumes.

— Como sabe disso? Quem disse a você?

— Eu vi esta noite.

— Então você estava aqui esta noite?

— Estava. Bem aqui em cima, agarrado àquele candeeiro, bem em cima da sua cabeça.

— Mas quem trouxe você a este templo?

— O destino, ou melhor, o laço dos homens que habitam nesta terra maldita.

— Então eles já viram você?

— Já me perseguiram.

— Ah!, infeliz, você está perdido! — exclamou a jovenzinha, desesperada. Tremal-Naik lançou-se para ela.

— Mas me diga que mistério é esse? — perguntou ele com uma ira que mal podia segurar. — Por que tanto terror? O que significa aquela figura monstruosa que precisa de perfumes? O que é aquele peixe dourado nadando naquela pia? O que quer dizer essa cobra com cabeça de mulher que você carrega na couraça? Quem são esses homens que estrangulam os semelhantes e vivem embaixo da terra? Quero saber, Ada, quero saber!

— Não me interrogue, Tremal-Naik.

— Por quê?

— Ah! se você soubesse que destino terrível pesa sobre mim!

— Mas eu sou forte.

— E de que vale a força contra esses homens?

— Vou travar uma guerra impiedosa contra eles.

— Vão fazer você em pedaços, como se fosse um bambu jovem. Eles não desafiaram a potência da Inglaterra? São muito fortes, Tremal-Naik, e terríveis! Ninguém resiste a eles: nem a frota, nem os exércitos. Tudo cai diante daquele sopro venenoso.

— Mas quem são eles, então?

— Não posso dizer.

— E se eu exigir?

— Eu recusaria.

— Então você... não confia em mim! — exclamou Tremal-Naik com raiva.

— Tremal-Naik! Tremal-Naik! — murmurou a infeliz jovenzinha com um tom pungente.

O *caçador de serpentes* cruzou os braços.

— Tremal-Naik — prosseguiu a moça, — existe uma condenação pesando sobre mim, uma condenação terrível, assustadora, que não terminará com a minha morte. Eu amei você, bravo filho da selva, e continuo amando, mas...

— Ah! você me ama! — exclamou o *caçador de serpentes*.

— Amo, Tremal-Naik.

— Jure por esse monstro que está perto de nós.

— Juro! — disse a jovenzinha, estendendo a mão para a estátua de bronze.

— Jure que você vai se casar comigo!...

Um espasmo decompôs as feições da mocinha.

— Tremal-Naik — murmurou ela com voz melancólica, — eu me caso com você se isso for possível!

— Ah! Talvez, então, eu tenha um rival.

— Não, nem existe mais ninguém com a ousadia de olhar para o meu rosto. Eu pertenço à morte.

Tremal-Naik deu dois passos para trás com as mãos na cabeça.

— À morte!... — exclamou.

— À morte, Tremal-Naik, eu pertenço à morte. No dia em que um homem encostar a mão em mim, o laço dos vingadores interromperá a minha vida.

— Mas eu só posso estar sonhando com tudo isso.

— Não, você está acordado, e quem está falando é a mulher que ama você.

— Ah! mas que tremendo mistério!

— É isso mesmo, Tremal-Naik, um tremendo mistério. Esse abismo que existe entre nós não pode ser transposto por ninguém... É uma fatalidade! Mas o que foi que eu fiz para ser tão desgraçada assim? Que crime eu cometi para ter sido amaldiçoada?

Uma explosão de choro sufocou a sua voz, e o seu rosto se inundou de lágrimas. Tremal-Naik deu um rugido rouco e apertou o punho com tanta força que quase estalou os ossos.

— E o que eu posso fazer por você? — perguntou ele, emocionado até o fundo da alma. — Essas suas lágrimas me machucam, minha encantadora flor da selva. Diga o que eu tenho que fazer, dê a ordem e eu obedeço como um escravo. Se quiser que eu tire você deste lugar, faço isso, mesmo que perca a vida tentando.

— Oh! não! não! — exclamou a jovem assustada. — Seria a morte para nós dois.

— Você quer que eu vá embora daqui? Veja, eu amo você demais, mas se a sua existência exige a separação eterna entre nós, vou acabar com o amor que está nascendo no meu coração. Vou ser um infeliz, isso será um martírio constante para mim, mas eu faço. Fale, o que devo fazer?

A jovenzinha continuava em silêncio, soluçando. Tremal-Naik a puxou delicadamente para si e estava prestes a abrir os lábios quando ouviram a nota aguda do *ramsinga* tocando do lado de fora.

— Fuja! Fuja, Tremal-Naik! — exclamou a jovem, fora de si pelo terror. — Fuja ou estamos perdidos!

— Ah!, mas que trompete maldito! — gritou Tremal-Naik rangendo os dentes.

— Eles estão chegando — continuou a moça com voz aflita. — Se nos encontrarem, seremos imolados à sua divindade terrível. Fuja! fuja!

— Ah! Isso nunca!

— Mas você quer que eles me matem?

— Posso defender você!

— Mas fuja, infeliz! Fuja!

Como resposta, Tremal-Naik pegou a carabina do chão e a armou. A jovenzinha compreendeu então que aquele homem não voltava atrás em suas decisões.

— Tenha piedade de mim! — disse ela com angústia. — Eles estão chegando.

— Pois que venham. Estou esperando — respondeu Tremal-Naik. — Juro pelo meu deus que vou matar como um tigre da selva o primeiro homem que se atrever a levantar a mão para você.

— Então fique, já que não posso convencer você do contrário, bravo filho da selva; eu vou salvar você.

Ela recolheu o sari e se dirigiu para a porta pela qual entrara. Tremal-Naik se arremessou para ela e a deteve.

— Aonde vai? — perguntou.

— Receber o homem que está chegando e impedi-lo de entrar aqui. Esta noite, à meia-noite, voltarei para você. Então, se cumprirá a vontade dos deuses e talvez... possamos fugir.

— Qual é o seu nome?

— Ada Corishant.

— Ada Corishant! Ah! Como é lindo esse nome! Agora vá, nobre criatura, eu espero você à meia-noite!

A jovem se envolveu no sari, olhou mais uma vez para Tremal-Naik com olhos úmidos e saiu, sufocando um soluço.

6. A condenação
à morte

SAINDO DO TEMPLO, ADA, ainda emocionada e com o rosto banhado de lágrimas, mas com os olhos desafiadores de orgulho, entrou em uma pequena sala coberta de esteiras pintadas e decoradas com a monstruosa divindade, ligeiramente diferente daquela descrita antes. Mas não faltavam a cobra com cabeça de mulher, a estátua de bronze com o rosto horrível e a pia de mármore branco com o peixinho vermelho.

Um homem já entrara e caminhava para frente e para trás com uma impaciência visível. Tratava-se de um indiano de alta estatura, magro como um bastão, com um rosto enérgico, o olhar lampejante e feroz e o queixo coberto por uma barba negra e emaranhada. Usava, envolvendo o corpo, um rico dotim, uma espécie de manto de seda amarela com o misterioso emblema bordado em ouro no centro. Os braços nus estavam cobertos de cicatrizes brancas e de estranhos sinais que até mesmo um indiano teria que quebrar a cabeça para tentar decifrar, sem jamais conseguir.

Ao avistar Ada, aquele homem se detivera imediatamente, fixando na moça um olhar com um brilho diferente, e seus lábios se abriram numa risada zombeteira que incutia pavor.

— Salve, *Virgem do templo* — disse ele, ajoelhando-se diante da jovem.

— Salve o grande chefe predileto da divindade — respondeu Ada com voz trêmula.

Ambos se calaram, mantendo o olhar fixo um no outro. Parecia que um estava tentando ler os pensamentos que passavam pela cabeça do outro.

— *Virgem do templo sagrado* — disse o indiano depois de algum tempo, — você está correndo um grande perigo.

Ada estremeceu. O tom do indiano era soturno e ameaçador.

— Onde você esteve esta noite? Disseram que você entrou no templo.

— É verdade. Você me mandou perfumes e eu fui derramá-los aos pés da sua divindade.

— Diga "da nossa".

— Está bem, "da nossa" — disse a jovem com os dentes cerrados.

— E o que viu no templo?

— Nada.

— *Virgem do templo*, você corre um grande perigo — repetiu o indiano com a voz ainda mais soturna. — Eu descobri tudo!...

Ada deu um salto para trás, deixando escapar um grito de horror.

— É isso mesmo, descobri tudo! — prosseguiu o indiano com uma raiva contida. — O seu coração, condenado a não bater mais nesta terra, palpitou de amor por um homem que você viu na selva negra. Esse homem desembarcou na noite passada em nossos domínios e, depois de ter levantado a mão sobre nós e de ter cometido um crime medonho, desapareceu; mas eu vou encontrá-lo. Esse homem entrou no templo.

— Você está mentindo! Está mentindo! — exclamou a jovem infeliz.

— *Virgem do templo*, ao amar aquele homem, você faltou com os seus deveres. Melhor para você que ele não tenha ousado vir até aqui.

— É tudo mentira! Tudo mentira! — repetiu a jovenzinha, atordoada.

— Mas ele não sairá vivo da ilha — retomou o indiano com uma alegria feroz. — Que imbecil, queria nos desafiar. Nós, os poderosos, nós que fizemos a Inglaterra tremer. A cobra entrou na toca do leão e o leão vai fazê-la em pedaços.

— Não faça isso!

O indiano começou a zombar.

— Quem é que se opõe aos intentos da nossa divindade?

— Eu!

— Você?

— Eu, miserável! Olhe!

Ada, com um movimento rápido, jogara o sari no chão; estava armada com um punhal de lâmina ondulada, embebido em um veneno sutil, e o mantinha apontado para o pescoço. O indiano, de bronzeado que era, ficou cinza.

— O que você vai fazer? — disse ele, alarmado.

— Suyodhana — disse a jovem com um tom de voz que não deixava dúvidas. — Se você tocar em um só cabelo daquele homem, eu juro que a sua deusa vai perder a *Virgem*.

— Jogue fora esse punhal!

— Suyodhana, jure pela sua deusa que Tremal-Naik sairá vivo daqui.

— Isso é impossível. Aquele homem está condenado; o sangue dele já está destinado à deusa.

— Jure! — disse Ada com um tom ameaçador.

Suyodhana se recolheu sobre si mesmo como se fosse saltar em cima dela, mas o medo de chegar tarde demais o deteve.

— Ouça, *Virgem do templo* — disse ele, aparentando calma. — Aquele homem vai ser salvo, mas você deve jurar que vai deixar de amá-lo.

Ada deu um gemido lancinante e torceu desesperadamente as mãos.

— Você quer me matar! — exclamou ela, soluçando.

— Você é a eleita da nossa deusa.

— Por que, criatura monstruosa, interromper tão depressa uma felicidade que acabou de nascer? Por que extinguir assim o raio de sol que inundava este pobre coração, sempre fechado para qualquer alegria? Não, não é possível acabar com essa paixão, que já é enorme.

— Jure e aquele homem será salvo.

— Então você não vai desistir disso? Não existe nenhuma esperança? Mas eu renego essa sua deusa assustadora que me provoca um verdadeiro horror, eu amaldiçoo desde o primeiro dia a fatalidade que me jogou no meio de vocês.

— Nós somos inflexíveis — insistiu o indiano.

— Mas então você nunca amou? — perguntou ela, chorando de raiva. — Então você não sabe o que significa proibir uma paixão?

— Não sei o que é o amor — disse o implacável indiano. — Jure, *Virgem do templo*, ou eu acabo com aquele homem.

— Ah! Malditos!...

— Jure!

— Está bem!... — exclamou a infeliz com voz inexpressiva. — Eu... eu juro... que não amarei mais... aquele homem.

Deu um grito desesperado, dilacerado, levou as mãos ao coração e caiu sem sentidos sobre as esteiras. O indiano rompeu numa risada ruidosa.

— Você jurou que não vai amá-lo — disse ele com uma alegria diabólica, recolhendo o punhal que a jovenzinha deixara cair. — Mas eu não jurei que aquele homem vai sair vivo daqui. Sorria, excelsa divindade, e se regozije: esta noite teremos uma nova vítima para oferecer!

Encostou nos lábios um apito de ouro e deu um assobio agudo.

Um indiano, com o laço em torno do quadril e o punhal na mão, entrou na sala e se ajoelhou diante de Suyodhana.

— Filho das águas sagradas do Ganges, aqui estou — disse ele.

— Karna — disse Suyodhana, — leve daqui a *Virgem do templo* e tome conta dela.

— Conte comigo, *Filho das águas sagradas do Ganges.*

— Talvez esta mulher tente o suicídio, mas você vai impedir, já que a nossa divindade só conta com ela no momento. Se ela morrer, você também morre.

— Eu vou impedir.

— Depois você vai reunir cinquenta homens, dos mais fanáticos, e os colocará ao redor do templo. Esse homem não pode escapar.

— Há um homem no templo?

— Há, Tremal-Naik, o *caçador de serpentes* da selva negra. Agora vá e à meia-noite esteja aqui.

O indiano pegou a pobre Ada nos braços e saiu. Suyodhana, ou melhor, *Filho das águas sagradas do Ganges*, esperou que tivessem cessado todos os ruídos de passos e, em seguida, se ajoelhou diante da pia de mármore em que deslizava o peixinho dourado.

— Meu pai — disse ele.

O peixinho, que nadava no fundo da pia, subiu à tona àquela voz.

— Meu pai — prosseguiu o indiano. — Um homem, um miserável, levantou os olhos para a *Virgem do templo*. Esse homem está em nossas mãos; o senhor quer que ele viva ou que morra?

O peixinho afundou nadando rapidamente. Suyodhana se levantou de um salto: um raio sinistro brilhou em seus olhos.

— A deusa o condenou — disse ele com voz ameaçadora... — Aquele homem vai morrer!

Quando ficou sozinho, Tremal-Naik se deixou cair aos pés da estátua, comprimindo com força o coração que batia furiosamente, como se quisesse fugir do seu peito. Nunca em sua vida uma emoção tão forte atingira as fibras do seu corpo; jamais sentira tanta alegria em sua vida solitária e selvagem, entre os cães e os tigres.

— Minha querida! Querida! — exclamava ele sem se incomodar com o fato de estar no templo maldito e de que cem ouvidos podiam estar escutando! — Ah! Você vai se casar comigo, sim, bela flor da selva, mesmo que eu precise passar a ferro e fogo esta ilha; mesmo que eu precise lutar com os monstros que condenaram você. Vou sair daqui, vou encontrar os meus bravos companheiros e, então, venho raptar você, salvar você. Sei que eles são fortes, como você bem disse, que são terríveis, mas eu vou ser mais forte e mais terrível e farei que eles paguem muito caro as lágrimas que você, minha querida, derramou diante de mim. O amor vai me dar forças para cumprir essa tarefa.

Levantara-se e começara a caminhar, agitadíssimo, com os punhos convulsivamente fechados e as feições transtornadas por uma raiva concentrada.

— Pobre Ada! — recomeçou ele, com profunda ternura. — Mas por que você não pode me amar? Você disse que a morte vai interromper a sua existência no dia em que se tornar minha mulher; mas eu hei de deter a morte, vou despedaçá-la com as minhas próprias mãos. Oh! eu vou conseguir revelar esse tremendo mistério e, nesse dia, os desgraçados que a condenaram vão tremer.

Ele se deteve ao ouvir as notas agudas do *ramsinga*.

— Maldito instrumento! — exclamou. — Não para de tocar!

E ficou arrepiado com o pensamento que atravessou o seu cérebro.

— Esse trompete anuncia uma desgraça — murmurou. — Será que descobriram ou mataram Kammamuri?

Prendeu a respiração e estendeu as orelhas. Sua excelente audição percebeu um ruído de vozes que pareciam vir de fora.

— O que quer dizer isso? Tem gente lá fora? Será que são os indianos, os habitantes deste lugar fúnebre?

Olhou em torno com um terror supersticioso, mas estava realmente sozinho; olhou pela abertura do templo, mas ela também estava livre.

— Alguma coisa está prestes a acontecer, estou sentindo isso — disse em voz baixa, — mas eu vou mostrar quem é Tremal-Naik em uma luta.

Examinou a carga das pistolas e da carabina, com medo de que uma mão misteriosa as tivesse esvaziado, talvez; examinou até mesmo a lâmina de seu fiel punhal, banhado mais de cem vezes no sangue das cobras e dos tigres, e se estendeu atrás da estátua monstruosa, escondendo-se o máximo que podia.

O dia se passou com uma lentidão espantosa para o indiano, condenado a uma imobilidade quase absoluta e a um jejum forçado.

As sombras da noite invadiram pouco a pouco os mais obscuros recessos do templo e depois se ergueram gradativamente para a cúpula; às nove horas, a escuridão era tão profunda que não se conseguia ver nada a um passo de distância, embora a lua estivesse brilhando no céu e se refletindo na grande bola de bronze dourado e na cobra com cabeça de mulher.

O *ramsinga* não tocou mais as suas notas fúnebres, e todos os outros ruídos também haviam cessado há muito tempo. Um silêncio misterioso reinava em toda parte.

Tremal-Naik, contudo, não ousava se mexer. O único movimento que fazia era o de apoiar a orelha na pedra fria do templo e escutar com a maior atenção.

Uma voz secreta lhe dizia para vigiar e desconfiar, e ele logo percebeu que ela não estava mentindo, pois, por volta da onze horas, quando a escuridão estava mais densa, um rumor estranho, ainda não definido, chegou até ele.

Parecia que tinha alguma coisa descendo pela corda que sustentava o candeeiro. Por mais que aguçasse os olhos, Tremal-Naik não era capaz de distinguir o que quer que fosse. Como precaução, empunhou as pistolas e se levantou silenciosamente, pondo-se de joelhos.

— Mas quem poderia ser? — se perguntou. — Não é a Ada, pois ainda falta muito tempo para a meia-noite. Será que é aquele homem mons-truoso?

Um rubor provocado pela ira subiu ao seu rosto.

— Azar de quem estiver entrando!

Um tilintar metálico ressoou entre as trevas. Era o candeeiro que se mexia, sacudido, sem dúvida, pela pessoa que descia do alto.

Tremal-Naik não se conseguiu mais se conter.

— Quem está aí? — gritou ele.

Ninguém respondeu à pergunta, mas o tilintar parou.

— Será que eu me enganei? — perguntou-se ele.

Levantou-se e olhou para cima. Lá no alto, sobre a cúpula, a Lua continuava se refletindo na bola dourada e era possível ver uma parte da corda vegetal que sustentava o candeeiro, mas não havia nenhum ser humano preso a ela.

— Estranho — disse Tremal-Naik, que ficara inquieto.

Voltou a se encolher e continuou olhando ao redor.

Depois de mais vinte minutos, o candeeiro voltou a tilintar.

— Quem está aí? — repetiu ele com voz estridente. — Se tiver alguém aí, apareça, pois Tremal-Naik está esperando por você.

Novo silêncio. Ele então se agarrou aos pés da estátua gigantesca, subiu para os braços e escalou até pôr os pés na cabeça dela, onde segurou o candeeiro e o sacudiu furiosamente.

O barulho de uma risada ressoou no templo.

— Ah! — exclamou Tremal-Naik, que se sentia invadido por uma raiva enorme. — Tem alguém rindo aí. Espere!

Reuniu todas as suas forças e com um puxão irresistível, partiu a corda. O candeeiro caiu no chão com um estrondo indescritível, repetido muitas vezes pelos ecos do templo.

Mais uma risada ecoou no templo. Tremal-Naik se precipitou para baixo e se escondeu atrás da estátua.

Foi bem a tempo. Uma porta se abriu e um indiano alto e magro apareceu. Estava ricamente vestido e trazia um punhal em uma mão e uma tocha resinosa na outra.

Tratava-se do sanguinário Suyodhana: seu rosto bronzeado irradiava uma alegria infernal e um raio sinistro brilhava em seus olhos.

Ele se deteve por um momento, contemplando a monstruosa divindade, atrás da qual estava Tremal-Naik com a faca entre os dentes e as pistolas em punho, e depois deu alguns passos a frente. Atrás dele vinham vinte e quatro indianos que se posicionaram doze à direita e doze à esquerda. Todos estavam armados com punhais e com o cordão de seda que tinha uma bola de chumbo na ponta.

— Meus filhos — disse Suyodhana com um tom assustador, — é meia-noite!

Os indianos desataram as cordas, brandiram os punhais e colocaram as tochas em alguns buracos escavados nas pedras.

— Estamos prontos para a vingança! — responderam em coro.

— Um ímpio — prosseguiu Suyodhana, — invadiu o pagode da nossa deusa. O que esse homem merece?

— A morte, responderam os indianos.

— Um ímpio ousou falar de amor com a *Virgem do templo*. O que esse homem merece?

— A morte — repetiram os indianos.

— Tremal-Naik! — gritou Suyodhana com um tom terrível. — Mostre-se.

O ruído de uma risada foi a resposta. Em seguida, o *caçador de serpentes*, que ouvira tudo, apareceu, se lançando com um salto diante da monstruosa divindade. Não era mais o mesmo homem; parecia um verdadeiro tigre desentocado da selva. Um sorriso feroz aflorava em seus lábios, seu rosto era cruel e estava alterado por uma cólera furiosa, e seus olhos soltavam raios sinistros.

O bravo filho da selva despertara, pronto para rugir e morder.

— Ah, ah! — exclamou ele, rindo. — São vocês que estão querendo matar Tremal-Naik? Bem se vê que ainda não conhecem o *caçador de serpentes*. Olhem, seus assassinos, vejam como eu os desprezo.

Levantou as duas pistolas e as descarregou, jogando depois as armas para longe. Descarregou então a carabina e a empunhou pelo cano para usar como um porrete.

— Agora — disse ele, — quem se sente tão valente ainda a ponto de enfrentar Tremal-Naik, que se apresente. Estou lutando pela mulher que vocês condenaram, seus malditos!

Deu um salto a frente e se colocou na defensiva, dando o seu grito de guerra.

— Ao ataque! Ao ataque! — trovejou. — Estou lutando pela *Virgem do templo*!

Um indiano, sem dúvida o mais fanático, se atirou contra ele, fazendo o laço assobiar no ar. Seja por ter saltado com força demais, seja por ter escorregado, o fato é que ele despencou bem nos pés de Tremal-Naik.

O tremendo porrete se ergueu e desceu com uma rapidez fulminante, golpeando o crânio do indiano. A morte foi instantânea.

— Ao ataque! Ao ataque! — repetiu Tremal-Naik. — Estou lutando pela minha Ada!

Os vinte e três indianos se jogaram como um só homem sobre o *caçador de serpentes*, que girava a carabina como um demente.

Outro indiano caiu, mas a carabina não resistiu àquele segundo golpe e se despedaçou nas mãos do homem que a segurava.

— À morte! À morte! — vociferavam os indianos, espumando de ódio.

Um laço caiu sobre Tremal-Naik, apertando o seu pescoço, mas com uma mão ele o arrancou do estrangulador. Em seguida, empunhou a faca e correu para a estátua de bronze, subindo para a sua cabeça.

— Abram caminho! Abram caminho! — gritou ele, lançando olhares ferozes ao redor.

Encolheu-se sobre si mesmo, como um tigre e, saltando sobre a cabeça dos indianos, tentou chegar à porta, mas não teve tempo. Duas cordas prenderam seus braços, atingindo-o dolorosamente com as bolas de chumbo, e o derrubaram.

Ele deu um grito terrível. De um salto, os indianos caíram sobre ele como uma matilha de cães em volta de um javali e, apesar da sua forte resistência, foi solidamente amarrado e reduzido à impotência.

— Socorro! Socorro! — arquejou ele.

— À Morte! À morte! — gritaram os indianos.

Com um esforço hercúleo, ele conseguiu romper duas cordas, mas foi tudo o que pôde fazer. Outros laços o amarraram, e com tanta força, que a sua carne ficou escura. Suyodhana, que assistira impassível àquela luta desesperada de um homem sozinho contra vinte e dois, se aproximou e o contemplou por alguns instantes com uma alegria satânica. Tremal-Naik, sem poder fazer nada, cuspiu nele.

— Ímpio! — exclamou o *Filho das águas sagradas do Ganges.*

Agarrou com uma mão firme o punhal e o levantou sobre o prisioneiro que olhava para ele com desdém.

— Meus filhos — disse o indiano — que castigo merece este homem?

— A morte! — responderam os indianos.

— Então que seja a morte.

Tremal-Naik emitiu um último grito.

— Ada! Pobre Ada!

A lâmina do vingador que penetrava no peito interrompeu a sua voz. Arregalou os olhos, em seguida os fechou. Um espasmo violento agitou os seus membros e ele enrijeceu. Um rio de sangue quente escorria por suas roupas e se espalhava nas pedras.

— Kali! — disse Suyodhana, ao se virar para a estátua de bronze. — Escreva em seu livro negro o nome desta nova vítima.

A um sinal dele, dois indianos ergueram o infeliz Tremal-Naik.

— Joguem-no na selva para que sirva de comida para os tigres — arrematou aquele homem terrível. — Assim morrem os ímpios!...

7. Kammamuri

LOGO DEPOIS DE TEREM se separado, Kammamuri tomou o caminho que levava ao rio, tentando seguir a pista do indiano que ia à sua frente. É preciso dizer, no entanto, que o bravo marata se distanciava do seu patrão contra a vontade e quase com remorso.

Ele temia, e com razão, que Tremal-Naik cometesse alguma loucura, pois sabia que ele queria rever a misteriosa visão. Por isso, a cada dez passos que dava, parava titubeando, mais disposto a voltar atrás do que a seguir adiante, apesar da proibição.

Como poderia voltar à cabana, sabendo que o patrão se encontrava na selva maldita, onde os inimigos eram tão abundantes quanto os bambus? Isso lhe parecia uma monstruosidade, uma coisa absolutamente impossível, quase um crime.

Ainda não tinha percorrido meia milha quando decidiu voltar sobre os próprios passos, mesmo correndo o risco de enfurecer Tremal-Naik.

— Quem sabe, no final — disse o bravo marata —, um companheiro possa servir para alguma coisa. Ânimo, Kammamuri, coragem e olhos abertos.

Fez um giro sobre os calcanhares e se dirigiu novamente para o oeste, sem pensar mais no indiano que estivera na sua frente até agora. Não tinha dado nem vinte passos quando ouviu uma voz desesperada gritando:

— Socorro! Socorro!

Kammamuri deu um salto para trás.

— Socorro! — murmurou ele. — Quem será que está pedindo socorro?

Ficou na escuta, com uma mão na orelha; a brisa noturna que soprava do oeste levou até ele um silvo agudo.

Está acontecendo alguma coisa ali — resmungou o marata, inquieto. — O vento me informa: quem gritou deve estar a meia milha daqui, na direção que o meu patrão seguiu. Será que estão assassinando alguém?

O medo de cair nas mãos dos indianos era grande, mas a curiosidade, maior ainda.

Colocou a carabina embaixo do braço e foi para oeste, afastando os bambus com todo o cuidado. Exatamente naquele instante uma detonação ecoou.

Ao ouvi-la, o marata sentiu o sangue gelar nas veias. Era a carabina de Tremal-Naik. Tantas e tantas vezes ele a ouvira ribombar na selva negra, que conhecia o barulho bem demais para poder se enganar.

— Grande Xiva! — murmurou com os dentes cerrados. — O patrão está se defendendo de alguma coisa.

A ideia de que Tremal-Naik estivesse correndo perigo lhe infundiu uma coragem extraordinária. Desprezando qualquer precaução, esquecendo que talvez os indianos estivessem espionando, começou a correr para o local de onde partira o disparo.

Um quarto de hora mais tarde, chegava a uma espécie de clareira, no meio da qual se contorcia um objeto muito longo, salpicado de manchas. Era aquele corpo que estava emitindo os silvos agudos próprios das cobras quando ficam irritadas.

— Nossa, uma píton! — exclamou Kammamuri que, muito familiarizado com répteis parecidos, não sentia o menor medo.

Estava prestes a ir embora, para evitar o perigo de ser atacado e triturado, quando percebeu que o réptil não estava mais inteiro e que, ao seu lado, jazia um corpo humano. Sentiu arrepiar o tufo de cabelo que crescia na nuca.

— Será que é o patrão? — murmurou.

Pegou a carabina pelo cano, foi até o réptil que se contorcia raivosamente, perdendo muito sangue, e esmagou a cabeça dele.

Livre do monstro, correu até o corpo humano, que não dava mais sinal de vida.

— Abençoado seja Vixnu! — exclamou, emitindo um suspiro. — Não é o patrão.

De fato, era um indiano, o mesmo que caíra na espiral da píton quando estava prestes a atacar Tremal-Naik. O pobre diabo estava irreconhecível, depois do poderoso apertão do réptil.

Era agora uma massa de carne retorcida, esmigalhada e inundada de sangue.

A boca estava exageradamente aberta e suja com uma espuma sanguinolenta, os olhos haviam saltado das órbitas, havia pontas de ossos quebrados saindo pelo peito horrivelmente afundado, e os membros estavam fraturados em diversos locais.

Kammamuri se curvou sobre ele para ver se ainda respirava, mas o corpo já estava frio.

— O pobre homem não conseguiu resistir ao potente apertão — disse. — Bom, pior para ele: este indiano só pode ser um daqueles que nos perseguiam, pois estou vendo a misteriosa tatuagem no seu peito. Agora vamos lá, aqui não há mais nada a fazer e estou correndo o risco de ser descoberto.

Um ligeiro atrito de bambus o fez estremecer e o pregou no solo. Curvou-se imediatamente e se estendeu no meio das plantas, permanecendo imóvel como o cadáver ao lado.

Se ainda não tivesse sido visto, poderia escapar do olhar do homem, se é que era um só, que mexera no bambuzal, pois o mato estava alto.

O atrito parou de repente, mas era melhor desconfiar. Os indianos são tão pacientes quanto os peles-vermelhas da América e costumam vigiar a presa por horas, ou até por dias, e Kammamuri, como um indiano puro, sabia muito bem disso.

Ficou assim por muito tempo e então resolveu levantar a cabeça e olhar ao redor. Um assobio agudo fendeu o ar e ele percebeu que estava sendo estrangulado por um laço, arremessado em torno de seu pescoço por uma mão muito hábil.

Segurou o grito que estava prestes a sair dos seus lábios, agarrou solidamente a corda, impedindo assim que ela o estrangulasse, e caiu de novo entre as plantas, se debatendo como quem está agonizando. A astúcia foi a grande vencedora.

O estrangulador, que se mantinha oculto atrás de um grupo de canas-de-açúcar silvestres, acreditando que a vítima estivesse prestes a expirar, saiu do esconderijo para acabar o serviço com golpes de punhal. Kammamuri pegara e armara uma das pistolas, dirigindo-a para ele.

— Você está morto! — gritou.

Um raio rompeu a escuridão, seguido de uma detonação. O estrangulador cambaleou, levou as mãos ao peito e caiu pesadamente entre as plantas.

Kammamuri correu até ele com a segunda pistola.

— Onde está Tremal-Naik? — perguntou.

O estrangulador tentou se levantar, mas não conseguiu. Um jato de sangue saiu da sua boca, ele arregalou os olhos, emitiu um gemido e despencou morto.

— Vamos logo com isso — murmurou o marata — daqui a pouco os seus companheiros vão estar nos meus calcanhares.

Ficou em pé de um salto e começou a correr rapidamente do local onde se encontrava, persuadido de que o morto fosse o indiano que estava na sua frente e que Tremal-Naik estava são e salvo.

Correndo dessa maneira, completou mais de uma milha, se embrenhando cada vez mais na selva, tentando manter uma linha reta para chegar à margem do rio e esperar ali a volta do patrão, que não queria abandonar. Era meia-noite quando se viu na orla de uma floresta de coqueiros, plantas impressionantes que superam em beleza as tamareiras, sendo que uma única planta é suficiente para abastecer uma família inteira com o alimento, a bebida e até mesmo a roupa.

O marata não ousou ir mais longe; escalou uma daquelas árvores e estabeleceu o seu domicílio lá no alto, com a certeza de não vir a ser atacado pelos indianos e, menos ainda, pelos tigres que deviam ser abundantes naquela ilha.

Procurou se acomodar da melhor forma no tronco, se amarrando com a corda que tirou do estrangulador e, tranquilizado pelo silêncio profundo que reinava, fechou os olhos.

Dormira apenas umas poucas horas, quando uma balbúrdia infernal o despertou. Uma grande matilha de chacais, saída sabe-se lá de onde, rodeara o coqueiro e o presenteava com uma assustadora serenata. Os chacais são animais ligeiramente diferentes dos lobos, que abundam como formigas em toda ou quase toda a Índia, e cuja mordida é considerada venenosa. A matilha devia ter mais de cem deles, todos dando saltos desesperados, desafogando a raiva com uivos chorosos, quase lancinantes, capazes de incutir terror até em quem está acostumado a eles há muito tempo.

Kammamuri gostaria de poder mandá-los embora com alguns tiros, mas o temor de atrair os indianos, muito piores do que aquelas feras, o reteve e ele resignou-se a escutar aquele concerto, que durou até o nascer do sol.

Então pôde aproveitar o sono, que se prolongou por mais tempo do que esperara, pois, quando abriu os olhos, o sol já quase completara o seu giro e caía rapidamente no ocidente. Quebrou um coco maduro, do tamanho da cabeça de um homem, cuja polpa endurecida lembra o sabor das amêndoas, e engoliu uma boa parte; depois se pôs bravamente em marcha, desta vez não mais com a intenção de chegar à margem do rio, mas de encontrar Tremal-Naik.

Atravessou o bosque de coqueiros, perdendo muitas horas e, embora a noite estivesse avançada, voltou a entrar na selva, seguindo para o sul, e continuou a andar assim até a meia-noite, parando de vez em quando para examinar o terreno, com a esperança de encontrar uma pista do patrão. Já estava perdendo a esperança de descobrir qualquer indício e procurando uma árvore para passar o resto da noite, quando dois disparos surdos, feitos a um intervalo pequeno um do outro, chegaram até ele.

— Nossa! — exclamou surpreso.

Ouviu um terceiro estampido, mais forte que os anteriores.

— O patrão! — gritou. — Desta vez ele não me escapa!

Interrompeu a procura da árvore e correu para o sul com a rapidez de um cavalo; meia hora depois, chegou a uma ampla clareira, no meio da qual se erguia um grandioso templo, iluminado por um fantástico raio da lua. Deu alguns passos a frente e em seguida voltou rapidamente para o bambuzal.

Dois homens haviam aparecido e caminhavam para a selva, levando uma terceira pessoa que parecia morta.

— O que significa isso? — balbuciou o marata, que saía de uma surpresa para cair em outra. — Será que vão enterrar aquele cadáver na selva?

Foi um pouco mais para longe, se escondendo no meio de um arbusto denso, de onde podia ver tudo sem ser descoberto.

Os dois carregadores, que reconheceu serem indianos, atravessaram rapidamente a clareira e pararam perto do bambuzal.

— Ânimo, Sonephur — disse um dos dois. — Vamos balançar o corpo e jogar lá no meio. Tenho certeza de que amanhã cedo só vamos encontrar os ossos, se os tigres estiverem com vontade de largá-los.

— Você acha? — perguntou o outro.

— Acho. A nossa amada deusa vai se encarregar de enviar uma dúzia daquelas feras. Este indiano é um belo pedaço de carne, e bem jovem.

Os dois miseráveis deram uma sonora gargalhada com aquela brincadeira.

— Segure bem, Sonephur.

— Vamos lá, um, dois...

Os dois indianos fizeram o cadáver oscilar e o atiraram no meio da selva.

— Boa sorte! — gritou um.

— Boa noite! — disse o outro.

— Amanhã de manhã podemos vir fazer uma visita.

E os dois indianos se distanciaram, dando risadas.

Kammamuri assistira à cena toda. Esperou os dois indianos ficarem bem longe e saiu do esconderijo. Movido por uma forte curiosidade, se aproximou do cadáver. Um grito estrangulado saiu da sua boca.

— O patrão! — exclamou com voz dilacerada. — Oh! Aqueles malditos!

De fato, aquele era o cadáver de Tremal-Naik. Estava com os olhos fechados, a face horrivelmente alterada e, no meio do peito, um punhal cravado até o cabo. As roupas estavam empapadas do sangue que ainda saía da ferida profunda.

— Patrão! Meu pobre patrão! — soluçou o marata.

Apoiou as duas mãos no corpo e estremeceu como se tivesse sido atingido por uma corrente elétrica. Parecia que o coração estava batendo.

Aproximou a orelha e escutou, retendo a respiração. Não se enganara: Tremal-Naik ainda não estava morto, pois o coração batia debilmente.

— Talvez o golpe não tenha sido mortal — murmurou, tremendo de emoção. — Calma, Kammamuri, e aja sem perda de tempo.

Com precaução, retirou o *kurty* de Tremal-Naik, desnudando o amplo peito. O punhal fora mergulhado entre a sexta e a sétima costela, na direção do coração, mas não o alcançara.

A ferida era terrível, mas talvez não fosse mortal; Kammamuri, que acreditava ter um pouco de médico, achou que conseguiria salvar o infeliz.

Pegou a arma com delicadeza e bem devagar a retirou da ferida, praticamente sem mexer; um jato de sangue quente e vermelho saiu dos lábios. Era um bom sinal.

— Ele vai sarar — disse o marata.

Rasgou um pedaço do *kurty* e estancou a hemorragia que poderia ser fatal para o ferido. Agora era preciso conseguir um pouco de água e algumas folhas de *youma* para espremer na chaga, a fim de acelerar a cicatrização.

— Precisamos ir para longe daqui a qualquer preço; tenho que encontrar uma lagoa — murmurou a seguir. — Tremal-Naik é forte, um verdadeiro homem de aço, vai suportar o transporte sem que a ferida piore. Ânimo, Kammamuri.

Reuniu todas as suas forças, levantou o patrão nos braços com a maior delicadeza possível e se afastou, oscilando sob aquele peso. Tomou o rumo leste, ou seja, em direção ao rio.

Descansando a cada cem passos para recuperar o fôlego e ver se o patrão continuava dando sinal de vida, encharcado de suor, mal se aguentando nas pernas, percorreu mais de uma milha e parou na margem de uma lagoa de água muito limpa, rodeada por três fileiras de bananeiras pequenas e de coqueiros.

Deitou o ferido sobre uma densa camada de plantas e aplicou pedaços de pano úmidos na chaga ensanguentada. Àquele contato, um fraco suspiro, que mais parecia um gemido contido, saiu dos lábios de Tremal-Naik.

— Patrão! Patrão! — chamou o marata.

O ferido agitou as mãos e abriu os olhos, que giravam em um círculo de sangue, fitando então Kammamuri.

Um raio de alegria iluminou o seu rosto bronzeado.

— Está me reconhecendo, patrão? — perguntou o marata.

O ferido fez um sinal afirmativo com a cabeça e moveu os lábios, como se fosse falar, mas só articulou um som confuso e incompreensível.

— O senhor ainda não consegue falar — disse Kammamuri — mas depois vai me contar tudo o que aconteceu. Fique certo de uma coisa, patrão: nós vamos nos vingar dos miseráveis que o deixaram neste estado lastimável.

O olhar de Tremal-Naik brilhou como fogo, e ele apertou os dedos, arrancando as plantas.

Sem dúvida compreendera tudo.

— Calma, calma, patrão. Agora vou procurar algumas ervas que vão fazer muito bem ao senhor, e dentro de quatro ou cinco dias vamos sair deste lugar. Vou levar o senhor para a cabana, para que fique completamente curado.

Recomendou mais uma vez que ficasse em silêncio e completamente imóvel, remexeu as plantas por um raio de trinta ou quarenta passos, para se assegurar de que não havia nenhuma daquelas cobras chamadas *rubdira mandali*, cuja mordida, dizem, faz a pessoa suar sangue, e foi embora rastejando.

Não precisou ir muito longe para encontrar alguns pezinhos de *youma*, vulgarmente chamado de "língua de cobra", cujo suco é um bálsamo precioso para as feridas.

Colheu uma boa quantidade e estava pronto para voltar, mas depois de apenas alguns passos se deteve com as mãos na coronha das pistolas.

Pensou ter visto uma figura negra se escondendo silenciosamente no meio do bambuzal; tinha mais a forma de um animal que de um ser humano.

Farejou várias vezes o ar e sentiu um odor silvestre muito marcado.

— Atenção, Kammamuri — murmurou. — Há um tigre por perto.

Pôs o facão entre os lábios e avançou intrepidamente na direção da lagoa, olhando ao redor com a maior atenção. Esperava ficar frente a frente com o carnívoro feroz a qualquer instante, mas isso não aconteceu e ele chegou até o meio das árvores sem sequer tê-lo avistado.

Tremal-Naik estava no mesmo lugar de antes e parecia adormecido, o que alegrou o bravo marata. Colocou ao seu lado a carabina e as pistolas, para que ficassem prontas para serem usadas, mastigou a erva, apesar do insuportável amargor, e a aplicou na ferida.

— É isso, assim está bom — disse ele, esfregando alegremente as mãos. — Amanhã o patrão vai estar melhor e poderemos sair deste lugar, que não me parece muito seguro. Em algumas horas os indianos vão entrar na selva e, sem dúvida, vão sair atrás do cadáver assim que perceberem que ele não está mais lá.

Por isso, não podemos nos deixar pegar desprevenidos...

Um miado assustador, próprio dos tigres e parecido com um rugido, interrompeu o que ele estava dizendo. Virou depressa a cabeça, estendendo instintivamente as mãos para as armas.

Lá, a quinze passos de distância, com o corpo encolhido, como se prestes a se arremessar, estava um enorme tigre real, fixando Kammamuri com dois olhos brilhantes que tinham os reflexos azulados do aço.

8. Uma noite terrível

AO OUVIR O RUGIDO DE GUERRA do felino, Tremal-Naik despertou repentinamente, fazendo um movimento brusco, como se estivesse procurando o seu fiel facão. O moribundo se reanimara como o soldado que ouve o toque da trombeta anunciando o conflito.

— Kammamuri? — articulou, com um esforço supremo.

— Não se mexa, patrão! — disse o marata, com olhos fixos na fera que continuava encolhida.

— O ti... gre! O ti...gre! — repetiu o ferido.

— Deixe comigo. Volte a dormir e não precisa se preocupar pela minha vida.

O marata empunhara uma pistola e dirigira o cano para o tigre, mas não ousava atirar, com medo, em primeiro lugar, de não matá-la ao primeiro tiro e de atrair a atenção dos inimigos com o disparo.

Podia-se perceber que o tigre hesitava em atacar, respeitando o cano brilhante da pistola, conhecendo, sem a menor dúvida, os mortais efeitos dela. Bateu três ou quatro vezes com a cauda nos quadris, como fazem os gatos quando estão encolerizados, deu um segundo miado mais forte que o primeiro e começou a recuar, levantando a terra com seus artelhos potentes, sem tirar os olhos do marata, que sustentava aquele olhar, imperturbável.

— Kamma... muri... o ti... gre! — voltou a balbuciar Tremal-Naik, fazendo esforço para se levantar sobre os braços.

— Ele está indo embora, patrão. Não se arriscou a atacar o *caçador de serpentes* e o seu marata. Fique quieto e tudo vai acabar bem.

De repente, o tigre ficou de pé num salto, levantando as orelhas como se tentasse captar algum ruído, emitiu um terceiro miado, desta vez, mais baixo, rapidamente deu meia-volta e desapareceu na selva, deixando atrás de si o bem conhecido odor silvestre.

Kammamuri também se levantou, tomado por uma forte inquietação.

— Quem pode ter espantado o tigre? — perguntou com ansiedade. — Com certeza vem vindo alguém.

Correu para as árvores e examinou a selva, que se encontrava a uma centena de passos, mas não viu ninguém.

Apressou-se para voltar até onde estava Tremal-Naik, que caíra de novo sobre o leito de folhas.

— O ti... gre? — perguntou o ferido com voz fraca.

— Desapareceu, patrão — respondeu o marata, disfarçando a sua preocupação. — Ficou com medo da minha pistola. Durma e não pense em mais nada.

O ferido deu um gemido profundo.

— Ada! — balbuciou ele.

— O que o senhor quer, patrão?

— Ah! Como... ela é... linda... lin...da!

— O que o senhor está dizendo? Quem é linda?

— Mal... ditos... eles a... pegaram... mas... — rangeu os dentes com raiva e enfiou as unhas na terra.

— Ada!... A...da! — repetiu.

— Está delirando — pensou o marata.

— Foi isso... eles a... raptaram — continuou o ferido. — Mas vou... encontrá-la... eles vão... ver... vou... encontrá-la!

— Não fale, patrão, pois estamos correndo um sério perigo aqui.

— Perigo? — balbuciou Tremal-Naik sem compreender. — Quem está... falando... de perigo?... Vou voltar... aqui... vou voltar... malditos... com o meu Darma..., e vocês todos... vão ser... devorados!

Agitou os braços com um ímpeto furioso, girou os olhos, depois fechou e ficou imóvel, como se estivesse morto.

— Durma — disse Kammamuri. — Melhor assim: pelo menos os seus gritos não vão trair a nossa presença. E agora, em guarda, pois o tigre pode estar nos vigiando.

Sentou-se e cruzou as pernas à maneira dos turcos, colocou a carabina nos joelhos, enfiou na boca uma bolota de *betel* para combater o sono que o assaltava e esperou pacientemente o sol nascer, com os olhos bem abertos e as os ouvidos bem aguçados. Passaram-se duas, três horas, sem que nada acontecesse. Nenhum miado de tigre, nenhum sibilar de serpente, nenhum berro de chacal rompia o silêncio que reinava na selva misteriosa. Apenas um sopro de ar carregado de exalações pestilentas passava de vez em quando por baixo do canavial e curvava as hastes com um doce murmúrio.

Depois que a terceira hora passou, uma espécie de silvo potente e estranho rompeu o silêncio. Parecia algo como *niff! niff!* muito agudo. Surpreso e um pouco amedrontado, o marata levantou-se e esticou as orelhas, retendo a respiração. Aquele misterioso *niff! niff!* se repetiu, e muito perto dali.

— Isso não é o tigre — murmurou Kammamuri. — Mas que perigo está nos ameaçando agora?

Armou a carabina, rastejou sem fazer barulho até as árvores e olhou.

A trinta passos dele se movia um grande animal, com mais ou menos três metros e meio de comprimento, aspecto pesado e maciço. Tinha a pele coberta de protuberâncias, a cabeça grande e ligeiramente triangular, as orelhas enormes e um chifre muito longo e pontudo sobre a massa óssea das narinas.

Kammamuri reconheceu depressa que raça de inimigo teria que enfrentar e sentiu o coração diminuir com o susto.

— Um rinoceronte! — exclamou ele, com um fio de voz. — Estamos perdidos!...

Nem sequer levantou a carabina, sabendo muito bem que a bala ricochetearia contra aquele couro grosso, que chega a ser mais resistente que uma couraça de aço. Poderia, no entanto, atingir o monstro em um dos olhos, o único ponto vulnerável, mas o medo de errar o tiro e acabar sendo retalhado por aquele chifre terrível ou esmagado por aquelas patas monstruosas sugeriu ao indiano a ideia de ficar quieto, torcendo para não ser descoberto.

O rinoceronte parecia estar tomado por uma forte irritação, o que acontece com frequência a esses animais intratáveis, grosseiros, brutais e de pouca inteligência. Como se tivesse ficado louco de repente, se arremessava com uma agilidade realmente surpreendente para um fera da sua estatura e se divertia despedaçando, esmigalhando e desbaratando os bambus, abrindo enormes brechas na selva.

De vez em quando parava, respirando ruidosamente, se esfregava na terra como um javali, agitando as pernas atarracadas como um louco e afundando o chifre entre as plantas, para depois se reerguer e recomeçar do princípio os ataques contra o bambuzal. Kammamuri nem sequer respirava, para não chamar a atenção daquela fera brutal; estava suando como se estivesse deitado na coberta de uma caldeira em ebulição e, com a mão convulsa, comprimia a carabina agora tão inútil quanto uma barra de ferro. Estava com medo de que o animal resolvesse atacar as árvores e chegasse à lagoa, descobrindo assim Tremal-Naik.

Ficou ali por algum tempo e em seguida voltou até o leito de folhas do patrão. O primeiro cuidado que tomou foi o de arrancar o máximo de plantas que pôde, para esconder totalmente o ferido, e depois se encaminhou para perto de uma figueira-da-índia bem grossa, levando as armas consigo.

— Não há nada mais que eu possa fazer — disse. — De qualquer maneira, vou receber o bruto com uma descarga total das minhas armas.

O rinoceronte continuava saltando perto da selva. Podia-se ouvir o terreno tremer sob o seu peso, os bambus se despedaçarem com estalidos e a sua assustadora respiração, que lembrava o som de um trompete rouco.

De repente Kammamuri ouviu o miado do tigre. Correu rapidamente para a lagoa, olhando em torno assustado.

Sobre a árvore que acabava de abandonar, avistou o tigre agarrado a um dos galhos; os olhos cintilavam como os de um gato e os artelhos arrancavam a casca da planta.

Apontou rapidamente o fuzil para a fera, que, alarmada, se precipitou para baixo, com a intenção de correr para a selva, mas acabou ficando frente a frente com o rinoceronte.

Os dois animais assustadores se encararam fixamente por alguns instantes. O tigre, talvez sabendo que não tinha nada a ganhar em uma luta contra aquele colosso brutal, tentou fugir, mas não teve tempo.

O rinoceronte dera o seu grito. Abaixou a cabeçorra, mostrando o chifre pontudo, e se lançou furiosamente contra a fera, balançando a cauda com raiva.

O choque foi terrível. O tigre dera um salto imenso, caindo sobre a garupa do colosso que, depois de dar trinta ou quarenta passos, se jogou no chão obrigando o outro a soltá-lo.

— Bravo, rinoceronte! — murmurou Kammamuri.

Os dois inimigos haviam se levantado de novo, com uma velocidade fulminante, e avançaram um contra o outro. O segundo assalto não foi feliz para o tigre. O chifre do rinoceronte destroçou o seu peito e depois atirou o animal para o ar, a mais de quarenta metros. Ele caiu de novo. Tentou se levantar, resmungando de dor e de raiva e voltou a voar ainda mais alto, perdendo torrentes de sangue.

O rinoceronte nem sequer esperou que ele caísse. Com um terceiro golpe da sua arma terrível, estripou o tigre, depois revirou-o contra o chão e pisoteou, com as patas enormes, reduzindo a pobre fera a um monte de carne sanguinolenta e ossos partidos.

Tudo isso aconteceu em poucos segundos. O colosso, satisfeito, emitiu duas ou três vezes o seu assobio agudo e então se embrenhou novamente na selva, para devastar o bambuzal, sem, contudo, ir para longe da lagoa.

A sua retirada ocorreu em boa hora, pois Tremal-Naik, tomado por um delírio e uma febre violentíssima, despertara e estava chamando Kammamuri.

Isso tornava a situação dos dois indianos extremamente perigosa, pois aquele animal intratável poderia ouvir as vozes e aparecer de surpresa no meio das árvores. O marata sabia muito bem que não podia ter ilusões sobre as probabilidades de salvar suas vidas, nem mesmo fugindo, porque todas as espécies de rinocerontes superam o homem mais veloz numa corrida.

Foi bem depressa para perto do patrão e começou a retirar as plantas que o cobriam.

— Silêncio, disse ele — pondo um dedo nos lábios. — Se nos ouvirem, estamos irremediavelmente perdidos.

Mas por causa do delírio, Tremal-Naik agitava os braços como um louco e dizia palavras insensatas;

— Ada!... Ada!... — gritava ele, arregalando assustadoramente os olhos, — onde você está, *Virgem do templo?*... Ah! Ah! Estou me lembrando... É isso, à meia-noite! Meia-noite!... E vieram aqueles homens... todos armados... são muitos contra um, mas não tenho medo, não, eu não estou tremendo, sabe, Ada, eu sou o *caçador de serpentes*... forte! muito forte! Eu vi aquele homem, entende, aquele que condenou você. Ele é mau, muito mau, e está querendo me estrangular.

Por que aqueles homens usam laços? Por que eles também têm uma serpente no peito? Quantas serpentes, quantas cabeças de mulher. Mas não me assustam. O quê? Eu ter medo deles? Eu, Tremal-Naik?... Ah!... Ah!...

Tremal-Naik deu uma gargalhada alta que fez o marata estremecer até o fundo da alma.

— Mas patrão, fique quieto! — suplicou Kammamuri, ouvindo o maldito animal saltar furiosamente no limite da selva.

O ferido olhou para ele com as pálpebras meio caídas e continuou com voz mais alta ainda:

— Era noite, uma noite muito escura, eu estava descendo do alto e a visão vagava por baixo de mim. Eu ouvi o perfume caindo nas pedras. Por que, minha menina cruel, você adora aquela divindade? Então você não me ama?... Você está sorrindo enquanto eu estremeço. Tem ideia do quanto o *caçador de serpentes* ama você? Talvez eu tenha um rival. Azar dele!... Olhe, os malditos estão chegando... estão rindo, zombando e me ameaçando... fora daqui, fora, assassinos, fora, fora!... Ainda estão com os laços, vão jogar... espere que eu volto... vou vingar você. Assassinos, cheguei!... Kammamuri! Kammamuri! Estão me estrangulando!

O ferido sentou com os olhos esbugalhados e espuma nos lábios e, esticando o punho para o marata, gritou:

— É você que está querendo me estrangular? Kammamuri, as minhas pistolas. Vou matá-lo.

— Patrão, patrão — balbuciou o marata.

— Ah você... não sabe quem sou eu? Kammamuri, estão me estrangulando!... Socorro!... Socor...

O marata sufocou os gritos, tapando rapidamente a boca de Tremal-Naik com uma mão e o deitou no chão. O ferido se debatia como um louco e rugia como uma fera.

— Socorro!... — voltou a gritar.

Ouviu-se um poderoso grunhido vindo da direção das árvores. O marata, tremendo de medo, viu o focinho triangular do rinoceronte apontando na orla. Percebeu que estava perdido.

— Grande Xiva! — exclamou, pegando a carabina, furioso.

O rinoceronte contemplou os dois homens com seus olhinhos pequenos e brilhantes. Estava mais surpreso do que encolerizado.

Não havia um minuto a perder. Aquela surpresa não deveria durar muito tempo naquele colosso brutal que se irritava com tanta facilidade.

O marata, que se tornara ousado diante da iminência do perigo, apontou friamente a carabina, mirou um dos olhos e atirou, mas a bala, mal direcionada, amassou na testa do rinoceronte, que estendeu o chifre na horizontal, preparando o ataque.

A morte dos dois indianos já era quase certa. Mais alguns minutos e eles teriam a mesma sorte do tigre.

Felizmente, Kammamuri não perdera o sangue-frio. Vendo o animal ainda de pé, deixou cair a arma que se tornara inútil, correu para Tremal-Naik, pegou-o nos braços, correu até a lagoa o mais rápido que podia e saltou para dentro da água, afundando até a altura dos ombros.

O rinoceronte agora vinha com uma fúria irresistível. Em quatro saltos, superou a distância que o separava da lagoa e caiu pesadamente na água, levantando um esguicho de lama e de espuma. Kammamuri, aturdido, tentou fugir, mas não conseguiu. As suas pernas tinham afundado em uma areia muito resistente, e de tal modo que qualquer esforço para escapar acabava sendo inútil. O pobre rapaz, meio asfixiado, trêmulo e pálido deu um grito lancinante:

— Socorro! Vou morrer!...

Ao ouvir assobios agudos atrás de si, virou a cabeça e viu o rinoceronte se debatendo furiosamente, dando golpes tremendos com o chifre à direita e à esquerda. O colosso, arrastado pelo enorme peso, afundara até o ventre e continuava afundando na areia movediça.

— Socorro!... — repetiu o marata, se esforçando para manter o patrão fora da água.

Um latido distante respondeu ao chamado desesperado. Kammamuri teve um sobressalto: ele já ouvira aquele latido, e não uma, nem duas, mas milhares de vezes. Uma louca esperança brilhou na sua mente.

— Punthy!... — gritou.

Um cachorro negro e vigoroso saiu da compacta mata de bambus e correu para a lagoa, latindo com fúria. Aquele cachorro que chegava em tão boa hora era mesmo o fiel Punthy. Ele se lançou contra o rinoceronte, tentando morder sua orelha.

Quase no mesmo instante se ouviu a voz de Aghur.

— Fique parado, Kammamuri! — gritava o bravo jovem. — Estamos aqui!...

Com um salto, o bengalês transpôs uma mata compacta, desapareceu no meio dos bambus e reapareceu na margem da lagoa. Armou rapidamente o fuzil, ajoelhou e disparou contra o rinoceronte que, atingido no cérebro, caiu para um lado, desaparecendo mais da metade embaixo da água.

— Não se mexa, Kammamuri! — prosseguiu o hábil caçador. — Agora vamos acabar o salvamento, mas... O que aconteceu com o patrão?... Ele está ferido?

— Cale-se e ande depressa, Aghur — disse o marata, ainda tremendo. — Está cheio de inimigos na selva.

O bengalês logo desenrolou a corda que envolvia o *dubgah* e jogou uma extremidade para Kammamuri, que a segurou com firmeza.

— Fique parado — disse Aghur.

Reuniu todas as suas forças e começou a puxar. Kammamuri sentiu que estava sendo arrancado daquela areia resistente e arrastado para a margem, à qual se agarrou com a maior afobação.

— Muito bem — perguntou Aghur com ansiedade, olhando aterrorizado o patrão. — O que aconteceu com ele?

— Foi apunhalado.

— Ah... E por quem?

— Pelos mesmos homens que assassinaram o Hurti.

— Quando?... como?...

— Mais tarde eu conto. Ande logo, vamos construir uma maca para podermos sair daqui; estamos sendo perseguidos.

Aghur não precisou de mais nenhuma informação. Desembainhou o facão, cortou seis ou sete galhos, que amarrou com cordas fortes, e amontoou algumas braçadas de folhas sobre aquela maca rústica. Kammamuri levantou lentamente o patrão, que ainda não voltara a si, e o estendeu por cima.

— Vamos; e silêncio — comandou Kammamuri. — Você trouxe o bote?

— Trouxe, está encalhado na areia — respondeu Aghur.

— As pistolas estão carregadas?

— Estão. As duas.

— Então vamos e mantenha os olhos abertos.

— Acha que estão nos vigiando?

— Talvez sim.

Os dois indianos ergueram a maca e começaram a caminhada, precedidos pelo cachorro, seguindo uma trilha estreita, aberta no meio da selva. Em quinze minutos chegaram ao rio, no qual flutuava o bote. No momento em que embarcavam, Punthy latiu.

— Quieto, Punthy — disse Kammamuri, pegando os remos.

Em vez de obedecer, o cachorro pôs as patas na borda da canoa e redobrou os latidos. Parecia muito excitado.

Os dois indianos olharam para a selva, mas não viram ninguém. No entanto, Punthy devia ter ouvido algum ruído.

Puseram as pistolas nos bancos, pegaram os remos e se afastaram da margem, subindo de volta o rio. Ainda não haviam percorrido nem quinhentos metros quando o cachorro recomeçou a latir com raiva.

— Alto lá! — gritou uma voz autoritária.

Kammamuri olhou para trás, apertando uma das pistolas na mão direita. Na margem, no lugar que haviam acabado de abandonar, havia um indiano enorme, com o laço na mão direita e o punhal na esquerda.

— Alto lá — repetiu ele.

Em vez de obedecer, Kammamuri disparou. O indiano encolheu o corpo, agitando os braços, e então desapareceu nos arbustos.

— Arranque! Arranque, Aghur! — gritou o marata.

O bote fendia rapidamente as águas, indo para o cemitério flutuante, enquanto uma voz trovejante e ameaçadora gritava das margens da ilha maldita:

— Ainda vamos nos rever!...

9. Manciadi

O SOL COMEÇAVA A NASCER NO oriente, quando o bote chegou à orla da selva negra.

Parecia que nada de novo acontecera. A cabana ainda se erguia no meio do canavial, com uma dúzia de *arghilah*, ou marabus, pousadas no telhado, imóveis sobre as pernas longas e amareladas, e o tigre, o fiel Darma, rodando em torno, sem nunca ir muito longe.

— Bom — murmurou Kammamuri. — Os malditos não vieram para cá. Darma!

Àquele chamado, o tigre se deteve, levantou a cabeça, fixou a canoa com seus olhos esverdeados e correu para a margem, dando um miado surdo.

Kammamuri e Aghur desembarcaram rapidamente, levaram o patrão para a cabana e o acomodaram em uma rede confortável. O tigre e o cachorro ficaram vigiando do lado de fora.

— Examine a ferida, Aghur — disse Kammamuri.

O bengalês retirou a faixa e olhou atentamente o peito do pobre Tremal-Naik.

Um ruga apareceu em sua testa.

— É grave — disse. — O punhal entrou bastante, provavelmente até a empunhadura.

— Ele vai sarar?

— Espero que sim. Mas por que ele foi apunhalado?

— Difícil dizer. Você sabe que o patrão queria reencontrar a visão.

— Pelo menos foi o que ele disse.

— Depois de chegar à ilha, ele pôs na cabeça que tinha que procurar aquela criatura. Parece que ele sabia onde ela se escondia, pois me disse para voltar para cá e foi embora sozinho. Vinte e quatro horas depois eu o encontrei na selva, num mar de sangue: fora apunhalado.

— Mas por quem?

— Pelos homens que habitam aquela ilha e que talvez guardem aquela mulher.

— Mas com que objetivo?

— Com certeza, acharam que ele tinha que morrer.

— Você viu esses seres?

— Com os meus próprios olhos.

— São homens ou espíritos?

— Acho que são homens. Também jogaram um laço no meu pescoço para me estrangular, e eu matei uns dois ou três. Se fossem espíritos, não teriam morrido.

— É estranho — murmurou Aghur, pensativo. — E o que aqueles homens fazem? Por que assassinam as pessoas que desembarcam na ilha?

— Não sei, Aghur. Só sei que são terríveis e que adoram uma divindade que exige muitas vítimas.

— Está com medo, Kammamuri?

— Tenho boas razões para estar.

— Você acha que eles vão aparecer na nossa selva?

— Acho que sim, Aghur. Aquele homem gritou para nós: ainda vamos nos rever.

— Pior para eles. O tigre não deixa ninguém se aproximar.

— Sei disso, mas vamos vigiar muito bem. Há nuvens no céu ameaçando uma tempestade.

— Deixe isso comigo, Kammamuri. Você se preocupa em cuidar do patrão e eu me encarrego deles.

Kammamuri voltou depressa para perto do patrão, a fim de aplicar um novo cataplasma de ervas, e Aghur sentou na frente da cabana, com o tigre e o cachorro acocorados ao lado.

O dia passou sem incidentes. Tremal-Naik ainda teve alguns acessos de delírio, durante os quais os lábios dilacerados pronunciaram muitas vezes o nome de Ada, a jovem infeliz que ele deixara indefesa nas mãos daqueles fanáticos ferozes. Mas voltou a cair em uma espécie de entorpecimento que se prolongou até o pôr-do-sol. Os dois indianos, embora estivessem ardendo de curiosidade para interrogá-lo e saber de mais alguma coisa sobre o homem que o apunhalara, acharam por bem esperar para não cansá-lo.

No momento em que as trevas estenderam o véu negro sobre a selva silenciosa, Aghur montou guarda primeiro, fora da cabana, armado até os dentes. O cachorro sentara a seus pés, com os olhos fixos no sul. À meia-noite, nenhum indiano aparecera nem no rio nem na selva. Mas o cachorro se levantara várias vezes, farejando o ar, dando sinais evidentes de inquietação. Parecia estar pressentindo algo incomum; quem sabe, talvez, a aproximação de alguém, ou mesmo de algum animal selvagem. Aghur estava prestes a acordar Kammamuri para que o rendesse, quando Punthy se levantou e latiu.

— Nossa! — exclamou o indiano surpreso. — O que significa isso?

O cachorro latia com a cabeça em direção ao rio, sinal claro de que acontecia alguma coisa por lá. Ao mesmo tempo, o tigre apareceu na soleira da cabana, dando um miado surdo.

— Kammamuri! — chamou Aghur, preparando as armas.

O marata, que estivera dormindo com um olho aberto, se juntou a ele.

— O que está acontecendo? — perguntou ele.

— Os nossos animais ouviram alguma coisa e estão inquietos.

— Você ouviu algum barulho?

— Absolutamente nada.

— Segure e o cão e vamos tentar ouvir.

Aghur correu para obedecer.

De repente ouviram gritos vindos do rio:

— Socorro! Socorro!...

O cachorro se pôs a latir furiosamente.

— Socorro!... — repetiu a mesma voz.

— Kammamuri! — exclamou Aghur. — Alguém está se afogando.

— Com certeza.

— Não podemos deixar isso acontecer.

— Mas não sabemos quem é.

— Não importa: vamos para o rio!

— Temos que levar as armas e tomar cuidado. Não sabemos mais o que pode acontecer. Você, Darma, fique aqui e faça em pedaços qualquer pessoa que aparecer.

O tigre sem dúvida entendeu, pois encolheu o corpo, com os olhos chamejantes, pronto para se atirar sobre o primeiro a chegar. Os dois indianos correram para a margem do rio, precedidos por Punthy, que continuava latindo como um louco, e olharam para o rio, que estava negro como breu.

— Você está vendo alguma coisa? — perguntou Kammamuri a Aghur, que se curvara para a corrente.

— Estou, parece que estou vendo alguma coisa à deriva ali na frente.

— Pode ser um homem?

— Parece mais o tronco de uma árvore.

— Olá — gritou Kammamuri. — Quem está chamando?

— Salvem-me! — respondeu uma voz rouca.

— É um náufrago — disse o marata.

— Você consegue chegar à margem? — perguntou Aghur.

Só ouviram um gemido como resposta. Não havia tempo para hesitação; aquele náufrago estava no fim das forças e podia se afogar a qualquer momento. Os dois indianos saltaram para a canoa e se dirigiram rapidamente para ele. Logo viram que o objeto negro que estava à deriva era o tronco de uma árvore ao qual se agarrara um homem. Em poucos instantes conseguiram chegar até ele e estenderam uma mão para o náufrago, que a segurou com a força do desespero.

— Salvem-me!... — balbuciou ele mais uma vez, deixando-se cair no fundo do bote.

Os dois indianos curvaram-se sobre ele, observando com curiosidade. Era um homem da mesma raça que eles, bengalês, pelo tipo, estatura menor que a média, cor bastante escura, extremamente magro, mas com músculos muito pronunciados, indício claro de uma força incomum. O rosto tinha várias contusões e a túnica amarela, bastante colada ao corpo, estava manchada de sangue.

— Você está ferido? — perguntou Kammamuri.

O homem fitou-o com atenção, mostrando estranhos reflexos nos olhos.

— Acho que sim — murmurou depois.

— Suas roupas estão sujas de sangue. Deixe-me ver.

— Não foi nada — disse ele, pondo a mão no peito, como se estivesse com medo de descobri-lo. — Bati a cabeça naquele tronco de árvore e o meu nariz sangrou.

— De onde você vem?

— De Calcutá.

— E como se chama?

— Manciadi.

— Mas como veio parar aqui?

O bengalês tremeu todos os membros, batendo os dentes.

— Quem habita este local? — perguntou ele aterrorizado.

— Tremal-Naik, o *caçador de serpentes* — respondeu Kammamuri.

Manciadi tremeu mais uma vez.

— Um homem feroz — balbuciou.

Aghur e o marata olharam um para o outro surpresos.

— Você é louco — disse Aghur.

— Louco!... Você não sabe, mas os homens dele me caçaram, como se eu fosse um tigre.

— Os homens dele caçaram você! Mas somos nós os companheiros dele.

O bengalês se endireitou, olhando com espanto.

— Vocês!... Vocês!... — repetiu. — Estou perdido!

Agarrou a borda da canoa com a intenção evidente de pular no rio, mas Kammamuri o segurou pela cintura e o obrigou a sentar.

— Você pode me explicar a razão desse espanto — disse em um tom ameaçador. — Não costumamos fazer mal a ninguém, mas estou avisando: se você não falar, parto sua cabeça com a coronha da minha carabina.

— Vocês vão me matar! — choramingou Manciadi.

— Vamos, se você não falar. O que veio fazer aqui?

— Sou um pobre indiano e ganho a vida caçando. Um capitão dos cipais me prometeu cem rúpias pela pele de um tigre e vim aqui para ver se conseguia um.

— Continue.

— Ontem à noite, cheguei à margem oposta do Mangal e me escondi na selva; duas horas depois, alguns homens se atiraram para cima de mim e eu percebi que estavam me estrangulando com um laço...

— Ah! — exclamaram os dois indianos. — Você disse um laço?

— Disse — confirmou o bengalês.

— Você conseguiu ver aqueles homens? — perguntou Aghur.

— Consegui, como estou vendo vocês.

— E o que tinham no peito?

— Acho que eu vi uma tatuagem.

— Eram os homens de Raimangal — disse Kammamuri. — Continue.

— Peguei a minha faca — prosseguiu Manciadi, que ainda tremia de susto — e cortei a corda. Corri bastante, perseguido de perto e, logo que cheguei ao rio, me joguei de cabeça.

— Já sabemos o resto — disse o marata. — Então você é caçador.

— Sou, e corajoso.

— Quer vir conosco?

Um raio estranho brilhou nos olhos do bengalês.

— Não posso pedir nada melhor — se apressou ele a responder. — Estou sozinho no mundo.

— Está bem, nós adotamos você. Amanhã de manhã vou apresentar você ao patrão.

Os dois indianos mergulharam de novo os remos no rio e reconduziram a canoa para a pequena enseada. Assim que desembarcaram, Punthy se arremessou contra o bengalês, latindo com raiva e mostrando os dentes.

— Quieto, Punthy — disse Kammamuri, segurando o cachorro. — Ele é amigo.

Em vez de obedecer, o cachorro começou a rosnar ameaçadoramente.

— Acho que esta fera não é muito acolhedora — disse Manciadi, fazendo esforço para sorrir.

— Não tenha medo; ele vai acabar ficando amigo — disse o marata.

Depois de amarrarem a canoa, foram para a cabana, diante da qual o tigre continuava vigiando. Coisa estranha, ele também começou a resmungar de uma forma nada amigável, olhando atravessado para o recém-chegado.

— Oh! — exclamou ele, assustado. — Um tigre!

— Ele é domesticado. Espere aqui que vou ver o patrão.

— O patrão? Então ele está aqui? — perguntou o bengalês atônito.

— Claro.

— Ainda está vivo?...

— Opa! — exclamou o marata surpreso. — Por que essa pergunta?

O bengalês estremeceu e pareceu confuso.

— Como você sabe que ele está ferido, para me perguntar isso? — continuou Kammamuri.

— Você não disse que ele está ferido?

— Eu?...

— Acho que sim.

— Não me lembro.

— Mas só posso ter ouvido isso de você ou do seu companheiro.

— Pode ser.

Kammamuri e Aghur entraram na cabana. Tremal-Naik estava num sono profundo e sonhava, pois dizia palavras entrecortadas.

— Não vale a pena acordá-lo — sussurrou Kammamuri, olhando para Aghur.

— Vamos apresentá-lo amanhã — disse este último. — O que você achou desse Manciadi?

— Parece ser um homem bom e tenho todas as razões para pensar que será de grande ajuda.

— Também acho.

— Vamos deixá-lo de vigia até amanhã.

Aghur pegou uma terrina de *cangi*, uma densa decocção de arroz, e levou para Manciadi, que começou a comer com uma voracidade de lobo. Depois de recomendar que tomasse conta de tudo e dar o alerta caso avistasse algum perigo, apressou-se a voltar, fechando a porta por precaução.

Assim que ele desapareceu, Manciadi se levantou com uma agilidade surpreendente. Seus olhos brilharam de repente e um sorriso satânico brincou em seus lábios.

— Ah! Ah! — exclamou ele, zombeteiro.

Chegou perto da cabana e encostou a orelha, ouvindo com muita concentração. Ficou assim por um quarto de hora e depois foi embora com a velocidade de uma flecha, parando meia milha depois.

Aproximou os dedos dos lábios e deu um assobio agudo. Bem ao sul, um ponto avermelhado se levantou, rompendo as trevas, e explodiu, expandindo uma luz viva que logo se apagou com uma detonação surda.

O assobio ressoou mais duas vezes e depois tudo voltou ao silêncio e ao mistério na selva.

10. O estrangulador

VINTE DIAS HAVIAM TRANSCORRIDO. Graças à sua constituição robusta e aos cuidados assíduos dos companheiros, Tremal-Naik estava sarando rapidamente. A ferida quase cicatrizara e ele já conseguia se levantar.

No entanto, à medida que recuperava as forças, o indiano passava mais tempo calado e agitado. Muitas vezes, os companheiros o surpreendiam com o rosto escondido nas mãos e as faces úmidas, como se tivesse chorado. Só falava em raras ocasiões, não confessava a ninguém a dor terrível que o consumia e frequentemente tinha terríveis acessos de raiva, durante os quais rasgava a carne com as unhas e tentava se jogar da rede, gritando:

— Ada!... Ada!...

Kammamuri e Aghur em vão faziam esforços para que ele falasse; perguntavam a causa daquelas explosões que ameaçavam reabrir a ferida e ficavam imaginando quem seria aquela mulher chamada Ada, nome que ele pronunciava em delírios e em sonhos. Aquele nome era um pesadelo e um tormento para ele.

Manciadi, o bengalês, algumas vezes se juntava a eles para ajudar a cuidar do patrão, mas isso era muito raro. Parecia que esse homem estava sempre tentando fugir da presença dele, como se tivesse algo a temer.

Só entrava no quarto quando percebia que ele estava dormindo, mas fazia isso quase com repugnância. Preferia muito mais percorrer a selva para caçar um animal, recolher lenha e buscar água. E uma coisa estranha acontecia: todas as vezes que ouvia o patrão chamar Ada, era assaltado por um tremor extraordinário e o rosto, normalmente tranquilo, de repente se alterava, chegando até a mudar de cor. Outra particularidade misteriosa é que, à medida que Tremal-Naik melhorava, ao invés de ficar contente, ele se tornava taciturno e de péssimo humor.

Até parecia que a cura do patrão estava desagradando àquele homem. Por quê? Ninguém saberia dizer.

Na manhã do vigésimo primeiro dia, ocorreu um fato na cabana que deveria ter consequências funestas.

Kammamuri se levantara com o primeiro raio de sol. Como Tremal-Naik estava dormindo tranquilamente, ele se dirigiu para a porta com a intenção de acordar Manciadi, que descansava lá fora, embaixo de um pequeno galpão de bambu. Levantou a tranca e empurrou a porta, mas para sua grande surpresa, ela não abriu: alguma coisa estava travando por fora.

— Manciadi! — gritou o marata.

Ninguém respondeu ao chamado. Pela cabeça do marata passou a suspeita de que houvesse acontecido alguma desgraça ao pobrezinho, que os inimigos o tivessem estrangulado ou que os tigres da selva o tivessem despedaçado.

Encostou um olho numa fresta da porta e percebeu que o objeto que impedia a abertura era um corpo humano. Olhando com mais atenção, reconheceu o bengalês Manciadi.

— Oh!... — exclamou ele horrorizado. — Aghur!

O indiano apareceu correndo ao ouvir o chamado do companheiro.

— Aghur — disse o marata aturdido. — Você não ouviu nada essa noite?

— Absolutamente nada.

— Nem sequer um gemido?

— Não, por quê?

— Mataram Manciadi.

— Não é possível! — exclamou Aghur.

— Ele está aqui, estendido na frente da porta.

— Darma não deu nenhum aviso, nem mesmo Punthy.

— Mesmo assim, ele deve estar morto. Não responde e não se move.

— Temos que sair: empurre com força.

O marata apoiou um ombro na porta e fez força, afastando Manciadi. Assim que abriu um espaço, os dois indianos foram para fora.

O pobre bengalês estava deitado de bruços e parecia morto, embora não houvesse nenhuma ferida aparente no seu corpo. Kammamuri encostou uma mão no peito dele e viu que o coração ainda estava batendo.

— Está só desmaiado — disse ele.

Arrancou uma pena de um *punka*, ou leque, que estava ali ao lado, pôs fogo e a encostou no nariz do desmaiado. Imediatamente um suspiro levantou o seu peito, depois os braços e as pernas começaram a se mexer e, no final, os olhos se abriram e se fixaram com espanto nos dois indianos.

— O que aconteceu com você? — perguntou Kammamuri solícito.

— São vocês! — exclamou o bengalês, ofegando. — Ah!... Que medo!... Achei que tinha morrido com o golpe!

— Mas o que você viu afinal? Quem tentou matar você? Foram homens, talvez?

— Homens?... Quem está falando em homens?

— Então fale o que foi.

— Mas não eram homens — disse o bengalês. — É isso, isso, não estou errado, era um elefante.

— Um elefante! — exclamaram os dois indianos. — Um elefante aqui!

— Era mesmo, era um elefante enorme, com uma tromba monstruosa e presas muito compridas.

— E ele chegou perto de você? — perguntou Aghur.

— Chegou, e por pouco não despedaçou o meu crânio. Eu estava dormindo tranquilamente quando fui despertado por um sopro poderoso; abri os olhos e vi a gigantesca cabeça do monstro em cima de mim. Tentei me levantar para fugir, mas a tromba caiu sobre a minha cabeça e me pregou no chão.

— E depois? — perguntou Kammamuri ansioso.

— Depois não me lembro de mais nada. O golpe foi tão forte que eu desmaiei.

— A que horas foi isso?

— Não sei, eu estava dormindo.

— Que coisa estranha — disse o marata. — E o Punthy não percebeu nada?

— O que vamos fazer agora? — perguntou Aghur, lançando um olhar ardente para a selva.

— Vamos deixar o monstro em paz — respondeu Kammamuri.

— Mas ele vai voltar — se apressou a dizer Manciadi, — e vai destruir a cabana.

— É verdade — disse Aghur. — E se nós o seguirmos? E por que não? Temos ótimas carabinas.

— Eu estou pronto para ajudar — respondeu Manciadi.

— Mas não podemos deixar o patrão sozinho, apesar de ele estar completamente curado — observou Kammamuri. — Vocês sabem que um perigo constante nos ameaça.

— Você fica e nós vamos caçar — insistiu Aghur. — Com um vizinho perigoso assim, não vamos ficar tranquilos.

— Se vocês têm coragem suficiente, o caminho está livre.

— Então está certo — disse Aghur. — Deixe por nossa conta e vai ver que antes do meio-dia o colosso estará morto.

Entrou na cabana para pegar duas carabinas pesadas, de grosso calibre, e entregou uma ao bengalês, que a carregou com uma vareta de chumbo, tomando o maior cuidado. Munidos de pistolas e de um enorme facão, além de munição abundante, entraram decididamente na selva, percorrendo uma trilha larga, aberta no meio do bambuzal. Aghur estava alegre e tagarelava; o bengalês, ao contrário, estava taciturno e parava com frequência para olhar o companheiro que estava alguns passos à frente. Muitas vezes agachava no chão e escutava, fingindo procurar a pista do elefante. Aquela transformação brusca, aqueles olhares e as manobras não passaram despercebidos a Aghur, que achou que o bengalês estivesse com medo.

— Ânimo, Manciadi — disse ele alegremente. — Não pense que é tão difícil assim abater um monstro, mesmo um provido de tromba. Uma bala em um dos olhos e pronto, está acabado.

— Eu não estou com medo — respondeu bruscamente o bengalês, se esforçando, em vão, para esboçar um sorriso.

— Pois você parece preocupado.

— De fato, estou, mas não é o elefante que me preocupa.

— E o que é, então?

— Aghur — disse Manciadi com um tom estranho. — Você tem medo da morte?

— Se eu tenho medo da morte?... Por que você está me fazendo essa pergunta? Eu nunca tive medo da morte!...

— Melhor para você.

— Não entendi.

— Vai entender daqui a algumas horas. Agora silêncio, e vamos.

— É louco — pensou Aghur, — ou está meio morto de medo. Mas não tem problema, eu vou matar o colosso sozinho.

Os dois indianos apressaram o passo, apesar do sol que os queimava e dos obstáculos que abarrotavam a trilha, e uma hora depois chegaram a um pequeno bosque de árvores-do-pão, cujos frutos pendem das extremidades dos ramos e também nascem diretamente do tronco. Têm uma bela cor amarela, uma fragrância extraordinária e chegam a pesar mais de dez quilos.

Assim que chegaram, para grande surpresa do companheiro, Manciadi começou a assobiar uma melodia melancólica, nunca ouvida na selva negra.

— O que está fazendo? — perguntou Aghur.

— Estou assobiando — respondeu Manciadi tranquilamente.

— Assim você vai assustar o elefante.

— Não, vou atraí-lo. Os elefantes adoram música e, quando a ouvem, vão ao encontro dela.

— Nossa! Nunca soube disso.

— Ande, Aghur, e olhe bem ao redor. Você sabe onde tem uma lagoa?

— Aqui perto.

— Então vamos para lá.

Embora estivesse achando tudo aquilo muito estranho, Aghur obedeceu. Tomou uma pequena trilha, que mal podia ser vista, e conduziu o companheiro até a margem de uma pequena lagoa, rodeada de montes de pedras esculpidas rusticamente, parecendo ruínas de um antigo templo.

— Você vai ficar aqui — disse o bengalês. — Eu vou dar uma batida no bosque e desentocar o elefante, pois ele deve estar escondido.

Pôs a carabina embaixo do braço e se distanciou, sem acrescentar nem mais uma palavra. Assim que teve a certeza de que não podia mais ser visto nem ouvido, começou a correr rapidamente e parou no pé de uma palmeira, em cujo tronco estava grosseiramente entalhado o misterioso emblema dos indianos de Raimangal.

— Agora é comigo — disse ele. — Este bosque será a sua tumba.

Esticou o corpo e deu um assobio. Um sinal igual respondeu e, alguns minutos depois, em uma trilha localizada no meio de dois arbustos, aparecia a figura sinistra de Suyodhana. Ele cruzou os braços no peito, decorado com a serpente com testa de mulher, e fitou Manciadi com um olhar agudo como a ponta de um alfinete.

— *Filho das águas sagradas do Ganges*, seja bem-vindo — disse o bengalês, tocando a poeira com a testa.

— E então? — perguntou Suyodhana brevemente.

— Nós perdemos.

— O que você está dizendo?

— Tremal-Naik está vivo.

Suyodhana ficou com o semblante ainda mais ameaçador e enfiou as unhas na carne.

— Será que eu errei o golpe? — disse ele entre dentes. — No entanto, o punhal vingador rasgou o peito dele!

Inclinou a cabeça sobre o peito e mergulhou em pensamentos tenebrosos.

— Manciadi — disse depois de algum tempo, — aquele homem tem que morrer.

— Dê a ordem, *Filho das águas sagradas do Ganges*.

— A *Virgem do templo sagrado* ficou profundamente ferida pelo olhar daquele homem. A infeliz ainda o ama, e não deixará de amá-lo enquanto ele estiver vivo.

— E será que ela vai acreditar que ele morreu?

— Vai, pois vou dar uma prova.

— O que devo fazer? Envená-lo?

— Não, o veneno nem sempre mata, pois existem os antídotos.

— Devo estrangulá-lo? Estou com o meu laço.

— Vamos devagar. Você fez tudo o que eu mandei?

— Fiz, *Filho das águas sagradas do Ganges*. Aghur está me esperando perto da lagoa.

— Bom, você vai matá-lo.

— E depois? — perguntou o fanático, com uma calma terrível.

— Depois você volta para a cabana e conta para Kammamuri que o Aghur foi assassinado. Ele vai acreditar em você e vai correr para procurar o corpo; entendeu o resto?

— O senhor tem mais alguma coisa para me dizer?

— Mais nada.

— E depois de estrangular Tremal-Naik, o que devo fazer?

— Deve se juntar a mim em Raimangal: agora vá!

Manciadi encostou a testa na poeira pela segunda vez e foi embora, com a mão direita na coronha da pistola.

— Decididamente — disse o bengalês. — O *Filho das águas sagradas do Ganges* é um grande homem!

O assassino nem sequer pensou no duplo assassinato que estava prestes a cometer. Suyodhana ordenara assim, e Suyodhana falava em nome da monstruosa divindade à qual todos eles haviam consagrado os braços e a vida. Atravessou devagar o bosque de árvores-do-pão e chegou à lagoa, perto da qual estava estendida a futura vítima, com a carabina sobre os joelhos.

— Viu o elefante? — perguntou Aghur.

— Ainda não, mas descobri a pista — disse o assassino, fixando nele olhos que soltavam fulgores sinistros.

— Por que você está me olhando desse jeito? — perguntou Aghur.

O bengalês não respondeu e continuou olhando.

— Descobriu alguma coisa estranha?

— Descobri — respondeu Manciadi. — Aghur, você se lembra da pergunta que eu fiz uma hora atrás?

O indiano pareceu ficar surpreso e inquieto. Talvez estivesse pressentindo a catástrofe.

— Quando você me falou da morte?

— É.

— Eu me lembro — respondeu Aghur.

— Você não acha muito cruel morrer com vinte anos, quando o futuro talvez esteja sorrindo? Não acha uma coisa atroz abandonar esta terra dourada pelo sol e perfumada pelo aroma de mil flores para descer a uma tumba, na escuridão, no mistério?

— Você está louco? — perguntou Aghur.

— Não, Aghur, não estou louco — disse o assassino, aproximando-se quase até poder tocá-lo. — Olhe!

Abriu a túnica que vestia e mostrou a tatuagem da serpente com cabeça de mulher que trazia no peito.

— O que é isso? — perguntou Aghur.

— O emblema da morte.

— Não entendi.

— Pior para você.

O bengalês desenrolou o laço que trazia embaixo da túnica e o girou, fazendo-o assobiar sobre a cabeça.

— Aghur — gritou —, Suyodhana condenou você, por isso vai morrer.

Agora o indiano entendeu tudo. Ficou em pé de um salto, com a carabina na mão, mas não teve tempo de apontá-la para o traidor.

Um assobio rasgou o ar e o pobre rapazinho, com o pescoço apertado pelo laço, cuja bola de chumbo golpeou sua nuca com força, despencou no chão.

— Assassino!... — gritou ele, com voz esganada.

— Aghur! — disse o estrangulador em tom fúnebre. — Cumprimente pela última vez o sol que acaricia você, respire pela última vez este ar que sopra pelos *Sunderbunds*, envie a última saudação aos seus companheiros e desça para a tumba.

— Kammamuri!... Patrão!... — balbuciou Aghur, se debatendo.

O fanático apertou solidamente o laço e sufocou a voz da vítima com um violento puxão. Em seguida, foi para cima dele e o atravessou com o punhal.

— Morra, pois a deusa assim o quer! — gritou Manciadi uma última vez.

Aghur, com o rosto cinzento e os olhos saltados das órbitas, deixou escapar um gemido rouco e ainda tentou se levantar, mas não conseguiu.

— Este foi o primeiro — disse o fanático, lançando um olhar feroz para o morto. — Agora vamos ao outro.

E foi embora a passos rápidos, enquanto um bando de marabus voava para o cadáver ainda quente do infeliz Aghur.

11. O segundo golpe do estrangulador

KAMMAMURI COMEÇAVA a ficar preocupado. O sol caía rapidamente no horizonte, os dois caçadores ainda não haviam voltado e sequer um tiro de fuzil ecoara na selva.

Ele não conseguia se conformar com aquela ausência prolongada e com aquele silêncio absoluto.

Não parava de entrar e sair da cabana, observava cuidadosamente o horizonte, com a esperança de vê-los apontar no meio da interminável plantação de bambus, forçava Punthy a latir, mas sem nenhum resultado.

Muitas vezes, com o tigre ao lado, foi até os primeiros bambus e prestou atenção aos rumores; muitas vezes tocou o *hulok* que estava pendurado na porta da cabana e muitas vezes queimou uma carga de pólvora. Mas o silêncio que reinava nas planícies do sul não foi quebrado.

Desanimado, sentou na soleira da cabana, esperando ansiosamente o retorno deles. Estava há poucos minutos ali quando o tigre saltou nos pés e emitiu um miado surdo, ao qual os latidos festivos de Punthy fizeram eco.

Kammamuri levantou, achando que os caçadores chegavam, mas não viu ninguém. Virou e avistou Tremal-Naik apoiado no umbral da porta.

— O senhor, patrão! — exclamou espantado. — O senhor!...

— Eu mesmo, Kammamuri — respondeu Tremal-Naik, com um sorriso amargo.

— Mas que imprudência!... O senhor ainda está convalescendo e...

— Cale-se, já estou forte, mais forte do que você imagina — respondeu o *caçador de serpentes* quase com raiva. — Sofri demais naquela rede, está na hora de acabar com isso.

Ele deu alguns passos a frente, sem cambalear, sem demonstrar cansaço, e sentou entre as plantas, apoiando a cabeça nas mãos e olhando fixamente o sol que se punha no ocidente.

— Patrão — disse Kammamuri depois de alguns instantes de silêncio.

— O que você quer?

— Os caçadores ainda não voltaram. Estou achando que aconteceu alguma desgraça com eles.

— Quem disse isso?

— Ninguém; mas estou desconfiando. Aqueles homens que assassinaram o Hurti e apunhalaram o senhor podem estar agindo na selva.

O rosto de Tremal-Naik ficou taciturno.

— Podem estar aqui?

— Podem.

— Kammamuri, logo vou estar curado, então vamos voltar àquela ilha maldita e exterminar todos eles, todos!

— O quê?... — exclamou Kammamuri atônito. — Vamos voltar àquela ilha?... Patrão, o senhor sabe o que está dizendo?

— Você está com medo?

— Não, mas voltar lá, àquele lugar, é uma loucura.

— Loucura!... Você acha que é loucura?... Então você não sabe quem eu tive que abandonar lá, nas mãos daqueles homens?

— Quem?

— A *Virgem do templo*.

— Quem é essa mulher afinal?

— Uma criatura maravilhosa, Kammamuri, que eu amo com loucura e pela qual eu poria fogo na Índia inteira.

— O senhor deixou uma mulher lá?

— Deixei, Kammamuri, a mesma que eu via durante o pôr-do-sol na minha selva. Ada! Ada! Como você me fez sofrer.

— Então é a visão?

— É, é a visão.

— Mas o que ela está fazendo em Raimangal?

— Pesa uma condenação sobre a jovem infeliz, Kammamuri. Aqueles monstros a têm nas mãos, não sei como nem por quê. Eu a vi no templo enquanto despejava perfume nos pés de um monstro de bronze.

— De um monstro!... Então talvez essa mulher seja igual aos outros.

— Nunca mais repita um insulto desses, Kammamuri — exclamou Tremal-Naik com um tom ameaçador. — Foram esses homens que a condenaram, que a obrigam a adorar aquele monstro de bronze! Ela feroz!... Ela!... Pobre criança!...

— Desculpe, patrão — balbuciou o marata.

— Está desculpado, você não podia saber de nada. Mas aqueles homens que a condenaram, que a fazem chorar, que despedaçam o seu coração e me impedem de arrancá-la das suas garras, vão ser completamente exterminados, Kammamuri, todos eles! Ainda tenho aqui no peito os vestígios do punhal que me cravaram, e esses vestígios vão me lembrar sempre da vingança! Minha pobre Ada, você não vai ficar nas mãos deles, pois eu, Tremal-Naik, nem que me custe a própria vida, vou arrancar você daquele lugar horrível, por mais que esteja bem vigiado e cheio de obstáculos. Que tremam todos os que atormentaram você, todos os que envenenaram a sua jovem existência. Darma e eu vamos nos encarregar de matar todos eles nas suas cavernas espantosas!

— O senhor está me assustando, patrão. E se o matarem?

— Então eu morro pela mulher que amo! — exclamou Tremal-Naik num arroubo apaixonado.

— E quando vamos partir?

— Assim que eu tiver força para levantar uma carabina. Já estou forte, mas não o suficiente para lutar sozinho contra todos eles.

Naquele instante, ribombou ao sul uma fuzilada, seguida imediatamente por mais duas detonações. Darma deu um salto, resmungando.

O marata e Tremal-Naik ficaram de pé em um salto, segurando Punthy, que latia furiosamente.

— O que está acontecendo? — perguntou o marata, tirando o facão do cinto.

— Kammamuri!... Kammamuri!... — gritou uma voz.

— Quem está chamando? — perguntou Tremal-Naik.

— Grande Brama!... Manciadi! — exclamou o marata.

De fato, o bengalês atravessava a selva correndo muito, derrubando a densa cortina de bambus e agitando a carabina como um louco. Parecia tomado por um enorme terror.

— Corra, Manciadi, corra! — gritou o marata. — Será que ele está sendo seguido? Em guarda, Darma!

O tigre se encolheu com as garras abertas e abriu a boca, mostrando duas fileiras de dentes agudos.

O bengalês, que corria com grande velocidade, em poucos minutos chegou à cabana. O miserável estava com o rosto ensanguentado por causa de uma ferida que fizera na testa para dar mais veracidade à traição, e suas roupas também estavam sujas de sangue.

— Patrão!... Kammamuri! — exclamou ele, chorando desesperadamente.

— O que aconteceu com você? — perguntou Tremal-Naik com angústia.

— Feriram Aghur mortalmente!... O coitado me... não foi culpa minha, patrão... pularam em cima de nós... Aghur! pobre Aghur!

— Ele foi ferido! — exclamou Tremal-Naik irado. — Por quem? Por quem?

— Pelos inimigos... os indianos dos lagos...

— Maldição!... Fale, conte, diga logo, quero saber de tudo!

— Estávamos sentados em um bosque de árvores-do-pão — disse o miserável, continuando a soluçar. — Avançaram contra nós antes que pudéssemos pegar as armas, e Aghur caiu. Eu fiquei com medo e fugi.

— Quantos eram?

— Dez, doze, não me lembro bem quantos. Só consegui fugir por milagre.

— Aghur está morto?

— Não, patrão, não pode estar morto. Eles o apunhalaram e depois sumiram. Enquanto eu fugia, ouvi o ferido gritando, mas não tive coragem de voltar para perto dele.

— Você é um covarde, Manciadi!

— Patrão, se eu tivesse voltado, eles iriam querer me matar também.

— Quando é que isso vai acabar? — gritou Tremal-Naik. — Kammamuri, talvez Aghur não esteja morto; você tem que encontrá-lo e trazê-lo para cá.

— E se me atacarem? — perguntou Kammamuri aterrorizado.

— Leve o Darma e o Punthy com você. Com esses animais você pode enfrentar cem homens.

— Mas quem vai me mostrar o caminho?

— Manciadi.

— E o senhor pretende ficar sozinho na cabana?

— Eu sou suficiente para me defender. Agora vá e não perca tempo, se quiser salvar o pobre Aghur. Manciadi, mostre o caminho que seguiram ao Kammamuri.

— Patrão, estou com medo.

— Mostre o caminho a esse homem; se hesitar, mando o tigre despedaçar você.

Tremal-Naik pronunciou aquelas palavras em um tom que não deixou dúvidas a Manciadi que ele não estava brincando. Fingindo estar totalmente aterrorizado, o bengalês correu para perto de Kammamuri, que já estava armado com uma carabina e um par de pistolas.

— Patrão — disse Kammamuri — se não voltarmos em duas ou três horas, é porque fomos assassinados. A canoa está encalhada na margem; trate de se pôr a salvo.

— Nunca! — exclamou Tremal-Naik. — Vou a Raimangal para vingar você. Agora se cale e vá.

O marata e Manciadi, precedidos pelo cachorro e pelo tigre, se embrenharam correndo na selva.

O sol já desaparecera no horizonte, mas a lua vinha surgindo, espalhando uma luz azulada de infinita doçura que bastava para orientar os dois indianos no meio da mata de bambus.

— Vamos andar com cuidado e em silêncio — disse Kammamuri a Manciadi. — Não podemos chamar a atenção dos inimigos que podem estar escondidos mais perto do que pensamos.

— Você está com medo, Kammamuri? — perguntou o bengalês, que parara de tremer.

— Acho que sim. Por sorte o Darma está conosco. É uma fera valente, que não tem medo nem de cinquenta homens armados.

— Estou avisando, Kammamuri, eu não vou entrar no bosque.

— Então me espere onde você quiser. E eu posso deixar o Punthy com você. É um cachorro corajoso, capaz de esganar uma dúzia de pessoas. Agora vamos! Silêncio.

Manciadi, que já traçara um novo plano, conduziu o marata pela trilha que percorrera de manhã e o seguiu durante três quartos de hora; então parou na orla do bosque de árvores-do-pão.

— É aqui? — perguntou Kammamuri, olhando ansioso embaixo das árvores.

— É. É aqui — respondeu o bengalês, com uma atitude misteriosa. — Siga aquela pequena trilha que entra no bosque e vai chegar à lagoa, em cujas margens Aghur está caído. Eu espero você por aqui, escondido naquela mata densa.

— Quer ficar com o cachorro?

— Prefiro ficar sozinho. Tenho certeza de que os indianos não vão me descobrir.

— Volto em meia hora. Darma, fique em guarda e pronto para pular no primeiro homem que aparecer à nossa frente, e você, Punthy, preparado para esganar alguém.

O tigre deu um rugido baixo e se colocou à frente do marata com as orelhas curtas levantadas, enquanto o cachorro foi atrás, mostrando os dentes.

— Ótimo — disse Kammamuri, quando viu o bengalês escondido na mata. — Ninguém vai ter coragem de se aproximar destas feras extraordinárias sem permissão.

Entraram no bosque, onde reinavam uma escuridão profunda e um silêncio fúnebre, e avançaram pela trilha, sem fazer o menor ruído. Muitas vezes, Kammamuri parou, esperando para ver se escutava algum lamento ou chamado que mostrasse a presença de Aghur, mas não chegou nada aos seus ouvidos.

— Que estranho — murmurava, secando o suor que escorria copiosamente pelo rosto. — Se ele ainda estivesse vivo, eu escutaria um gemido, mas o silêncio reina absoluto aqui. Será que ele está morto?

Depois de percorrer trezentos ou quatrocentos passos, ouviu alguém assobiando uma melodia melancólica.

Era a mesma melodia que Manciadi assobiara antes de assassinar Aghur. O tigre começou a resmungar, virando a cabeça para trás, e o cachorro deu sinais de inquietação, rosnando.

— Atenção, meus pequenos — disse Kammamuri, sentindo o sangue gelar. — Fiquem perto de mim e deixem que aquele homem assobie o quanto quiser. Acho que já acabou tudo para Aghur.

Uma nuvem passou pela frente da lua e as trevas ficaram ainda mais densas no bosque. Kammamuri parou, indeciso sobre avançar ou voltar atrás e, em seguida, foi em frente com as pistolas armadas.

— Kammamuri! — gritou uma voz.

— Kammamuri! — repetiu uma segunda voz.

— Kammamuri! — retomou uma terceira.

O tigre começou a rugir, batendo com a cauda nos quadris e saltando como se estivesse em cima de um braseiro. Tentou se arremessar duas ou três vezes para o lado direito da trilha, mas o marata, com um assobio, o mantinha no posto.

— Calma, pequenos, calma — disse ele. — Deixem que eles me chamem. Não são espíritos, mas homens que estão se divertindo em me assustar. Se eu voltar à cabana, vou agradecer a Vixnu por ter me protegido.

Alongou o passo com uma pistola apontada para a direita da trilha e a outra, para a esquerda. Logo depois, avistou a lagoa.

Um raio de luar caiu naquele local e iluminou-o como se fosse pleno dia. Kammamuri, com um espanto indizível, avistou no chão um corpo humano, sobre o qual se agitava um bando de marabus.

Punthy avançou para o cadáver, uivando aflito e afugentando os pássaros vorazes.

— Aghur! — exclamou Kammamuri, soluçando.

Correu como um louco para a lagoa e se jogou sobre o corpo do seu infeliz companheiro, que ainda estava com o laço em volta do pescoço. O corpo fora dilacerado pelos marabus.

— Aghur! Meu pobre Aghur! — repetiu Kammamuri, abraçando o cadáver. — Ah! Miseráveis!

De repente, deu um grito terrível e os seus olhos ficaram cravados em uma pedra, na qual estava apoiada a cabeça de Aghur.

Sob os pálidos raios da lua, lera, tremendo, as seguintes palavras escritas com letras de sangue:

"Kammamuri, Manciadi me assass...". O marata saltou nos pés. Compreendeu toda a traição do bengalês e o perigo que o patrão estava correndo.

— Darma! Punthy! — gritou ele com voz estrangulada. — Para a cabana!... Para a cabana!... Vão matar o patrão.

E correu através da floresta, precedido pelo tigre e seguido pelo cachorro, que latia furiosamente!

Enquanto Kammamuri corria como um guepardo sob a densa abóbada de plantas, o bengalês não desperdiçou seu tempo.

Assim que ficou sozinho, saiu depressa da mata e correu com grande velocidade para a cabana, decidido a estrangular a segunda vítima.

Sabia que contava com uma vantagem de um quarto de hora sobre o marata, mesmo assim, avançava pelo caminho com a rapidez de uma bala de canhão, com medo de ser apanhado em flagrante pelo tigre e pelo cachorro, animais que eram uma verdadeira ameaça para ele.

Atravessou a selva em menos de meia hora e parou na orla da plantação, depois de ter preparado um segundo laço.

— O patrão deve estar prevenido — murmurou ele. — Se vir que eu voltei, vai pensar que eu abandonei o Kammamuri e vai explodir a minha cabeça com uma bala de carabina. Aquele homem não brinca.

Abriu caminho bem devagar, um bambu de cada vez, e olhou para o norte. A quatrocentos passos de distância avistou a cabana e, ao lado dela, Tremal-Naik de pé, com a carabina na mão.

— Ah! — exclamou o miserável. — Não vai ser muito fácil matar esse sujeito, mas Manciadi é mais esperto do que um caçador de serpentes.

Voltou a correr, desta vez para o leste, trotando furiosamente durante seis ou sete minutos e, a seguir, se dirigiu para a planície. A cabana estava à sua direita e Tremal-Naik aparecia de lado. Com um pouco de astúcia, seria possível chegar perto e surpreender a vítima por trás. Tomou a decisão depressa. Começou a rastejar entre o mato como uma serpente, espichando-se ao máximo para não ser descoberto por Tremal-Naik e tentando não fazer barulho.

Mas a brisa que soprava na plantação, curvando levemente o alto dos bambus, produzia leves estalidos, suficientes para encobrir o rastejar de um homem.

Avançando assim, e parando de vez em quando para ouvir e observar Tremal-Naik, que parecia não estar percebendo nada, conseguiu chegar à cabana.

Com um salto de tigre se ergueu. Um sorriso medonho aflorou nos seus lábios.

— Ele é meu — murmurou em um fio de voz. — Kali me protege.

Caminhou na ponta dos pés ao longo das paredes da cabana e parou a dez passos de Tremal-Naik. Deu uma última olhada na selva e não avistou ninguém. Um segundo sorriso, ainda mais cruel que o primeiro, apareceu em sua boca e seus olhos cintilaram como os de um gato.

Mais um segundo apenas e a vítima cairia, para nunca mais se levantar.

Girou rapidamente o laço em torno de si e arremessou-o, dando um salto a frente. Tremal-Naik tombou no chão como uma árvore arrancada pelo vento, mas, por um acaso inesperado, uma mão ficou presa no laço.

— Kammamuri! — gritou o infeliz, agarrando a corda com a outra mão e puxando com uma força desesperada.

— Morra! Morra! — berrou o assassino, puxando a vítima para o chão.

Tremal-Naik gritou mais uma vez.

— Kammamuri! Socorro!

— Estou aqui! — trovejou uma voz.

Manciadi rangeu os dentes com fúria. Na orla da plantação apareceu de repente o marata e, diante dele, corria o tigre, dando saltos gigantescos, ladeado por Punthy.

Um raio rasgou a noite, seguido de uma estrondosa detonação. Manciadi deu um pulo enorme e se atirou precipitadamente para a margem mais próxima.

Um segundo disparo ribombou e Manciadi caiu no rio, desaparecendo no turbilhão.

12. A cilada

TREMAL-NAIK, EMBORA MEIO estrangulado e confuso, assim que sentiu o laço relaxar, levantou, pegou a carabina e correu decidido para o rio, com a esperança de explodir a cabeça do traidor. Mas quando chegou à margem, Manciadi já desaparecera.

Ele entrou na água, mas não surgia ninguém na superfície do rio. Talvez a correnteza tivesse arrastado o assassino consigo; sem dúvida ele fora atingido pelo tiro da carabina ou da pistola do marata.

— Ah! Miserável! — exclamou Tremal-Naik furioso.

— Patrão! — gritou Kammamuri, correndo para ele em companhia do tigre e do cachorro. — Onde está o bandido?

— Desapareceu, Kammamuri, mas vamos descobri-lo.

— O senhor está ferido?

— Tremal-Naik não permitiria que aqueles homens o estrangulassem.

— Parecia que o sangue tinha parado de correr pelo meu corpo, patrão. Estava com muito medo de não chegar a tempo de salvar o senhor. Ah! que canalha! Estrangular o meu patrão!... Traidor! Se ele cair nas minhas mãos não vai sobrar nem um pedacinho do tamanho de uma rúpia. Como ele teve a coragem de nos enganar assim, caçador de serpentes! Sabe, patrão, que o senhor só escapou por um milagre?

— Sei disso, Kammamuri. E o Aghur?... O que aconteceu com ele? O marata emudeceu, deixando os braços caírem ao longo do corpo.

— Fale, Kammamui — disse Tremal-Naik, que já adivinhara tudo.

— Está morto, patrão — balbuciou Kammamuri.

Tremal-Naik levou as mãos à cabeça com um gesto desesperado.

— Morto?... Morto! — soluçou ele. — Então todos os que estão ao meu lado vão morrer? Mas o que foi que eu fiz, Xiva, por que devo perder todos aqueles que amo? Será que fui amaldiçoado pelos deuses?

Inclinou a cabeça sobre o peito e uma coisa úmida desceu pelas faces bronzeadas. Ao ver aquele homem chorar, Kammamuri sentiu a alma estourar.

— Patrão — murmurou ele.

Tremal-Naik não ouviu. Com o rosto apertado nas mãos, sentara na margem do rio e contemplava a selva com olhos úmidos, sob a qual passava um leve sopro de vento, embalsamado pelo perfume dos jasmins e das mussendas. O seu peito de atleta se erguia de vez em quando, por causa dos soluços.

— Meu patrão, oh, meu pobre patrão! — exclamou Kammamuri. — Não chore, seja forte; o senhor precisa ser forte.

— É verdade, preciso ser forte para combater a fatalidade que pesa sobre nós — disse Tremal-Naik com raiva. — Pobre Aghur, tão jovem e tão corajoso, por que teve que morrer assim? Pelo menos você tem certeza de que ele estava realmente morto?

— Tenho, patrão, vi com os meus próprios olhos e toquei com as minhas próprias mãos. Ele estava lá, estendido ao lado de uma lagoa, com o laço no pescoço e um punhal no peito. O miserável do Manciadi, depois de derrubá-lo, terminou o serviço com aquela arma.

— Então foi o Manciadi mesmo que o assassinou?

— Foi ele, sim, patrão!

— Ah! desgraçado!

— Mas ele não vai assassinar mais ninguém, eu garanto. A minha bala deve ter atingido o miserável; talvez os peixes já estejam se banqueteando com o seu corpo.

— Portanto, aquele monstro estava executando um plano infernal?

— Estava, patrão. Primeiro assassinou Aghur, para me tirar daqui e poder cair sobre o senhor. Por sorte, percebi a tempo e cheguei aqui na hora.

— Mas você não suspeitou de nada antes?

— Não, patrão, não suspeitei, sequer duvidei de alguma coisa. Ele nos enganou muito bem. Qual seria o objetivo dele em nos assassinar?

— Acho que deve ter sido mandado aqui pelos indianos de Raimangal.

— O senhor acha, patrão?

— Não tenho certeza. Você viu o peito dele?

— Não, pois ele o mantinha sempre coberto, e eu não sabia por quê.

— Para esconder a misteriosa tatuagem.

— Agora estou entendendo: deve ser isso mesmo. Mas por que tanto ódio contra o senhor?

— Porque eu amo Ada.

— Então aqueles homens não querem que o senhor a ame?

— Não, e por isso tentam me assassinar.

— Mas por quê?

— Porque pesa uma terrível condenação sobre a cabeça daquela jovem.

— Qual?

— Não sei, mas um dia o mistério será revelado.

— E o senhor acha que aqueles miseráveis voltarão à carga?

— Acho que sim, Kammamuri.

— Estou com medo, patrão. E o senhor?

Tremal-Naik não respondeu. Tinha voltado os olhos para o sul e se levantado repentinamente.

— O senhor está vendo alguma coisa? — perguntou o marata com ansiedade.

— Estou, Kammamuri. Acho que eu vi um clarão estranho brilhar no fundo da selva, e logo depois ele apagou.

— Vamos para a cabana, patrão. Não estamos seguros aqui.

Tremal-Naik olhou mais uma vez para a selva e para o rio e se dirigiu a passos lentos para a cabana, parando na soleira.

— Olhe, Kammamuri — disse ele com tristeza. — Esta cabana, tão alegre antigamente, tão risonha, agora parece que tem o aspecto fúnebre de um sepulcro. Pobre Aghur.

Sufocou um soluço e deitou na rede, escondendo o rosto nas mãos. Kammamuri se apoiou no batente da porta, com os olhos fixos na selva, murmurando diversas vezes:

— Pobre patrão!

Três horas passaram, sem que o marata se mexesse.

O som agudo do *ramsinga* o arrancou da sua imobilidade.

— Trompete fúnebre! — murmurou ele com raiva. — Mais uma desgraça agora? Você faz bem em me avisar.

Deu várias voltas em torno da cabana, olhando atentamente para o meio do mato, mas não viu nada de estranho. Entrou de novo, trazendo consigo o Darma e o Punthy, fez uma barricada atrás da porta e deitou atrás dela, de forma a ser despertado ao menor ruído. Muitas horas passaram sem que nada acontecesse. Kammamuri, cada vez mais preocupado, não fechou os olhos e se levantava com frequência para observar pela janela, com muito cuidado.

Perto da meia-noite, a lua se pôs, deixando a selva na mais completa escuridão.

Exatamente nesse momento, Punthy latiu três vezes.

— Alguém está se aproximando — murmurou Kammamuri. — Punthy já ouviu.

Entrou no quarto de Tremal-Naik, que dormia profundamente e falava o nome da infeliz Ada no sonho.

Punthy deu três rosnados surdos e se lançou para a porta, mostrando os dentes. O tigre também ouviu alguma coisa, pois deu um resmungo rouco. Munindo-se de um par de pistolas, Kammamuri foi olhar em todas as janelas, mas não conseguiu ver nem ouvir nada. Por um instante, teve a ideia de disparar uma pistola para espantar a pessoa que se atrevera a chegar tão perto da cabana, mas desistiu, com medo de acordar Tremal-Naik e de que este quisesse sair para descobrir o que era.

Algumas horas mais tarde, ao passar por uma abertura estreita, pensou ter visto ao sul uma tira de fogo e ouviu um leve assobio, seguido de uma detonação surda, mas não soube de mais nada.

— Que mistério — murmurou ele, trêmulo e aterrorizado. — Se não acontecer alguma calamidade esta noite, é sinal de que Xiva e Brama estão nos protegendo.

Continuou acordado por várias horas e finalmente, cedendo à fadiga e ao sono, acabou adormecendo. Nem o cachorro nem o tigre deram mais nenhum sinal durante o resto da noite.

De manhã, ansioso para saber de alguma coisa, saiu depressa da cabana. Imediatamente os seus olhos se defrontaram com um punhal enfiado na terra, a poucos passos da cabana, que prendia um papel azulado.

— Oh! — exclamou ele, recuando. — Então alguém teve mesmo o atrevimento de vir até aqui?...

Aproximou-se com precaução e quase com repugnância daqueles objetos e, tremendo, pegou-os. O punhal era de aço polido, de um metal que deixava ver os veios e tinha uma forma característica, com estranhas incisões na lâmina.

Abriu a carta e viu o desenho de uma serpente com cabeça de mulher, o emblema misterioso dos indianos de Raimangal e, embaixo dela, algumas linhas de uma escritura vermelha.

— O que significam essas linhas? — se perguntou o marata. — Tudo isto é um mistério que só o patrão pode revelar.

Mandou que Darma e Punthy sentassem para vigiar e correu até Tremal-Naik. Encontrou-o sentado diante de uma das janelas, com a cabeça nas mãos, o olhar triste, e o rosto virado para os horizontes nebulosos do sul.

— Patrão — disse o marata.

— O que você quer? — perguntou o indiano com voz surda.

— Abandone os seus pensamentos e olhe estes objetos. O senhor precisa decifrar um mistério.

Tremal-Naik olhou para ele com enorme cansaço. Uma contração nervosa alterou os traços do seu rosto ao ver o punhal que Kammamuri estava mostrando.

— O que é isso? — perguntou, sentindo arrepiar os pelos do corpo. — Quem deu essa arma a você?

— Eu a encontrei na frente da cabana. Leia esta carta, patrão.

Tremal-Naik arrancou vivamente a carta das mãos do marata, lançando sobre ela um olhar ávido. Então leu o seguinte:

Tremal-Naik,

A misteriosa divindade que impera poderosa sobre toda a Índia lhe envia o punhal da morte. Basta um arranhão da sua ponta envenenada para que você desça à tumba.

Tremal-Naik, você deve desaparecer da superfície da terra: a divindade assim o quer. Somente pagando esse preço, poderá impedir o raio que está prestes a cair sobre a cabeça daquela que foi condenada. Esta noite, ao pôr-do-sol, Manciadi espera receber o seu cadáver.

Suyodhana

Ao ler aquela carta, Tremal-Naik empalideceu.

— O quê?... — exclamou ele. — A minha vida!... A minha vida para impedir que um raio caia sobre a cabeça daquela que foi condenada.!... O que significa esta ameaça? Morrer? Eu?

— Patrão — murmurou Kammamuri, que sentia todas as fibras do corpo tremerem. — Estamos correndo um grande perigo, eu sinto isso.

— Não tenha medo, Kammamuri — disse Tremal-Naik. — Os miseráveis estão tentando nos assustar, mas desafio a misteriosa divindade que impera poderosa sobre toda a Índia. Ah! Eles querem a minha vida? A divindade deles me manda descer à tumba e me envia o punhal! Tremal-Naik não vai ser tão estúpido para obedecer, nem...

Parou de súbito. Um pensamento terrível brilhou na sua mente. Tornou a olhar a carta. Um estupor doloroso surgiu em seu rosto.

— Grande Xiva! — exclamou com voz sufocada. — Um raio está prestes a cair sobre a cabeça daquela que foi condenada!... Kammamuri!

— O que foi, patrão?

— Uma mulher foi condenada... E se for...

— Quem, patrão, quem?...

— Eles a têm nas mãos...

— Mas quem?...

— Ada! — exclamou o indiano com um tom dilacerado. — Oh! minha pobre Ada!... Kammamuri!... Kammamuri!...

Tremal-Naik se precipitou como um louco para fora da cabana e depois entrou de novo, totalmente desfigurado.

— Patrão, não é possível que a matem — disse Kammamuri.

— E se for verdade? E se aqueles monstros a matarem? Que horror! Que horror!... Xiva, meu deus, vele por ela! Vele por minha pobre Ada!

Um soluço rasgou o peito do *caçador de serpentes*.

— O que eu vou fazer? — balbuciou ele fora de si. — Eu sinto que os monstros a condenaram... não querem que ela ame um mortal... é preciso que um de nós morra. Mas não, não quero que ela morra tão jovem e tão linda!... Então sou eu que tenho que morrer? Nunca, nunca, isso não pode ser possível, eu a amo demais para descer à tumba sem antes vê-la uma última vez, sem dizer que estou morrendo por ela.

Tremal-Naik contorceu-se como uma cobra, agarrando a cabeça com as mãos. De repente, saltou nos pés como um tigre prestes a se lançar sobre a presa. Um raio sinistro brilhou em seus olhos.

— Chegou a hora da vingança! — disse ele com um tom indizível. — Ada, estou chegando!... Darma, junto!

Com um salto o tigre chegou à porta da cabana, dando seu miado assustador. Tremal-Naik tirou uma carabina de um prego da parede e estava saindo, quando Kammamuri o deteve.

— Aonde o senhor vai, patrão? — perguntou ele, segurando-o pelo cinto.

— A Raimangal, para salvá-la antes que a matem.

— Mas o senhor não sabe que lá só existe a morte? O senhor não sabe que em Raimangal talvez haja mil daqueles homens que estão clamando pelo seu sangue? O senhor estará perdido, patrão, e talvez provoque a morte da mulher que ama, achando que vai salvá-la.

— Eu!...

— É isso mesmo, patrão, o senhor vai matá-la. Assim que o senhor aparecer. O raio vai estourar e cair sobre a cabeça daquela mulher.

— Grande deus!

— Acalme-se, patrão, e escute. Deixe tudo comigo e vai ver que acabaremos descobrindo tudo. Pode ser até que aqueles homens só quisessem assustar o senhor.

Tremal-Naik olhou para ele como que sonhando. Talvez Kammamuri tivesse razão.

— Ainda não chegou a hora de ir àquela ilha maldita, e o senhor ainda nem está tão forte para lutar contra eles — continuou o marata. — Eles querem o seu cadáver, como escreveram, mas vão receber um cadáver que ainda respira e que vai pular no pescoço do assassino do pobre Aghur. Siga os meus planos, patrão; os maratas são espertos, o senhor bem sabe.

— O que você está querendo dizer? — perguntou Tremal-Naik, que aos poucos estava cedendo.

— Quero dizer que precisamos de um homem que confesse tudo, para sabermos o que temos que fazer. Se for necessário, amanhã vamos a Raimangal.

— Precisamos de um homem?

— Precisamos, patrão, e este homem é o Manciadi. Escute com atenção. Esta noite, ao cair do sol, eu vou levar o senhor para a selva e o senhor vai fingir que está morto. Eu e o Darma vamos ficar de emboscada a poucos passos, para que não aconteça nenhuma desgraça. O miserável que assassinou Aghur chega; nós pulamos para cima dele e o prendemos. Pode deixar que eu me encarrego de fazer com que ele confesse o local onde escondem a mulher que o senhor ama e com que diga a quantidade e os recursos dos nossos inimigos.

Tremal-Naik pegou a mão do marata e apertou com afeto.

— O senhor vai ficar? —— perguntou Kammamuri alegremente.

— Vou, vou ficar — disse Tremal-Naik dando um profundo suspiro. — Mas amanhã, mesmo que eu esteja sozinho, vou a Raimangal. Sinto que há um perigo ameaçando a Ada.

— Sozinho, não — disse Kammamuri. — Eu e o Darma vamos acompanhar o senhor. Agora, calma e olhos bem abertos; esta noite teremos Manciadi nas nossas mãos.

Kammamuri deixou o patrão, que sentara na soleira da porta tomado por mil angústias e pensamentos sinistros, e foi ao rio para armar a canoa.

Durante o dia, não aconteceu nada de novo. Kammamuri foi observar a selva diversas vezes, armado até os dentes, com a esperança de avistar alguém, talvez o próprio Manciadi, mas não viu alma viva, nem ouviu nenhum sinal ou ruído.

Às sete horas da noite o sol estava encostando no horizonte ocidental. Era hora de agir.

— Patrão! — disse o marata, esfregando alegremente as mãos — Não podemos perder tempo.

Naquele exato momento, o *ramsinga* foi tocado, ao sul.

— O canalha está chegando — disse Kammamuri. — Ânimo, patrão, vou levar o senhor para a selva. Nem uma palavra, nem o menor movimento, se não quiser estragar a cilada. Assim que o assassino aparecer, o Darma vai derrubá-lo.

Agarrou o patrão, colocando-o sobre os ombros, depois de ter escondido duas pistolas embaixo do cinto largo dele e foi, cambaleando, para a selva.

O sol estava desaparecendo atrás das gigantescas plantações do ocidente, quando chegou ao primeiro bambu. Colocou Tremal-Naik entre as plantas, que mantinha a imobilidade de um cadáver, e a seguir se curvou sobre ele e disse:

— Patrão, nem um gesto. Assim que o tigre se arremessar contra Manciadi, levante e tape a boca do miserável. Pode ser que haja outros indianos nos arredores.

— Deixe comigo — sussurrou Tremal-Naik. — Vai dar tudo certo.

Kammamuri se distanciou, com a cabeça inclinada sobre o peito, como um homem cheio de dor. Quando chegou à cabana, um segundo toque de trompete soou no meio dos bambus espinhosos da selva.

— Manciadi ainda está longe — disse ele. — Está tudo certo.

Entrou na cabana, pegou as pistolas e um facão e, em seguida, saiu, olhando com atenção para o rio e para a selva.

— Darma, siga-me — disse ele.

Com um salto, o tigre chegou até ele e os dois se lançaram desabaladamente para o sul, escondidos por uma pequena plantação de mussendas e de anileiros. Em menos de cinco minutos atingiram o bambuzal e se esconderam a sete ou oito passos de Tremal-Naik. Um terceiro toque do trompete, agora mais próximo, rompeu o profundo silêncio que reinava nos *Sunderbunds*.

— Bom — murmurou Kammamuri, empunhando uma das duas pistolas. — O miserável está perto.

Olhou para o patrão. Parecia um verdadeiro cadáver: estava deitado de lado, com a cabeça escondida embaixo de um braço. Ele teria enganado até um marabu, ou mesmo um chacal.

De repente, um magnífico pavão surgiu no meio dos bambus, voando para longe rapidamente. Kammamuri passou uma mão no tigre, que farejava o ar e agitava a cauda, à maneira dos felinos.

— Não se mexa, Darma — sussurrou.

Um segundo pavão levantou voo, dando um grito de susto.

Manciadi estava se aproximando, rastejando como uma cobra, sem produzir o menor barulho. Talvez estivesse com medo de cair em uma emboscada e avançasse com mil cuidados. Kammamuri ajoelhou, mantendo a pistola armada na mão.

Lá, bem em frente, viu que os bambus estavam sendo agitados imperceptivelmente, depois surgiram duas mãos e, afinal, uma cabeça de um amarelo brilhante.

Kammamuri sentiu a testa se encher de gotas de suor frio.

Aquela cabeça era do Manciadi, o assassino do pobre Aghur.

— Darma — murmurou.

O tigre levantara e encolhera o corpo; só estava esperando pelo comando para se arremessar.

Manciadi fitou Tremal-Naik com olhos que soltavam raios sinistros e deu uma gargalhada medonha. O *caçador de serpentes* não se moveu.

O indiano então saiu do bambuzal, com o laço na mão, e deu alguns passos à frente, na direção do falso cadáver.

— Darma, pegue! — exclamou Kammamuri, ficando de pé.

O tigre deu um salto de quinze passos e caiu como um raio sobre o assassino, que foi violentamente derrubado.

Tremal-Naik levantou, se jogou contra ele e, com um soco formidável, o atordoou.

— Segure firme, patrão! — gritou o marata que vinha correndo. — Quebre uma das pernas dele para impedir que ele fuja.

— Não precisa, Kammamuri — disse Tremal-Naik, segurando o tigre. — Está sem sentidos.

De fato, o indiano, atingido na testa pelo punho de aço do *caçador de serpentes*, não dava mais sinal de vida.

— Certo, assim está bom — disse Kammamuri. — Agora temos que fazer ele falar. Não vai escapar das nossas mãos, eu juro, patrão, e o Aghur vai ser vingado.

— Não fale assim tão alto, Kammamuri — murmurou Tremal-Naik, voltando a afastar o tigre que queria despedaçar o prisioneiro.

— O senhor acha que tem mais indianos por perto?

— Pode ser. Vamos lá, o céu está escurecendo depressa e está ameaçando cair uma tempestade. Vamos carregá-lo para a cabana.

Kammamuri pegou Manciadi pelas pernas, enquanto Tremal-Naik segurou os pulsos, e saíram correndo. Nesse meio tempo, nuvens negras gigantescas vinham do sul a uma velocidade vertiginosa.

Poucos minutos depois, chegaram à cabana e trancaram a porta atrás de si.

13. A tortura

O MAIS DIFÍCIL ESTAVA FEITO. Agora só precisavam obrigar o prisioneiro a falar, algo que não seria tão fácil, já que os indianos eram mais obstinados que os peles-vermelhas da América. No entanto, os dois *caçadores de serpentes* tinham meios poderosos para desatar até língua de um mudo.

Deitaram o prisioneiro no meio da cabana, acenderam uma grande fogueira a pouca distância dos seus pés e esperaram pacientemente até que ele voltasse a si para começar a prova.

Não passou muito tempo até o prisioneiro dar sinais de que ainda estava vivo. O peito se elevou com força e se dilatou, ele agitou e sacudiu os membros e, afinal, abriu os olhos, fitando os dois caçadores de serpentes, que estavam curvados sobre ele.

Imediatamente um enorme assombro ficou estampado em seu rosto e logo depois as suas feições se alteraram e passaram a demonstrar desprezo, terror e raiva. Ele contraiu os dedos, riscando o chão com as unhas e um sorrisinho zombeteiro aflorou em seus lábios, mostrando duas fileiras de dentes agudos como os de um tigre.

— Onde estou? — perguntou com voz surda.

Tremal-Naik aproximou o rosto.

— Não está me reconhecendo? — perguntou, retendo a muito custo a ira que fervia no seu peito. — Não está me reconhecendo?

— Se eu não me engano, você é o homem que eu devia fazer em pedaços — disse. — Mas como fui estúpido em deixar que vocês me prendessem.

— Você não acha que a cilada foi um sucesso?

— Não posso negar. Eu devia ter esperado algo assim.

— Está com medo de mim?

— Eu? Com medo? — exclamou o estrangulador, sorrindo. — Manciadi só tem medo de Kali.

— Kali! Quem é essa Kali? Já ouvi esse nome antes.

— Ouviu, sim, na noite em que você foi ferido pelo punhal de Suyodhana. Ah!... ah!... que bela punhalada foi aquela!...

— Tão bela que ainda estou vivo.

— É uma desgraça que você ainda esteja vivo.

— É verdade — disse Tremal-Naik com ironia. — Se eu tivesse ido para baixo da terra, não voltaria a Raimangal para exterminar os assassinos.

Um sorriso contorceu os lábios do estrangulador.

— Você não conhece Suyodhana — disse ele.

— Mas vou conhecer, Manciadi, prometo a você. E talvez isso aconteça antes da noite de amanhã.

— Por que devo acreditar nisso?

— Porque sim. Tremal-Naik é um homem de palavra.

— Ah! Ah! — fez Manciadi. — Assim que você der um passo na direção de Raimangal, vai ficar com mais cem laços no pescoço.

— Agora vamos deixar Suyodhana e os laços de lado para falar de coisas mais importantes.

— Como quiser.

— Mas tome cuidado, Manciadi, porque se não disser a verdade, vai sofrer torturas terríveis.

— Eu sou forte.

— Isso você vai dizer mais tarde. Escute e responda. Enquanto isso, Kammamuri, atice um pouco mais o fogo, que talvez seja necessário.

Um tremor passou pelo rosto amarelado de Manciadi; ele olhou com angústia para as labaredas que subiam e abaixavam, iluminando de uma maneira estranha as paredes enfumaçadas da cabana.

— Manciadi — prosseguiu Tremal-Naik, — quem é essa divindade que você chama de Kali e que exige tantas vítimas?

— Não vou falar.

— Começou mal, Manciadi. Assim você me obriga a usar a tortura.

— Já disse que eu sou forte.

— Vamos à próxima. Quero saber quantos homens existem em Raimangal.

— Também não sei. Só sei que são muitos e que todos obedecem ao nosso chefe, Suyodhana.

— Manciadi, você conhece a *Virgem do templo sagrado?*

— E quem não conhece?

— Muito bem, vamos falar de Ada Corishant.

Um raio de alegria feroz brilhou nos olhos de Manciadi.

— Falar de Ada Corishant com você! — exclamou ele, rindo com maldade. — Nunca!

— Manciadi! — disse Tremal-Naik irado. — Cuidado. Se você insistir em não responder, vou ser obrigado a usar a tortura. Onde está Ada Corishant?

— Quem pode saber? Talvez em Raimangal, talvez no norte de Bengala. Talvez ainda esteja viva, talvez, agonizante.

Tremal-Naik deu um grito de raiva.

— Talvez agonizante! — exclamou, mordendo as mãos. — Você sabe de alguma coisa. Ah! você vai falar, nem que eu precise queimar as suas pernas.

— Queime os meus braços até os ombros também. Não vou falar. Juro pela minha deusa.

— Mas, seu miserável, você nunca amou na sua vida?

— Só amei a minha deusa e o meu laço fiel.

— Ouça, Manciadi — gritou Tremal-Naik fora de si. — Eu liberto você e lhe dou até a última rúpia que possuo, dou as minhas armas, se quiser me torno seu escravo, mas me diga onde está a pobre Ada, se está viva ou morta, diga se há esperança de salvá-la. Estou sofrendo demais, Manciadi, não me faça sofrer mais ainda, isso está me matando. Fale, ou eu faço você em pedaços com os meus próprios dentes!

Manciadi ficou mudo, olhando Tremal-Naik sinistramente.

— Mas fale, criatura monstruosa, fale! — berrou o *caçador de serpentes*.

— Não!... — exclamou o indiano, com uma firmeza incrível. — Não vai sair nem uma palavra da minha boca.

— Mas será que você tem um coração de ferro?

— Tenho, de ferro e cheio de ódio.

— Pela última vez, Manciadi, fale!

— Nunca! Nunca!

Tremal-Naik torceu os pulsos do indiano, gritando no ouvido dele:

— Miserável, vou matar você.

— Pode me matar, mesmo assim não vou falar.

— Kammamuri, venha me ajudar!

Agarrou o prisioneiro pelos braços e o lançou violentamente no chão. O marata pegou os pés e os aproximou das chamas. A pele dura da sola ficou escura em contato com a brasa e estourou. Um cheiro nauseante de queimado se espalhou pela cabana.

Manciadi pulou e se contorceu, resmungando como um tigre, e os olhos ficaram injetados de sangue.

— Segure firme, Kammamuri — disse Tremal-Naik.

Um urro dilacerante irrompeu do peito do torturado.

— Chega... chega — repetiu ele com voz estrangulada.

— Vai falar agora? — perguntou Tremal-Naik.

Manciadi cerrou os dentes, mordeu os lábios e negou ferozmente, embora o fogo continuasse a queimar e carbonizar sua carne.

Passaram-se ainda dois ou três segundos, Um novo urro, ainda mais dilacerante que o primeiro, saiu dos seus lábios.

— Chega!... — arquejou. — É demais!...

— Vai falar?

— Vou... vou falar... chega... me ajudem!...

Com um violento empurrão, Tremal-Naik o mandou para longe do braseiro.

— Fale, miserável! — gritou.

Manciadi fitou o rosto dele com uma expressão de dar medo. Com um esforço desesperado, conseguiu sentar, mas caiu de novo, dando um gemido rouco, e ficou imóvel, com a boca retorcida e as feições horrivelmente transtornadas pelo espasmo.

— Ele está morto? — perguntou Kammamuri assustado.

— Não; só desmaiou — respondeu Tremal-Naik.

— É melhor ir com cuidado, patrão. Se ele morrer antes de falar, vai ser um tremendo desastre.

— Ele não vai morrer tão depressa, garanto.

— E vai falar?

— Tem que falar! Você ouviu, pode ser que Ada esteja agonizante. Eu tenho que saber de tudo, nem que seja preciso extrair todo o sangue das veias dele, gota a gota.

— Desconfie, patrão. Ele pode ter mentido.

— Que seja feita a vontade de Xiva. Se a minha Ada morrer, sinto que não vou sobreviver. Veja que destino cruel! Amar, ser amado e não poder tê-la. Oh! mas ela vai ser minha, juro por todas as divindades da Índia!

— Calma, patrão. Veja, o nosso homem começa a dar sinal de vida.

O estrangulador estava voltando a si. Um tremor sacudiu os seus membros, que pareciam enrijecidos, ele ergueu a cabeça inundada de suor, e as feições, pouco antes terrivelmente alteradas, estavam recompostas. Afinal ele abriu os olhos os fixou no *caçador de serpentes*. Abriu a boca como se quisesse falar, mas não emitiu nenhum som; apenas um surdo resmungo, uma espécie de gemido sufocado, ressoou no fundo da garganta.

— Manciadi, fale! — disse Tremal-Naik.

O torturado não respondeu.

— Está vendo aquela fogueira? Se você não descolar a língua, vou recomeçar a tortura.

— Falar? — rugiu Manciadi. — Você... acabou comigo... nunca mais vou conseguir andar... Pode me matar, se quiser... mas não vou falar.

— Manciadi, não me deixe mais irritado, porque não vou ter a menor pena.

— Eu odeio você... mas a sua Ada... a mulher que você ama... vai morrer!... Aquela joia! Só de pensar... que vai passar pelos mesmos tormentos que eu... Parece até que escuto seus gritos... olhe lá... colocada na pira fumegante... Suyodhana está rindo, zombeteiro... os tugues, dançando em torno... Kali, sorrindo... E finalmente as chamas a engolem... Ah! Ah! Ah!...

O miserável prorrompeu em uma explosão de riso satânico, à qual fez eco o primeiro trovão da tempestade que sacudiu a cabana até os alicerces.

Tremal-Naik se jogou como um insano para cima do indiano.

— Você está mentindo — berrou. — Não é possível! Não é possível!

— Mas é a verdade... a sua Ada será queimada...

— Agora me diga tudo! Eu quero assim; eu ordeno!

— Nunca!

Tremal-Naik, louco de fúria e de desespero, segurou-o de novo pelos pulsos e tornou a arrastá-lo para perto do fogo.

Kammamuri interveio.

— Patrão — disse ele, segurando o outro pelo cinto, — se este homem passar por uma nova sessão de tortura, com toda certeza ele vai morrer. O fogo não é suficiente para fazê-lo falar. Vamos tentar o ferro.

— O que você está querendo dizer?

— Deixe comigo e verá: ele vai falar.

O marata entrou no quarto ao lado e pouco depois reapareceu, trazendo uma espécie broca, em cuja extremidade havia duas espirais opostas de aço temperado, com duas pontas a uma distância de um centímetro uma da outra.

— O que é essa coisa aí? — perguntou Tremal-Naik.

— Uma bucha oca — respondeu o marata. — Agora o senhor vai me ver utilizá-la e, juro, nenhum homem, por mais forte e teimoso que seja, pode resistir a uma prova parecida. Os maratas entendem bem disso.

Agarrou o pé direito do prisioneiro e aplicou as duas pontas da espiral no dedão.

— Preste atenção, Manciadi, vou começar.

As duas espirais entraram na carne. O marata ficou olhando para o rosto do torturado, todo coberto por um suor gelado.

— Devo continuar? — perguntou ele.

Manciadi teve um sobressalto.

Kammamuri recomeçou a tortura.

O prisioneiro, agitado por uma terrível comoção, deu um berro desesperado.

— Conte tudo ou eu continuo — disse o marata.

— Não... não continue... Eu falo tudo...

— Eu sabia que você iria acabar falando. Ande logo, se não quer que eu comece com o outro pé. Onde está a *Virgem do templo sagrado*?

— Nos... subterrâneos — murmurou Manciadi com voz fraca.

— Jure pela sua divindade que não está tentando nos enganar.

— Eu juro... por... Kali.

— Vá em frente. Que perigo ela está correndo? Diga logo tudo.

— Mandaram que eu... Ah! Cachorros...

— Vá em frente.

— Pesa uma condenação... sobre Ada... Kali a condenou à morte... O seu patrão a ama... ela também o ama... Pois bem, um dos dois... precisa morrer... Mandaram que.. eu viesse assassiná-lo... mas eu fracassei...

— Continue! Continue! — exclamou Tremal-Naik, que não perdia uma sílaba.

— Eles não vão me ver... vão adivinhar o destino... que eu tive... saberão que você... ainda está vivo... Pois bem, um dos dois... precisa morrer... Ada está nas mãos... deles... e vai morrer... queimada... Kali a condenou.

— Que barbaridade! Mas eu vou salvá-la!...

Um sorriso irônico agitou os lábios do torturado.

— Os tugues são... poderosos — balbuciou.

— Mas Tremal-Naik provará que é mais poderoso do que eles. Ouça, Manciadi. Eu sei que a figueira-da-índia leva aos subterrâneos; preciso saber o segredo para descer.

— Já falei... demais. Pode me matar, já que... estou agonizando... mas não vou... dizer mais nada. Deixem-me morrer...

— Devo recomeçar? — perguntou Kammamuri.

— Sei tudo o que é preciso — disse Tremal-Naik. — Vou partir agora!

— Esta noite mesmo?

— Você não ouviu?... Amanhã pode ser tarde demais.

— A noite está escura e tempestuosa.

— Tanto melhor; vou chegar à ilha sem ser visto.

— Patrão, ir a Raimangal é como ir de encontro à morte.

— Esta noite, Kammamuri, nem mesmo os raios do céu vão me segurar. Darma!

O tigre, que estava deitado no quarto ao lado, se levantou resmungando e veio para perto do patrão.

— Vamos para a canoa, bom amigo, e prepare as suas garras.

— E eu, patrão, o que devo fazer? — perguntou Kammamuri.

Tremal-Naik pensou por alguns instantes e disse:

— Aquele homem ainda está vivo e, provavelmente não vai morrer tão cedo; tome conta dele. Quem sabe? Talvez ainda possa ser útil.

— E o senhor vai sem mim?

— Você está vendo. Não pode vir comigo. Se deixarmos aquele homem sozinho, amanhã está morto. Espero você na canoa.

Tremal-Naik pegou a carabina, as pistolas e o facão, armou-se com uma grande provisão de pólvora e de balas e saiu a passos rápidos. O tigre foi atrás dele, balançando para a direita e para a esquerda, distribuindo rugidos na ululação do vento e no ribombar dos trovões.

— A noite não está boa — disse Tremal-Naik, olhando as nuvens escuras —, mas nada vai me deter. Ah! Eu tenho que chegar a tempo de salvá-la. Pobre Ada!

De repente, uma detonação seca chegou aos seus ouvidos, seguida de um latido lúgubre do Punthy.

— O que é isso? — perguntou Tremal-Naik, surpreso.

Olhou para a cabana e viu Kammamuri vindo em sua direção, correndo. Estava armado até os dentes e carregava os remos da canoa nos ombros.

— O que aconteceu? — perguntou o *caçador de serpentes*.

— Acabei de vingar o Aghur — respondeu o marata.

— Você matou o Manciadi, então?

— Matei, patrão, com um tiro de pistola. Aquele homem era um estorvo; agora, pelo menos posso ir com o senhor.

— Kammamuri, sabe que talvez não possamos mais voltar para a selva?

— Sei, patrão.

— Sabe que a morte está esperando por nós em Raimangal?

— Sei, patrão. O senhor vai desafiá-la para salvar a mulher que ama, e eu vou junto. Melhor morrer ao seu lado do que sozinho na selva.

— Pois bem, meu bravo Kammamuri, siga-me! Punthy vai tomar conta da nossa cabana.

14. Em Raimangal

COMO DISSERA O MARATA, A NOITE estava bastante tempestuosa. Grandes massas de vapor haviam se levantado no sul e corriam desordenadamente pela abóbada celeste, se amontoando como as ondas do mar. Frequentes golpes de vento se lançavam através dos *Sunderbunds* desertos, curvando com mil gemidos as imensas plantações de bambu, arrancando os frágeis caniços que acabavam voando pelo ar junto com os bandos de marabutos e de pavões, que soltavam gritos desesperados.

De vez em quando, um raio claro e brilhante rompia a escuridão, mostrando aquele caos de plantas retorcidas e derrubadas, seguido pouco depois por uma explosão assustadora que repercutia até as margens do Golfo de Bengala.

Não estava chovendo, mas as cataratas do céu não deviam demorar a se abrir.

Os dois indianos e o tigre chegaram em poucos minutos à margem do Mangal, cujas águas, engrossadas por alguns aguaceiros, corriam com enorme rapidez, arrastando um grande número de troncos de árvores, além de montes de bambus, provavelmente arrancados dos *Sunderbunds* setentrional.

Ficaram alguns minutos escondidos entre os caniços, esperando que um raio clareasse a margem oposta, e em seguida, assegurados de que não eram observados, se apressaram em descer para a margem e colocar a canoa na água.

— Patrão — disse Kammamuri, enquanto Tremal-Naik pulava para dentro. — O senhor acha que vamos encontrar indianos pelo rio ou nos arredores de Raimangal?

— Não tenho certeza, mas o que importa? Esta noite eu me sinto tão forte que sou capaz de lutar contra um exército de mil homens. A paixão que arde no meu peito vai me dar a força necessária para vencer, depois de superar todos os obstáculos.

— Eu sei, patrão, mas é preciso agir com prudência. Se alguém nos vir, vai dar o alarme e não vamos conseguir desembarcar.

— E o que você quer fazer?

— Enganá-los.

— Como?

— Deixe comigo; vamos passar sem ser vistos.

O marata voltou para a margem, cortou um número considerável de bambus com mais de quinze metros e cobriu cuidadosamente a canoa, de forma a deixá-la parecida com um daqueles montes de caniços em poder da correnteza.

— Está escuro — disse ele, se escondendo embaixo das plantas com Tremal-Naik e Darma. — Os indianos não vão suspeitar de que há uma canoa embaixo dos bambus, muito menos que a canoa está transportando dois homens e uma fera.

— Rápido, Kammamuri, vamos para a água — disse Tremal-Naik que tremia de impaciência. — Para mim, cada minuto que passa é como uma punhalada no coração, e eu não consigo deixar de tremer quando penso no grande perigo que a Ada está correndo. Você acha, marata, que vamos conseguir salvá-la?

— Acho, patrão — respondeu Kammamuri, empurrando a canoa para o meio da correnteza. — Talvez aqueles homens estejam esperando que o miserável tenha conseguido matar o senhor.

— E se chegarmos tarde demais?... Grande Xiva, que golpe terrível seria! Não vou sobreviver à catástrofe, eu sinto isso.

— Calma, patrão. Quem sabe? Manciadi pode ter exagerado.

— Pode ser. Minha pobre Ada, se eu pudesse rever você.

— Quieto, patrão; é uma imprudência ficar falando.

— É verdade, Kammamuri: silêncio.

Tremal-Naik se deitou na proa, ao lado do tigre, e Kammamuri foi para a popa com os remos na mão, tentando dirigir a canoa.

A tempestade agora redobrava de violência e uma noite de fogo sucedia à noite escura.

O vento rugia assustadoramente na selva, curvando com mil gemidos e mil estalidos as plantas gigantescas e torcendo de mil maneiras as centenas de troncos das figueiras-da-índia, os ramos das palmeiras, das latanias, das figueiras-de-bengala e das árvores-do-pão; entre as nuvens irrompiam sem parar os relâmpagos, que desciam descrevendo ziguezagues ofuscantes.

A canoa, arrastada pelo vento e pela corrente extraordinariamente forte, corria como uma flecha, balançando de forma assustadora entre os turbilhões, chocando-se várias vezes contra as diversas ilhotas e contra o grande número de troncos à deriva que flutuavam desordenadamente.

Kammamuri esforçava-se, em vão, para manter o barco na direção certa, enquanto Tremal-Naik tentava acalmar o tigre que, apavorado com todos aqueles estrondos e clarões ofuscantes, rugia feroz, indo de um lado para o outro da embarcação, com grande probabilidade de emborcá-la.

Às dez da noite, Kammamuri avisou que havia uma grande fogueira na margem do rio, a menos de trezentos passos da proa da canoa. Nem bem acabara de falar e ouviram o *ramsinga* tocar três vezes e em três tons diferentes.

— Atenção, patrão! — gritou ele, por cima de todo aquele barulho.

— Está vendo alguém? — perguntou Tremal-Naik, segurando o tigre pelo pescoço com a mão esquerda e empunhando uma pistola com a direita.

— Não, patrão, mas com certeza a fogueira foi acesa para ver quem chega e quem sai. Temos que ficar em guarda; o *ramsinga* está dando sinal de que alguma coisa vai acontecer.

— Pegue a carabina. Acho que seremos obrigados a lutar.

A canoa aproximava-se rapidamente da fogueira feita de bambus secos, que clareava as duas margens do rio, como se fosse pleno dia.

— Patrão, olhe! — disse Kammamuri de repente.

— Quieto! — sussurrou Tremal-Naik, fechando a boca do tigre.

Dois indianos haviam saído inesperadamente de trás de um arbusto de mussendas. Traziam o laço enrolado no corpo e uma carabina na mão. No peito, podiam ver distintamente a cobra azul com cabeça de mulher.

— Olhe lá! — gritou um deles. — Está vendo?

— Estou — respondeu o outro. — É um monte de caniços à deriva.

— Você tem certeza?

— E por que não?

— Estou preocupado. Talvez haja alguma coisa escondida embaixo.

— Não estou vendo nada de anormal.

— Fique quieto!... Caramba. Parece que ouvi...

— Um rugido, você está querendo dizer?

— Exatamente. Será que tem um tigre lá no meio?

— Boa viagem para ele.

— Calma aí, Huka. O homem que o Manciadi foi estrangular tem um tigre.

— Eu não sabia disso. E você acha que embaixo daquilo tudo está o nosso homem com a sua fera?

— Poderia ser. Aquele homem é astuto e corajoso.

— E o que você pretende fazer?

— Desentocá-lo com tiros de carabina. Mire bem no fundo.

Kammamuri e Tremal-Naik haviam escutado o diálogo com a maior nitidez. Ao verem os dois indianos levantarem as carabinas, se atiraram depressa no fundo da canoa.

— Não responda, patrão — disse o marata, — ou estamos perdidos.

Dois tiros de carabina retumbaram, furando os bambus. O tigre saltou e emitiu um miado furioso.

— Pare, Darma! — disse Tremal-Naik, derrubando-o.

— Que a deusa mande um raio sobre nós! — gritou um dos dois indianos. — É ele!

— Dê o sinal, Huka! — ordenou o outro. — Ah! Miserável!

Alguma coisa relampejou sobre a canoa, seguida de um estrépito muito forte que sufocou a nota aguda do *ramsinga*. Tremal-Naik e Kammamuri, que tinham se levantado, foram derrubados violentamente, enquanto o tigre dava um segundo miado ainda mais furioso que o primeiro.

— Patrão — exclamou Kammamuri. — O raio!

Tremal-Naik, ainda atordoado pelo afluxo da descarga elétrica, ficou de joelhos. Um grito de raiva fugiu dos seus lábios.

— Maldição!... Estamos pegando fogo!

De fato, os bambus, atingidos pelo raio, haviam se incendiado e queimavam rapidamente.

— Estamos perdidos! — exclamou Kammamuri. — Para o rio! Para o rio!

— Não se mexa, se dá valor à sua vida.

Tremal-Naik pegou entre os braços o monte de caniços e, com um esforço desesperado, jogou no rio.

— É ele! — gritou uma voz.

— Fogo! Huka!...

Duas outras detonações ribombaram. Tremal-Naik ouviu as balas assobiando em suas orelhas.

— Dê o sinal, Huka!

— Estamos perdidos, patrão! — gritou Kammamuri.

— Não se mexa — disse Tremal-Naik. — Segure o tigre.

Foi para a popa e fez mira no indiano Huka, que estava encostando o *ramsinga* nos lábios. A explosão da carabina foi acompanhada por um baque e um grito.

Huka, atingido na testa pela bala infalível do *caçador de serpentes*, caíra no rio.

Seu companheiro hesitou um instante e depois fugiu desabaladamente, atravessando a selva e tocando como um louco o *ramsinga* que pegara no chão.

Tremal-Naik disparou um tiro da pistola, mas não o atingiu.

— Errei! — gritou ele irado, atirando as armas. — Fomos descobertos!

— O que vamos fazer, patrão? — perguntou Kammamuri. — Acho que todas as esperanças de abordar em Raimangal foram por água abaixo; o *ramsinga* vai pôr todos os indianos em guarda. Maldito raio!...

— Vamos em frente mesmo assim, Kammamuri. Nem todos os indianos dos *Sunderbunds* serão capazes de deter-nos esta noite. Pegue os remos e reme com todas as suas forças; talvez a gente consiga chegar antes que os miseráveis possam se preparar para nos receber. Enquanto isso, vou observar as duas margens do rio e ficar pronto para abater qualquer pessoa que chegue ao alcance da minha carabina. À frente!

Kammamuri queria acrescentar algumas palavras, talvez um conselho, mas Tremal-Naik não lhe deixou tempo para isso.

— Se estiver com medo, pode desembarcar — disse ele. — O tigre e eu vamos continuar.

— Vou com o senhor, patrão, e que Xiva nos proteja.

Agarrou os remos, sentou no meio do barco e começou a impulsioná-lo com todas as forças.

A canoa, sob aquelas remadas poderosas, desceu a corrente com uma velocidade vertiginosa, se precipitando nas ondas.

Depois de carregar a carabina, Tremal-Naik posicionou-se na popa com os olhos fixos nas duas margens.

O tigre se acocorara a seus pés e resmungava surdamente a cada relâmpago. Passaram-se dez minutos. As margens, que fugiam rapidamente diante dos olhos dos dois indianos, estavam cobertas de bambus que mergulhavam na corrente e por palmeiras caídas, cuja maior parte fora abatida ou espedaçada pela fúria da tempestade.

De repente, Tremal-Naik, que seguia atentamente o curso do rio, avistou ao sul um rojão subindo a uma grande altura. Embora o vento continuasse rugindo e os raios, estourando, ele ouviu distintamente o estampido.

— Talvez seja um sinal — murmurou. — Força, força, Kammamuri!

Um segundo rojão subiu na margem oposta, descrevendo uma longa curva.

— Patrão? — interrogou Kammamuri.

— À frente, meu bravo marata.

— Já assinalaram a nossa posição.

— Mas a minha Ada está correndo perigo: à frente! Fique de guarda, Darma: a hora da luta está se aproximando.

O rio agora corria mais rápido, afunilando-se como o gargalo de uma garrafa. Tremal-Naik percebeu que estavam perto do cemitério flutuante. Sem saber por que, estremeceu.

— Cuidado, Kammamuri. Sinto que estamos correndo perigo.

O marata reduziu a batida dos remos. A canoa continuou deslizando e entrou no meio da bacia, coberta por uma compacta abóbada de tamarineiros e mangueiras. A escuridão ficou mais profunda, a ponto de os dois indianos não enxergarem a mais de cinco passos adiante.

A canoa se chocou contra a massa de cadáveres e um baque, como o de um corpo que afunda, respondeu ao primeiro choque.

— Patrão, o senhor ouviu? — perguntou Kammamuri.

— Ouvi, alguém mergulhou na água.

Tremal-Naik curvou-se sobre o rio para ver se alguém estava chegando perto da canoa, mas não viu nada.

A canoa se chocou pela segunda vez.

— Alguém está passando — disse uma voz que chegou até os dois indianos.

— Será que são eles?

— E se forem dos nossos? O encontro está marcado para a meia-noite.

Tremal-Naik, ao ouvir a palavra meia-noite, sentiu um golpe no coração.

— Meia-noite — murmurou com voz trêmula. — O encontro marcado para a meia-noite! Que dúvida!

— Olá! — gritou uma daquelas vozes. — Quem está passando?

— Não responda, patrão — apressou-se a dizer Kammamuri.

— Pelo contrário, vou responder, sim. Tenho que descobrir.

— Vão acabar com o senhor.

— Quem está aí? — perguntou Tremal-Naik.

— Quem está passando? — perguntou a voz por sua vez.

— Indianos de Raimangal.

— Andem logo, porque a meia-noite não está longe.

— O que vai acontecer à meia-noite?

— A *Virgem do templo sagrado* vai subir na fogueira.

Tremal-Naik sufocou um grito que estava prestes a fugir dos seus lábios.

— Xiva, Xiva, tenha piedade dela! — murmurou.

A seguir, controlou a emoção e perguntou:

— Então ainda não mataram Tremal-Naik?

— Não, irmão, já que Manciadi não voltou ainda.

— E vão queimar a *Virgem*?

— Vão, à meia-noite. A pira está pronta e a jovem vai subir ao paraíso de Kali.

— Obrigado, irmão, respondeu Tremal-Naik com voz sufocada.

— Só mais uma coisa. Vocês ouviram o *ramsinga*?

— Não.

— Viram o Huka?

— Vimos, perto da fogueira.

— Você sabe onde vão queimar a *Virgem*?

— Nos subterrâneos, acho.

— Isso mesmo, no grande templo subterrâneo. Ande logo que a meia-noite não deve estar longe. Adeus, irmão.

— Arranque, Kammamuri, arranque! — rugiu Tremal-Naik. — Ada! A minha pobre Ada! — Um soluço dilacerou o seu peito e sufocou a sua voz.

Kammamuri agarrou os remos e se pôs a impulsionar a embarcação com uma energia desesperada. A canoa afundou violentamente a massa dos cadáveres e logo saiu de onde estava.

— Depressa!... depressa! — disse Tremal-Naik fora de si. — À meia-noite ela vai subir na pira... Arranque, Kammamuri!

O marata nem precisava ser estimulado. Remava tão furiosamente que os músculos ameaçavam furar a sua pele.

A canoa atravessou a bacia e entrou no rio rápida como uma flecha. Logo apareceu a ponta extrema de Raimangal, com a gigantesca figueira-da-índia, cujos ramos extraordinários se contorciam de mil formas diferentes sob o sopro poderoso da borrasca.

Um relâmpago rompeu as trevas, mostrando a margem completamente deserta.

— Xiva está conosco! — exclamou Kammamuri.

— À frente, marata, à frente! — disse Tremal-Naik, que se jogara para a proa.

O barco, impulsionado à frente a toda velocidade, encalhou na margem, saindo quase dois terços da água.

Tremal-Naik, que carregava furioso a munição, Kammamuri e o tigre se precipitaram para o solo, chegando ao tronco principal da figueira-da-índia sagrada.

— Você está ouvindo alguma coisa? — perguntou Tremal-Naik.

— Nada — disse Kammamuri. — Todos os indianos devem estar no subterrâneo.

— Está com medo de vir comigo?

— Não, patrão — respondeu o marata com voz firme.

— Já que é assim, vamos descer também. A minha Ada ou a morte!

Agarraram as colunatas e atingiram os ramos superiores, se aproximando do alto do tronco partido ao meio. Com um único salto, o tigre se juntou a eles.

Tremal-Naik olhou para baixo pela cavidade. Ao clarão dos relâmpagos, avistou entalhes que permitiam a descida.

— Vamos, meu bravo marata. Eu desço na frente.

E se deixou cair no tronco, descendo silenciosamente. O marata e o Darma o seguiram de perto.

Cinco minutos depois, os dois indianos e o tigre estavam no subterrâneo, em uma espécie de poço semicircular escavado na rocha viva, seis metros abaixo do nível dos *Sunderbunds*.

15. No templo subterrâneo

TENDO CONSEGUIDO DESCER aos subterrâneos sem serem ouvidos, agora só precisavam procurar o grande templo da deusa Kali, pular inesperadamente sobre a horda e raptar a vítima, aproveitando a confusão e o choque provocado pelo aparecimento do tigre.

Mas não era fácil se orientar no meio daquela escuridão profunda e entre aqueles corredores do imenso subterrâneo. Nem Tremal-Naik nem o marata sabiam o caminho e não tinham a menor ideia do lugar em que fora escavado o templo. No entanto, não eram homens de voltar atrás, nem de hesitar um único momento, mesmo quando ameaçados por mil perigos.

Apoiaram as mãos nas paredes e começaram a avançar, um atrás do outro, experimentando o terreno com os pés para não caírem em algum tipo de abertura, e no mais profundo silêncio, sem saber se estavam sozinhos ou se havia sentinelas por perto.

Em breve, encontraram uma ampla abertura, uma espécie de porta, em cuja soleira pararam, e aguçaram os ouvidos.

— Você está ouvindo alguma coisa? — perguntou Tremal-Naik ao companheiro em um fio de voz.

— Nada, patrão, a não ser os trovões.

— Isso é sinal de que o sacrifício ainda não começou.

— Também acho, patrão. Os indianos praticam o *onugonum*, a cerimônia de sacrificar uma mulher pelo fogo, com grande estardalhaço.

— Ainda assim, meu coração está batendo como se quisesse se despedaçar.

— É a emoção, patrão.

— Você acha que nós vamos encontrar o templo?

— E por que não?

— Estou com medo de acabar perdido nestes corredores. Ora essa, parece que eu resolvi ter medo exatamente em um momento destes.

— Isso é impossível. Você, com medo?

— Apesar de tudo, é isso mesmo. Não sei se é por causa da febre ou da emoção profunda que tomou conta de mim.

— Coragem, patrão, e vamos em frente com cuidado, muito cuidado. Se alguém nos ouvir, pode dar o alarme e fazer com que todos os habitantes desta caverna tenebrosa caiam sobre nós.

— Sei disso, Kammamuri; segure o tigre.

Tremal-Naik pousou os pés em um degrau escorregadio e começou a descer com os olhos bem abertos e as mãos estendidas a frente, para evitar o choque com algum obstáculo.

Depois de descer dez degraus, encontrou o piso de uma galeria que se inclinava gradativamente.

— Está vendo alguma coisa? — perguntou a Kammamuri.

— Nada, parece até que eu fiquei cego. Será que este é o caminho que leva ao templo?

— Não sei, Kammamuri. Daria a metade do meu sangue para poder acender uma fogueira, mesmo bem pequena. Que situação assustadora!

— Continue, patrão. Acho que deve ser quase meia-noite.

Tremal-Naik sentiu que o corpo se crispava e o coração batia com uma energia furiosa.

— Que barbaridade! — exclamou com voz sufocada. — Meia-noite!

— Silêncio, patrão. Alguém pode ouvir.

Tremal-Naik emudeceu, sufocando um gemido, e se arremessou decididamente à frente, tateando como um bêbado, procurando as paredes com as mãos.

À medida que prosseguia, sentia como se estivesse tomado por um estranho atordoamento. Parecia que o sangue estava assobiando nos seus ouvidos e o coração, ardendo e batendo com uma força cada vez maior.

Havia momentos em que pensava estar ouvindo vozes, gritos lancinantes como os de pessoas torturadas a distância, e outros em que parecia ver luzinhas, pequenas labaredas e até mesmo sombras se movendo em torno deles e voltando para as trevas. Já abandonara toda a prudência e caminhava rapidamente, aos pulos, com os punhos fechados, os olhos arregalados, tomado por uma espécie de delírio. Nem sequer ouvia a voz do Kammamuri, implorando para que ele refreasse aquela exaltação. Por sorte, os estrondos dos raios e trovões repercutiam sem parar sob as arcadas escuras, abafando o ruído dos passos.

De repente, o *caçador de serpentes* se chocou contra um objeto afiado que perfurou a sua roupa, atingindo a pele. Parou de chofre e recuou um pouco.

— Quem está aí? — perguntou ele com voz estridente, empunhando e levantando o facão.

— O que o senhor encontrou? — perguntou o marata, que se preparava para atiçar o Darma à frente.

— Tem alguém por perto, Kammamuri. Fique em guarda.

— O senhor viu alguma sombra?

— Não, mas fui atingido por uma lança. A ponta encostou no meu peito e por pouco não me feri.

— No entanto, o Darma não está dando o menor sinal de inquietação.

— Será que eu me enganei? Não é possível.

— Vamos voltar?

— Nunca. Deve ser quase meia-noite. Em frente, Kammamuri.

Começou a avançar e sentiu a mesma ponta aguda que, desta vez, penetrou na sua carne. Ele soltou uma imprecação surda e estendeu a mão direita, agarrando uma espécie de lança mantida na horizontal, na altura do seu peito.

Começou a puxar, mas ela resistiu; tentou torcê-la, mas também não conseguiu retirá-la dali. Tremal-Naik deixou escapar uma exclamação de surpresa.

— O que significa isto? — murmurou ele.

— E então, patrão? — perguntou Kammamuri. — Que obstáculo é esse?

— Uma lança impossível de ser retirada. Acho que foi fixada na parede. Temos que desviar.

Virou à direita e, depois de alguns passos, encontrou uma segunda lança, também irremovível.

A sua surpresa chegou ao auge.

— Talvez seja uma obra de defesa — pensou —, ou mesmo um instrumento de tortura. Vamos para a esquerda. Tenho que encontrar um caminho que me leve adiante.

Andou por algum tempo, acabou batendo a cabeça em uma abóbada muito baixa e pisou em um degrau. Desceu com cuidado quatro ou cinco deles e parou. A sua mão encontrou a de Kammamuri e a apertou com força.

— Está ouvindo, patrão? — perguntou o marata.

— Estou — respondeu Tremal-Naik em voz baixa.

— O que significa esse murmúrio?

— Não tenho idéia. Fique quieto e escute.

Aguçaram os ouvidos e prenderam a respiração. Estava acontecendo uma coisa muito estranha: sobre as suas cabeças, escutavam uma espécie de gorgolejo, que era repetido pelo eco da galeria em que estavam.

Um momento depois, sob a abóbada apareceu um disco levemente iluminado que apagou logo depois. Houve uma explosão surda atrás.

Kammamuri e Tremal-Naik se sentiram invadidos por uma grande inquietação e empunharam as pistolas.

Depois de alguns minutos, o disco reapareceu e voltou a desaparecer, seguido de novo pelo estrondo misterioso.

— Você está entendendo alguma coisa? — perguntou o marata.

— Acho que sim — respondeu Tremal-Naik. — Esse gotejamento e esse gorgolejar me fazem suspeitar da presença de água. Talvez haja um rio correndo sobre as nossas cabeças.

— E aquele disco que aparece e desaparece?

— Talvez seja uma lente de vidro ou de quartzo. O clarão provém dos raios e o estrondo é o trovão retumbando lá fora.

— O senhor acha que é isso, patrão?

— Pode ser isso, ou não, mas nem por isso vou dar um passo atrás. É quase meia-noite.

— Que lugar horrível este em que estamos, patrão. Estou tremendo como se estivesse morrendo de frio. Este silêncio e esta escuridão estão me assustando.

— O Darma está tranquilo?

— Completamente tranquilo, patrão.

— É sinal de que o inimigo ainda está longe. Vamos em frente.

Retomaram a marcha na escuridão fria e úmida, subindo e descendo, batendo várias vezes a cabeça na abóbada baixa, caminhando ao acaso, sempre seguidos pelo tigre, que continuava sem mostrar nenhum sinal de desassossego.

Outros dez minutos transcorreram assim, tão longos que mais pareciam ser dez horas. Os dois indianos já começavam a acreditar que estavam no caminho errado, pensando até em voltar quando, ao fazerem uma curva, viram uma grande fogueira ardendo no meio da galeria. Tremal-Naik percebeu que, ao lado dela, havia um indiano seminu, apoiado em uma espécie de azagaia, em cujo topo estava a cobra misteriosa. Um suspiro de alívio saiu dos seus lábios.

— Finalmente! — murmurou ele. — Já estava começando a achar que tínhamos entrado em uma caverna desabitada. Preste atenção, Kammamuri.

— Temos inimigos à vista?

— Temos, um indiano.

— Oh! — exclamou o marata, sentindo um arrepio.

— Vamos ter que matar aquele homem que está no nosso caminho.

— Não dá para evitar?

— Só se voltarmos atrás, mas Tremal-Naik nunca volta.

— Ele vai fazer barulho, vai gritar, e logo todos os outros estarão em cima de nós.

— Aquele homem está de costas para nós, e o Darma anda sem fazer barulho.

— Tome cuidado, patrão.

— Estou decidido a tudo, até a lutar contra mil homens.

Ele se inclinou para o tigre que fitava o indiano com ferocidade, mostrando as presas agudas e as longas garras.

— Olhe aquele homem, Darma — disse Tremal-Naik.

O tigre soltou um resmungo surdo.

— Vá e faça-o em pedaços, meu amigo.

Darma olhou para o patrão e depois para o indiano. Os seus olhos se dilataram e pareciam estar incendiados. Compreendera o que o *caçador de serpentes* desejava. Abaixou-se até tocar o chão com o ventre, olhou uma última vez para Tremal-Naik, que apontava para o indiano, e se distanciou a passos silenciosos, balançando a cauda de leve, como um gato encolerizado. O indiano não vira nem ouvira nada, e estava com as costas viradas para o fogo. Parecia até que adormecera apoiado na lança.

Tremal-Naik e o marata, com as carabinas nas mãos, acompanhavam ansiosamente os movimentos do Darma, que fitava a vítima com olhos ardentes, avançando com precaução. O coração deles batia com força, por causa da ansiedade. Bastaria um grito do indiano para que o alarme se espalhasse pelos subterrâneos e a arriscada empreitada deles ruísse como um castelo de cartas.

— Será que ele vai conseguir? — sussurrou o marata no ouvido de Tremal-Naik.

— O Darma é inteligente — respondeu o *caçador de serpentes*.

— E se ele fracassar?

Tremal-Naik teve um forte estremecimento.

— Então vamos lutar — disse, então, com voz firme. — Fique quieto e olhe!

O indiano ainda não ouvira nada, de tão silenciosos que eram os passos do feroz animal; de repente, a fera parou e se encolheu.

Tremal-Naik apertou com força a mão do Kammamuri. O tigre estava a menos de dez passos do indiano.

Passaram-se dois segundos e, em seguida, a fera deu um salto espantoso. Homem e animal caíram no chão e se ouviu um surdo rangido, como o de ossos sendo despedaçados.

Tremal-Naik e Kammamuri correram para a fogueira, apontando a carabina em direção ao corredor.

— Muito bem, Darma — disse Tremal-Naik, passando uma mão no dorso robusto. Chegou perto do indiano e o ergueu. O pobre homem não dava mais sinal de vida e estava inundado de sangue. O tigre esmagara a cabeça dele entre os dentes.

— Completamente morto — disse Tremal-Naik e o deixou cair de novo. — O Darma não poderia ter dado o golpe com uma destreza maior. Você vai ver, Kammamuri, que com esta corajosa companhia vamos executar grandes feitos. Agora parece que vai ser fácil salvar a mulher que amo.

— Também acho, patrão. Vai ser um belo golpe, quando o Darma se arremessar no meio da horda; vão sair todos correndo.

— Daí nós aproveitamos para raptar a Ada.

— E para onde vamos levá-la?

— Para a cabana, antes de mais nada; depois veremos se será melhor levá-la a Calcutá ou para mais longe.

— Quieto, patrão!

— O que há?

— Escute!

Ouviram uma nota aguda a distância. Os dois indianos a reconheceram logo.

— O *ramsinga!* — exclamaram.

Um golpe surdo e aterrorizante ecoou pelos corredores e repercutiu diversas vezes. Era um estrondo parecido com o que haviam escutado na noite em que desembarcaram em Raimangal para procurar o Hurti e que os surpreendera tanto.

Tremal-Naik estremeceu da cabeça aos pés e sentiu que as forças centuplicavam. Deu um salto de tigre, erguendo a carabina.

— Meia-noite! — exclamou ele, com um tom de voz que já não tinha mais nada de humano. — Ada!... Oh! a minha noiva!...

Não conseguiu dizer mais nenhuma palavra. Deu um grito estrangulado e se aventurou furiosamente pela galeria, seguido por Kammamuri e pelo tigre.

Parecia mais uma fera do que propriamente um homem. Os olhos estavam injetados de sangue, os lábios, espumando, e brandia o facão na mão direita, pronto para derrubar qualquer obstáculo. Não sentia mais medo de ninguém. Nem mil indianos seriam capazes de deter aquela sua corrida desenfreada.

O enorme tambor, o *hauk*, continuava rufando e despertando todos os ecos das cavernas e das galerias, chamando para a colheita os seguidores da misteriosa deusa e, a distância, se ouviam as notas agudas do *ramsinga* e um murmúrio confuso de vozes. O terrível momento chegara, a meia-noite estava prestes a soar.

Tremal-Naik redobrava a velocidade, pouco se importando que ouvissem os seus passos apressados.

— Ada!... Ada!... — dizia, arquejando, enquanto se lançava com a fúria de um touro bravo desembestado pelas galerias que se sucediam umas depois das outras.

Um imenso clarão apareceu no fundo e uma explosão de gritos estrondeou nos subterrâneos.

— Lá estão eles! — berrou Tremal-Naik com voz estrangulada.

Kammamuri correu para cima dele e, juntando todas as suas forças, o deteve.

— Nem mais um passo! — disse.

Tremal-Naik se voltou para ele, arreganhando os dentes.

— O que você está querendo dizer? — perguntou em um tom feroz.

— Se o senhor dá valor à vida da sua Ada, nem mais um passo — repetiu Kammamuri, chegando mais perto dele.

— Solte-me, marata, solte-me! Estou com a febre... o delírio está tomando conta de mim!

— É exatamente porque o senhor está fora de si que não quero que siga adiante. Se o senhor irromper naquela caverna antes do tempo, estaremos perdidos. Controle-se, patrão, para conseguirmos salvá-la também.

— Você acha mesmo? — perguntou Tremal-Naik. — O meu coração está batendo furiosamente no peito, e o meu sangue parece estar fervendo. Estou me sentindo tão forte que seria capaz de sacudir estas paredes e enterrar todos aqueles monstros sob os destroços. Ouça!... Você não escutou um grito lancinante?

— Não escutei nada; o senhor se enganou.

— Pois acho que ouvi a voz dela.

— É o delírio. Fique calmo, patrão, se quiser salvá-la.

— Vou ficar, mas não podemos ficar parados aqui, Kammamuri.

— Não, não vamos ficar. Venha comigo, mas se o senhor cometer alguma imprudência, eu vou embora. Dê-me a mão.

Kammamuri pegou a mão esquerda de Tremal-Naik e eles se embrenharam na caverna. Pouco depois, pararam atrás de uma enorme coluna, de onde podiam ver tudo sem serem descobertos.

Um estranho espetáculo se ofereceu imediatamente a seus olhos.

Diante deles se abria uma vastíssima caverna, escavada no granito vermelho como os famosos templos de Ellora, sustentada por vinte e quatro colunas enfeitadas com esculturas mais ou menos estranhas de cabeças de elefantes, de leões e de divindades. Aos pés delas, era possível ver Parvadi, a deusa da morte, sentada em um leão, e a deusa Ganesa com seus oito braços sentada entre dois elefantes que uniam as trombas sobre a cabeça dela.

Nos quatro cantos havia as estátuas de Xiva e, no meio, uma deusa monstruosa com uma língua vermelha saindo da boca, um cinto feito de braços amputados e um colar de crânios, uma deusa parecida com aquela que Tremal-Naik vira no templo.

Da abóbada coberta de altos relevos, representando os combates de Rama com o tirano Ravana, o raptor da bela Sita, e as guerras dos Kurús e dos Pandús, que disputaram por muito tempo a posse de Babrata Varca, pendiam diversos candeeiros de bronze que espalhavam em torno uma luz azulada, lívida, cadavérica.

Quarenta indianos seminus, com serpentes tatuadas no peito, o laço de seda amarrado em torno dos rins e o punhal nas mãos, estavam sentados à moda dos muçulmanos, isto é, com as pernas cruzadas, olhando fixamente para a monstruosa divindade de bronze. Um deles tinha ao lado um enorme *hauk*, enfeitado com plumas e crina e, de vez em quando, o tocava, fazendo retumbar as abóbadas da caverna.

Tremal-Naik, como se disse há pouco, parara atrás da gigantesca coluna, surpreso e aterrorizado ao mesmo tempo, apertando convulsivamente as armas.

— Ada!... — murmurou ele, percorrendo com um único olhar toda a caverna. — Onde está a minha Ada?...

Um raio de alegria brilhou nos olhos do pobre indiano.

— O sacrifício ainda não começou! — exclamou. — Xiva seja bendito.

— Não fale tão alto assim, patrão — disse Kammamuri, apertando o pescoço do tigre. — Se todos os indianos que moram no subterrâneo são esses que estão aí, não vai ser uma coisa impossível raptar a sua mulher.

— Isso mesmo, vamos salvá-la, Kammamuri! — exclamou Tremal-Naik exaltado. — Vai ser um massacre terrível.

— Quieto...

O *hauk* bateu doze vezes e os quarenta indianos se levantaram como um só homem. Tremal-Naik sentiu um aperto no coração e agarrou a coluna, como se tivesse medo de não conseguir se controlar.

— Meia-noite! — disse ele com voz sufocada.

— Calma, patrão — disse Kammamuri pela última vez, puxando-o pelo cinto.

Uma porta se abriu com grande estrépito e um indiano de alta estatura, magérrimo, com o rosto enfeitado por uma barba longa e negra, os olhos brilhantes, e envolto em um rico dotim de seda amarela, entrou na caverna.

— Salve, Suyodhana, *Filho das sagradas águas do Ganges!* — exclama-ram em coro os quarenta indianos.

— Salve Kali e os seus filhos — respondeu o indiano com voz soturna.

Ao ver aquele homem, Tremal-Naik soltou uma imprecação surda e fez menção de se precipitar para a caverna. Kammamuri o puxou para trás.

— Não se mexa, patrão — sussurrou.

— Olhe para aquele homem! — exclamou Tremal-Naik com os dentes cerrados.

— Estou vendo, e já percebi: ele é o chefe desses homens.

— É o mesmo que me apunhalou.

— Ah! Miserável!

Suyodhana entrou rapidamente no templo, se inclinou diante da monstruosa divindade de bronze e, virando para os indianos, gritou com voz trovejante:

— A hora extrema da *Virgem do templo* acaba de soar, meus irmãos. Manciadi está morto.

Um murmúrio ameaçador percorreu as filas de indianos.

— Que os *taré* sejam soprados — comandou o terrível chefe dos estranguladores.

Dois indianos pegaram dois longos trompetes e tocaram algumas notas tristes e chorosas. Cem indianos carregados de lenha irromperam na caverna e ergueram uma pira gigantesca em frente à deusa, aos pés de uma coluna, derramando por cima uma enorme quantidade de óleo perfumado.

Um grupo de dançarinas *devadasí* entrou na sala, dando piruetas e fazendo tilintar pequenas campainhas e anéis de prata, e circundou a deusa Kali.

Usavam roupas suntuosas, delicadas, as mais enfeitadas que se possa imaginar, capazes de destacar ainda mais a beleza e a graça daquelas moças. Couraças finíssimas de ouro e cravejadas de diamantes da mais bela cor brilhavam em seus peitos; saiotes curtos de seda vermelha pendiam embaixo da grossa faixa de caxemira que cingia os seus quadris, e calças brancas desciam até o peito dos pés. Tinham anéis de prata e sinetas do mesmo metal nos braços e nas pernas, enquanto véus finos de cores vivas cobriam seus rostos.

Ao som do *hauk* e dos *taré* fúnebres começaram uma dança dissoluta em torno da deusa, fazendo girar no ar os véus de seda azul ou vermelha, formando um entrelaçamento mágico e surpreendente.

De repente, a dança acabou. As *devadasí* desfilaram diante da deusa, encostando a testa no chão, e saíram dali, se reunindo em um grupo grandioso e pitoresco. Os indianos, que haviam sentado de novo, a um sinal de Suyodhana se reergueram. Tremal-Naik percebeu que o suplício estava prestes a começar.

— Kammamuri — balbuciou o infeliz, se apoiando na coluna — Kammamuri!...

— Calma e coragem, patrão — disse o marata, batendo os dentes.

— A minha cabeça está girando, o meu coração vai arrebentar... Ada!... Ada!...

Um rufar de tambores ressoou ao longe. Tremal-Naik se endireitou, com os olhos em chamas e os punhos cerrados ao redor das pistolas.

— Aí estão eles! — rugiu com um tom indefinível de ódio.

Os tambores chegavam cada vez mais perto e o som deles repercutia indefinidamente sob as negras abóbadas da caverna e através dos corredores escuros. Logo foram ouvidas vozes desafinadas e selvagens acompanhadas pelo som dos *tam-tam*.

O tigre deu um resmungo surdo e agitou a cauda.

Uma porta larga se abriu e dez estranguladores entraram com grandes vasos de cerâmica cobertos de peles, chamados de *mirdengs* pelos indianos. Atrás desses dez, entraram mais vinte, com grandes *gautha*, uma espécie de campainha de bronze, e depois mais doze, munidos de *ramsinga*, de *taré* e de *tam-tam*.

Finalmente, atrás de todos aqueles homens tocando os *mirdengs* e os *tam-tam*, agitando os *gautha* e soprando os *ramsinga* e os *taré*, que formavam uma algazarra medonha, apareceu a infeliz Ada, com a sua couraça de ouro cravejada de diamantes de valor inestimável, um saiote e calças de seda branca, e os cabelos soltos sobre os ombros. A vítima, que aqueles homens cruéis se preparavam para atirar no meio da pira, estava pálida como um cadáver, prostrada pelo longo jejum e aturdida pela bebida feita com ópio que a obrigaram a beber.

Dois estranguladores cobertos com uma longa túnica de seda amarela a sustentavam, e outros dez vinham atrás, cantando louvor ao seu heroísmo e prometendo felicidade infinita no paraíso de Kali, como recompensa pelas suas virtudes.

O momento terrível estava próximo. Suyodhana já pusera fogo na pira e as chamas se elevavam como se fossem serpentes hediondas em direção à abóbada da caverna; os estranguladores a arrastavam, ensurdecendo a jovem com mil gritos; os tambores e os *taré* entoavam a marcha da morte.

De repente, a vítima voltou a si. Viu a pira que queimava diante dela e percebeu o perigo que estava correndo. Através da embriaguez do ópio, lembrou da condenação pronunciada pelo sanguinário Suyodhana. Um grito lancinante dilacerou seu peito.

— Tremal-Naik!... Oh! Tremal-Naik!...

No fim do corredor escuro retumbou um urro feroz:

— Acabe com eles, Darma!... Faça-os em pedaços!...

O grande tigre de Bengala só estava esperando aquele comando. Saiu do esconderijo com a boca aberta e as garras estendidas, se esticou, depois se encolheu, emitiu um rugido rouco e então deu um salto gigantesco, caindo no meio da multidão de estranguladores. Um grito de terror escapou de todos os peitos, quando viram o carnívoro feroz que já derrubara dois homens com dois poderosos golpes das garras.

— Em pedacinhos, Darma!... Em pedacinhos!... — repetiu a mesma voz de antes.

Em seguida, ecoaram quatro estampidos que puseram quatro indianos de pernas para o ar e, em meio à nuvem de fumaça, apareceu o *caçador de serpentes* da selva negra com as feições transtornadas e o facão em punho. Romper com um impulso irresistível as filas de indianos aterrorizados, agarrar a jovem que caíra no chão sem sentidos, carregá-la nos braços e desaparecer nas galerias com Kammamuri e o tigre nos calcanhares foi coisa de apenas um momento.

16. O triunfo dos estranguladores

OS SUBTERRÂNEOS DE RAIMANGAL, habitados pelos seguidores de Kali, eram tão numerosos, ou talvez ainda mais, quanto os famosos subterrâneos de Mavalipura e de Ellora.

Infinitas galerias sulcavam o subsolo em mil direções diferentes e algumas eram tão baixas que um homem não conseguiria ficar de pé ali; outras, altíssimas e amplas, algumas retas, outras tortuosas, que subiam até encostar na superfície pantanosa da ilha, ou desciam para as vísceras da terra.

Aqui, grutas horríveis, úmidas, frias, escuras, desabitadas há muitos séculos; lá, cavernas, grutas, templos enfeitados com figuras estranhas e monstruosas da mitologia indiana e abarrotados de colunatas e, mais adiante, fossas que levavam a subterrâneos ainda mais tenebrosos e talvez ainda desconhecidos pelos estranguladores.

Após o golpe, Tremal-Naik se arremessara sob as abóbadas negras da primeira galeria que viu diante de si, acompanhado por Kammamuri e pelo tigre.

Não sabia onde ela acabava, mas não estava se preocupando muito com isso. Não conseguia ver nada, mas, ao menos naquele momento, não pensava no assunto.

Para ele, bastava fugir, bastava ganhar o maior espaço possível entre eles e os estranguladores, antes que estes se recuperassem da surpresa e do terror provocados pelo aparecimento inesperado do tigre e que organizassem a caçada humana.

Já havia jogado fora parte da munição para ficar mais leve e corria na maior velocidade, sem se desviar.

Continuava carregando a jovenzinha desmaiada nos braços e, tomando o maior cuidado para evitar que ela se chocasse contra alguma ponta, repetia de vez em quando:

— Salva!... Ela está salva!... Estou ficando louco!...

E na sua excitação, encontrava sempre mais forças; aquele pequeno fardo parecia cada vez mais leve e ele aumentava a velocidade da corrida, com medo de ser alcançado por seus inimigos ferozes.

Kammamuri continuava atrás dele, com grande esforço, tateando na escuridão, ladeado pelo fiel Darma, que fendia o espaço com saltos imensos, emitindo de vez em quando um miado surdo.

— Vá um pouco mais devagar, patrão — repetia o pobre marata. — Vou acabar me perdendo.

Em vez de diminuir, Tremal-Naik corria ainda mais rápido e respondia invariavelmente:

— Mais para frente!... Mais para frente!... Salva!... Ela está salva!... Estou ficando louco!...

Já estava correndo havia dez minutos quando se chocou com violência contra uma parede que impedia a passagem. O choque foi tão forte que ele caiu pesadamente no chão, arrastando a Ada consigo.

Levantou-se depressa, mantendo sempre a jovem entre os braços, e deu uma cabeçada em Kammamuri que, impulsionado pelo golpe, quase quebrou a cabeça na parede.

— Patrão — exclamou o marata, aturdido. — O que está acontecendo?

— O caminho está impedido! — exclamou Tremal-Naik, dando um olhar feroz ao redor.

— Vamos parar um pouco, patrão.

Tremal-Naik estava prestes a responder, quando ouviram berros assustadores a distância. Deu um salto para trás, soltando um grito de raiva e desespero.

— Os tugues!

— Patrão!...

— Corra Kammamuri, corra!...

Virou à direita e retomou a corrida, mas depois de dez passos voltou a se chocar. Sentiu os cabelos da nuca ficarem arrepiados.

— Maldição! — trovejou. — Será que não há uma saída?

Precipitou-se para a esquerda e bateu contra uma terceira parede. O tigre, que também se arremessara contra as rochas, deu um miado que se transformou inesperadamente em um espantoso rugido.

Tremal-Naik se voltou para trás. Por um instante teve a ideia de voltar sobre os próprios passos para ver se achava uma outra galeria, mas o medo de ficar de súbito frente a frente com os fanáticos o reteve.

Se estivesse sozinho, não hesitaria em se lançar contra a horda que estava para fechá-lo na caverna, mesmo com a certeza de que sairia ferido naquela luta desigual. Mas se arriscar agora que arrancara da morte a mulher que amava; se arriscar agora que atingira o seu propósito, isso o assustava muito.

E apesar de tudo precisava a todo custo sair daquela caverna que, em poucos instantes, poderia se transformar em uma tumba.

— Mas será que os deuses me amaldiçoaram? — exclamou ele, enfurecido. — Será que vou morrer, justo agora que tenho entre os braços a mulher que me faria feliz? Ah, não, não, Ada, aqueles homens não vão conseguir ficar com você, nem que tenhamos que morrer nesta luta!

Ele começou a recuar a passos lentos, com os olhos fixos na galeria e os ouvidos aguçados; depois se curvou e colocou suavemente a jovem no chão. Com um gesto rápido, tirou as pistolas do cinto e as armou.

— Darma! — chamou.

O tigre se aproximou.

— Fique perto desta mulher — comandou Tremal-Naik. — Só saia daqui quando eu chamar. Se alguém chegar perto, pode despedaçá-lo sem piedade.

— O que o senhor pretende fazer, patrão? — perguntou Kammamuri.

— Tenho que sair daqui — disse Tremal-Naik. — Vamos procurar uma galeria que permita a nossa retirada para um lugar seguro. Venha, Kammamuri.

O marata, após ter vagado por alguns minutos entre as trevas, se aproximou dele. Ouviu-se o ruído das suas pistolas sendo armadas.

— Estou pronto, patrão — disse.

— Então vamos, meu bravo amigo.

— E se encontrarmos os tugues?

— Vamos nos retirar e lutar.

Os dois indianos voltaram para a galeria e, com uma forte emoção, começaram a caminhar. Tremal-Naik, ao virar para trás, avistou os olhos verdes do tigre brilhando na escuridão.

— Posso confiar nele — murmurou. — Não tenha medo, Ada, nós vamos salvar você.

Sufocou um suspiro e seguiu adiante, caminhando encurvado e nas pontas dos pés, tateando com uma mão a parede da esquerda. Kammamuri, cinco passos atrás, tateava a parede da direita. Avançaram durante alguns minutos e pararam, retendo a respiração. Escutaram um leve rumor no fundo da galeria, parecido com um suspiro. Parecia que uma ou mais pessoas vinham vindo, rastejando como cobras.

Tremal-Naik atravessou a galeria e se chocou com Kammamuri, que teve um violento sobressalto.

— Quem está aí? — perguntou ele em voz baixa, apontando a pistola para o peito dele.

— Você ouviu? — perguntou Tremal-Naik.

— Ah! é o senhor, patrão? Ouvi, sim. Ouvi um leve ruído. Vem vindo alguém rastejando.

— Será que são os estranguladores?

— Acho que são eles, sim, patrão.

Tremal-Naik estremeceu da cabeça aos pés e virou para olhar a caverna. Os olhos do tigre não brilhavam mais. Uma vaga inquietação tomou conta dele.

— O que será que vai acontecer? — murmurou.

Deu alguns passos para trás, como se quisesse voltar, mas parou de repente ao ouvir uma respiração leve a uma pequena distância. Agarrou a mão de Kammamuri e a apertou com muita força.

— Nada? — murmurou uma voz.

— Nada — respondeu outra voz muito baixa.

— Será que erramos o caminho?

— Acho que sim.

— Sabe aonde estamos indo?

— Talvez sim.

— E tem alguma saída por aqui?

— Acho que não.

— Algum esconderijo?

— Um poço, se eu me lembro bem.

— Será que eles estão lá?

— Não dá para saber.

— Quer continuar?

— Acho melhor voltar.

— Quem está nos seguindo?

— Ninguém, mas temos irmãos parados em uma curva a trezentos passos daqui.

— Então eles não podem sair daqui?

— Não, porque os nossos irmãos estão vigiando.

— Vamos voltar. Mais tarde podemos explorar a caverna.

Ouviu-se um ligeiro atrito que aos poucos foi ficando mais leve, até cessar de uma vez.

Tremal-Naik voltou a apertar a mão de Kammamuri.

— Você ouviu?

— Ouvi tudo, patrão — respondeu o marata.

— Todas as saídas estão fechadas.

— É melhor voltarmos, patrão.

— Mas eles vão vir de novo mais tarde e podem nos descobrir então.

— Não sei o que dizer.

— E se forçarmos a passagem? Podemos percorrer uns trezentos passos sem sermos ouvidos.

— E a Ada?

— Eu vou carregá-la e ninguém vai ousar encostar nela.

— Mas na primeira descarga dos arcabuzes todos os fanáticos virão para cima de nós. O eco se propaga muito depressa nessas galerias.

Tremal-Naik dilacerou seu peito com as unhas.

— Então eu serei obrigado a perdê-la? — murmurou ele com desespero.

— E se a gente descesse no poço?

— No poço?

— É. O senhor não escutou eles falarem de um poço? Talvez ele leve a alguma galeria que nos conduza ao ar livre.

— Será que isso é possível?

— Vamos voltar, patrão.

Tremal-Naik não esperou que ele repetisse a sugestão. Voltou para perto da parede, seguindo por ela até chegar à caverna. O tigre deu um resmungo surdo.

— Quieto, Darma — disse ele.

Foi para perto dele e se inclinou para o chão.

— Ada, Ada — repetiu com grande ansiedade.

Ninguém respondeu ao chamado, mas ele sentiu nas mãos o corpo enregelado da jovem. Tateou em direção ao coração e viu que ainda estava batendo. Um profundo suspiro saiu de seus lábios.

— Não há de ser nada — disse ele. — Ela vai voltar a si.

— O senhor acha, patrão? — perguntou Kammamuri.

— Acho. Ela vai voltar a si daqui a pouco. A emoção por que passou deve ter sido forte demais. Vamos lá, temos que procurar o poço, Kammamuri.

— Deixe que eu faça isso, patrão. Tome conta da sua Ada e impeça que alguém entre nesta caverna.

Começou a procurar, andando um pouco para a direita e um pouco para a esquerda, às cegas, avançando, recuando e se abaixando várias vezes. Bateu quatro vezes nas paredes, sem ter encontrado nada, e outras vezes voltou até onde estava o patrão. Já perdia a esperança de encontrar o poço quando, de repente, percebeu que estava ao lado de um parapeito que, segundo seus cálculos, devia emergir quase no centro da caverna.

— Deve ser o poço — murmurou.

Levantou-se e correu as mãos pelo pequeno muro. Sentiu que ele fazia uma curva depois de alguns metros. Girou em torno, depois se inclinou sobre o parapeito e olhou para baixo. Só enxergou trevas.

Pegou uma bala de carabina e deixou cair lá dentro. Após dois segundos ouviu um ruído surdo.

— Bom, o poço não tem água e não é muito profundo. Patrão! — chamou ele.

Tremal-Naik carregou a jovem com cuidado e foi para perto dele.

— E então? — perguntou.

— A sorte está do nosso lado. Podemos descer.

— Tem alguma escada?

— Parece que não. Vou descer primeiro.

Amarrou no corpo uma corda que trouxera consigo, colocou uma ponta nas mãos de Tremal-Naik e desceu corajosamente pelo poço, balançando as pernas no ar.

A descida durou um quarto de minuto no máximo até Kammamuri pousar os pés em um terreno bem liso que ressoou como se fosse oco por baixo.

— Espere, patrão — disse ele.

— Está ouvindo alguma coisa? — perguntou Tremal-Naik, se curvando sobre o parapeito.

— Não estou vendo nem ouvindo nada. Faça a jovem descer e depois pule até aqui. Não tem mais de dois metros e meio.

Amarrada por baixo dos braços, Ada foi descida até chegar ao alcance de Kammamuri e, em seguida, Tremal-Naik se deixou cair, levando a corda consigo.

— Você acha que eles vão nos encontrar aqui? — perguntou o marata.

— Talvez, mas eu insisto que vai ser uma defesa fácil.

— Será que tem alguma saída?

— Acho que não, de qualquer jeito vamos nos certificar mais tarde. Fique aqui com o tigre; vou acender a tocha que eu trouxe e tentar fazer a Ada voltar a si.

Carregou a jovem de novo e a transportou cinquenta passos adiante, enquanto o tigre se precipitava para dentro do poço com um grande salto e deitava ao lado do marata.

Tirou a larga faixa de caxemira que trazia no dorso, colocou sobre a jovem e se ajoelhou ao lado dela. Em seguida, acendeu uma pequena tocha de resina. Imediatamente, uma luz azulada iluminou o subterrâneo. Ele era muito grande, com as paredes de pedra rachadas e estranhamente esculpidas aqui e ali. A abóbada também era enfeitada com esculturas que representavam cabeças de elefantes e divindades indianas. No meio, ela se elevava em direção à boca do poço, formando uma espécie de funil virado de cabeça para baixo.

Muito emocionado, pálido e trêmulo, Tremal-Naik se inclinou sobre a jovem e desamarrou a couraça de ouro, cujos diamantes emitiam jorros de luz viva. Aquela linda criatura estava fria como o mármore e branca como o alabastro. Os olhos ainda fechados estavam circundados por manchas azuladas; as feições, alteradas; e os lábios semi-abertos deixavam à mostra os dentes muito brancos; parecia mesmo estar morta.

Tremal-Naik retirou com delicadeza os cabelos que caíam sobre a sua fronte alva e a contemplou por alguns instantes, retendo até mesmo a respiração.

Daí a pouco, tocou a sua fronte e aquele contato arrancou um leve suspiro da jovem.

— Ada!... Ada!... — exclamou o indiano.

A cabeça da jovenzinha, inclinada sobre um dos ombros, se ergueu lentamente. E depois ela abriu as pálpebras, fixando o olhar no rosto de Tremal-Naik. Um gritou saiu daqueles lábios.

— Você está me reconhecendo, Ada? — perguntou Tremal-Naik.

— Você... você aqui, Tremal-Naik! — exclamou ela com voz fraca. — Não... não é possível... Deus, faça com que isso não seja um sonho!...

Inclinou a cabeça sobre o peito e deixou escorrer uma lágrima.

— Ada! — murmurou Tremal-Naik, aturdido. — Por que está chorando?... Então você não me ama mais?...

— Mas é você mesmo, Tremal-Naik?

— Sou eu, Ada. Cheguei a tempo de salvar você.

Ela ergueu o rosto banhado de lágrimas. Suas pequeninas mãos apertaram afetuosamente as do bravo indiano.

— Não, não é um sonho! — exclamou ela, rindo e chorando ao mesmo tempo. — É você, é você mesmo!... Mas onde estou?... Por que essas paredes estão tão úmidas?... Por que essa tocha?... Estou com medo, Tremal-Naik...

— Agora você está comigo, Ada, protegida dos golpes inimigos. Não tenha medo, estou aqui para defender você.

Ela olhou para ele por alguns instantes com uma expressão estranha, depois ficou mais pálida do que um cadáver e estremeceu da cabeça aos pés.

— Eu sonhei? — murmurou ela.

— Não, não foi um sonho — disse Tremal-Naik, adivinhando o seu pensamento. — Eles estavam prestes a sacrificar você àquela divindade monstruosa que adoram.

— Iam me sacrificar... Isso mesmo, agora me lembro de tudo. Eles confundiram a minha razão, prometeram a felicidade no paraíso de Kali... Foi isso mesmo, me lembro de que estavam me arrastando pelas galerias... Que me aturdiam com os seus gritos... O fogo estava queimando à minha frente... Estavam prestes a me jogar nas chamas... Que horror!... Estou com medo!... Estou com medo, Tremal-Naik!

O indiano respondeu com voz comovida.

— Não tenha medo, minha formosa *Virgem do templo*, você está perto de mim, perto do *caçador de serpentes*, um homem que nunca teve medo de nada, protegida pelos braços fortes do Kammamuri e pelas garras do meu fiel Darma.

— Não, não vou ter medo ao seu lado, meu valente Tremal-Naik. Mas como você veio parar aqui? Como chegou a tempo de me salvar? O que aconteceu depois daquela noite medonha em que fui arrancada do templo? Como sofri depois disso, Tremal-Naik. Quantas lágrimas, quanta angústia, quantos tormentos! Eu achava que os miseráveis tinham assassinado você e já não tinha a menor esperança de rever o homem que prometera me salvar.

— E eu? Você acha que eu não sofri na minha selva, longe de você? Você acha que eu também não passei por tormentos terríveis, impotente, prostrado, deitado em uma rede, depois de ser apunhalado no peito por aqueles assassinos?

— O quê?... Você foi apunhalado?

— Fui, mas agora só ficou a cicatriz.

— E mesmo assim você voltou a esta ilha maldita?

— Voltei, Ada, e teria voltado mesmo sabendo que nunca mais conseguiria chegar vivo à minha selva. Um miserável me confessou que você estava correndo o perigo de ser sacrificada à divindade daqueles homens. Você acha que eu poderia ficar na selva negra? Saí, ou melhor, voei de lá, desci nestes subterrâneos e caí no meio daquela horda. Assim que arranquei você das garras deles, fugi. E estou escondido aqui, com os meus companheiros.

— Então não estamos sozinhos aqui?

— Não, estamos com o bravo Kammamuri e o Darma.

— Oh! quero ver esses seus companheiros.

— Kammamuri! Darma!

O marata e o tigre se aproximaram do patrão.

— Aqui está o Kammamuri — disse Tremal-Naik — um verdadeiro herói.

O marata caiu aos pés da jovenzinha, beijando as mãos que ela estendia.

— Obrigada, meu bom amigo — disse ela.

— Patroa — respondeu Kammamuri — minha boa patroa, sou seu escravo, Faça de mim o que bem quiser. Ficarei feliz se perder a vida pela sua liberdade e...

Parou de repente, ficando em pé de um salto. Apesar da sua coragem extraordinária, Tremal-Naik sentiu um arrepio.

Ouviram um rumor súbito a distância, que rapidamente chegava cada vez mais perto.

— Eles chegaram? — se perguntou Tremal-Naik, apertando com a mão esquerda a mãozinha da sua noiva e segurando uma pistola na direita.

O tigre deu um resmungo surdo.

O ruído continuava se aproximando cada vez mais. Passou sobre a cabeça deles, fazendo a abóbada da caverna tremer, e depois parou de súbito.

— Patrão — murmurou Kammamuri — apague a tocha!

Tremal-Naik obedeceu e os quatro foram envolvidos pelas trevas. O mesmo ruído voltou a ecoar, passou sobre a cabeça deles de novo e, como da outra vez, parou perto do poço. Ada tremeu tão forte que o indiano percebeu.

— Estamos aqui para proteger você — disse a ela. — Ninguém vai descer até aqui.

— Mas o que será isso? — perguntou Kammamuri.

— Você sabe de alguma coisa, Ada?

— Eu já ouvi esse ruído — respondeu a jovem com um fio de voz. — Nunca soube o que significava, nem como era produzido.

O tigre emitiu um segundo resmungo e olhou fixamente para a garganta do poço.

— Kammamuri — disse Tremal-Naik — vem vindo alguém?

— Vem, o tigre já ouviu.

— Fique perto da Ada. Eu vou ver se tem alguém descendo.

A jovem se agarrou a ele, tremendo violentamente de medo.

— Tremal-Naik! Tremal-Naik! — murmurou com uma voz quase imperceptível.

— Não tenha medo, Ada — respondeu o indiano, que naquele instante teria lutado até contra mil homens.

Desvencilhou-se dos braços da noiva e foi para perto do poço, com o facão entre os dentes e a carabina armada. O tigre o seguiu, resmungando.

Ainda não tinha dado dez passos quando ouviu no alto um leve estalido. Passou a mão na cabeça do Darma, como que recomendando silêncio, e se aproximou com mais precaução, parando bem embaixo da abertura do poço.

Olhou para cima, mas a escuridão estava densa demais para que pudesse distinguir qualquer coisa. Aguçando bem os ouvidos, ouviu um ligeiro sussurro. Parecia que algumas pessoas estavam conversando perto do parapeito.

— Aí estão eles — murmurou. — Agora vai ser entre nós dois, Suyodhana.

Nem bem terminara de falar e um clarão iluminou a caverna superior. Por mais que tenha sido rápido, Tremal-Naik avistou seis ou sete indianos inclinados sobre o poço.

Apontou rapidamente a carabina e dirigiu o cano na direção do parapeito sobre sua cabeça.

— Estão aqui embaixo — disse uma voz.

— Você viu o nosso homem? — perguntou outra.

Tremal-Naik apertou o gatilho. A detonação foi encoberta por um estrondo assustador.

Uma explosão retumbou no poço e o estardalhaço cessou inesperadamente.

Tremal-Naik descarregou uma das suas pistolas. Uma exclamação de raiva saiu de seus lábios.

— Ah, miseráveis! — gritou.

Kammamuri e Ada de comum acordo correram até ele.

— Tremal-Naik! — exclamou a jovem, pegando uma das suas mãos. — Você está ferido?

— Não, Ada, não estou ferido — respondeu o indiano, forçando uma aparência de tranquilidade.

— Aquela explosão?...

— Eles fecharam o poço, mas nós vamos sair daqui, minha querida, eu prometo a você.

Acendeu a tocha e levou a noiva para longe, fazendo que ela sentasse sobre a faixa de caxemira.

— Você está cansada — disse com doçura. — Procure repousar um pouco, enquanto nós procuramos uma saída. Até voltarmos, você não corre perigo.

A jovem, debilitada por tantas emoções, apesar do perigo iminente, obedeceu e se estendeu sobre o xale. Tremal-Naik e o marata se dirigiram para as paredes e começaram a sondar com profunda atenção, na esperança de encontrar alguma saída que permitisse a sua escapada.

Estava acontecendo uma coisa estranha, incompreensível: de vez em quando, do outro lado da parede, se ouvia um ruído surdo, igual àquele que escutaram pouco tempo antes, que fazia o tigre gemer.

Já estavam procurando havia cerca de meia hora, batendo com o facão nas rochas e escavando, quando perceberam que a temperatura da caverna mudara, ficando muito quente. Tremal-Naik e o marata suavam como se estivessem em uma estufa.

— O que significa isso? — se perguntava o *caçador de serpentes*, bastante preocupado.

Decorreu mais meia hora, durante a qual a temperatura continuou aumentando. Parecia que estavam saindo labaredas de fogo das rochas. Em breve, aquele calor ficou insuportável.

— Mas será que estão querendo nos assar vivos? — perguntou o marata.

— Não estou entendendo mais nada — respondeu Tremal-Naik, se desvencilhando do *dubgah*.

— Mas de onde vem esse calor? Se continuar assim, morreremos cozidos.

— Depressa.

Retomaram a procura, mas fizeram o giro completo da caverna sem encontrar nenhuma passagem.

No entanto, em um canto, a rocha retumbava como se fosse oca. Seria possível talhar com os facões e escavar uma galeria.

Os dois indianos voltaram para perto da jovem, mas ela estava dormindo. Conversaram rapidamente sobre o que deveriam fazer e decidiram dar início imediato à sua libertação. Empunharam os facões e assaltaram a rocha com grande energia, mas logo tiveram que parar.

A temperatura ficara ardente e estavam morrendo de sede. Tentaram encontrar alguma poça de água, mas não encontraram nem sequer uma gota. Agora estavam com medo.

— Será que nós vamos morrer nesta caverna? — se perguntou Tremal-Naik, lançando um olhar desesperado para aquelas rochas que, aos poucos iam se fragmentando.

Naquele instante, um misterioso murmúrio foi ouvido acima de suas cabeças e um enorme pedaço de pedra se destacou da abóbada, caindo no chão com um enorme estrondo. Quase em seguida começou a jorrar daquela fenda uma grande quantidade de água.

— Estamos salvos! — gritou Kammamuri.

— Tremal-Naik — murmurou a jovenzinha, despertada pelo ruído da cascata. O indiano correu até ela.

— O que você quer? — perguntou.

— Estou sufocando... Estou sem ar. O que significa este calor intenso que está me ressecando? Um gole de água, Tremal-Naik, preciso de um gole de água.

O *caçador de serpentes* a tomou entre os braços fortes e a levou para perto da cascata, onde o marata e o tigre bebiam longos goles.

Fez uma espécie de concha com as mãos, encheu de água e a aproximou dos lábios da jovem, dizendo:

— Beba, Ada; tem bastante para todos nós.

Levou as mãos cheias de água várias vezes para ela beber e depois matou a sede, por sua vez.

De súbito, o tigre deu um miado rouco e então caiu pesadamente no chão, enquanto se debatia com fúria. Kammamuri, assustado, correu para a fera, mas as forças lhe faltaram de repente e ele caiu de costas, com os olhos esbugalhados, as mãos crispadas e os lábios cobertos com uma baba sanguinolenta.

— Pa... trão!... — balbuciou com voz fraca.

— Kammamuri! — gritou Tremal-Naik. — Grande Xiva!... Ada!... Oh, minha Ada!...

A jovem, como o tigre e o Kammamuri, estava com os olhos arregalados, espuma nos lábios e a face assustadoramente alterada. Agitou as mãos, tentando enlaçar o pescoço do indiano, abriu a boca, como se quisesse falar, depois fechou os olhos e ficou rígida. Tremal-Naik a segurou e deu um grito lancinante.

— Ada!... Socorro!... Socorro!...

Foi o seu último grito. Sentiu a visão ofuscada, os músculos se enrijecerem, uma emoção violenta o sacudiu da cabeça aos pés, ele oscilou, se endireitou e então caiu como que fulminado sobre as pedras ardentes da caverna, levando a noiva consigo. Quase no mesmo instante se ouviu um estouro em cima do poço e uma turba de indianos se precipitou na caverna e correu para os quatro fulminados.

Segunda parte

A revanche de Tremal=Naik

17. O capitão MacPherson

ERA UMA MAGNÍFICA NOITE de agosto, uma verdadeira noite tropical.

O ar estava quente, doce, maleável, embalsamado com o perfume suave do jasmineiro, dos *sciambaga*, das mussendas e dos penagas.

Lá em cima, no céu azul anil puríssimo e ponteado por miríades de estrelas cintilantes, o astro das noites serenas seguia em seu curso, iluminando de forma fantástica as águas do rio Hugly, que corria como uma imensa faixa de prata entre as intermináveis planícies do delta do rio Ganges.

Bandos de marabutos voavam sobre a corrente, pousando em uma margem ou na outra, aos pés dos coqueiros, das árvores de fruta-pão, das bananeiras e dos tamarineiros, que se curvavam graciosamente sobre as ondas.

Um silêncio soturno e misterioso reinava em toda parte, quebrado de vez em quando por um sopro de ar que fazia as frontes das árvores sussurrarem, pelo berro agudíssimo e melancólico do chacal que vagava nas margens do rio e pelo crocitar dos corvos e dos marabutos.

Embora já fosse tarde e mil perigos estivessem perscrutando entre as sombras da noite, havia um homem deitado aos pés de um grande tamarineiro.

Devia ter trinta e cinco ou trinta e seis anos e usava o uniforme de capitão dos *cipais*, ricamente enfeitado em ouro e prata. Era alto, tinha uma compleição robusta, pele bronzeada, mas bem menos escura que a dos indianos. Não era difícil adivinhar que se tratava de um europeu exposto ao calor do sol tropical havia longos anos.

O rosto era altivo e tinha uma longa barba negra, mas a fronte estava sulcada de rugas precoces. Os olhos grandes e melancólicos às vezes podiam brilhar de ousadia.

Estava imóvel, mas algumas vezes levantava a cabeça, olhava fixamente o grande rio e fazia um movimento de impaciência.

Já havia transcorrido meia hora quando uma detonação ecoou a distância. O capitão estendeu a mão direita para uma bela carabina coberta de arabescos e incrustada de prata e madrepérola, se levantou rapidamente e desceu até a margem, agarrado às raízes do tamarineiro, que saíam da terra como se fossem cobras. Um ponto negro surgira ao norte e se aproximava gradativamente; ao redor dele, a água cintilava como se estivesse sendo golpeada por remos.

— Chegaram — murmurou.

Ergueu a carabina acima da cabeça e disparou. Um raio brilhou sobre o ponto negro e então se ouviu uma terceira detonação.

Uma emoção dolorosa decompôs suas feições, mas passou rápida como um raio.

Voltou a olhar para o ponto negro. Ele já tinha crescido bastante e adquirira o aspecto de um barco, descendo apressado sob o impulso de uma meia dúzia de remos. A bordo se viam sete ou oito homens armados.

Ao fim de dez minutos, o barco, um delgado e belíssimo *mur-punky*, conduzido por seis indianos munidos de longos pangaios e conduzido por um sargento dos *cipais*, chegou a poucos metros da margem. Com algumas remadas, encalhou profundamente no meio do capim. O sargento saltou com agilidade para a terra firme, fazendo uma saudação militar.

— Levem o *mur-punky* até o pequeno rio — disse o capitão aos indianos. — E você, Bhârata, venha comigo.

O *mur-punky* se pôs ao largo. O capitão conduziu o indiano para baixo do tamarineiro e eles se estenderam no meio do capim.

— Estamos sozinhos, capitão MacPherson? — perguntou o sargento.

— Absolutamente sós — respondeu o capitão. — Pode contar tudo o que quiser, sem medo de que alguém nos ouça.

— Negapatnan deve chegar daqui a uma hora.

Um fluxo de sangue avermelhou o rosto do capitão.

— Então eles o pegaram mesmo? — exclamou com grande emoção. — Achei que eu poderia estar enganado.

— É verdade, sim, capitão, O miserável estava trancado há uma semana nos subterrâneos do forte William.

— Eles têm certeza de que se trata de um estrangulador?

— Certeza absoluta. Aliás, é um dos chefes mais poderosos.

— Ele confessou alguma coisa?

— Nada, capitão; mesmo tendo sido obrigado a passar fome e sede.

— Como o pegaram?

— O safado estava escondido nos arredores do forte William, esperando a sua presa. Seis soldados já haviam caído sob o golpe do seu laço infalível, e os cadáveres foram encontrados despidos e com a misteriosa tatuagem no peito.

O capitão Hall saiu a campo com alguns *cipais*, havia cerca de sete dias, decidido a desencovar o assassino. Depois de duas horas de procura infrutífera, parou na sombra de uma palmeira-de-leque para descansar um pouco.

De repente, sentiu um laço ser atirado contra a sua cabeça e começar a apertar o pescoço. Ficou em pé de um salto, agarrando a corda com força, e se lançou para cima do estrangulador, pedindo socorro.

Os *cipais* só haviam se afastado um pouco. Logo caíram sobre o indiano, que se debateu furiosamente, rugindo como um leão, e o derrubaram.

— E esse homem vai chegar aqui em uma hora? — perguntou o capitão MacPherson.

— Vai, capitão — respondeu Bhârata.

— Finalmente!

— O senhor quer perguntar alguma coisa a ele?

— Quero! — exclamou o capitão, demonstrando uma profunda tristeza.

— O senhor está tentando esconder de mim uma grande dor, capitão MacPherson — disse o sargento.

— É verdade, Bhârata — respondeu MacPherson com voz surda.

— Por que não me conta tudo? Talvez eu possa ser mais útil ao senhor.

O capitão não respondeu. Tornara-se bastante soturno e o olhar ficara úmido. Era fácil constatar que um sofrimento atroz acabrunhara seu ânimo vigoroso naquele momento.

— Capitão — disse o sargento, comovido por aquela mudança inesperada. — Acho que eu despertei lembranças dolorosas em sua mente? Perdoe-me, eu não sabia.

— Não, não há nada o que perdoar, meu bom Bhârata — respondeu MacPherson, apertando as mãos com força. — É justo que você saiba de tudo.

Levantou-se, deu três ou quatro passos com a cabeça inclinada sobre o peito e os braços cruzados rigidamente, depois voltou a sentar perto do sargento. Uma lágrima correu em silêncio pela face bronzeada.

— Corria o ano de 1853 — disse ele com uma voz que tentava, em vão, manter firme. — Minha mulher morrera havia vários anos por causa da cólera e me deixara uma filhinha, linda como um botão de rosa, com cabelos pretos, olhos grandes e cintilantes como diamantes.

Ainda me lembro dela, saltitando pelos caminhos sombreados do parque, correndo atrás das borboletas; ainda me lembro daquelas noites em que ela, sentada ao meu lado, à sombra de um grande tamarineiro, tocava cítara e cantava para mim as músicas da minha Escócia distante. Oh! como eu era feliz naquela época... Ada, minha pobre Ada!...

Uma explosão de choro sufocou a sua voz. Ele escondeu a cabeça nas mãos e durante alguns minutos Bhârata o ouviu soluçar como um menino.

— Capitão, coragem — disse o sargento.

— Isso mesmo, coragem — murmurou o capitão, enxugando as lágrimas quase com raiva. — Fazia muito tempo que eu não chorava. Algumas vezes, isso me faz bem.

— Então fique à vontade, se quiser.

— Tem razão — disse MacPherson com voz alquebrada.

Ficou alguns minutos em silêncio, como se custasse a se recuperar daquele golpe cruel, e depois continuou:

— Uma manhã, a população de Calcutá ficou completamente aturdida. Os tugues, ou estranguladores, se preferir, haviam afixado manifestos nos muros e nos troncos das árvores, advertindo os habitantes que a sua deusa estava pedindo uma moça para o seu templo.

Sem saber por que, fui tomado por um terrível temor; era como se eu estivesse pressagiando que uma desgraça se aproximava.

Na mesma noite, embarquei a minha filha e a encerrei entre os muros do forte William, certo de que os tugues não conseguiriam chegar perto dela.

Três dias depois, não pude acreditar, a minha Ada acordou com a tatuagem dos estranguladores no braço.

— Ah! — exclamou Bhârata, empalidecendo. — E quem a tatuou?

— Nunca descobri.

— Então um tugue tinha entrado na fortaleza?

— Deve ter sido isso.

— É possível, então, que eles tenham sectários infiltrados entre os nossos *cipais*.

— A seita deles é imensa, Bhârata, e têm afiliados na Índia inteira, na Malásia e até mesmo na China.

— Continue, capitão.

— Eu, que até então não conhecera o medo, naquele dia soube o que era isso. Percebi que a minha filha fora escolhida pela monstruosa deusa e redobrei a vigilância. Fazíamos juntos as refeições, eu dormia no quarto ao lado, tinha sentinelas que velavam dia e noite diante da sua porta. Foi tudo inútil; uma noite, a minha filha desapareceu.

— A sua filha desapareceu? Mas como?...

— Uma janela fora arrombada; os estranguladores haviam entrado para raptá-la. Os comparsas haviam colocado um narcótico muito potente no nosso vinho e ninguém ouviu nem percebeu nada.

Tomado por uma emoção indescritível, o capitão se calou.

— Eu a procurei por muitos anos — prosseguiu ele, depois de alguns minutos de trégua dolorosa — mas não consegui encontrar nenhuma pista. Os estranguladores a haviam arrastado para a sua cova inacessível.

Troquei de nome, assumindo o de MacPherson para poder agir melhor, e empreendi uma campanha terrível e impiedosa contra eles.

Centenas daqueles homens morreram nas minhas mãos, e eu providenciei para que isso acontecesse entre os tormentos mais atrozes, esperando arrancar deles uma confissão que me pusesse na pista da minha pobre Ada, mas foi tudo em vão.

Quatro longos anos se passaram e a minha filha ainda está nas mãos daqueles homens...

O capitão não se conteve mais e, pela segunda vez, explodiu em soluços.

Então eles ouviram o toque de trombetas a distância. Puseram-se de pé precipitadamente e correram para o rio.

— Chegaram! — gritou Bhârata.

Dos lábios do capitão MacPherson saiu um som que parecia um rugido surdo e um raio de alegria feroz brilhou nos seus olhos.

Ele desceu a margem e avistou a cinco ou seis metros de distância um grande bote que vinha em grande velocidade pela corrente. A bordo se viam alguns *cipais* com as baionetas encaixadas nas carabinas.

— Está vendo o homem? — perguntou ele com os dentes cerrados.

— Estou, capitão — respondeu Bhârata. — Está sentado na popa, entre dois *cipais*, e bem amarrado.

— Rápido! Rápido! — gritou o capitão.

O grande bote dobrou a velocidade e veio encalhar perto do capitão. Seis *cipais*, com rostos bronzeados e altivos, usando casquetes e colares e pulseiras de ouro e prata, desembarcaram.

Atrás deles desceram mais dois *cipais*, mantendo o estrangulador Negapatnan fortemente seguro pelos braços.

Tratava-se de um indiano com cerca de um metro e oitenta de altura, magro e ágil. Tinha feições cruéis, um rosto barbudo da cor do cobre, e os seus olhos pequenos brilhavam como os de uma serpente enfurecida.

No meio do peito tinha a cobra com cabeça de mulher tatuada em azul, circundada por diversos sinais indecifráveis. Um pequeno *dubgah* de seda amarela rodeava os quadris e uma espécie de turbante, também de seda amarela e enfeitado com um diamante do tamanho de uma noz, cobria a cabeça totalmente raspada e untada com óleo de coco.

Ao avistar o capitão MacPherson, teve um sobressalto e uma ruga profunda surgiu na sua fronte.

— Você me conhece? — perguntou o capitão, a quem não passara despercebido aquele sobressalto, por mais rápido que tivesse sido.

— Você é o pai da *Virgem do templo sagrado* — respondeu o indiano.

Uma labareda subiu ao rosto do capitão.

— Ah! Você sabe disso! — exclamou.

— Sei. Sei que você é o capitão Harry Corishant.

— Não. Sou o capitão Harry MacPherson.

— Está certo, já que trocou de nome.

— Sabe por que mandei que trouxessem você aqui?

— Suponho que seja para me fazer falar, mas vai ser uma tentativa inútil.

— Isso é problema meu. Para a vila, meus bravos, e fiquem de guarda. Os tugues podem estar por perto.

O capitão MacPherson recolheu a carabina do chão, armou e se colocou à frente da pequena coluna, caminhando por um atalho aberto entre uma floresta de penagas, árvores belíssimas, com cujas flores as pessoas elegantes de Bengala se enfeitam e cuja madeira é tão dura que lhe valeu o nome de "madeira de ferro". Já haviam percorrido pouco mais de um quilômetro e meio sem encontrar viva alma quando se ouviu no meio do bosque o grito choroso do chacal. Ao ouvir aquele grito, o estrangulador Negapatnan levantou rapidamente a cabeça e lançou um rápido olhar para a floresta. Os *cipais* que andavam ao seu lado soltaram uma exclamação surda.

— Fique em guarda, capitão — disse Bhârata. — O tugue foi avisado de alguma coisa.

— Da presença de amigos, talvez?

— Pode ser.

O mesmo grito foi ouvido de novo, ainda mais forte que o primeiro. O capitão MacPherson olhou para o lado direito do atalho.

— Atirem para matar! — exclamou. — Isso não é um chacal.

— Fiquem atentos — repetiu o sargento. — Aquilo foi um sinal.

— Vamos acelerar o passo.

A tropa retomou a marcha, com as carabinas direcionadas para os dois lados do atalho. Dez minutos depois chegaram, sem problemas, diante da fazenda do capitão MacPherson.

18. Negapatnan

A VILA DO CAPITÃO HARRY MacPherson surgia na margem esquerda do rio Hugly, diante de uma pequena enseada, na qual flutuavam diversos *gonga* e alguns *mur-punky*.

Era um daqueles palacetes que na Índia são chamados de bangalôs, elegante, muito cômodo, de um único andar, construído sobre uma base de tijolos e coberto por um teto em forma de pirâmide. Uma galeria sustentada por colunas, chamada *varanga*, ou varanda, e que terminava em um amplo terraço contornava o bangalô, protegida por grossas esteiras de folhas de coqueiro.

À direita e à esquerda se estendiam edifícios e galpões baixos, destinados à cozinha, à garagem, à cocheira e ao alojamento dos *cipais*, sombreados pelas palmeiras-de-leques, pelas latanias e por uma grande quantidade de árvores de pipal e de nim, espécimes com troncos enormes e folhagem densa e escura, que hoje são bastante raras nas planícies do delta do Ganges.

O capitão MacPherson entrou no palacete, deixando os *cipais* parados na porta, percorreu uma grande fileira de quartos mobiliados com simplicidade, porém elegantes, com poltronas imensas, mesas e mesinhas de mogno, e saiu para o terraço protegido por uma grande cortina. Bhârata não tardou a se unir a ele, arrastando com força o estrangulador Negapatnan.

— Sente-se e vamos conversar — disse o capitão, indicando ao estrangulador uma cadeira de bambus delgados entrelaçados.

Negapatnan obedeceu, fazendo ranger as correntes que aprisionavam os seus pulsos. Bhârata se colocou ao seu lado, mantendo um par de pistolas à frente.

— Então você disse que me conhece — disse o capitão MacPherson, fixando no indiano um olhar agudo como a ponta de um alfinete.

— Você disse que é o capitão Harry Corishant — respondeu o estrangulador — o pai da *Virgem do templo sagrado*.

— Como você me conhece?

— Vi você muitas vezes em Calcutá. Uma noite eu até o segui com a esperança de estrangular você, mas não tive sorte.

— Miserável! — exclamou o capitão, pálido de raiva.

— Não se irrite por tão pouco — disse o estrangulador, sorrindo.

— Você se lembra da noite em que a minha filha foi raptada?

— Como se fosse ontem. Foi na noite de 24 de agosto de 1853. Eu, Negapatnan, sempre estive à frente de todas as tarefas dos tugues — disse o indiano com orgulho. — Fui eu que arrombei a janela e raptei a sua filha.

— Mas você nem fica com medo ao contar uma coisa dessas ao pai daquela pobre moça?

— Negapatnan nunca teve medo.

— No entanto, eu pretendo arrebentar você como se fosse um caniço.

— E os tugues vão arrebentar você como se fosse um bambu novo.

— Isso eu quero ver.

— Capitão Corishant — disse o estrangulador com gravidade —, acima dos conquistadores da Índia existe uma força oculta e terrível que nada teme. As cabeças coroadas se curvam sob o sopro da deusa Kali, a nossa senhora. Você é que tem que tremer de medo.

— Se Negapatnan nunca tremeu, o capitão MacPherson, por sua vez, nunca receou o perigo.

— Isso você vai me dizer no dia em que o laço de seda estrangular o seu pescoço.

— E você vai me dizer no dia em que o ferro em brasa queimar as suas carnes.

— Foi para me matar pela tortura que você me trouxe aqui?

— Exatamente, caso se recuse a trair o segredo dos tugues. Só com esse acordo você pode salvar a sua vida.

— Ah! Você quer me fazer falar? E sobre o quê?

— Eu sou o pai da Ada Corishant.

— E daí?

— Ainda não perdi a esperança de tê-la de novo nos meus braços.

— Continue.

— Negapatnan — disse o capitão com voz muito emocionada —, você já teve uma filha?

— Oh! Não, nunca! — exclamou o estrangulador.

— Mas você pelo menos já amou alguém?

— Nunca, a não ser a minha deusa.

— Mas eu amo a minha pobre filha, a ponto de dar todo o meu sangue pela liberdade dela. Negapatnan, diga onde ela está, diga onde posso encontrá-la.

O indiano permaneceu impassível como uma estátua de bronze.

— Eu deixarei você viver, Negapatnan.

O indiano continuou em silêncio.

— Eu darei todo o ouro que você quiser e o levarei para a Europa, para que você possa escapar da vingança dos seus companheiros. Você poderá ter um posto no exército britânico, vou abrir os caminhos para que você suba cada vez mais alto, mas diga onde está a minha Ada.

— Capitão MacPherson — disse o estrangulador com uma expressão sinistra —, o seu regimento não tem uma bandeira?

— Claro que sim. Por que essa pergunta?

— Você não jurou fidelidade a essa bandeira?

— Jurei.

— E você seria capaz de trair essa bandeira?

— Ah! Nunca!

— Aí está. Eu jurei fidelidade à minha deusa, que é a minha bandeira. Nem a liberdade que você me promete, nem o seu ouro, nem as honrarias vão abalar a minha fé. Não vou falar!

O capitão MacPherson se levantara, recolhendo do chão um chicote. Estava vermelho como uma brasa e os seus olhos fulguravam com a ira.

— Réptil monstruoso! — exclamou furioso.

— Não me toque com esse chicote. Eu sou descendente de um rajá — gritou o estrangulador, torcendo a corrente.

O capitão MacPherson, como resposta, ergueu o açoite e traçou um sulco de sangue no rosto do prisioneiro.

Um rugido de fera saiu dos lábios do estrangulador.

— Mate-me — disse com um tom de voz que não tinha mais nada de humano. — Mate-me, porque, se não fizer isso, vou arrancar a carne dos seus ossos, pedaço por pedaço.

— Está bem, seu monstro, vou matar você, não tenha dúvidas, Mas vai ser lentamente, gota a gota. Bhârata, leve-o para o subterrâneo.

— Devo torturá-lo? — perguntou o sargento.

O capitão MacPherson teve um momento de hesitação.

— Ainda não — respondeu depois. — Vamos deixá-lo vinte e quatro horas sem água e sem comida para começar.

Bhârata agarrou o estrangulador pelos braços e o levou embora, sem que ele opusesse a menor resistência.

O capitão MacPherson, jogando o chicote para longe, começara a andar pelo terraço a passos frenéticos, com um ar sombrio e meditabundo.

— Paciência — disse ele entre dentes. — Aquele homem vai confessar tudo, nem que eu tenha que arrancar cada palavra a golpes de ferro em brasa.

Subitamente parou e ergueu a cabeça. De um dos cercados partira um barrito assustador, parecido com o de um elefante quando percebe que está chegando um inimigo.

— Oh! — exclamou ele. — O barrito do Bhagavadi.

Curvou-se sobre o parapeito do terraço. Os cachorros do bangalô começaram a ladrar e, por cima de um cercado, apareceu a tromba gigantesca de um elefante, que emitiu um segundo barrito ainda mais forte que o primeiro.

Quase no mesmo instante, a uns trezentos metros do bangalô, uma massa negra, dotada de uma agilidade extraordinária, se arremessou no ar e caiu de repente, se escondendo no meio do mato.

Devido a uma claridade incerta, o capitão não conseguiu distinguir o que era.

— Olá! — gritou ele.

O *cipai* que estava de sentinela sob o alpendre saiu com a carabina embaixo do braço.

— Capitão — disse ele, virando o rosto para cima.

— Você viu alguma coisa?

— Vi, capitão.

— Era um homem ou um animal?

— Parecia um animal. Ele apareceu a uns trezentos metros daqui.

A massa negra de antes tornou a dar um pulo. O *cipai* soltou um grito de terror.

— Um tigre!...

O capitão correu até onde estava a sua carabina, armou e disparou atrás do animal, que fugia com saltos gigantescos para a selva.

— Maldição! — exclamou com raiva.

Com a detonação, o felino parou e soltou um miado surdo, para depois se embrenhar no bambuzal na maior velocidade.

— O que está acontecendo? — perguntou Bhârata, correndo para o terraço.

— Tem um tigre por aqui — respondeu o capitão.

— Um tigre? É impossível, capitão!

— Eu vi com os meus próprios olhos.

— Mas como? Nós acabamos com todos eles!

— Parece que um conseguiu fugir das nossas carabinas.

— O senhor acha que conseguiu atingi-lo ao menos?

— Acho que não.

— Esse animal vai nos incomodar bastante, capitão.

— Por pouco tempo, garanto a você. Não gosto desse tipo de vizinho.

— Vamos caçá-lo, então?

O capitão olhou o relógio.

— São três horas. Estou pensando em sair com o Bhagavadi daqui a uma hora e ter a pele do tigre em duas horas.

19. O salvador

COMEÇAVA A AMANHECER no oriente quando o capitão MacPherson e Bhârata desceram para o pátio do bangalô.

Ambos estavam armados com carabinas de longo alcance e grosso calibre, com pistolas e com facões de lâminas muito largas e corte duplo. Um *cipai* os acompanhava, carregando mais duas carabinas de reposição e algumas espadas.

Em poucos minutos chegaram ao cercado onde Bhagavadi estava barrindo com estardalhaço, rodeado por uma meia dúzia de *mahuts*, ou condutores de elefantes. Bhagavadi era um dos maiores e mais belos *coomareah* já encontrados nas margens do Ganges. Não era tão alto quanto um elefante *merghee*, mas era mais vigoroso, dotado de uma força extraordinária, com um corpo maciço, pernas curtas e entroncadas, uma tromba bastante desenvolvida e duas magníficas presas agudas, arqueadas para cima.

Sobre o dorso já estava acomodada a *hauda*, uma espécie de barquinho solidamente amarrado com cordas e correntes, no qual os caçadores se posicionam.

— Todos prontos? — perguntou o capitão MacPherson.

— Só falta partirmos — respondeu o chefe dos *mahuts*.

— E os batedores?

— Já estão na orla da selva, com os cães.

Um dos *mahuts* mais hábeis se colocou no pescoço do Bhagavadi, armado com um grande gancho e uma lança comprida.

O capitão MacPherson, Bhârata e o *cipai* escalaram os degraus e tomaram seus lugares na *hauda*, levando as armas com eles.

Foi dado o sinal de partida no momento em que o sol surgia atrás do bosque de acadiros, iluminando de uma só vez o rio e suas margens.

O elefante caminhava com passos rápidos, incentivado pela voz do *mahut*, despedaçando e esmagando as raízes e arbustos sob suas patas enormes e abatendo, com um vigoroso golpe das trombas, as árvores ou os bambus que atrapalhavam o caminho.

O capitão MacPherson, na parte da frente da *hauda*, com uma carabina na mão, espreitava com atenção os grupos de plantas e o mato alto onde o tigre poderia estar escondido.

Depois de um quarto de hora, chegaram à orla da selva, repleta de bambus e de amontoados de arbustos espinhentos. Seis *cipais*, munidos de longas varas e armados com machados e fuzis, estavam esperando por eles com uma matilha de pequenos cães, de aparência miserável, mas muito corajosos na realidade, indispensáveis à caçada do terrível felino.

— Quais são as novidades? — perguntou o capitão, se curvando sobre a *hauda*.

— Descobrimos as pegadas do tigre — respondeu o chefe dos batedores.

— Frescas?

— Fresquíssimas; o tigre passou por aqui há uma meia hora.

— Então vamos entrar na selva. Soltem os cães.

Os cachorros, libertados das trelas, se embrenharam animadamente no meio dos bambus, latindo com furor.

Bhagavadi, depois de ter chicoteado o ar três ou quatro vezes com a tromba, entrou na selva, arrebentando a massa de vegetação com o peito poderoso.

— Fique bem atento, Bhârata — disse MacPherson.

— O senhor já viu alguma coisa, capitão? — perguntou o sargento.

— Não, mas o tigre pode ter voltado sobre os próprios passos e estar de emboscada no meio do bambuzal. Você sabe que aqueles animais são muito espertos e não têm medo de atacar elefantes.

— Se o tigre fizer isso, vai ter bastante trabalho com o Bhagavadi. Não será o primeiro felino que ele pisoteia com as suas patas ou atira para o ar para que quebre todas as pernas contra alguma árvore. O senhor viu o animal?

— Vi, e posso confirmar que é realmente gigantesco. Não me lembro de ter visto um tigre tão grande, nem tão ágil; dava saltos de dez metros.

— Puxa! — exclamou o indiano. — Com um salto ele consegue chegar até a *hauda*.

— Com certeza, se deixarmos que chegue perto.

176

— Silêncio, capitão.

Ouviram a distância os cachorros latindo furiosamente e alguns ganidos desolados. Bhârata sentiu um calafrio percorrer os ossos.

— Os cachorros já o descobriram — disse ele.

— E um deles foi destripado — acrescentou o *cipai* que pegara as carabinas, pronto para entregá-las aos caçadores.

Um bando de pavões se elevou a cerca de quinhentos metros e voou para longe, dando gritos de terror.

— Usaka? — gritou o capitão, fazendo uma espécie de megafone com as mãos.

— Cuidado, capitão! — respondeu o chefe dos batedores. — O tigre está às voltas com os cachorros.

— Dê o toque de retirada.

Usaka encostou no nariz o *bansy*, uma espécie de flauta, e soprou com força, emitindo uma nota aguda.

Viram imediatamente os batedores voltarem às pressas e correrem para se refugiar atrás do elefante.

— Animo — disse o capitão ao *mahut* —, conduza o elefante até onde os cachorros estão lutando. E você, Bhârata, preste atenção à sua esquerda, enquanto eu tomo conta da direita. Pode ser que tenhamos que combater mais de um adversário.

Os latidos continuavam, cada vez mais furiosos, sinal infalível de que o tigre fora descoberto. Bhagavadi apressou o passo, movendo-se intrepidamente em direção a uma grande mata de bambu *tulda*, no meio da qual os cães estavam enfiados.

A cem passos de distância encontraram um dos cães, dilacerado de uma forma horrível por um poderoso golpe de garras. O elefante começou a dar sinais de inquietação, agitando com vigor a tromba para cima e para baixo.

— Bhagavadi já o farejou — disse MacPherson. — Preste muita atenção, *mahut*, e tome cuidado para que o elefante não volte para trás nem que exponha demais a tromba. O tigre poderá dilacerá-la, como aconteceu no ano passado.

— Eu me responsabilizo por tudo, patrão.

Ergueu-se um rugido terrível no meio do bambuzal, ao qual nenhum grito pode se comparar. Bhagavadi se deteve, tremendo e emitindo barridos surdos.

— Em frente! — gritou o capitão MacPherson, cujos dedos se crispavam no gatilho da carabina.

O *mahut* usou o gancho para dar um golpe no paquiderme, que se pôs a bufar de uma forma medonha, enrolando a tromba e exibindo as duas presas agudas.

Deu mais dez ou doze passos e tornou a parar. Um tigre gigantesco se lançou como um rojão para fora do bambuzal, emitindo um miado assustador.

O capitão MacPherson descarregou a carabina.

— Grite e morra! — berrou irritado.

O tigre caíra novamente no meio do bambuzal, antes de ser atingido. Arremessou-se mais duas vezes para o ar, dando saltos de doze metros, e desapareceu.

Bhârata atirou para o meio da mata, mas a bala acabou despedaçando a cabeça de um cachorro já meio dilacerado, que se arrastava com muito esforço pelo mato.

— Mas aquele tigre está com o diabo no corpo — disse o capitão, de péssimo humor. — É a segunda vez que escapa das minhas balas. As coisas não estão indo muito bem.

Bhagavadi retomou a marcha, com muita precaução, primeiro esticando a tromba para logo em seguida puxá-la de volta. Percorreu mais cem metros, precedido pelos cachorros que iam e vinham à procura da pista do felino, e depois parou, se plantando solidamente nas pernas. Voltara a tremer e a bufar com força. Diante dele, a menos de vinte metros, havia um canteiro de cana-de-açúcar. Uma rajada de ar impregnado de um forte cheiro animal selvagem atingiu os caçadores.

— Olhe! Olhe! — gritou o capitão.

O tigre se arremessara para fora do canavial, se movendo com a velocidade de um raio em direção ao paquiderme, que rapidamente exibira as presas.

Chegou quase embaixo do elefante, escapando das carabinas dos caçadores, encolheu o corpo e se precipitou para o alto da cabeça do elefante, tentando apanhar com um golpe das garras, o *mahut,* que se jogara para trás, berrando de pavor.

Estava prestes a alcançá-lo quando soaram a distância algumas notas agudas, emitidas por um *ramsinga*.

Seja por ter se assustado, seja por outro motivo qualquer, o fato é que o tigre deu meia-volta e correu para longe, tentando chegar à mata.

— Fogo! — urrou o capitão MacPherson, descarregando a carabina.

O felino deu um rugido tremendo, caiu, se levantou de novo, atravessou a mata e arriou do outro lado, permanecendo imóvel, como se estivesse fulminado.

— Hurra! Hurra! — berrou Bhârata.

— Belo tiro! — exclamou o capitão, depondo a arma ainda fumegante. — Jogue a escada.

O *mahut* obedeceu. Empunhando o facão, o capitão MacPherson desceu para o chão e rumou para a mata.

O tigre jazia inerte, próximo a um arbusto. Para a sua grande surpresa, o capitão não viu nenhuma ferida naquele corpo, nem manchas de sangue no chão.

Sabendo bem que às vezes os tigres fingem que estão mortos para se jogar de surpresa para cima do caçador, estava prestes a voltar, mas não teve tempo.

O misterioso som do *ramsinga* voltou a ecoar. Ao ouvir aquela nota, o tigre saltou sobre os pés, se projetou sobre o capitão e o derrubou. Aquela boca enorme e cheia de dentes se escancarou sobre ele, pronta para esmigalhá-lo.

O capitão MacPherson, pregado ao solo de uma forma que era incapaz de se mexer ou de usar o facão, soltou um grito de angústia.

— Venham!... Estou perdido.

— Aguente firme, estamos chegando! — berrou uma voz trovejante.

Um indiano se atirou para fora da mata, agarrou o tigre pela cauda e, com um puxão violento, o arremessou para longe.

Ouviu-se um rugido furioso. O animal, enlouquecido de raiva, se levantara imediatamente para pular sobre o novo inimigo; mas então aconteceu uma coisa estranha e inusitada. Assim que o viu, o tigre deu uma meia-volta rápida e foi embora a uma velocidade fantástica, desaparecendo no meio do caos inextrincável da selva.

São e salvo, o capitão MacPherson se ergueu depressa. Um profundo estupor logo se desenhou em suas feições.

A cinquenta passos dele, se encontrava um indiano de formas musculosas, bastante desenvolvidas, com uma cabeça soberba plantada em ombros largos e robustos.

Um pequeno turbante enfeitado de prata cobria a sua cabeça e ele usava um saiote de seda amarela nos quadris, preso por um belíssimo xale de caxemira. Aquele homem, que enfrentara intrepidamente o tigre, não estava armado.

Com os braços cruzados e o olhar cintilante de ousadia, ele fitava o capitão com curiosidade, mantendo a imobilidade de uma estátua de bronze.

— Se não me engano, devo a minha vida a você — disse o capitão.

— Talvez — respondeu o indiano.

— Sem a sua coragem, a esta hora eu estaria morto.

— Acho que sim.

— Aperte a minha mão; você é um homem de coragem.

Com um estremecimento, o indiano apertou a mão que MacPherson estendia.

— Posso saber o nome do meu salvador?

— Saranguy — respondeu o indiano.

— Nunca mais vou esquecer de você.

Instalou-se entre eles um breve silêncio.

— O que posso fazer para retribuir? — retomou o capitão.

— Nada.

MacPherson retirou uma bolsa cheia de libras esterlinas e estendeu para ele. O indiano recusou com um gesto nobre.

— Não tenho nada a fazer com o ouro — disse ele.

— Você é rico?

— Menos do que o senhor pensa. Sou um caçador de tigres dos *Sunderbunds*.

— Mas por que está aqui?

— Não existem mais tigres na selva negra. Fui até o norte procurar outros.

— E aonde está indo agora?

— Não sei. Não tenho pátria, nem família; viajo por aí ao acaso.

— Quer vir comigo?

Os olhos do indiano soltaram um raio.

— Se o senhor estiver precisando de um homem forte e corajoso, que não tem medo nem das feras nem da ira dos deuses, estou à sua disposição.

— Venha, meu bravo indiano, e não terá do que reclamar.

O capitão girou sobre os pés, mas parou de repente.

— Para onde você acha que o tigre fugiu?

— Para muito longe.

— Ainda podemos encontrá-lo.

— Não acredito. De resto, eu mesmo vou me encarregar de abatê-lo, e em pouco tempo.

— Vamos voltar para o bangalô.

Bhârata, que estava esperando perto do elefante, assistira espantado àquela cena. Ele correu para o capitão.

— O senhor está ferido, patrão? — perguntou com ansiedade.

— Não, meu bravo sargento — respondeu MacPherson. — Mas se este indiano não tivesse chegado a tempo, eu não estaria mais vivo.

— Você é um grande homem — disse Bhârata a Saranguy. — Nunca vi um golpe parecido; você mantém alta a fama da nossa raça.

Um sorriso foi a única resposta do indiano.

Os três homens subiram para a *hauda* e, em menos de meia hora, chegaram ao bangalô, diante do qual os *cipais* estavam esperando.

A visão daqueles soldados fez com que a testa de Saranguy se enrugasse. Ficou inquieto e com muito esforço reteve um gesto de despeito. Para sua sorte, ninguém notou aquele movimento que foi, de resto, rápido como um raio.

— Saranguy — disse o capitão, no momento em que entrava com Bhârata —, se estiver com fome, informe na cozinha; se quiser dormir, escolha o quarto em que se acomodar melhor; se quiser caçar, peça a arma que convier a você.

— Obrigado, patrão — respondeu o indiano.

O capitão entrou no bangalô. Saranguy, ao contrário, sentou perto da porta.

A sua expressão se tornara então bastante ameaçadora e os olhos brilhavam com uma chama estranha. Três ou quatro vezes ele se levantou, como se quisesse entrar no bangalô, mas sempre tornava a sentar. Parecia tomado por uma forte agitação.

— Quem sabe que destino espera aquele homem — murmurou ele com voz surda. — Talvez a morte. É estranho, no entanto, aquele homem me interessa, até parece que gosto dele! Assim que o vi senti o coração bater de um modo inexplicável; assim que ouvi a voz dele, me senti quase emocionado. Não sei, mas aquele rosto parece... Não, não vamos mencionar o nome dela...

Calou-se e ficou ainda mais taciturno.

— E quem será ele? — perguntou de repente. — E se eu não estivesse lá?

Levantou-se pela quinta vez e começou a andar com a cabeça inclinada sobre o peito e a fronte tempestuosamente crispada.

Passando diante de um cercado, ouviu algumas vozes vindo de dentro. Parou e ergueu a cabeça com brusquidão. Parecendo indeciso, olhou em torno, como se quisesse ter certeza de que estava sozinho, e em seguida se deixou cair aos pés da cerca, aguçando os ouvidos com a maior atenção.

— Estou dizendo — falava uma voz. — O canalha falou depois da ameaça de morte do capitão MacPherson.

— Não é possível — dizia uma outra voz. — Aqueles cachorros dos tugues não se deixam intimidar pela morte. Vi com os meus próprios olhos dezenas de tugues se deixando fuzilar sem dizer nada.

— Mas o capitão MacPherson tem meios aos quais nenhuma criatura humana é capaz de resistir.

— Aquele homem é muito forte. Ele teria deixado que lhe arrancassem a pele das costas sem dizer uma só palavra.

Saranguy ficou mais atento e encostou cada vez mais a orelha na cerca.

— E onde você acha que o prenderam? — perguntou a primeira voz.

— No subterrâneo — respondeu a outra.

— Aquele homem é bem capaz de escapar.

— Isso é impossível, pois as paredes têm uma espessura enorme; além disso, um dos nossos está vigiando.

— Não digo que vá escapar sozinho, mas que deve ser ajudado pelos tugues.

— Você acha que eles estão rondando por aqui?

— Na noite passada nós ouvimos sinais e eu soube que um *cipai* desapareceu na escuridão.

— Pare de falar nisso, estou tendo calafrios.

— Você está com medo?

— Pode acreditar. Aqueles laços malditos raramente falham.

— Então você está com medo por muito pouco.

— Por quê?

— Porque vamos atacá-los na própria cova deles. Negapatnan vai acabar confessando tudo.

Ao ouvir aquele nome, Saranguy ficou em pé de um salto, tomado por uma forte agitação. Um sorriso sinistro aflorou em seus lábios e ele olhou ameaçadoramente para o bangalô.

— Ah! — exclamou com voz apenas audível. — Negapatnan está aqui. Os malditos vão ficar contentes.

182

20. Matar para ser feliz

A NOITE caíra.

O capitão MacPherson não aparecera durante o dia e nenhum incidente ocorrera no bangalô.

Depois de andar ao acaso por aqui e por ali, pelos arredores dos alpendres e da cerca, prestando bastante atenção às conversas dos *cipais*, Saranguy se estendera atrás de um denso arbusto, a cinquenta passos da habitação, como se estivesse querendo dormir.

Mas de vez em quando levantava a cabeça com precaução e o seu olhar percorria rapidamente os campos ao redor. Parecia que estava procurando alguma coisa, ou esperando alguém.

Uma longa hora decorreu. A lua se ergueu no horizonte, iluminando de leve as florestas e o curso da grande torrente que murmurava alegremente ao arrebentar nas margens.

Um urro agudo, o grito do chacal, se fez ouvir a distância. Saranguy se levantou de repente, olhando em volta com desconfiança.

— Finalmente — murmurou ele, estremecendo. — Agora vou saber qual é o meu castigo.

A duzentos passos, no meio de uma mata, apareceram dois pontos luminosos com reflexos esverdeados; Saranguy encostou dois dedos nos lábios e deu um leve assobio. Imediatamente os dois pontos luminosos avançaram em sua direção. Eram os olhos de um grande tigre, que soltou aquele miado surdo característico dessas feras.

— Darma! — chamou o indiano.

O tigre se abaixou, se achatou contra o terreno e começou a rastejar no mais completo silêncio. Parou bem em frente a ele, emitindo um segundo miado.

— Você está ferido? — perguntou o indiano com voz comovida.

Como única resposta, o tigre abriu a boca e lambeu as mãos e o rosto do indiano.

— Você desafiou um grande perigo, meu pobre Darma — retomou o indiano com voz afetuosa. — Foi a última vez que eu pus você a uma prova dessas.

Passou uma mão sob o pescoço da fera e encontrou um cartão vermelho minúsculo, bem enrolado e preso por um fino fio de seda.

Abriu-o com mãos trêmulas e deu uma passada de olhos. Havia sinais bizarros feitos com uma tinta azulada e uma linha de sânscrito.

"Volte, porque o mensageiro chegou", leu ele.

Um novo calafrio agitou os seus membros e algumas gotas de suor brotaram na testa.

— Venha, Darma — disse ele.

Olhou de relance para o bangalô, percorreu trezentos ou quatrocentos passos rastejando, acompanhado pelo tigre, e depois se embrenhou no bosque de acadiros.

Caminhou rapidamente durante vinte minutos, seguindo por um pequeno atalho que mal podia ser visto, depois parou e chamou o tigre com um gesto.

A vinte passos dele um indivíduo se levantara de repente do chão e apontava resolutamente um fuzil, gritando:

— Quem vive?

— Kali — respondeu Saranguy.

— Aproxime-se.

Saranguy chegou mais perto daquele indiano, que o examinou com atenção.

— Você é a pessoa que estamos esperando, talvez? — perguntou.

— Sou.

— Sabe quem está esperando você?

— Kougli.

— É você mesmo; venha comigo.

O indiano jogou a carabina a tiracolo e se pôs em marcha a passos silenciosos. Saranguy e Darma o seguiram.

— Você viu o capitão MacPherson? — perguntou o guia alguns instantes depois.

— Vi.

— O que ele está fazendo?

— Não sei dizer.

— Soube alguma coisa de Negapatnan?

— Só descobri que ele é prisioneiro do capitão.

— É verdade isso que você está dizendo?

— A pura verdade.

— E você sabe onde ele está escondido?

— Nos subterrâneos do bangalô.

— Percebe-se que aqueles europeus são cuidadosos.

— É o que parece.

— Mas você vai libertá-lo.

— Eu! — exclamou Saranguy.

— Acho que sim.

— Quem disse isso a você?

— Não sei de nada. Fique quieto e ande.

O indiano emudeceu e apressou o passo, se embrenhando no meio da mata de bambus e dos arbustos cheios de espinhos. De vez em quando, parava e examinava o tronco das palmeiras-de-leques que encontrava no caminho.

— O que você está olhando? — perguntou Saranguy surpreso.

— Os sinais que indicam o caminho.

— O Kougli mudou de lugar?

— Mudou, porque apareceram alguns ingleses por perto da sua cabana.

— Mas já?

— O capitão MacPherson tem bons braços a seu serviço. Fique alerta, Saranguy; ele podem atirar em você quando menos esperar.

O indiano se deteve, encostou as mãos na boca e emitiu um grito parecido com o de um chacal.

Um segundo grito respondeu.

— O caminho está livre — disse ele. — Siga esta trilha e vai chegar à soleira da cabana. Eu vou ficar aqui, vigiando.

Saranguy obedeceu. Percorrendo a trilha, percebeu que atrás de cada árvore havia um indiano agachado, com uma carabina na mão e o laço amarrado ao redor do corpo.

— Estamos bem guardados — murmurou ele. — Podemos conversar sem medo de sermos surpreendidos pelos ingleses.

Bem depressa chegou diante de uma cabana, construída com sólidos troncos de árvores, nos quais havia diversas frestas abertas para deixar passarem as carabinas. O teto era coberto de folhas de latanias e por cima havia uma estátua rústica da deusa Kali.

— Quem vive? — perguntou um indiano que estava sentado na soleira da porta, armado com uma carabina, um punhal e o laço.

— Kali — respondeu Saranguy pela segunda vez.

— Passe.

O indiano entrou em um cômodo iluminado por um galho de árvore resinoso, que irradiava uma luz esfumaçada.

Estendido sobre uma esteira se encontrava um indiano, alto como o sanguinário Suyodhana, em cujo corpo havia sido espalhado óleo de coco há pouco tempo, com a misteriosa tatuagem no peito.

O seu rosto tinha uma cor bronzeada, um aspecto duro, feroz, e uma densa barba negra. Os olhos, profundamente encovados, brilhavam com uma chama cruel.

— Salve, Kougli — disse o indiano entrando, mas pronunciando as palavras como se fossem uma punição.

— Ah! É você, meu amigo — respondeu Kougli, se erguendo prontamente. — Eu já estava começando a ficar impaciente.

— A culpa não foi minha; o caminho é longo.

— Sei disso, amigo. Como andaram as coisas?

— Muito bem; o Darma executou com perfeição a sua parte. Se eu não estivesse preparado, ele teria arrancado a cabeça do capitão.

— Ele o derrubou?

— Derrubou.

— É uma fera corajosa, esse seu tigre.

— Não discordo.

— Assim, você está a serviço do capitão.

— Estou.

— Na qualidade do quê?

— De caçador.

— Ele desconfia de alguma coisa?

— Não.

— E sabe que você está longe do bangalô?

— Não sei. De resto, me deixou ampla liberdade para andar pelos bosques ou na selva, caçando.

— Mas mesmo assim, tenha cuidado. Aquele homem tem cem olhos.

— Sei disso.

— Conte-me algo sobre Negapatnan.

— Ele chegou ontem à noite ao bangalô.

— Já soube. Nada escapa à minha vigilância. Onde eles o esconderam?

— No subterrâneo.

— Você conhece aquele subterrâneo?

— Ainda não, mas vou conhecer. Sei que tem paredes com uma espessura enorme e que um *cipai* armado fica de vigia dia e noite diante da porta.

— Você sabe mais do que eu esperava. Deixe-me dizer uma coisa: você é um homem corajoso.

— O *caçador de serpentes* da selva negra é mais forte e mais astuto do que você imagina — respondeu o indiano Saranguy.

— Você sabe se Negapatnan falou alguma coisa?

— Não sei.

— Se aquele homem falar, estamos perdidos.

— Você desconfia dele? — perguntou Saranguy com uma ligeira vibração irônica.

— Não, pois Negapatnan é um grande chefe e é incapaz de nos trair. Mas o capitão MacPherson sabe bem como atormentar os seus prisioneiros. Mas agora vamos aos fatos.

A testa de Saranguy se enrugou e um ligeiro calafrio percorreu os seus membros.

— Fale — disse ele com uma entonação estranha.

— Sabe por que eu mandei chamar você?

— Posso adivinhar, se trata...

— Da Ada Corishant.

Ao ouvir aquele nome, o olhar ameaçador de Saranguy se consumiu; alguma coisa úmida brilhou sob os cílios e um profundo suspiro saiu dos lábios descorados.

— Ada!... Oh, minha Ada... — exclamou ele com voz sufocada. — Fale, Kougli, fale. Você não imagina como estou sofrendo! É demais!...

Kougli olhou para o indiano que se curvara sobre si mesmo, apertando com força a testa. Um sorriso satânico, um risinho atroz, aflorou rapidamente nos seus lábios.

— Tremal-Naik — disse com uma voz quase sepulcral. — Você se lembra daquela noite em que se refugiou no poço com a sua Ada e o marata?

— Claro que me lembro — respondeu com voz surda Saranguy, ou melhor, Tremal-Naik, o *caçador de serpentes* da selva negra.

— Você estava nas nossas mãos. Bastaria que Suyodhana quisesse e a esta hora vocês três estariam dormindo embaixo da terra.

— Sei disso. Mas por que recordar aquela noite?

— Tenho que recordá-la.

— Então ande depressa, não me faça sofrer desse jeito. O meu coração está sangrando.

— Vou ser breve.

Os tugues haviam pronunciado a sentença de morte de vocês três; você deveria ser estrangulado, a *Virgem do templo* deveria subir na pira e Kammamuri, morrer entre as cobras. Foi Suyodhana que se opôs.

Negapatnan caíra nas mãos dos ingleses e era preciso salvá-lo. Você havia dado tantas provas de ser um homem ousado e cheio de recursos que foi perdoado para que servisse à nossa seita.

— Depressa.

— Mas você amava aquela mulher chamada Ada. Era preciso cedê-la a você para ter um aliado pronto e fiel. A nossa deusa Kali a oferece a você.

— Ah!... — exclamou Tremal-Naik ficando em pé de um salto, completamente desfigurado. — Você está falando a verdade?

— Estou, é a pura verdade — disse Kougli, pronunciando bem cada palavra.

— E ela vai ser minha esposa?

— Vai, vai ser sua esposa. Mas os tugues exigem uma coisa de você.

— Seja o que for, eu aceito. Pela minha noiva e poria fogo em toda a Índia.

— Vai ser preciso matar.

— Eu mato.

— Vai ser preciso salvar alguns homens.

— Eu salvo, nem que seja preciso atacar uma cidade abarrotada de armas e de homens armados.

— Ótimo. Agora ouça.

Retirou do cinto um mapa, desdobrou e olhou por alguns instantes com uma atenção profunda.

— Como você sabe — disse —, os tugues amam Negapatnan, um homem corajoso, arrojado e forte. Você quer a sua Ada? Liberte Negapatnan; mas Suyodhana quer mais uma coisa de você.

— Fale — disse Tremal-Naik, que, sem perceber, sentiu calafrios. — Estou ouvindo.

Kougli não abriu a boca. Ele olhava fixamente e de um modo estranho para o *caçador de serpentes*.

— E então? — balbuciou Tremal-Naik.

— Suyodhana cede a sua noiva a você contanto que você mate o capitão MacPherson...

— O capitão...

— MacPherson — completou Kougli, entreabrindo os lábios num sorriso cruel.

— E só a esse preço ele me daria Ada?...

— Só a esse preço.

— E se eu recusasse?

— Você não a ama mais?

— Eu? O que eu disse ainda há pouco? Pela minha noiva eu poria fogo na Índia inteira.

— Tem razão. No entanto, caso você se recuse, a *Virgem do templo* vai subir na pira e Kammamuri, morrer entre as cobras. Ambos estão em nossas mãos. O que você decide?

— A minha vida pertence a Ada. Eu aceito.

— Você já tem algum plano?

— Nenhum, mas vou ter.

— Olhe para mim; primeiro liberte Negapatnan.

— Vou libertá-lo.

— Vamos ficar vigiando você. Se precisar de ajuda, venha me procurar.

— O *caçador de serpentes* vai fazer isso sem os tugues.

— Como você quiser. Agora pode ir.

Tremal-Naik não se mexeu.

— O que você quer? — perguntou Kougli.

— Não posso ver a mulher que eu amo?

— Não.

— Você é assim tão implacável?

— Cumpra a missão, depois... Aquela mulher... Vai ser a sua esposa. Vá, Tremal-Naik, vá.

O indiano se levantou tomado por um desespero cruel e se dirigiu para a saída.

— Tremal-Naik — disse o estrangulador no momento que ele transpunha a soleira.

— O que é?

— Não se esqueça de que a morte do capitão MacPherson é muito importante para nós!...

21. A fuga do tugue

S ASTROS COMEÇAVAM a empalidecer, quando Tremal-Naik, quase fora de si e ainda transtornado pelo diálogo mantido com o estrangulador, chegou ao bangalô do capitão MacPherson.

Um homem estava apoiado na soleira da porta e bocejava, inalando ruidosamente a frescura do ar marítimo. Esse homem era o sargento Bhârata.

— Olá, Saranguy! — gritou ele. — De onde você está vindo?

Aquela pergunta arrancou bruscamente Tremal-Naik dos seus pensamentos. Olhou para trás, achando que poderia estar sendo seguido pelo tigre, mas o inteligente animal se detivera nos limites da selva. Bastou um rápido aceno do dono para que ele desaparecesse no meio do bambuzal.

— De onde você está vindo, meu bravo caçador? — repetiu Bhârata, indo ao encontro dele.

— Da selva — respondeu Tremal-Naik, recompondo as feições alteradas.

— À noite? E sozinho?

— E por que não?

— Mas e os tigres?

— Não me metem medo.

— E as cobras? Os rinocerontes?

— São desprezíveis.

— Sabe, rapaz, você tem mesmo coragem.

— Acho que sim.

— Encontrou alguém?

— Tigres, mas eles não tiveram o atrevimento de se aproximar.

— E homens?

Tremal-Naik estremeceu.

— Homens! — exclamou ele, fingindo surpresa. — Como você quer que eu encontre homens, à noite e no meio da selva?

— Existem homens por lá, Saranguy, e não são poucos.

— Não acredito.

— Você já ouviu falar dos tugues?

— Os homens que costumam estrangular as vítimas?

— Eles mesmos, aqueles que adotaram o laço de seda para dar o golpe.

— E você está querendo dizer que eles andam por aqui? — perguntou Tremal-Naik, fingindo estar assustado.

— Estão, e se você cair nas mãos deles, provavelmente vai acabar sendo estrangulado.

— Mas por que eles estão aqui?

— Sabe quem é o capitão MacPherson?

— Ainda não.

— É o inimigo mais impiedoso que os tugues já tiveram.

— Entendo.

— Estamos em guerra contra eles.

— Então eu também estou. Odeio aqueles miseráveis.

— Um homem corajoso como você não é de se desprezar. Virá conosco quando formos dar uma batida na selva, ou melhor, vou pôr você como vigia de um estrangulador que caiu nas nossas mãos.

— Ah! — exclamou Tremal-Naik, que não conseguiu reter o lampejo de alegria que brilhou nos seus olhos. — Vocês têm um tugue preso aqui?

— Temos, e é um dos chefes.

— Como ele se chama?

— Negapatnan.

— E eu vou ficar como vigia dele?

— Vai, vai ficar de vigia. Você é forte e corajoso. Ele não vai conseguir escapar de você.

— Estou convencido de que bastará um murro para reduzi-lo à impotência — disse Tremal-Naik.

— Venha para o terraço. Em pouco tempo vai ver Negapatnan e talvez a sua coragem seja necessária.

— Para fazer o quê? — perguntou Tremal-Naik preocupado.

— O capitão vai recorrer a todos os meios, mesmo os mais violentos, para fazê-lo falar.

— Entendo. Vou ser carcereiro e, dependendo da situação, torturador.

— Você é muito perspicaz. Venha, meu bravo Saranguy.

Entraram no bangalô e subiram ao terraço. O capitão MacPherson já se encontrava ali, fumando um cigarro, estendido indolentemente em uma pequena rede de fibra de coco.

— Você tem alguma novidade para mim, Bhârata? — perguntou ele.

— Não, capitão. Em vez disso, trago um inimigo ferrenho dos tugues.

— É você esse inimigo, Saranguy?

— Sou, capitão — respondeu Tremal-Naik, com uma entonação de ódio absolutamente natural.

— Então seja bem-vindo. Você também vai ser um dos nossos.

— Espero que sim.

— Já vou avisando de que será preciso arriscar a pele.

— Se eu a arrisco contra os tigres, posso fazer isso também contra os homens.

— Você é um homem corajoso, Saranguy.

— Posso me gabar disso, capitão.

— Como Negapatnan passou a noite? — perguntou MacPherson, olhando para o sargento.

— Dormiu como alguém que tivesse a consciência tranquila. Aquele diabo de homem é de ferro.

— Mas nós vamos conseguir dobrá-lo. Vá buscá-lo para começarmos o interrogatório já.

O sargento deu meia volta e pouco depois voltou, trazendo Negapatnan solidamente amarrado.

O tugue estava tranquilíssimo, e até um sorriso aflorava nos seus lábios. Seu olhar logo se dirigiu com curiosidade para Tremal-Naik, que estava atrás do capitão.

— E então, meu caro — disse MacPherson com uma entonação sarcástica —, como passou a noite?

— Acho que passei bem melhor do que você — respondeu o estrangulador.

— E o que decidiu?

— Que não vou falar.

A mão do capitão correu para a empunhadura do sabre.

— Será possível que todos esses répteis são iguais? — exclamou ele.

— Parece que sim — disse o estrangulador.

— Não seja tão rápido em afirmar isso. Já avisei que disponho de meios assustadores.

— Não são bastante assustadores para os tugues.

— São meios capazes de martirizar a ponto de fazer você implorar pela morte.

— Meios que não se comparam aos nossos.

— Vamos ver isso quando você estiver se contorcendo entre espasmos de dor insuportáveis.

— Pode começar agora.

O capitão empalideceu e, em seguida, uma onda de sangue subiu ao seu rosto.

— Então você prefere mesmo não falar? — perguntou com voz estrangulada pela ira.

— Não, não vou falar.

— É a sua última resposta? Cuidado...

— É a última.

— Está bem, agora vamos agir. Bhârata?

O sargento se aproximou.

— Tem uma estaca no subterrâneo?

— Tem, capitão.

— Você vai amarrar bem esse homem.

— Certo, capitão.

— Quando ele for vencido pelo sono, você vai mantê-lo acordado por meio de agulhadas. Se não falar em três dias, pode começar a macerar as carnes dele com chicotadas. Se ainda teimar em não falar, derrame óleo quente nas feridas, gota a gota.

— Pode contar comigo, capitão. Ajude-me aqui, Saranguy.

O sargento e Tremal-Naik arrastaram de volta o estrangulador, que ouvira a sentença sem que sequer um músculo do rosto tremesse.

Desceram uma escada em caracol bastante profunda e entraram em uma espécie de porão muito grande, com uma abóbada no alto e iluminado por meio de uma abertura feita no nível do chão e protegida por sólidas barras de ferro.

No meio dele se erguia uma estaca, à qual foi amarrado o estrangulador. Bhârata deixou no canto três ou quatro agulhas longas e muito agudas.

— Quem vai ficar de vigia? — perguntou Tremal-Naik.

— Você fica até a noite. Depois um *cipai* vem render você.

— Está certo.

— Se o nosso homem fechar os olhos, espete com força.

— Pode deixar — respondeu Tremal-Naik com uma calma glacial.

O sargento subiu de novo a escada. Tremal-Naik o acompanhou com os olhos enquanto pôde e, quando todos os ruídos cessaram, sentou em frente ao estrangulador, que o fitava com tranquilidade.

— Escute — disse Tremal-Naik, abaixando a voz.

— Você também quer dizer alguma coisa? — perguntou Negapatnan, zombeteiro.

— Você conhece o Kougli?

Ao ouvir aquele nome, o estrangulador estremeceu.

— Kougli! — exclamou. — Não tenho idéia de quem seja.

— Você é um homem cuidadoso, está bem. Conhece o Suyodhana?

— Quem é você? — perguntou Negapatnan com visível terror.

— Um estrangulador como você, como Kougli e como Suyodhana.

— Está mentindo.

— Posso dar uma prova de que estou falando a verdade. A nossa sede não fica na selva, nem em Calcutá, nem nas margens do rio sagrado e, sim, nos subterrâneos de Raimangal.

O prisioneiro a muito custo reteve o grito que estava prestes a escapar dos seus lábios.

— Será possível que você seja um dos nossos? — perguntou ele.

— Já não dei uma prova?

— É verdade. Mas por que você veio aqui?

— Para salvar você.

— Salvar?

— É.

— Mas como? De que jeito?

— Deixe tudo comigo e antes de meia-noite você estará livre.

— Nós não vamos fugir juntos?

— Não, eu fico por aqui. Tenho mais uma missão para cumprir.

— Alguma vingança?

— Talvez — disse Tremal-Naik com uma aparência tenebrosa. — Agora, silêncio. Vamos esperar a escuridão.

Deixou o prisioneiro e foi sentar perto da escada, esperando pacientemente a noite chegar.

O dia passou com muita lentidão. O sol desapareceu no horizonte e a escuridão se tornou profunda no porão.

Era o momento oportuno para agir. Dentro de uma hora, talvez menos, o *cipai* deveria descer.

— Mãos à obra — disse Tremal-Naik, se levantando bruscamente e tirando duas limas inglesas do cinto.

— O que vai fazer com isso — perguntou Negapatnan excitado.

— Você tem que me ajudar — respondeu Tremal-Naik. Vamos cortar as barras da abertura.

— Não vão perceber que você me ajudou a fugir?

— Não vão perceber nada.

Soltou os laços que apertavam o corpo, os braços e os dois pés do prisioneiro e ambos atacaram vigorosamente os ferros, tentando fazer o mínimo de barulho.

Três barras já haviam sido arrancadas, faltando apenas uma, quando Tremal-Naik percebeu um ruído de passos vindo da escada.

— Pare! — disse ele rapidamente. — Tem alguém descendo.

— Será que é o *cipai*?

— Com certeza é ele.

— Então estamos perdidos.

— Ainda não. Você sabe usar o laço?

— Nunca errei um golpe.

Tremal-Naik desamarrou o laço que trazia junto ao corpo, escondido pelo *dubgah*, e entregou ao tugue.

— Fique perto da porta — disse, então, pegando o punhal. — Mate o primeiro que aparecer.

Negapatnan obedeceu, segurando o laço com a mão direita. Tremal-Naik se colocou em frente a ele, atrás do umbral da porta, com o punhal erguido.

O ruído continuava se aproximando. De repente, uma luz clareou a escada e surgiu um *cipai* com uma cimitarra desembainhada.

— Cuidado agora, Negapatnan — sussurrou Tremal-Naik.

O rosto do tugue se tornou aterrorizante. Os olhos soltavam lampejos sinistros, os lábios deixavam os dentes aparecendo, as narinas se dilataram. Parecia uma fera com sede de sangue. O *cipai* parou no último patamar.

— Saranguy! — chamou ele.

— Pode descer — disse Tremal-Naik. — Não estou vendo nada.

— Está bem — respondeu ele, e atravessou a soleira do porão.

Negapatnan estava ali. O laço assobiou no ar e apertou o pescoço com tanta força que o *cipai* caiu no chão sem dar um gemido sequer.

— É melhor estrangulá-lo? — perguntou o tugue, pondo um pé no peito do homem caído.

— É preciso, com certeza — disse Tremal-Naik friamente.

Negapatnan puxou o laço para si. A língua do *cipai* saiu um palmo para fora da boca, os olhos saltaram das órbitas e a pele, que era bronzeada, ficou negra. Agitou os braços por alguns instantes e logo enrijeceu. Estava morto.

— Que a deusa Kali receba o sangue dele — disse o fanático, recolhendo o laço.

— Vamos acabar logo com isso, antes que desça mais alguém.

A abertura foi atacada de novo e logo arrancaram a quarta barra.

— Você consegue passar? — perguntou Tremal-Naik.

— Consigo passar por uma abertura bem menor do que esta.

— Está certo. Agora me amarre com força e me amordace.

O tugue olhou surpreso para ele.

— Amarrar você? E por quê? — perguntou.

— Para que não desconfiem que eu sou um de vocês.

— Entendi. Você é mais inteligente do que eu pensava.

Tremal-Naik se jogou no chão, perto do cadáver do *cipai*, e Negapatnan o amarrou e amordaçou.

— Você é um homem corajoso — disse o tugue. — Se um dia precisar de um amigo fiel, lembre-se de mim. Adeus.

E, depois de se armar com as pistolas do *cipai*, correu para a abertura, subiu por ela e desapareceu.

Nem dez segundos haviam passado quando um tiro de fuzil ecoou e uma voz gritou:

— Às armas! Tem um homem fugindo!

22. A limonada que solta a língua

AO OUVIR AQUELE GRITO, Tremal-Naik se ergueu nos joelhos, tomado por uma forte inquietação.

O tiro de fuzil foi seguido por uma outra detonação, depois uma terceira e, finalmente, uma quarta. Do bangalô veio um grito que fez o *caçador de serpentes* tremer.

— Olhe na selva! — gritou uma voz.

— Às armas! — gritou outra.

— Vamos pegar os elefantes! Os elefantes!

— Todos para fora!

Ouviram-se os relinchos dos cavalos e o ruído de passos precipitados, um tropel e um barrito assustador que cobriu todos os outros rumores.

Tremal-Naik, com a testa banhada de gotas de suor, escutava atentamente, segurando a respiração.

— Corra, Negapatnan! Corra! — murmurou, como se o fugitivo pudesse ouvir. — Se prenderem você de novo, nós dois estamos perdidos.

Com um esforço desesperado ficou de pé e começou a saltitar da melhor forma que podia por causa das cordas, tentando chegar à abertura. O barulho de passos apressados vindo da escada o deteve.

— Estão descendo — murmurou e se jogou imediatamente no chão. — Tenho que agir com sangue frio e audácia. Quem sabe, talvez Negapatnan consiga chegar até a cabana do Kougli.

Começou a se debater, fingindo estar se libertando das cordas e dando gritos estrangulados. Foi bem a tempo.

Bhârata descia os degraus de quatro em quatro. Ele se precipitou no porão e deu um grito terrível.

— Fugiu?... Fugiu?... — gritou ele, arranhando o peito com as unhas.

Saltou como um tigre na direção da abertura. Um segundo berro irrompeu dos seus lábios trêmulos.

— Ah! Miserável!

Lançou um olhar aturdido ao redor. Viu Tremal-Naik se contorcendo no chão e emitindo imprecações surdas. Chegou ao lado dele em um salto.

— Vivo!... — exclamou ele, arrancando a mordaça.

— Malditos tugues! — urrou Tremal-Naik com voz estrangulada. — Onde está ele?... Onde está aquele cachorro? Vou arrancar o coração dele!

— O que aconteceu?... Como ele conseguiu fugir?... Por que você está amarrado? Fale, Saranguy, fale! — disse Bhârata, fora de si.

— Fomos enganados. Poderoso Brahma! Caí na armadilha como um estúpido!

— Explique-se, homem, diga o que houve porque nem tenho mais sangue nas veias. Como ele conseguiu fugir? Quem quebrou as barras da abertura?

— Eles.

— Eles quem?

— Os tugues.

— Os tugues?

— Isso mesmo. Estava tudo preparado para que ele fugisse.

— Não estou entendendo nada. Não é possível que os tugues tenham vindo parar aqui?

— Mesmo assim, eles vieram. Eu os vi com os meus próprios olhos e por pouco não me estrangularam, como fizeram com aquele pobre *cipai*.

— Eles estrangularam um *cipai*?

— Estrangularam. Aquele que veio para me render na guarda.

— Agora conte, explique como aconteceu tudo isso, Saranguy.

— O sol estava se pondo — disse Tremal-Naik — e eu estava sentado em frente ao prisioneiro, que não tirava os olhos dos meus. Passaram duas, três horas, sem que nenhum de nós fizesse o menor movimento. De repente, senti as minhas pálpebras ficarem pesadas e um torpor, uma sonolência irresistível tomou conta de mim. Negapatnan estava sentindo a mesma sonolência e bocejava de um jeito que dava medo. Resisti o máximo que pude e depois, sem saber como, caí para trás e adormeci. Quando abri os olhos de novo, estava amarrado e amordaçado, e os ferros da abertura jaziam por terra. Dois tugues estavam estrangulando o pobre *cipai*. Comecei a me debater, tentei gritar, mas foi impossível. Assim que terminaram o assassinato, os tugues escalaram a abertura e desapareceram.

— E o Negapatnan?

— Fugiu antes dos outros.

— E você não descobriu a razão dessa sonolência irresistível?

— Não tenho a menor ideia do que a provocou.

— Não introduziram alguma coisa no porão?

— Não vi nada.

— Eles fizeram você dormir com elixires que liberam um narcótico poderoso.

— Provavelmente foi isso.

— Mas vamos prender de novo aquele Negapatnan. Pus homens excelentes atrás dele.

— Também sou um ótimo seguidor de pistas.

— Sei disso, e seria bom você começar já a procurar. Temos que prendê-lo a todo custo ou, pelo menos, pegar um outro tugue.

— Eu vou me encarregar disso.

Bhârata desamarrara as cordas que o prendiam. Subiram os degraus e saíram do bangalô.

— Para que lado ele foi? — perguntou Tremal-Naik, que se munira de um fuzil de dois tiros.

— Ele entrou na selva. Vá direto por aquela trilha, que encontrará as pegadas dele. Vá e corra bastante, pois o canalha não deve estar muito longe.

Tremal-Naik jogou o fuzil a tiracolo e partiu correndo, indo em direção à selva. Bhârata o acompanhou com o olhar e a testa enrugada, como se tomado por pensamentos profundos.

— E se a verdade fosse outra? — se perguntou de repente.

Uma rápida convulsão perturbou o seu rosto, que assumiu um aspecto tenebroso.

— Nysa! Nysa! — gritou.

Um indiano, que estava perto da abertura examinando atentamente os vestígios, correu para ele.

— Estou aqui, sargento — disse.

— Examinou bem os vestígios? — perguntou Bhârata.

— Examinei com toda a atenção.

— E então, quantos homens saíram do porão?

— Só um.

Bhârata fez um gesto de surpresa.

— Tem certeza de que não se enganou?

— Absoluta, sargento. Só Negapatnan saiu daqui.

— Muito bem. Está vendo aquele homem correndo para a selva?

— Estou, é o Saranguy.

— Siga-o. Preciso saber aonde ele vai.

— Conte comigo — respondeu o indiano.

Esperou até que Tremal-Naik tivesse desaparecido atrás das árvores e então partiu, rápido como um cervo, tentando se manter escondido atrás da mata de bambus. Satisfeito, Bhârata entrou de novo no bangalô e se aproximou do capitão, que caminhava agitadamente no terraço, desabafando a raiva com imprecações surdas.

— E então? — perguntou assim que avistou o sargento.

— Fomos traídos, capitão.

— Traídos?... Por quem?...

— Por Saranguy.

— Por Saranguy!... Por um homem que salvou a minha vida?... Isso não é possível!...

— Tenho provas.

— Quais?

Em poucas palavras, Bhârata informou sobre o que acontecera e o que vira. O capitão MacPherson chegou ao cúmulo da surpresa.

— Saranguy, um traidor! — exclamou. — Mas por que ele não fugiu com o Negapatnan?

— Não sei, capitão, mas vamos saber logo. Nysa vai trazer o patife de volta.

— Se isso for verdade, ele vai ser fuzilado.

— O senhor não vai fazer nada, capitão.

— Por quê?

— Porque temos que fazê-lo falar. Aquele homem deve saber tanto quanto Negapatnan.

— Você tem razão.

O capitão voltou a olhar para a selva. Bhârata olho para o rio, aguçando os ouvidos para os rumores que vinham de lá.

Passaram três longas horas. Ninguém voltara, nem se ouvira um grito ou uma detonação.

O capitão MacPherson, impaciente, estava prestes a sair do terraço para se embrenhar na selva quando Bhârata deu um grito de triunfo.

— O que foi?

— Olha lá, capitão — disse o sargento. — Um dos nossos está voltando da caçada.

— É o Nysa.

— Mas está sozinho. Será que o Saranguy conseguiu fugir?

— Não acredito. Nesse caso, Nysa não voltaria.

O indiano continuava avançando com a velocidade de uma flecha, olhando para trás de vez em quando, como se temesse estar sendo seguido.

— Suba aqui, Nysa! — gritou Bhârata.

— Depressa, depressa — disse o capitão, que não conseguia mais ficar parado no lugar.

O indiano subiu a escada sem parar e chegou arquejante e esbaforido ao terraço. Os seus olhos estavam brilhando de alegria.

— E então? — perguntaram ao mesmo tempo o capitão e o sargento, correndo ao seu encontro.

— Descobri tudo. Saranguy é um tugue!

— O quê?... Você não se enganou? — perguntou o capitão com voz sibilante.

— Não, não estou enganado: tenho provas.

— Então comece a contar o que aconteceu, Nysa, quero saber tudo. Aquele miserável vai pagar por Negapatnan também.

— Eu segui as pegadas até a selva — disse Nysa. — Ali eu as perdi, mas voltei a encontrar cem metros depois.

Apressei o passo e logo o avistei. Estava caminhando depressa, mas com cuidado, olhando várias vezes para trás e encostando o ouvido no chão.

Vinte minutos depois, ele deu um grito e eu vi um indiano sair de trás de um arbusto. Era um tugue, um verdadeiro estrangulador, com o peito tatuado e um laço amarrado nos quadris. Não consegui ouvir a conversa deles, mas o Saranguy, antes de se separar, disse em voz alta para o companheiro: "Avise o Kougli que eu vou voltar ao bangalô e que em poucos dias ele terá a cabeça que pediu."

Então se separaram, tomando dois caminhos diferentes. Eu já sabia o suficiente e voltei para cá. O Saranguy não deve estar muito longe.

— O que eu disse ao senhor, capitão? — perguntou Bhârata.

MacPherson não respondeu. Com os braços convulsivamente cruzados no peito, a expressão ameaçadora, o olhar em chamas, pensava.

— Quem é esse Kougli? — perguntou ele de repente.

— Não sei — respondeu Nysa.

— Sem dúvida, é um dos chefes dos tugues — disse Bhârata.

— De que cabeça o miserável estava falando?

— Não sei dizer, capitão. Ele não deu mais explicações.

— Será que estava se referindo a um de nós?

— É provável — disse o sargento.

O capitão ficou ainda mais ameaçador.

— Tenho um pressentimento estranho, Bhârata — murmurou ele. — Devia estar falando da minha cabeça.

— Mas em vez disso, nós é que vamos mandar a dele para o tal do senhor Kougli.

— Espero que sim. O que vamos fazer com o Saranguy?

— Temos que fazer com que ele fale.

— E será que vai falar?

— Com fogo se consegue tudo.

— Você sabe que eles são mais teimosos do que uma mula.

— Estão dizendo que querem fazê-lo falar, capitão? — perguntou Nysa. — Eu posso me encarregar disso.

— Você?...

— Basta lhe dar uma limonada para beber.

— Uma limonada?... Você está maluco, Nysa?

— Não, capitão! — exclamou Bhârata. — Nysa não está maluco. Também já ouvi falar de uma limonada que faz soltar a língua.

— É verdade — disse Nysa. — Com algumas gotas de limão misturadas ao suco da *youma* e uma pelotinha de ópio é possível fazer qualquer pessoa falar.

— Então vá preparar essa limonada — disse o capitão. — Se você conseguir, vai ganhar vinte rúpias.

O indiano não precisou ouvir duas vezes. Poucos instantes depois, voltava com três grandes copos de limonada colocados sobre uma belíssima bandeja de porcelana chinesa. Em uma delas já derramara uma pelotinha de ópio e o suco da *youma*.

Foi bem a tempo. Tremal-Naik apareceu na orla da selva, seguido de três ou quatro seguidores de pegadas.

Pela aparência deles, o capitão percebeu que Negapatnan não fora nem preso, nem descoberto.

— Não tem problema — murmurou ele — Saranguy vai falar. Vamos tomar cuidado, Bhârata, para que ele não desconfie de nada. E você, Nysa, mande arrumar imediatamente a grade da abertura do porão. Vamos precisar dele daqui a pouco.

Tremal-Naik estava chegando à frente do bangalô.

— Ei! Saranguy! — gritou Bhârata, se inclinando sobre o parapeito. — Como você está? Descobriram o patife?

Tremal-Naik deixou os braços caírem ao longo do corpo em um gesto de desânimo.

— Nem sinal dele, sargento — disse ele. — Perdemos a pista.

— Suba até aqui; quero saber de tudo o que aconteceu.

Tremal-Naik, sem suspeitar de nada, não esperou que ele repetisse o convite e se apresentou ao capitão MacPherson, que estava sentado perto de uma mesa com as limonadas à sua frente.

— E então, meu bravo caçador — disse ele, com um sorriso amigável. — O vigarista não foi encontrado?

— Não, capitão. No entanto, procuramos por toda parte.

— Nem sequer descobriram as pegadas dele?

— Descobrimos, sim, e as seguimos por um bom trecho; depois não foi possível encontrá-las de novo. Parece que aquele Negapatnan dos infernos atravessou a floresta, passando de uma árvore para a outra.

— E não ficou ninguém no bosque?

— Ficaram quatro *cipais*.

— Até onde vocês foram?

— Até a extremidade oposta da floresta.

— Você deve estar cansado. Beba esta limonada, que vai fazer bem.

Dizendo isso, estendeu o copo. Tremal-Naik a tomou de um gole só.

— Diga uma coisa, Saranguy — retomou o capitão — você acha que há tugues na floresta?

— Acho que não — respondeu Tremal-Naik.

— Você não conhece nenhum daqueles homens?

— Eu? Conhecer... aqueles homens! — exclamou Tremal-Naik.

— E por que não? Você viveu durante muito tempo nos bosques.

— Mesmo assim, isso não acontece.

— E, no entanto, me disseram que viram você falando com um indiano suspeito.

Tremal-Naik olhou para ele sem responder. Aos poucos, os seus olhos foram se acendendo e começaram a brilhar como duas brasas incandescentes; o seu rosto ficou de uma cor mais escura e as feições se alteraram.

— O que tem a dizer? — perguntou o capitão MacPherson, com um tom levemente zombeteiro.

— Tugues! — balbuciou o *caçador de serpentes*, agitando os braços como um bobo e irrompendo em uma explosão de riso. — Eu? Falando com um tugue?

— Atenção agora — murmurou Bhârata ao ouvido do capitão. — A limonada está começando a fazer efeito.

— Vamos, fale — insistiu MacPherson.

— Está certo, estou me lembrando, eu falei com um tugue nas proximidades da floresta. Ah!... Ah!... E estavam pensando que eu iria procurar o Negapatnan. Que estúpidos... Ah!... Ah!... Eu, seguindo Negapatnan? Justo eu, que tive tanto trabalho para preparar aquela fuga... Ah!... Ah!...

E Tremal-Naik, tomado por uma espécie de alegria febril e irresistível, ria como um imbecil, sem ter a menor ideia do que estava dizendo.

— Continue, capitão! — exclamou Bhârata. — Vamos descobrir tudo.

— Este miserável está perdido — disse o capitão.

— Calma, capitão. E já que ele está prestes a falar, vamos provocá-lo.

— Tem razão. Olá, Saranguy...

— Saranguy! — interrompeu bruscamente o pobre homem embriagado, sempre rindo. — Eu não sou o Saranguy... Mas como você é burro, meu amigo, por acreditar que eu tenho o nome de Saranguy. Eu sou Tremal-Naik... Tremal-Naik da selva negra, o *caçador de serpentes*. Você nunca foi à selva negra? Pior para você; não sabe o que é beleza. Oh, mas como você é burro, que estúpido!

— Sou um estúpido, mesmo — disse o capitão, se contendo a muito custo. — Ah! Você é Tremal-Naik? E por que mudou de nome?

— Para despistar qualquer suspeita. Você não sabia que eu queria entrar para o seu serviço?

— E por quê?

— Os tugues é que queriam isso. Pouparam a minha vida e ainda me deram a *Virgem do templo sagrado*... Você conhece a *Virgem do templo*? Não? Pior para você. Ela é linda, sabe, muito linda. Seria capaz de enlouquecer Brahma, Xiva e até Vixnu.

— E onde está essa *Virgem do templo*?

— Longe daqui, muito longe.

— Mas onde?

— Não vou dizer. Você vai querer roubá-la de mim.

— E com quem ela está?

— Com os tugues, mas eles vão deixar que se case comigo. Eu sou muito forte e corajoso. Vou fazer tudo o que eles quiserem para consegui-la. Enquanto isso, Negapatnan está livre.

— Mas você ainda tem que cumprir alguma...

— Cumprir?... Ah!... Ah!... Tenho que...Entende, levar uma cabeça... Ah!... Ah!... Não consigo parar de rir como um idiota.

— Por quê? — perguntou MacPherson, que ia de surpresa em surpresa ao ouvir aquelas revelações.

— Porque a cabeça que devo cortar... Ah!... Ah!... É a sua!...

— A minha? — exclamou o capitão, ficando em pé de um salto. — A minha cabeça?

— Mas... é... é...

— E para quem você tem que levá-la?

— Para Suyodhana!

— Quem é esse Suyodhana?

— O quê? Você não o conhece? É o chefe dos tugues.

— E você sabe onde fica o covil deles?

— Claro que sei.

— Onde?

— Em... em..

— Fale, diga onde — urrou o capitão, saltando para cima dele e apertando com força os seus pulsos.

— Como você é curioso.

— Sou, tenho muita curiosidade em saber.

— E se eu não quiser contar?

Tomado por uma grande agitação, o capitão o pegou pela cintura e o colocou de pé.

— Tem um rio lá embaixo — disse ele. — Se não me disser, vou jogar você lá.

— Você está querendo me gozar. Ah!... Ah!...

— É verdade, quero rir de você. Diga onde está Suyodhana.

— Mas como você é burro. Onde você queria que ele estivesse, a não ser em Raimangal?

— Ah!... Repita!... Repita!...

— Em Raimangal, já disse.

O capitão MacPherson deu um grito e, em seguida caiu sentado na cadeira, murmurando:

— Ada!... Oh! Minha Ada! Finalmente você está salva!...

23. As flores que fazem dormir

QUANDO TREMAL-NAIK VOLTOU a si, percebeu que estava trancado em um estreito subterrâneo, iluminado por uma pequena abertura protegida por uma fila dupla de barras grossas, e solidamente amarrado a dois aros de ferro fixados em uma espécie de coluna.

No início, achou que estava tendo um terrível pesadelo, mas logo se convenceu de que era realmente prisioneiro.

Então um medo indefinível tomou conta daquele homem que já dera tantas provas de uma coragem sobre-humana.

Tentou reordenar as ideias, mas seu cérebro estava em uma confusão impossível de ser resolvida. Ele se lembrava vagamente de Negapatnan, da fuga dele, da limonada e depois, de mais nada.

— Quem será que me traiu? — perguntou a si mesmo com um calafrio. — O que vai acontecer comigo agora? O que significa essa névoa que está deixando o meu cérebro atordoado?... Será que me embriagaram com alguma bebida que eu não conheço?

Fez um esforço para se levantar, mas de repente caiu de novo; ouviu uma porta se abrindo.

— Quem está descendo? — perguntou.

— Eu, o Bhârata — respondeu o sargento, avançando para ele.

— Finalmente! — exclamou Tremal-Naik. — Agora vou saber por que motivo eu estou preso aqui.

— Porque agora já sabemos que você é um tugue.

— Eu?... Um tugue!...

— Isso mesmo, Saranguy.

— Você está mentindo.

— Não estou. Você falou, confessou tudo.

— Quando?

— Há pouco tempo.

— Você está louco, Bhârata.

— Não, Saranguy, demos a *youma* para você beber e você acabou confessando tudo.

Tremal-Naik olhou para ele com espanto. Ele se lembrava da limonada que o capitão oferecera.

— Miseráveis! — exclamou em desespero.

— Quer ser salvo? — perguntou Bhârata, depois de um rápido silêncio.

— Pode falar — disse Tremal-Naik com voz debilitada.

— Confesse tudo e talvez o capitão poupe a sua vida.

— Não posso fazer isso: eles matariam a mulher que eu amo.

— Quem?

— Os tugues.

— Que história é essa? Conte tudo.

— Não posso! — exclamou Tremal-Naik com uma entonação selvagem. — Eles são uns malditos!

— Escute, Saranguy. Nós já sabemos que a sede dos tugues fica em Raimangal, mas ignoramos quantos eles são e onde vivem. Se você responder a essas questões, quem sabe possa viver.

— E o que vocês vão fazer com todos aqueles tugues? — perguntou Tremal-Naik com voz estrangulada.

— Vamos fuzilar todos eles.

— Mesmo que haja mulheres entre eles?

— Elas antes de todos os outros.

— Por quê?... Que culpa elas têm?

— São piores que os homens. Elas representam a deusa Kali.

— Você está enganado, Bhârata! Está enganado!

— Pior para você.

Tremal-Naik segurou a cabeça com as mãos, fincando as unhas na pele.

Os seus olhos estavam perturbados, o rosto muito pálido, quase cinzento, e o peito arfava impetuosamente.

— Se a vida de uma daquelas mulheres puder ser poupada... talvez eu fale.

— Isso não é possível, pois prendê-los vivos custaria uma torrente de sangue. Vamos sufocar todos eles, como bestas ferozes, em seus subterrâneos.

— Mas tenho uma mulher, uma noiva lá! — exclamou Tremal-Naik com desespero. — Vocês estão querendo matá-la!... Não, não vou falar. Podem me matar, podem me torturar; entreguem-me às autoridades inglesas, façam o quiserem de mim, não vou falar. Os tugues são muitos e poderosos; eles vão se defender e talvez assim salvem a mulher que eu tanto amei e que ainda amo.

— Mais uma pergunta. Quem é essa mulher?

— Não posso dizer.

— Saranguy — disse ele com voz alterada —, quer me dizer quem é essa mulher?

— Nunca.

— É branca ou morena?

— Não vou dizer.

— Deve ser uma fanática como todas as outras.

Tremal-Naik não respondeu.

— Está certo — repetiu o sargento. — Em três ou quatro dias, você vai ser levado para Calcutá.

Uma forte emoção perturbou as feições do prisioneiro, que ficou olhando para a abertura e para o sargento, enquanto este se retirava.

— Tenho que fugir esta noite — murmurou — ou tudo estará perdido.

O dia transcorreu sem que nada de novo acontecesse. Ao meio-dia e ao alvorecer, foi levado ao prisioneiro um grande prato fundo de arroz com curry e um copo de *tody*.

Assim que o sol se escondeu atrás das florestas e a escuridão no porão ficou mais espessa, Tremal-Naik voltou a respirar normalmente. Ficara quieto durante três longas horas, com medo de que alguém entrasse de repente, e então pôs mãos à obra com enorme vigor, tentando escapar da prisão. Os indianos são famosos por amarrar as pessoas, e é necessária uma longa prática para desatar aqueles nós complicadíssimos. Por sorte, Tremal-Naik tinha uma força assombrosa e ótimos dentes.

Com um tranco, afrouxou uma corda que o impedia de curvar a cabeça e depois, com muita paciência, sem prestar atenção à dor, aproximou um dos pulsos da boca e começou a trabalhar com os dentes, cortando, serrando e desfiando.

Depois de conseguir arrebentar a corda, se desembaraçar das outras amarras foi coisa de um instante.

Levantou-se, esticando os membros adormecidos, correu para perto da abertura e olhou para fora.

A lua ainda não surgira, mas o céu estava esplendidamente estrelado. Rajadas de ar fresco e embalsamado com o perfume de mil flores diferentes entravam pela abertura. Nenhum ruído vinha de fora, nem se avistava nenhuma figura humana até a linha fosca do horizonte.

O prisioneiro agarrou uma das barras e a sacudiu com fúria; conseguiu curvá-la, mas não a quebrou.

— A fuga por aqui é impossível — murmurou.

Olhou em torno, procurando um objeto qualquer que pudesse ajudá-lo a arrancar a grade, mas não achou nada.

— Estou perdido — murmurou, espantado. — No entanto, não posso morrer, não quero ser enterrado em uma tumba logo agora que a felicidade está tão próxima.

Aproximou-se da porta, mas parou de chofre. Um miado surdo que vinha de fora chegou repentinamente até ele.

Girou a cabeça, olhando para a abertura, e viu que ela estava ocupada por uma massa escura, no meio da qual brilhavam dois pontos luminosos e esverdeados.

Uma esperança atravessou o seu cérebro.

— Darma!... Darma!... — murmurou com voz trêmula pela emoção.

O tigre emitiu um segundo resmungo, sacudindo a grade de ferro.

O prisioneiro correu para a abertura, agarrando as patas do fiel animal.

— Estou salvo! — exclamou ele. — Meu bravo Darma, eu sabia que você viria procurar o seu dono. Agora não receio mais o capitão, nem o seu sargento.

Saiu de perto da abertura e correu para um canto, onde vira um pedaço de papel. Esticou-o com cuidado, mordeu um dedo para deixar saírem algumas gotas de sangue e, com uma farpa arrancada da estaca, escreveu rapidamente, e da melhor forma que as trevas permitiam, as seguintes palavras:

Fui traído e trancado na prisão de Negapatnan. Venham me socorrer depressa ou tudo estará perdido.

Tremal-Naik

Enrolou o papel, voltou para a abertura e o amarrou no pescoço do tigre com um barbante.

— Corra, Darma, volte até os tugues — disse. — O seu dono está correndo um grande perigo.

A fera sacudiu a cabeça e partiu com a rapidez de uma flecha.

— Vá — dizia o indiano, enquanto a acompanhava com os olhos. — Eles vão entender o perigo que estou correndo e virão me salvar. Ou pelo menos providenciarão os meios para a minha fuga.

Uma longa hora passou. Tremal-Naik, convulsivamente agarrado às barras, esperava a resposta na maior ansiedade, tomado por milhares de preocupações.

De repente, no fundo da planície, avistou o tigre que se aproximava a saltos gigantescos.

— E se o virem? — murmurou, estremecendo.

Por sorte, Darma conseguiu chegar até a abertura sem ser descoberto pelos sentinelas. Trazia no pescoço um grande pacote que Tremal-Naik conseguiu fazer passar entre as barras com uma dificuldade enorme.

Abriu-o. Continha uma carta, um revólver, um punhal, munição, um laço e dois maços de flores cuidadosamente fechados em dois frascos de cristal.

— O que significam estas flores? — perguntou surpreso.

Abriu a carta, foi para baixo de um raio de lua que entrava pela abertura e leu:

> *Estamos cercados por algumas companhias de* cipais, *mas um dos nossos está seguindo o Darma. Grandes perigos nos ameaçam e é preciso que você fuja.*
>
> *Com estas armas, vão dois maços de flores. As brancas provocam sono, as vermelhas combatem a eficácia das brancas.*
>
> *Faça o sentinela dormir e mantenha as brancas bem próximas a você. Assim que estiver livre, tome a casa de assalto e corte a cabeça do capitão.*
>
> *Nagor vai avisar quando estiver chegando com um assobio baixo e vai dar uma mão a você. Ande rápido.*
>
> *Kougli*

Talvez uma outra pessoa ficasse assustada ao ler aquela carta, mas não Tremal-Naik. Naquele momento supremo, estava se sentindo tão forte que poderia tomar a casa de assalto, mesmo sem a ajuda de Nagor.

— O amor vai me dar a força e a coragem para realizar o milagre — dissera ele.

Escondeu as armas e a munição embaixo de um monte de terra e voltou até a abertura.

— Vá embora, Darma — disse. — Você está correndo um grande perigo.

O tigre se distanciou, mas ainda não dera vinte passos quando se ouviu um dos sentinelas gritar:

— O tigre!... O tigre!...

E logo em seguida um tiro de fuzil.

Outra detonação ressoou, mas o corajoso animal aumentara a velocidade da corrida e em pouco tempo estava fora de alcance.

— Ei! — exclamou uma voz que Tremal-Naik reconheceu ser a do Bhârata. — Onde está o tigre?

— Escapou — respondeu o sentinela que estava na varanda.

— Onde ele estava?

— Perto da abertura.

— Aposto cem rúpias contra uma como é amigo do Saranguy. Depressa, dois homens para o porão ou o patife vai fugir.

Tremal-Naik ouvira tudo. Pegou os dois frascos, jogou as flores brancas no canto mais escuro, escondeu as vermelhas junto ao peito e se estendeu perto da estaca, acomodando e apertando as cordas em torno do corpo da melhor maneira que pôde.

Foi bem a tempo. Dois *cipais* armados e munidos de uma tocha resinosa entraram.

— Ah! — exclamou um deles. — Você ainda está aí, Saranguy?

— Feche o bico que eu quero dormir — disse Tremal-Naik, fingindo estar de mau humor.

— Pode dormir, meu caro, e com toda a tranquilidade, pois estamos vigiando.

Tremal-Naik ergueu os ombros, se apoiou na estaca e fechou os olhos. Os dois *cipais* colocaram o archote em uma rachadura da parede e sentaram no chão com as carabinas entre os joelhos.

Apenas alguns minutos haviam transcorrido quando Tremal-Naik sentiu um perfume profundo que chegava a deixá-lo tonto, apesar das flores vermelhas que exalavam um perfume bastante especial e tão forte quanto o outro.

Olhou para os dois *cipais*: estavam bocejando tanto que parecia que iam deslocar o queixo.

— Você não está sentindo nada? — perguntou o soldado mais jovem, depois de algum tempo.

— Estou — respondeu o companheiro. — Parece que eu estou...

— Bêbado, você ia dizer?

— Exatamente isso, e também uma vontade irresistível de fechar os olhos.

— De onde vem isso?

— Não tenho ideia.

— Será que tem alguma mancinela perto de nós?

— Não vi nada parecido no parque.

A conversa acabou ali. Tremal-Naik, que estava atento, viu os olhos deles irem se fechando aos poucos, abrirem de novo três ou quatro vezes, e depois fecharem de vez. Eles ainda lutaram contra o sono por alguns minutos, mas no fim caíram pesadamente no chão, roncando alto.

Era o momento de agir. Tremal-Naik tirou as cordas de cima do corpo e se ergueu em silêncio.

— A liberdade!... — exclamou.

Foi buscar as armas, amarrou com força os dois homens adormecidos e correu para a escada.

24. As revelações do sargento

NÃO HAVIA NENHUM SENTINELA no patamar.

Tremal-Naik, ainda trêmulo de ansiedade, mas decidido a tudo para reconquistar a liberdade, subiu em silêncio os degraus e chegou a uma saleta escura e deserta.

Parou por um momento, escutando com profunda concentração, empunhou o revólver e devagar chegou à porta, esticando a cabeça com cuidado.

— Ninguém aqui — murmurou.

Abriu uma segunda porta, percorreu um corredor longo e muito escuro e entrou em um terceiro salão.

Era enorme. Uma luz brilhava no fundo, espalhando um clarão fraco sobre uma dúzia de camas, nas quais roncavam sonoramente mais homens.

— Os *cipais*! — murmurou Tremal-Naik, se detendo.

Estava prestes a voltar atrás quando ouviu no corredor um passo cadenciado e um tilintar que parecia ser produzido por esporas. O homem estava se aproximando; Tremal-Naik percebeu que ele parava por um momento e depois seguia adiante.

— E se for o capitão! — exclamou.

Saiu da sala e voltou ao corredor. Avistou no fundo uma sombra quase invisível, que já ia desaparecendo, e ouviu o tilintar das esporas. Pegou novamente o revólver e foi atrás, resolvido a alcançá-la.

Subiu uma escadaria e chegou a um segundo corredor, caminhando na ponta dos pés. O homem que ia à frente parou; ouviu uma chave girar em uma fechadura, viu que ele abriu uma porta e desapareceu.

Alongou o passo e parou na frente da mesma porta, que ainda não fora trancada.

Um candeeiro iluminava fracamente o salão. Sentado diante de uma mesa, à sombra de uma coluna, havia um homem que ele não conseguiu reconhecer. Achou que podia ser o capitão MacPherson. Àquela suspeita, sem saber bem por que, sentiu os membros tremerem e uma vaga inquietação tomou conta dele. Era como se tivesse levado uma punhalada no coração.

— É estranho — pensou ele. — Será que estou com medo?

Empurrou de leve a porta, que se abriu sem fazer ruído, e entrou, se movimentando a passos de tigre em direção à mesa. Embora seus passos fossem silenciosos, foram percebidos por aquele homem, que se ergueu bruscamente,

— Bhârata! — exclamou Tremal-Naik. — Ah!...

Apontou depressa o revólver para ele.

— Nem um grito, nem um passo — disse — ou você está morto!

O indiano, ao ver o prisioneiro diante de si, fazendo mira em sua cabeça, fizera um movimento para tentar pegar as pistolas que deixara em uma cadeira. Ao ouvir a intimação brutal, feita em um tom que não deixava margem para dúvidas, parou, rangendo os dentes como uma pantera presa no laço.

— Você!... Saranguy! — exclamou, arranhando a mesa com as unhas.

— Não exatamente Saranguy, mas, sim, Tremal-Naik, o *caçador de serpentes* da selva negra — respondeu o indiano sem abaixar a arma.

Bhârata olhou para ele, mais surpreso do que amedrontado.

— Mas como você conseguiu chegar até aqui? — perguntou.

— É um segredo meu. Não é fácil manter um tugue prisioneiro.

— Então eu não estava errado?

— Parece que não.

— E o que veio fazer aqui?

— Matar você.

Embora fosse corajoso, Bhârata ficou assustado.

— Ah! — exclamou com os dentes cerrados. — Você está aqui para me assassinar.

— Talvez.

— Existe alguma maneira de eu salvar a minha vida?

— Existe.

— Fale qual é.

— Sente e vamos conversar.

Bhârata obedeceu. Tremal-Naik se apoderou de todas as armas, fechou a porta à chave e sentou em frente ao sargento, dizendo:

— Vou avisando que o primeiro grito que der vai custar a sua vida. Tenho seis tiros para mandar você ao encontro de Brama ou Vixnu.

— Fale — repetiu o sargento, que começava a recuperar o sangue frio.

— Tenho que cumprir uma missão medonha.

— Não estou entendendo.

— Jurei aos tugues que mataria o capitão MacPherson.

Tremal-Naik olhou para Bhârata tentando ver que impressão aquelas palavras causariam nele, mas a expressão do indiano continuou impassível.

— Você entendeu, Bhârata? — perguntou.

— Perfeitamente.

— E então?

— Vá em frente.

— Preciso levar comigo a cabeça do capitão MacPherson.

O sargento irrompeu em uma explosão de riso.

— Seu idiota, então não sabe que o capitão não está mais aqui?

Tremal-Naik se levantou.

— O capitão não está mais aqui? — exclamou, desesperado. — Aonde ele foi?

— Não vou dizer.

— Mas então você ainda não entendeu que eu jurei levar a cabeça dele aos tugues?

— Eles vão ter que se conformar com menos.

— Não, Bhârata, não!... Eu tenho que cumprir a minha missão! Onde está o capitão?... Vou descobrir, nem que tenha que revistar toda a Índia, do Himalaia ao cabo Comorin.

— Com certeza não vou ser eu quem vai dizer onde ele está.

— Ah!... — exclamou Tremal-Naik. — Então você sabe?

— Claro que sei.

Tremal-Naik ergueu o revólver, mirando a testa do indiano.

— Bhârata — disse ele com voz irada. — Fale!

— Pode me matar, mas da minha boca não vai sair uma palavra. Sou um *cipai*.

— Cuidado, Bhârata, uma vez descido à tumba, não há como voltar.

— Pode me matar, se você quiser.

— É a sua última palavra?

— É.

Tremal-Naik esticara o braço armado. O cano estava a poucos passos da testa do sargento e ele estava prestes a dar o tiro, quando ouviu um assobio ecoar do lado de fora e ser repetido três vezes.

— Nagor — exclamou Tremal-Naik, reconhecendo o sinal dos tugues.

Pôs o revolver de volta no cinto, agarrou Bhârata, tapando sua boca com uma mão, e o derrubou no chão.

— Não faça um gesto — disse — ou vou matar você mesmo.

Amarrou-o solidamente com uma corda, colocou uma mordaça e depois correu até uma janela, levantou a persiana e respondeu ao sinal com três assobios diferentes.

De trás de um arbusto surgiu uma forma humana, que rastejou devagar em direção ao bangalô. Parou bem embaixo da janela, erguendo a cabeça.

— Nagor! — sussurrou Tremal-Naik.

— Quem está aí? — perguntou o tugue, depois de alguns instantes de hesitação.

— Tremal-Naik.

— Posso subir?

Tremal-Naik olhou para a direita e para a esquerda e aguçou os ouvidos.

— Suba — disse a seguir.

O tugue jogou o laço, que se prendeu a um gancho da janela, e com um salto chegou ao peitoril.

Era um homem bem jovem, com pouco mais de vinte anos, alto, magro, dotado de uma agilidade extraordinária e, pelo que parecia, de uma coragem a toda prova. Estava quase nu, recentemente untado de óleo de coco, tatuado como os outros sectários e armado com um punhal.

— Está livre? — perguntou ele.

— Como pode ver — respondeu Tremal-Naik.

— E os *cipais*?

— Estão dormindo.

— O capitão?

— Aquele indiano me disse que ele não está mais aqui.

— Será que desconfiou de alguma coisa? — perguntou o tugue, com os dentes cerrados.

— Acho que não.

— Temos que saber aonde ele foi. O *Filho das águas sagradas do Ganges* quer a cabeça dele.

— O sargento não quer falar.

216

— Mas vai falar, você vai ver.

— Agora que estou lembrando, esses homens me fizeram engolir uma bebida que me deixou embriagado e me fez falar.

— Alguma limonada, com certeza — disse o tugue, sorrindo.

— Isso mesmo, uma limonada.

— Vamos fazer o sargento beber uma também.

Saltou para o quarto, deu uma olhada em Bhârata que esperava o seu destino tranquilamente, pegou um copo cheio de água e preparou a mesma limonada que o capitão MacPherson fizera Tremal-Naik beber.

— Engula esta bebida — disse ele ao sargento, depois de ter retirado a mordaça.

— Nunca! — respondeu Bhârata, que já adivinhara do que se tratava.

O tugue tampou com força o nariz do sargento. Para não morrer asfixiado, ele foi obrigado a abrir a boca. Bastou aquele momento para que a limonada fosse derramada em sua garganta.

— Agora vamos saber de tudo — disse Nagor a Tremal-Naik.

— Você tem medo dos *cipais*? — perguntou o *caçador de serpentes*.

— Eu! — exclamou o tugue, rindo.

— Então vá para a frente da porta e atire no primeiro homem que tentar subir a escada.

— Conte comigo, Tremal-Naik, ninguém vai interromper o interrogatório.

O tugue pegou um par de pistolas, olhou para ver se estavam carregadas e saiu, ficando de guarda diante da porta.

Naquele momento, o sargento começava a rir e a falar sem parar nem por um instante.

Surpreso, Tremal-Naik escutava aquela torrente de palavras e captou no ar o nome do capitão MacPherson.

— Bravo sargento — disse ele. — Onde está o capitão?

Ao ouvir aquela voz, Bhârata parou de falar. Olhou para Tremal-Naik com olhos cintilantes e perguntou:

— Quem está falando comigo?... Parece que ouvi a voz de um tugue... Ah!... Ah!... Em breve não haverá mais tugues. Foi o capitão que disse... E o capitão é um homem de palavra... Um grande homem, que não tem medo de nada. Vai atacá-los no próprio covil... Destruirá todos eles com as bombas... Vai ser uma beleza vê-los tentando fugir com a água nos calcanhares... Ah!... Ah!... Ah!

— E você vai até lá para assistir? — perguntou Tremal-Naik, que não perdia uma palavra.

— Claro que vou, e você também vai!... Ah!... Ah!... será um espetáculo fantástico.

— E você sabe onde fica o covil deles?

— Claro que sei. Saranguy nos contou.

— Ah!... Miseráveis!... — exclamou Tremal-Naik — mas eu também vou descobrir algumas coisas com você.

— Ele bebeu a limonada — recomeçou o sargento — e contou tudo.

— E o capitão estava lá quando Saranguy falou? — perguntou Tremal-Naik, estremecendo.

— Claro que sim, e partiu na hora para pegá-los de surpresa no covil.

— Foi a Raimangal, talvez?

— Não, não! — exclamou vivamente o sargento. — Os tugues são fortes e são necessários muitos homens para derrotá-los.

— Ele foi a Calcutá?

— Foi , foi a Calcutá, ao forte William!... E vai armar um navio... E vai embarcar muita gente... E muitos canhões... Ah!... Ah!... Que espetáculo maravilhoso.

O sargento se calou. Os seus olhos estavam fechando e abrindo, mas voltavam a fechar, apesar dos esforços para mantê-los abertos. Tremal-Naik percebeu que o ópio aos poucos estava fazendo efeito.

— Já sei o que eu queria saber — murmurou. — E agora, para Raimangal.

25. Sítiados

NEM BEM TERMINARA DE FALAR quando ecoaram no corredor de baixo dois tiros de arma de fogo, seguidos, imediatamente depois, do urro de um homem morrendo. Sem pensar no perigo ao qual estava se expondo, Tremal-Naik avançou depressa para fora da porta, dando saltos de tigre e gritando:

— Nagor! Nagor!

Ninguém respondeu ao seu chamado. O estrangulador, que poucos minutos atrás estava de guarda diante da porta, não se encontrava mais lá. Aonde fora ele? O que acontecera?

Tremal-Naik, preocupado, mas decidido a salvar o companheiro, correu para a escada. Um homem, um *cipai*, jazia no meio do corredor, se contorcendo nos últimos estertores. Do seu peito saía um rio de sangue, que formava uma poça no chão e ia aumentando aos poucos.

— Nagor! — repetiu Tremal-Naik.

Três homens apareceram no fundo do corredor e correram para a porta do salão. Quase no mesmo instante se ouviu a voz de Nagor, gritando:

— Socorro! Estão arrombando a porta!

Tremal-Naik desceu precipitadamente a escada e deu dois tiros com o revólver, um após o outro. Os três indianos que vinham correndo desataram a fugir.

— Nagor, onde está você? — perguntou o *caçador de serpentes*.

— Aqui, no salão — respondeu o tugue. — Derrube a porta, eles me trancaram aqui dentro.

Com um furioso golpe do ombro, Tremal-Naik arrebentou a madeira. O estrangulador, contundido e ensanguentado, correu para fora da prisão.

— O que é que você fez? — perguntou Tremal-Naik.

— Fuja, fuja! — gritou Nagor. — Está cheio de *cipais* correndo em nossos calcanhares.

Os dois indianos subiram novamente a escada e correram para o quarto do sargento. No corredor, retumbaram três ou quatro tiros de fuzil.

— Vamos pular a janela — gritou Nagor.

— Agora é tarde demais — disse Tremal-Naik, inclinado sobre o peitoril.

Dois *cipais* já estavam de emboscada a duzentos metros do bangalô. Ao verem os dois indianos, apontaram as carabinas e abriram fogo, mas as balas só atingiram as esteiras de palha de coco.

— Estamos presos — disse Tremal-Naik. — Vamos fazer uma barricada na porta.

Por sorte, era uma porta bem grossa e equipada com trancas sólidas. Em poucos instantes, os dois indianos empilharam todos os móveis atrás dela.

— Carregue as suas pistolas — disse Tremal-Naik a Nagor. — Vão nos atacar daqui a pouco.

— Você acha?

— Os *cipais* sabem que somos só dois. Mas o que você andou fazendo? O que foi todo aquele estardalhaço?

— Eu obedeci às suas instruções — disse o estrangulador. — Quando vi os dois *cipais* vindo pelo corredor, disparei e derrubei um deles; o outro fugiu para o salão e eu fui atrás, mas acabei caindo. Quando me levantei, encontrei a porta fechada. Se não fosse você, ainda estaria preso.

— Você fez mal em disparar tão rápido. Agora não sei como as coisas vão acabar.

— Temos que ficar por aqui.

— E enquanto isso Raimangal vai cair.

— Quem disse isso?

— O sargento.

— E onde está ele?

— Dormindo ali.

— Ele disse que Raimangal está ameaçada? Talvez seja uma brincadeira.

— É a pura verdade. Os ingleses descobriram onde fica o seu covil.

— Impossível!

— O capitão MacPherson está no forte William, preparando uma expedição para atacar Raimangal.

— Mas então estamos correndo um sério perigo!

— Com certeza.

— Temos que chegar até esse maldito e matá-lo.

— Sei disso.

— Isso é uma tarefa sua.

— Também sei disso.

— Se não o matar, a *Virgem do templo sagrado* nunca será a sua esposa.

— Quieto, não fale no nome dela — disse Tremal-Naik com voz surda.

— O que você pretende fazer?

— Sair daqui e ir ao forte William.

— Mas estamos cercados.

— Estou vendo.

— E o que vamos fazer?

— Fugir.

— Quando?

— Esta noite.

— Como?

— Isso é problema meu.

— Quantos homens estão no bangalô?

— Havia dezessete ou dezoito. Mas...

Pegou uma das mãos do tugue e apertou com força.

— Você ouviu? — perguntou, indicando a porta.

— Ouvi — disse o tugue. — Tem alguém andando no corredor.

— São os *cipais*.

— Será que vão tentar nos atacar?

As tábuas do corredor estavam gemendo, sinal seguro de que alguém estava andando sobre elas. Pouco depois, bateram à porta.

— Quem vive? — perguntou Tremal-Naik.

— Um tugue — respondeu uma voz.

— Estão tentando nos enganar — murmurou Tremal-Naik no ouvido de Nagor.

— Abra depressa, estou sendo seguido — retomou a mesma voz.

— Quem é o seu chefe? — perguntou Tremal-Naik.

— Kali.

— Você é um *cipai*. Temos cem tiros para disparar; se você não for embora, é um homem morto.

As tábuas do corredor gemeram com mais força do que antes.

— Eles estão com medo — disse Tremal-Naik. — Por enquanto, não vão tentar nada contra nós.

— Mas vamos continuar presos aqui — respondeu Nagor, ficando mais preocupado.

— Esta noite nós vamos fugir, eu já disse.

— Silêncio!

Um tiro de carabina ressoou no quintal, seguido pelo grito:

— O tigre!... O tigre!...

Tremal-Naik correu para a janela e olhou para fora. Os dois *cipais* que estavam de emboscada atrás de um arbusto haviam ficado de pé, com as carabinas na mão, e davam gritos de pavor.

Diante deles, a cerca de duzentos passos, resmungava um enorme tigre.

— Darma! — gritou Tremal-Naik.

O tigre deu um salto de vários metros, ameaçando atacar os dois *cipais* que o tinham na mira.

— Fuja, Darma! — ordenou o *caçador de serpentes*, vendo que outros *cipais* vinham correndo para ajudar os companheiros.

O inteligente animal hesitou, como se compreendesse o perigo que o seu dono estava correndo, depois foi embora com a velocidade de um raio.

— Bravo animal — disse Nagor.

— É mesmo, bravo e fiel — acrescentou Tremal-Naik — e esta noite ele vai nos ajudar a fugir.

Voltaram para trás da barricada e esperaram pacientemente a noite cair.

Durante o dia, os *cipais* se aproximaram da porta várias vezes, tentando forçá-la, mas um tiro de revólver bastava para colocá-los em fuga.

Às oito horas o sol se pôs. Houve um rápido crepúsculo, depois as sombras caíram depressa. A lua só deveria surgir em algumas horas.

Por volta das onze, Tremal-Naik mostrou o rosto à janela e avistou confusamente os dois *cipais*. Procurou o tigre, mas não o viu.

— Nós vamos embora? — perguntou Nagor.

— Vamos.

— Por onde vamos sair?

— Pela janela. Ela só tem quatro metros de altura e o chão não é muito duro.

— E os *cipais*? — disse ele. — Assim que saltarmos eles vão vir para cima de nós.

— Primeiro vamos fazer que eles descarreguem as armas.

— Como?

— Você vai ver.

Tremal-Naik pegou os tapetes, todas as roupas que foi capaz de encontrar, os travesseiros que estavam nas camas e preparou um fantoche do tamanho de um homem.

— Você está pronto? — perguntou a Nagor.

— Salto da janela assim que você quiser. E o sargento?

— Está dormindo e nós o deixaremos aqui. Preste atenção agora: os dois *cipais* estão a cinquenta passos de nós.

— Eu sei disso.

— Vou baixar o fantoche. Os dois *cipais* sem dúvida vão achar que é um de nós e descarregarão as carabinas.

— Ótima ideia.

— Enquanto isso nós aproveitamos para pular a janela e fugir. Entendeu tudo?

— Você é um homem corajoso e inteligente — disse Nagor. — Com um homem desses, é possível fazer qualquer coisa. É uma pena que você não seja um tugue.

— Prepare-se para saltar.

Pegou o laço e baixou o fantoche pela janela, fazendo-o balançar. Os dois *cipais* abriram fogo, gritando:

— Alerta!...

Tremal-Naik e Nagor se jogaram da janela com os revólveres em punho. Caíram, se levantaram e fugiram correndo, rápidos como duas flechas.

— Siga-me — disse Tremal-Naik, redobrando a velocidade.

Ouviram os sentinelas atrás deles dando o alarme; alguns tiros de fuzil foram disparados, mas não acertaram o alvo.

Tremal-Naik entrou como uma bomba em uma cerca. Havia um cavalo estendido no chão. Com um soco, ele o fez ficar de pé.

— Suba na garupa — gritou para o tugue.

Os dois fugitivos pularam para o dorso do animal, apertaram os joelhos, agarraram a crina e dirigiram o cavalo através da planície.

— Aonde vamos — perguntou Nagor.

— Procurar Kougli — respondeu Tremal-Naik, esporeando os flancos do cavalo com a coronha do revólver.

— Vamos acabar caindo no meio dos *cipais*!

— Será que o Kougli está cercado?

— Quando eu saí de lá, vi *cipais* no bosque.

— Então vamos com cuidado. Mantenha as armas preparadas.

O cavalo, um belo animal de pelos negros, fendia o espaço, saltando valos e arbustos, apesar de estar carregando uma carga dupla.

O bangalô já desaparecera na escuridão e a floresta começava a aparecer, quando uma voz gritou do meio de um bambuzal:

— Ei!... Alto!...

Os dois fugitivos viraram, empunhando as armas.

A lua que surgia naquele momento mostrou a eles uma dezena de homens estendidos no chão, apontando as carabinas para o cavalo.

— Use as esporas! — gritou Nagor.

Um grande raio vermelho rompeu as trevas, seguido de várias detonações, às quais responderam os tiros secos dos revólveres.

O cavalo deu um salto para frente, depois emitiu um relincho sufocado e caiu, arrastando para o chão os dois cavaleiros.

Os *cipais* se aventuraram para fora da mata, dando berros de alegria que, de repente, se transformaram em gritos de terror.

Uma sombra gigantesca saltara de um grupo de bambus, soltando um rugido rouco. O comandante dos *cipais* foi jogado ao chão com um golpe das garras.

— Darma! — gritou Tremal-Naik, enquanto se levantava depressa.

— O tigre!... O tigre!... — urravam os *cipais*, fugindo em todas as direções.

O esperto animal, em poucos saltos, se aproximou do dono.

— Muito bem, Darma — disse ele, acariciando afetuosamente aquela fera inteligentíssima. — Você nunca me abandona.

— Temos que nos apressar, Tremal-Naik — sugeriu Nagor. — Os ares daqui não estão muito favoráveis para nós. Os *cipais* não devem demorar a voltar.

Os dois indianos se jogaram no meio do bosque, arrebentando os arbustos que impediam a passagem e olhando em torno, com medo de cair em alguma armadilha.

Depois de meia hora de corrida desenfreada, eles chegaram à cabana habitada pelos tugues.

Nagor parou do lado de fora com o tigre e Tremal-Naik entrou. Kougli estava estendido no chão, ocupado em decifrar algumas palavras em sânscrito. Assim que o viu, ficou em pé de um salto e foi ao seu encontro.

— Você está livre! — exclamou, sem dissimular a surpresa e a alegria.

— Como você pode ver — disse Tremal-Naik.

— E o Nagor?

— Está esperando lá fora!

— Dê-me a cabeça.

— Que cabeça?

— A do capitão MacPherson.

— Fomos derrotados, Kougli.

O indiano deu três passos para trás.

— Derrotados? O que você está querendo dizer com isso? — perguntou.

— Estou dizendo que o capitão MacPherson ainda está vivo.

— Vivo!...

— Não consegui matá-lo.

— Por quê?

— Ele foi embora do bangalô sem que eu ficasse sabendo.

— E aonde foi?

— A Calcutá.

— Fazer o quê?

Tremal-Naik não respondeu.

— Fale!

— O capitão está se preparando para atacar o covil dos tugues. Ele sabe que a sua sede fica em Raimangal.

Kougli olhou para ele aterrorizado.

— Mas você deve estar louco! — exclamou.

— Não, eu não estou louco.

— Mas quem nos traiu?

— Eu.

— Você!... Você!...

O estrangulador se arremessou para cima de Tremal-Naik com o punhal na mão. O *caçador de serpentes*, rápido como um raio, agarrou a mão dele e torceu o pulso com tanta violência que os ossos estalaram.

— Não banque o louco, Kougli — disse ele, com uma raiva mal contida.

— Mas então fale, indiano maldito, fale! — urrou o estrangulador. — Por que você nos traiu? Você não sabia que a sua Ada continua nas nossas mãos? Não sabia que as chamas ainda estão esperando por ela?

— Sei muito bem — disse Tremal-Naik, irado.

— E então?

— Foi uma traição involuntária. Eles me fizeram beber a *youma*.

— A *youma*?

— É.

— E você falou.

— Alguém resiste à *youma?*

— Conte o que aconteceu com você.

Em poucas palavras, Tremal-Naik narrou o que acontecera no bangalô.

— Você fez muita coisa — disse Kougli — mas a sua missão ainda não acabou.

— Sei disso — falou Tremal-Naik, suspirando.

— Por que está suspirando?

— Por quê?... E você ainda pergunta?... Eu não nasci para assassinar pessoas de uma forma tão vil. É horrível, sabe, o que devo fazer é monstruoso!...

Kougli deu de ombros.

— Você não sabe o que significa o ódio — disse.

— Sei muito bem, não se iluda, Kougli! — exclamou Tremal-Naik com um tom selvagem. — Se você soubesse como eu odeio vocês!

— Cuidado, Tremal-Naik!... A sua noiva está nas nossas mãos.

O infeliz inclinou a cabeça para o peito e sufocou um soluço.

— Vamos voltar ao capitão — disse o estrangulador.

— Fale, o que eu tenho que fazer?

— Antes de mais nada, você precisa impedir que o maldito vá a Raimangal. Se ele chegar ao nosso covil, a sua Ada está perdida.

— Então é uma outra condenação que me cabe? — perguntou Tremal-Naik com amargura. — Você não tem a menor piedade?

— Não é uma condenação. Ai de nós se aquele homem desembarcar em Raimangal.

— O que eu tenho que fazer?

Kougli não respondeu. Pusera a cabeça entre as mãos e estava pensando.

— Já sei — disse de repente.

— Descobriu uma maneira?

— Acho que sim.

— Diga qual é.

— Com certeza o capitão vai escolher o caminho do rio para chegar a Raimangal.

— É bem provável.

— Em Calcutá e no forte William temos gente infiltrada no exército e nos navios de guerra dos ingleses. Um deles ocupa uma posição muito importante.

— E daí?

— Vamos levar você ao forte William, onde será ajudado por um dos nossos sectários a embarcar no navio.

— Eu?

— Está com medo?

— Tremal-Naik nunca soube o que é o medo. Mas você acha que o capitão não vai me reconhecer?

Um sorriso aflorou os lábios de Kougli.

— Um indiano pode se transformar em um malaio ou em um birmanês.

— Isso é o suficiente. Quando eu devo partir?

— Logo, ou vai chegar tarde demais.

— O caminho para o rio está livre?

— Está. Os *cipais* que estavam fazendo o cerco a nós foram escorraçados do bosque.

Kougli encostou os dedos na boca e assobiou.

Um tugue veio correndo.

— Quero que seis homens, com muito boa vontade e coragem comprovada, se preparem para partir. A baleeira continua na margem?

— Continua — respondeu o tugue.

— Vá logo.

Kougli retirou do dedo um anel de ouro, moldado com formato especial, contendo um pequeno escudo sobre o qual se via recortada a misteriosa serpente, e o estendeu a Tremal-Naik.

— Basta que você o apresente a um dos nossos — disse ele. — Todos os tugues de Calcutá vão estar à sua disposição.

Tremal-Naik enfiou o anel em um dedo da mão direita.

— Você tem mais alguma coisa para me dizer? — perguntou.

— Apenas que continuamos tomando conta da sua Ada.

— E o que mais?

— Que, se você nos trair, ela vai para o fogo.

Tremal-Naik o encarou com um olhar nebuloso.

— Adeus — disse bruscamente.

Saiu e se aproximou de Darma, que olhava para ele com ansiedade, como se já adivinhasse que o dono ia abandoná-lo outra vez.

— Meu pobre amigo — disse ele, como uma voz triste e ao mesmo tempo emocionada. — Vamos nos rever, não tenha medo, Darma. Nagor vai cuidar de você.

Virou a cabeça para o outro lado e foi em direção aos tugues.

— Levem-me até o barco — ordenou.

Os sete homens se colocaram em fila indiana e entraram na floresta, mantendo os fuzis embaixo do braço, prontos para usar ao primeiro sinal de alarme.

Às duas horas da manhã, chegaram à margem do rio, mais precisamente a uma pequena enseada, na qual se avistava uma embarcação delgada, uma espécie de baleeira, escondida sob um monte de bambus.

Os remos estavam colocados e também já havia um mastro equipado com uma pequena vela. Só faltava embarcar.

— Não estão vendo ninguém? — perguntou Tremal-Naik.

— Ninguém — responderam os tugues.

— Embarquem.

Os sete homens subiram a bordo e se puseram ao largo.

26. A fragata

O RIO HUGLY, CUJAS ÁGUAS TÊM a fama de serem sagradas pela população da alta Índia, que costuma fazer peregrinações constantes para jogar as cinzas dos mortos ou para se banhar nelas, é um dos rios mais importantes da grande península asiática. O seu comprimento não ultrapassa cinquenta léguas, sendo formado pela união dos rios Cossimbazar e Djellinghey, os dois braços mais ocidentais do Ganges, mas a massa de água é considerável, engrossada à direita pelo Dorumoudah, pelo Roupnaram, pelo Tingorilly e pelo Hidiely.

Nesse braço do Ganges reina uma atividade extraordinária e febril, que chega a igualar a dos rios gigantescos da América setentrional.

Aproveitando a maré alta, que é fortemente percebida, os navios provenientes de todos os portos do globo sobem esse rio, parando ou em Calcutá, ou em Chandernagor, ou em Hougly, as três cidades mais importantes encontradas em suas margens.

Barcos a vapor, barcaças *brick*, bergantins, goletas e corvetas se encontram por toda parte ao longo do seu curso. Isso sem falar nas pinassas, nos *poular*, nos *bangle*, nos *mur-punky*, nos *fylt'sciarra*, nos *gonga* e em todos os outros barcos maiores ou menores construídos pelos indianos, que podem ser contados aos milhares e que se cruzam em todas as direções.

No momento em que a baleeira se soltava da margem, poucos barcos navegavam na corrente e eram quase todos provenientes do sul, ou seja, do mar. Do norte, ao contrário, desciam montes de cadáveres, que flutuavam caprichosamente à deriva, indo encalhar nas numerosas ilhas e ilhotas, ou nas margens, onde iam parar entre os dentes dos tigres e dos chacais, sempre prontos a participar daqueles gigantescos banquetes que a superstição indiana oferece de graça.

— Animo — disse Tremal-Naik a um dos tugues. — Tenho que chegar ao forte antes que a expedição se ponha ao largo. Se chegarmos tarde demais, Raimangal está acabada.

— Deixe conosco — respondeu o homem que parecia ser o chefe daqueles tugues. — Nós vamos chegar a tempo.

— Qual a distância daqui até o forte?

— Menos de dez léguas.

— E quando você acha que a expedição deve partir?

— Na maré alta, com certeza. Em meia hora ela vai começar a subir e nós vamos navegar mais depressa do que um navio a vapor.

Os tugues, rapazes robustos e acostumados a qualquer tipo de esforço, habituados a remar desde a infância, se acomodaram nos bancos e começaram a remar no mesmo ritmo, com golpes secos e vigorosos.

A baleeira, uma embarcação sólida e bonita, construída com a finalidade principal de correr, não tardou a deslizar com uma velocidade fantástica, tocando apenas de leve a água, cuja corrente ameaçava parar com a chegada da próxima maré, que vinha subindo com uma fúria que frequentemente causava um aumento do nível superior a um metro e meio, em Calcutá.

A noite estava muito clara, iluminada por uma lua maravilhosa, e o ar doce era refrescado de vez em quando por uma pequena brisa que descia do alto curso do rio.

As margens, visíveis como se fosse pleno dia, muitas vezes apresentavam vistas muito bonitas, bastante comuns nos rios indianos.

Ora eram bosques magníficos de palmeiras, de coqueiros com aspecto majestoso e as longas folhas dispostas no alto, e de mangueiras, estreitadas de mil formas diferentes por aqueles estranhos cipós chamados cálamos, que frequentemente chegam a alcançar o comprimento de cento e cinquenta metros. Ora eram campos ilimitados de mostardeiras-brancas, cujas flores amarelas se destacavam com facilidade sob os raios prateados do astro noturno; ou então, plantações de anileiras, de açafrão, de gergelim, de jalapas-da-índia, ou trechos imensos de bambus gigantescos, em meio aos quais iam e vinham bandos de búfalos selvagens, animais verdadeiramente assustadores, mais temidos do que os tigres, e que não hesitam em atacar até mesmo um regimento de homens armados.

Algumas vezes, surgiam vilarejos miseráveis, sufocados em uma densa vegetação, ou então cercados de arrozais, fechados entre barreiras de muitos metros de altura, destinadas a servir de anteparo para a água e muitas vezes erguidas na orla de lagoas pútridas, sobre as quais flutuava uma névoa pestilenta, impregnada de febre e de cólera.

Contudo, os elegantes bangalôs também marcavam presença. Sobre os tetos em forma de pirâmide, cochilavam bandos de cegonhas negras, de íbis castanhas e de comedores de ossos, pássaros enormes, ávidos e muito respeitados pelos indianos. Segundo a sua estranha doutrina da transmissão, eles acreditavam que nos corpos dessas aves se encontram as almas dos sacerdotes de Brama.

Meia hora já decorrera desde que a baleeira saíra da pequena enseada, quando, na margem direita, uma voz começou a gritar:

— Ei!... Alto!...

Tremal-Naik, ao ouvir aquela intimação brusca e totalmente inesperada, já que o rio estava deserto, ficou logo de pé.

— Quem é que está nos intimando a parar? — perguntou ele, olhando ao redor. — Talvez seja um dos nossos irmãos?

— Olhe lá — disse um dos remadores, apontando para a margem. — Estamos passando na frente do bangalô do capitão MacPherson.

— Será que fomos descobertos?

— Deve ser isso mesmo. Provavelmente os canalhas desconfiaram de alguma coisa e estão de olho nos barcos que sobem o rio. Você não está vendo os homens no terraço?

Tremal-Naik dirigiu o olhar para o bangalô. No terraço que dominava o rio ele avistou um grupo de pessoas. A lua fazia o cano dos fuzis brilharem.

— Ei!... parem!... — repetiu a mesma voz.

— Vamos em frente — disse Tremal-Naik. — Se quiserem nos atacar, eles que venham atrás de nós.

A baleeira, que reduzira o ritmo, continuou subindo o rio. Um clamor ensurdecedor se ergueu no terraço.

— Atirem para matar! — gritou uma voz. — Abram fogo!

— São eles! — gritou outra voz.

— Fogo, companheiros!

Três ou quatro tiros de fuzil ressoaram. Os tugues, embora já a uma distância de novecentos ou mil metros, ouviram as balas passarem assobiando por cima da embarcação.

— Ah! Bandidos! — exclamou Tremal-Naik, recolhendo a carabina.

— Cuidado! — gritou um dos tugues. — Estão se preparando para nos perseguir.

— Acho que podemos mantê-los a distância. Adrice a baleeira em direção àquele *grab* que vem descendo o rio; provavelmente está vindo de Calcutá e talvez possa nos dar notícias sobre a expedição.

— Atenção, Tremal-Naik! — gritou um dos remadores.

O indiano voltou os olhos para a pequena enseada do bangalô e avistou um *mur-punky*, com cinco ou seis *cipais* a bordo e uma meia dúzia de remadores.

— A toda velocidade! — comandou ele, montando a carabina.

A baleeira corria cada vez mais depressa; mesmo assim o *mur-punky*, comandado por homens mais hábeis, e talvez mais leves, ganhava distância rapidamente. Na proa fora erguida uma gabionada e os *cipais* estavam escondidos atrás dela, com as carabinas apontadas.

— Parem! — trovejou uma voz.

— Continuem a toda velocidade! — comandou Tremal-Naik.

Um *cipai* levantou a cabeça. Aquele breve momento foi suficiente: Tremal-Naik apontou rapidamente a arma e deixou o tiro partir. O *cipai* deu um grito, agitou as mãos no ar e caiu no fundo do barco.

— A cada um a sua sorte! — gritou tremal-Naik, pegando outra carabina.

Como resposta houve uma descarga geral. As balas cascateavam nas laterais da baleeira.

Outro *cipai* se mostrou e caiu como o primeiro.

Aquela precisão matemática assustou os *cipais* que, depois de confabularem brevemente, viraram de bordo e se dirigiram para a margem oposta.

— Fique em guarda, Tremal-Naik — disse um dos tugues. — Há vários bangalôs ingleses naquela margem.

— Que vão fornecer a eles homens e barcos — acrescentou um segundo.

— Não terão tempo para isso — disse o indiano. — Aponte a proa para o *grab*.

O navio, que descia para o mar, estava no máximo a meia milha.

Era uma daquelas embarcações indianas, construídas em Bombaim, onde, dizem, a navegação vem sendo mais aperfeiçoada do que em qualquer outro lugar da Índia desde os tempos mais remotos, e onde se encontram as árvores de teca, notáveis pela sua extrema dureza, e os salgueiros, que resistem à água por séculos.

A proa daquele *grab*, de arquitetura puramente indiana, era bastante elegante e pontuda, enfeitada com divindades e cabeças de elefante esculpidas com rara habilidade. Os três mastros cobertos de tecido, com mastaréus na ponte, se curvavam sob a fresca brisa do norte.

Em quinze minutos, a baleeira o abordava na popa de boreste. O capitão do navio se curvou sobre a extremidade lateral para saber o que estavam querendo.

— De onde vocês estão vindo? — perguntou Tremal-Naik.

— Da cidade branca — respondeu o lobo-do-mar.

— Há quanto tempo vocês passaram diante do forte William?

— Há cinco horas.

— Viram navios de guerra por lá?

— Vimos uma fragata. A *Cornwall*.

— Estava sendo carregada?

— Não, havia soldados embarcando.

— São os que vão a Raimangal — disseram os tugues.

— Vocês sabem qual o destino da *Cornwall*? — perguntou Tremal-Naik.

— Não, não sabemos — respondeu o capitão.

— As máquinas estavam funcionando?

— Estavam.

— Obrigado, capitão.

A baleeira se afastou do *grab*.

— Vocês ouviram? — perguntou Tremal-Naik com raiva.

— Ouvimos — responderam os tugues e se inclinaram para os remos.

— Temos que chegar antes que a fragata se ponha ao largo ou tudo está perdido. Arranquem! A toda velocidade.

Naquele instante, um dos tugues deu um grito triunfante.

— Ouçam! — exclamou ele.

Todos aguçaram o ouvido e retiveram a respiração. Do sul vinha um mugido surdo, anunciando uma tempestade que se aproximava.

— A maré! — gritaram os tugues.

A corrente do rio Hugly parara repentinamente. Apareceu no sul uma onda espumante, que vinha se aproximando com a velocidade de um cavalo a galope. Chegou com um mugido ameaçador, erguendo a baleeira, e passou adiante, subindo depressa na direção de Calcutá, arrastando montes de detritos, de mato e de troncos de árvores.

— Para a margem direita! — comandou o chefe dos remadores. — Em uma hora devemos chegar ao forte.

A baleeira atingiu à margem direita, onde a maré se fazia sentir mais rápida do que na esquerda, e voltou a navegar com a ajuda poderosa dos remos vigorosa e habilmente manobrados.

A aurora vinha surgindo. No oriente, uma luz, branca primeiro, depois amarela e no fim vermelha, se erguia e invadia depressa o céu. Os astros, pouco tempo antes brilhantes, iam desaparecendo, e os urros das feras se tornavam mais raros e mais abafados.

As margens daquele rio soberbo perdiam o aspecto selvagem à medida que a baleeira se aproximava de Calcutá. As grandes florestas, habitadas por numerosos bandos de tigres, de búfalos selvagens, de chacais e de serpentes e os imensos bambuzais aos poucos desapareciam para dar lugar a campos férteis, cultivados com muito cuidado, a plantações de anileiras, de algodão e de canela, a belíssimas e variadas árvores carregadas de frutas de todo tipo, a elegantes cidades e a grandes vilarejos.

Pelotões de *ungko*, macacos de peito saliente, pelo negro, castanho ou cinza e um rosto quase humano, apareciam entre as matas de árvores, balançando nos ramos, dando saltos inacreditáveis de doze e até de quinze metros; depois eram vistos bandos de *axis*, animais elegantes, parecidos com o cervo, com o pelo amarelado e salpicado de branco; daí a pouco, búfalos tranquilos que vinham beber água. E no ar, ou descansando nos tetos das cabanas, ou pousados nos ramos arqueados dos mangues, pássaros de todo tipo e tamanho, como milhafres, *gypaetus*, águias-de-asa-redonda, íbis castanhas, corvos marinhos, galeirões com penas púrpuras e azuis, marrecos brâmanes e gigantescos marabutos, alguns dos quais ocupados em fazer desaparecer os corvos impertinentes que haviam ousado disputar com eles a posse de alguma presa.

— Estamos perto de Calcutá — disse um remador depois de observar atentamente as duas margens.

Tremal-Naik, que há algumas horas vinha sendo tomado por uma impaciência febril, ao ouvir aquelas palavras, se levantou de um salto e lançou o olhar para o norte.

— Onde está ela? — perguntou. — Já está vendo?

— Ainda não, mas logo vamos ver.

— A toda velocidade!... Arranquem!...

A baleeira acelerou a corrida. Os tugues, tão impacientes quanto o seu chefe, remavam com verdadeiro furor, vergando os pangaios por causa da tração poderosa. Ninguém falava para não perder um só instante.

Às oito da manhã, um tiro de canhão ecoou no alto curso do rio.

— O que significa isso? — perguntou Tremal-Naik, com ansiedade.

— Estamos perto de Kiddepur. Algum navio de guerra está saindo e fazendo a saudação.

— Rápido!... rápido!... Podemos chegar a tempo!...

O rio começava a ficar extraordinariamente agitado. Barcos *brick*, bergantins, goletas e navios a vapor subiam e desciam a corrente em grande quantidade. Enormes *grab*, grandes *pariah* da costa do Coromandel, cuja construção barroca só permite que realizem uma viagem por ano, na época das monções favoráveis; leves *poular* de Dacca, embarcações muito rápidas, equipadas com mastros e uma grande vela quadrada; *bangle* cobertos com tetos de palha e mastros de bambus larguíssimos, além de magníficos *fylt'sciarra* de mais de cinquenta pés de comprimento, ricamente enfeitados e conduzidos por mais de trinta remadores, se cruzavam em mil direções diferentes ou estavam ancorados ao longo das margens, diante de bangalôs ou nas aldeias.

Tremal-Naik teve que usar toda a sua habilidade para não bater naquela multidão de cargueiros e de barcos que crescia sem parar, a ponto de às vezes ocupar o rio inteiro.

Os tugues continuavam remando com fúria crescente, esticando os músculos de tal forma que parecia que iam arrebentar a pele.

Às nove horas, a baleeira passou diante de Kiddepur, uma grande aldeia na margem esquerda do rio, e poucos minutos mais tarde avistaram Calcutá, a rainha de Bengala, a capital de todas as possessões inglesas da Índia, com a sua linha imponente de palácios, com os seus templos, com os seus extravagantes campanários, as suas cabanas, as suas praças e com o forte William, a maior e mais resistente fortaleza da península, que necessita de pelo menos dez mil homens para ser defendida.

Tremal-Naik ficou em pé de um salto, como se impulsionado por uma mola, e olhava com olhos estupefatos aquela aglomeração extraordinária de edificações, de jardins e de navios.

— Mas que maravilha!... — murmurou. — Nunca poderia imaginar que, a uma distância tão próxima do país dos tigres e das serpentes, pudesse surgir uma cidade tão grande assim.

Virou para um dos tugues, o mais velho deles, e perguntou:

— Você conhece a cidade?

— Conheço, Tremal-Naik — respondeu o indiano.

— Sabe qual é a minha missão?

— Kougli me disse: matar o capitão para que ele não chegue a Raimangal.

— Por onde será que anda aquele homem?

— Vamos descobrir, espero.

— Será que ele já foi embora?

— Não vimos nenhum navio de guerra descendo o Ganges — respondeu o velho. — Por isso, podemos ter certeza de que a expedição ainda não partiu.

— Você sabe se o capitão tem algum palacete em Calcutá?

— Sei, ele tem um nos arredores do forte William.

— Você já esteve lá?

— Já.

— Será que está hospedado lá?

— Vamos saber logo.

— Por quem?

— Por um dos nossos afiliados, que é quartel-mestre a bordo da *Devonshire*.

— O que é a *Devonshire*?

— É aquela canhoneira que está ancorada perto do forte William.

Tremal-Naik olhou na direção indicada e avistou a cinquenta braças do muro maciço da fortaleza uma pequena nave a vapor, de cerca de trezentas ou quatrocentas toneladas, com um casco bastante baixo e, provavelmente, com pequeno calado para poder subir com facilidade até os afluentes do Ganges.

Só tinha um mastro, situado perto da proa, e havia uma grande peça de artilharia na popa, sobre uma espécie de plataforma.

Sob a grinalda da popa, em cima de uma grande placa de metal, era possível ler o nome *Devonshire* escrito em letras douradas.

— Tem um afiliado a bordo daquele navio? — perguntou Tremal-Naik.

— Tem, como eu já disse: é o quartel-mestre Hider.

— Vamos encontrar com ele.

— Cuidado, Tremal-Naik: precisamos agir com toda a prudência.

— Ninguém nos conhece por aqui.

— Quem pode garantir isso? Deixe-me guiar você, pois sou um dos tugues mais velhos.

— Vou fazer tudo o que você mandar.

O tugue abandonou o remo por um momento e subiu no banco, olhando atentamente a ponte da canhoneira.

Havia diversos marinheiros sob a cobertura, ocupados em encerar o convés e pondo em ordem os cabos e os diversos equipamentos que estavam espalhados por ali. Entre eles, o velho tugue avistou um quartel-mestre, que estava conversando com um jovem cadete.

— É ele — disse o estrangulador, olhando para Tremal-Naik.

— Ele quem?

— Hider.

— Ele viu você?

— Espere um pouco.

Encostou as mãos nos lábios e, formando uma espécie de megafone, emitiu três notas estridentes, que mais pareciam ter sido tocadas em um instrumento de cobre do que por uma boca humana.

Logo depois viram o quartel-mestre olhar para o rio e, em seguida, se inclinar no costado. A chalupa estava passando quase sob o bordo da canhoneira nesse instante.

O olhar do quartel-mestre cruzou com o do velho tugue e se dirigiu para outro lugar, fingindo observar uma *grab* que descia a corrente com as velas desfraldadas.

— Daqui a pouco Hider vai para terra — disse o velho, se virando para Tremal-Naik. — Ele entendeu o meu sinal.

— Onde vamos esperar?

— Em uma taberna mantida por outro dos nossos afiliados.

— Ele sabe que nós vamos para lá?

— As minhas três notas explicaram isso.

— Vamos.

A baleeira retomou o curso, mantendo uma pequena distância da margem e subindo de novo para o centro da capital de Bengala.

O número de naves e de barcos aumentava a olhos vistos, ocupando toda a largura do rio. Embarcações pertencentes a todas as nações do globo, uma parte a vapor, outra, a vela, e uma quantidade infinita de navios indianos, como o *grab*, o *poular*, o *bangle* e as pinassas abarrotavam o quebra-mar, enquanto legiões de carregadores carregavam e descarregavam as mercadorias, empilhando tudo nos imensos galpões.

Em meio àquela floresta de embarcações enormes, enxames de barcos menores, de todas as formas imagináveis, deslizavam nas águas límpidas do rio gigantesco. A maioria era formada de *bangle*, carregados de arroz, com o teto feito de sobras de palha para proteger a mercadoria, ou pequenos *gonghe* escavados em um único tronco de árvore, ou chalupas pertencentes às naves ancoradas, mas não era raro ver passarem, rápidos como setas, os refulgentes *fylt'sciarra*, com cinquenta pés de comprimento, enfeitados na proa com uma cabeça de elefante, carregados de aplicações douradas e adornados de tapetes e de bancos de veludo e com um indiano rico a bordo.

Enquanto isso, nas margens, especialmente nos *ghât*, as grandes escadarias de pedra que descem até o rio, era possível ver homens, mulheres e crianças se empurrando para fazer as abluções nas águas sagradas do Ganges.

Qualquer que seja a estação do ano, o indiano nunca esquece o banho religioso; para ele, isso se tornou absolutamente necessário, e esse povo acredita que o dia vai começar mal se não imergirem nas águas do Ganges.

Em todas as cidades da Índia que têm a sorte de serem banhadas por aquele imenso rio, multidões de habitantes se acotovelam todas as manhãs nas escadas e mergulham assim que surge o sol. Sejam as manhãs quentes ou chuvosas, eles não renunciam a esse cerimonial, principalmente os que pertencem à seita de Brama.

Homens e mulheres, ricos e pobres, todos levando embaixo do braço trajes brancos para poderem se trocar depois, tiram a roupa nas escadas, a céu aberto, sob os olhos de todos, sem se importar com os olhares dos curiosos, e tomam o seu banho, com o rosto virado para o sol, conforme prescreve o culto.

A primeira função é a de enxaguar a boca e depois de oferecer com as mãos juntas um punhado de água ao astro diurno. Em seguida, lavam as roupas, sem utilizar sabão, que é considerado matéria impura, se vestem, sempre a céu aberto, homens e mulheres juntos, e voltam para casa, levando com eles também um vasilhame de água que vai servir para as abluções do dia.

A baleeira, depois de passar no meio daquele caos de navios e de banhistas, e diante de um número infinito de palacetes esplêndidos, de templos e de jardins, foi parar em frente a uma grande escadaria que, no momento, não estava apinhada de gente.

O velho tugue fez um sinal para que os seus companheiros ficassem tomando conta da chalupa e disse a Tremal-Naik:

— Siga-me.

Subiram a escadaria, passando por alguns vendedores de folhas de bétele, cuidadosamente enroladas e contendo uma mistura de noz de areca, de cal, de resina e de outras drogas bastante indicadas para conservar os dentes e purificar a boca dos espíritos impuros que infestam por toda parte a fantasia crédula e supersticiosa dos hindus; atravessaram a rua e se enfiaram no meio das praças que embelezam as margens do rio.

Embora o sol tivesse acabado de aparecer, uma grande multidão já circulava entre aqueles pequenos bosques, dignos das praças mais bonitas de Londres, na orla dos laguinhos, em torno das fontes e nos bangalôs que surgiam por todos os lados, com seus tetos altos e pontudos.

Bengaleses, malabarenses, brâmanes, morunos, europeus, chineses e birmaneses se cruzavam em todos os locais, enquanto nas ruas largas era possível ver transitando cômodos palanquins, cintilantes de ouro e com cortinas de musselina azul ou amarela, ou os elegantes *ratt*, cobertos com leves cúpulas douradas e protegidos por tendas de seda, carregados por quatro bois muito mansos de chifres dourados.

O velho tugue atravessou rapidamente as praças, passando diante dos fantásticos palácios com frontões iguais aos dos templos gregos, que se alinham para além dos jardins e que fazem divisa, sem nenhuma espécie de transição, com bairros sórdidos, formados de casebres de palha habitados pelas castas hindus mais baixas.

Após um quarto de hora, o velho entrou em uma ruela lamacenta e bastante estreita e se deteve diante de uma choupana de aspecto miserável, onde havia, pendurado sob a soleira da porta da frente, um horrível peixe embalsamado, com a pele escura, a cabeça quadrada como a das rãs, provido de duas membranas paralelas extremamente compridas

— É aqui — disse o tugue. — Hider deve chegar daqui a pouco.

Entraram em uma sala quase escura, em que se encontravam algumas mesas e banquinhos de bambu, e sentaram no canto mais iluminado. Um indiano magro como um faquir e todo bexiguento por causa da varíola trouxe uma vasilha de arroz temperado com curry, aquela mistura intolerável feita de peixes cozidos com vários tipos de ervas e óleo de coco rançoso, e um recipiente com *tody*, uma espécie de vinho extraído da palmeira vinícola, muito claro, agradável e ligeiramente inebriante.

Tremal-Naik e o companheiro estavam esvaziando a vasilha, com o apetite estimulado pela brisa marítima e por aquela longa excursão, quando viram entrar um quartel-mestre da Marinha Real. Tratava-se de um homem vigoroso, com cerca de quarenta anos, estatura mais para alta, membros musculosos, uma barba muito negra e olhos inteligentes.

Trazia um cachimbo curto na boca e fumava vigorosamente.

Ao ver o velho tugue, se encaminhou para ele, estendendo a mão, e disse:

— Estou muito contente em ver você, Moh.

Em seguida, olhou fixo enquanto indicava Tremal-Naik com um gesto rápido de cabeça.

— Não tenha receio, Hider — respondeu o velho, ao perceber o gesto. — Este aqui é um devoto afiliado, um dos chefes.

— Quero uma prova — disse o quartel-mestre.

Tremal-Naik mostrou o anel que tinha no dedo.

O marinheiro curvou a cabeça, dizendo:

— Estou às suas ordens, enviado de Kali.

— Sente e me escute — disse Tremal-Naik. — Você conhece o capitão MacPherson?

— Acho que talvez eu o conheça melhor do que ninguém.

— Você sabe onde ele está?

— Não está no bangalô? — perguntou Hider, em vez de responder.

— Não.

— E quando saiu de lá?...

— Há três ou quatro dias.

— Não sabia disso: o que ele veio fazer em Calcutá?

— Veio preparar uma expedição para atacar Raimangal.

O quartel-mestre ficou em pé de um salto, jogando longe o cachimbo que estava na sua boca.

— Você disse atacar Raimangal? — perguntou com os dentes cerrados. — Ah!... Bem que eu estava desconfiado de alguma coisa!...

— Por quê?

— Estão aparelhando a *Cornwall* há alguns dias.

— É uma nave de guerra? — perguntou Tremal-Naik.

— É uma velha fragata que já fora restituída há algum tempo pelo capitão MacPherson.

— E onde está ela?...

— Aqui, no estaleiro. Pelo que eu sei, já embarcaram muita munição e víveres, e estão colocando catres nos corredores, como se ela estivesse se preparando para transportar um número considerável de soldados ou de marinheiros.

— Temos afiliados entre a tripulação daquela nave? — perguntou o velho tugue.

— Temos, dois: Palavan e Bindur.

— Sei quem são. Temos que vê-los e falar com eles.

— Eles não têm a menor idéia sobre o destino da *Cornwall*. Estivemos conversando a noite passada, mas parece que o segredo sobre o caminho que vão seguir está sendo mantido escrupulosamente.

— Então não restam mais dúvidas — disse Tremal-Naik, como se falando sozinho. — A expedição deve embarcar naquela fragata.

— Eu também começo a achar que sim — respondeu Hider.

— Temos que impedir que ela saia!... — exclamou o *caçador de serpentes*.

— E quem vai impedi-la?...

— Eu!...

— De que jeito?...

— Matando o capitão antes que ele embarque. Kougli quer a cabeça dele, Suyodhana, também.

— Mas isso não vai ser muito fácil — disse Hider, que ficara pensativo. — O capitão está vigilante, principalmente agora.

— Eu preciso matá-lo, já disse isso. Eu soube que ele tem um palacete aqui.

— É verdade.

— Vamos mandar alguém verificar se ele está lá.

— De que jeito?

— Ainda não sei, mas temos que encontrar um meio — disse Tremal-Naik.

Naquele instante, o velho tugue ergueu a cabeça e, fazendo um gesto com a mão direita, disse lentamente;

— Vamos descobrir logo se ele está no palacete.

— Explique como, Moh — disse Hider.

— Um homem vai até lá.

— Quem? Que homem?...

— Nimpor.

— O faquir?...

— Ele mesmo. Vamos embora.

27. O faquir

OS TRÊS INDIANOS JOGARAM uma moeda na mesa, saíram da taberna miserável, atravessaram novamente as praças que agora começavam a esvaziar, por causa do calor cada vez mais insuportável, e começaram a costear a margem do Ganges, tentando ao máximo ficar na sombra das enormes árvores que formavam alamedas maravilhosas.

Depois de ultrapassarem a parte central e mais populosa de Calcutá, a assim chamada cidade branca, subiram novamente a margem em direção ao norte, entrando na cidade indiana, a mais imunda e mais miserável, mas também a mais pitoresca, pois é onde se encontram os belos templos dedicados a Brama, a Xiva, a Vixnu, a Krishna, a Parvadi e a tantas outras divindades adoradas pelos hindus.

Lá não se veem mais os carros maravilhosos, as liteiras com cortinas de seda, os palácios, nem as ruas largas e limpas; em vez disso, um caos de casebres, de choupanas, de barracões sombreados por algumas plantas e de vielas lamacentas, esburacadas e malcheirosas, onde se amontoam centenas de meninos nus e por onde passeiam gravemente os marabutos, aqueles grandes pássaros repugnantes, com bicos gigantescos, que são os encarregados da limpeza viária.

O velho tugue percorreu algumas daquelas ruelas e, em seguida, parou diante de um largo onde se erguia, soberbo entre tanta miséria, um grande templo, cheio de cúpulas, de estátuas extravagantes que representavam todas as encarnações de Vixnu, de cabeças de elefante com trombas monstruosas estendidas, de arcadas magníficas, enfeitadas de arabescos e serrilhas, tão leves que pareciam uma renda. Moh subiu a escada espaçosa que levava à entrada do templo e parou diante de um indiano, que estava sentado no último degrau, dizendo a Tremal-Naik e a Hider:

— Aqui está o faquir.

Ao vê-lo, Tremal-Naik não conseguiu conter um gesto de repugnância.

Aquele indiano miserável, aquela vítima do fanatismo religioso e da superstição dos indianos, realmente provocava horror.

Parecia ser mais um esqueleto do que um homem. O rosto encarquilhado era coberto por uma barba espessa e desalinhada que chegava até a cintura e por tatuagens estranhas, vermelhas e pretas, que lembravam cobras, enquanto sua testa estava suja de cinzas. Os cabelos extremamente longos, que pareciam nunca ter conhecido o uso de um pente ou de uma tesoura, formavam uma espécie de crina, com certeza repleta de piolhos.

O corpo assustadoramente magro estava quase nu, trazendo apenas uma pequena tanga de, no máximo, quatro dedos de largura.

Mas o que provocava mais repulsa era o braço esquerdo. Aquele membro, reduzido a pele e osso, se matinha erguido, não podendo ser abaixado nunca, pois já estava dessecado e ancilosado por causa da posição forçada.

A mão, fortemente amarrada com correias e fechada de modo a formar um recipiente, o fanático enchera de terra e plantara nela um pequeno mirto sagrado, que crescera aos poucos, como se estivesse em um vaso.

Sem saída, as unhas primeiro se encurvaram, depois transpassaram a mão, e agora saíam pela palma como as garras de um animal feroz. Aquele desgraçado, contudo, não era um faquir comum, como existem aos montes na Índia: os *saniassi*, que são verdadeiros malandros, mais ladrões do que santos; os *dondy*, que vivem às custas dos indianos ricos, saqueando os seus jardins, os *nanek-punthy*, que têm uma índole tranquila e que, para distinguir a sua casta, usam só um sapato e uma única costeleta, e finalmente os *biscnub*, que podem ser mais ou menos comparados aos nossos monges.

Aquele faquir era um *porom-hungse*, homens que, de acordo com a superstição indiana, são de origem celeste, vivem mil anos sem jamais comer um só nutriente e que não morrem nem mesmo se forem jogados no fogo e na água, sendo, por isso, venerados, respeitados e considerados seres sobrenaturais.

— Nimpor — disse o velho tugue, se inclinando para o faquir, que conservava uma imobilidade absoluta, como se ainda não tivesse percebido a presença daqueles três homens, — Kali precisa de você.

— A minha vida pertence à deusa — respondeu o faquir, sem erguer os olhos, — quem mandou você aqui?...

— Suyodhana.

— *O Filho das águas sagradas do Ganges?...*

— Ele mesmo.

— O que ele quer?...

— Que você nos ajude.

— A fazer o quê?

— A descobrir um homem que é nosso inimigo mortal e que temos que matar para que ele não destrua os nossos irmãos de Raimangal.

Um estremecimento passou pelo rosto impassível de Nimpor.

— Quem é que se atreve a ir a Raimangal?

— O capitão MacPherson.

— Ele!... O atrevimento daquele homem mortífero chega a tanto?

— Chega, Nimpor.

— E vocês querem saber onde o capitão MacPherson está?

— Precisamos saber.

— Quando?

— Esta noite.

— Ele não está no palacete?...

— Ninguém sabe — disse Moh.

— Ah!... Se ele estiver lá, vamos descobrir.

— De que jeito?

— Esteja em frente ao palacete esta noite.

— E o que mais?...

— O resto não diz respeito a você. Nimpor comanda todos, inclusive os *sapwallah*.

— E qual a tarefa do encantador de serpentes?...

— Você vai saber no seu devido tempo: pode ir. Vixnu me chama para a prece.

O faquir se levantou, fazendo um enorme esforço, e depois, sem olhar para ninguém, entrou no templo, mantendo sempre o braço para o alto.

— Onde vamos nos encontrar? — perguntou Hider depois que o faquir desapareceu. — Preciso voltar a bordo.

— Vamos pedir hospitalidade a Vindhya — disse o velho tugue. — Enquanto estivermos em Calcutá, ficaremos na casa dele. Quando vemos você de novo?...

— Amanhã, depois do meio-dia. Antes disso, é impossível: tenho muito trabalho para fazer a bordo. Você sabe que vamos partir dentro de alguns dias!

— Aonde vai a *Devonshire*?

— A Ceilão.

— Sinto muito não ter a sua companhia nessa difícil empreitada.

— Não vamos partir tão cedo. Adeus: até amanhã!...

Quando ficaram sozinhos, Tremal-Naik e o velho tugue voltaram pela cidade européia, ainda acompanhando a margem do Ganges, e alcançaram os seus companheiros, que haviam ficado para tomar conta da baleeira.

— Para o Vindhya — disse o velho tugue simplesmente.

Ele sentou na popa, ao lado de Tremal-Naik, e a leve embarcação se pôs ao largo, subindo a corrente do Ganges.

O *caçador de serpentes* deixou o leme com um companheiro e olhava com enorme curiosidade as duas margens do rio sagrado, que pareciam estar desfilando à direita e à esquerda da baleeira, com suas escadarias de pedras magníficas e suas árvores de folhas plumosas.

Grandiosos palácios passavam diante dos olhos aturdidos do selvagem filho da selva, bangalôs maravilhosos, templos majestosos cobertos de arabescos, de colunas, de cabeças de elefante, de divindades monstruosas esculpidas em mármore de várias cores; um pouco adiante, as moradias suntuosas dos hindus ricos, leves como se fossem construídas e enfeitadas apenas com renda, com colunetas tão sutis que parecia que uma simples pressão da mão seria capaz de despedaçá-las, mas que vinham desafiando os séculos. Depois, atrás daquela primeira fileira de palácios e de templos, um caos de cúpulas cintilantes de ouro, de coruchéus, de campanários, de terraços, de altas muralhas verdejantes, sobre as quais havia longas filas de cegonhas sonolentas, de águias-de-asa-redonda, de corvos, de milhafres e, principalmente, de marabutos da altura de um homem, com a cabeça cabeluda afundada entre os ombros e o bico monstruoso meio escondido entre as penas do peito.

Na base das imensas escadas e embaixo das árvores que se curvavam por cima das águas do rio, se elevavam em grande número, por sua vez, rodamoinhos de fumaça que o vento empurrava para o meio da corrente, enquanto grandes fogueiras ardiam; e, ecoando a intervalos regulares, se ouviam os fúnebres *taré*, aqueles longos trompetes de latão usados nos funerais.

Havia pilhas gigantescas de madeira crepitando, soltando no ar turbilhões de faíscas, enquanto enxames de dançarinas e de crianças dançavam e gritavam, no meio de um estardalhaço ensurdecedor e, no alto, ávidas águias-de-asa-redonda davam voltas, prontas a se precipitar sobre os restos dos pobres mortos que escapavam das chamas.

De vez em quando, alguns caixões pequenos, feitos de madeira perfumada, contendo os restos mortais dos cadáveres queimados, se desligavam das margens e se punham ao largo, descendo a corrente sagrada, o caminho do paraíso, de acordo com a superstição indiana, enquanto os brâmanes recitavam os versículos dos Vedas e os parentes plantavam uma árvore em memória do morto ou erguiam um mastro com bandeirolas.

Outras vezes, contudo, havia moribundos cercados de parentes, esperando a morte nas margens do rio sagrado. O indiano que não é atingido por uma morte fulminante sempre pede para ser carregado até a proximidade do Ganges, a fim de poder se preparar melhor para a viagem até o *kailasson* de Brama.

Ele é acomodado na sombra de alguma árvore, sobre a erva macia, e espera resignado e tranquilo que a alma fuja do seu corpo; enquanto os parentes borrifam o seu rosto com a água do rio e o lambuzam com lama, o brâmane espalha folhinhas de manjericão e as outras pessoas preparam a pira na qual ele será queimado.

Depois de percorrer mais duas milhas, passando em frente a outros templos, a outras vilas de ingleses ricos e a um número infinito de casebres indianos, a baleeira se deteve em uma faixa de terra baixa, sombreada por coqueiros e latanias, que, naquele momento, estava deserta.

O velho tugue ordenou que saíssem do barco, depois saltou em terra, dizendo a seus homens:

— Vamos esperar Vindhya aqui.

Fez um sinal a Tremal-Naik para que o seguisse e se dirigiu para um conjunto de choupanas agrupadas em torno de um antigo templo meio arruinado, mas conservando ainda as dimensões gigantescas originais.

Atravessaram algumas vielas lamacentas ladeadas por hortas e pararam diante de uma casinhola com teto de folhas de coqueiro, que se erguia isolada na margem de uma lagoa pantanosa.

Um indiano já velho e encarquilhado estava sentado diante do casebre, tendo nas mãos um maço de folhas secas salpicadas de cinzas, como costumavam fazer os faquires pertencentes à casta dos *ramanandys*, ou seja, adoradores de Rama, a divindade criadora.

Da mesma forma que aqueles faquires, mantinha os cabelos muito longos e lambuzados com lama avermelhada enrolados em volta da cabeça, de maneira a formar uma massa enorme, parecida com uma peruca; a barba estava feita, mas deixara crescer sob o queixo um cavanhaque muito fino, tão longo, que quase chegava ao chão. Como os cabelos, estava retorcido e parecia mais com o rabo de um porco do que com um cavanhaque propriamente dito. Além disso, tinha três sinais na testa, feitos com cinza e esterco de vaca, mais três na cavidade do peito e outros nos braços; em cima dos joelhos havia um trapo molhado que ele usava para se refrescar.

O velho tugue se aproximou desse ser assustador e disse bruscamente:

— Estamos precisando de você, Vindhya.

O *ramanandy* olhou para o indiano e depois respondeu:

— Que o enviado de Kali seja bem vindo; estou pronto para obedecer.

— Preciso da sua casa.

— Ela é sua.

— Dos seus conselhos.

— Estou pronto para dar.

— Estamos com fome.

— A minha comida é sua.

— Vamos entrar.

— Eu mostro o caminho.

O *ramanandy* se ergueu com uma agilidade difícil de imaginar em um velho da sua idade, jogou fora o maço de folhas e entrou na cabana.

O tugue e Tremal-Naik se viram em uma sala térrea, com as paredes cobertas de folhas de bananeiras, que mantinham um frescor agradável, e com o pavimento coberto de esteiras de coqueiro.

Não havia nenhuma mobília, apenas dois vasos de barro, contendo, provavelmente, os víveres do faquir, algumas *kaskpanayas*, ou seja, caixas de palha onde normalmente são conservadas raízes odoríferas, e esteiras enroladas, que deviam servir de cama à noite e de cadeiras de dia.

O tugue fez um sinal a Tremal-Naik para que ele se acomodasse, depois conduziu o faquir a um canto e falou com ele durante bastante tempo, em voz baixa.

Quando terminou, o levou para perto de Tremal-Naik, dizendo:

— Este é o homem recomendado por Suyodhana.

— Estou pronto para lhe obedecer — respondeu o *ramanandy*.

— Vindhya já sabe de tudo — disse então o tugue a Tremal-Naik. — Ele é um homem cuidadoso e sábio, astuto e decidido, e vai dar conselhos preciosos a você.

— Está bem — disse Tremal-Naik, contendo um suspiro.

O *ramanandy* foi fechar a porta, depois tirou de um dos vasos três copos e uma bela garrafa dourada e ofereceu aos hóspedes o *arak*, o excelente licor que os indianos obtêm do açúcar e da casca aromática de uma árvore chamada jágara.

— Agora você pode falar — disse ao velho tugue.

— Você já sabe do que se trata: estamos esperando os seus conselhos para atingir o nosso objetivo. Você acha que o Nimpor vai conseguir descobrir o local em que o capitão está?...

— Vai — disse o *ramanandy*. — O Nimpor conhece gente em toda parte e pode pôr um exército de espiões em campo.

— Descobrir não quer dizer matar — disse Tremal-Naik. — E eu preciso da vida desse homem para salvar a jovem que amo.

— Você é corajoso. Vão conseguir matá-lo.

— De que jeito?... O capitão MacPherson deve ter tomado as suas precauções para não ser surpreendido.

— Vamos preparar uma armadilha para ele.

— Ele é muito cuidadoso para cair.

Um sorriso despontou nos lábios do *ramanandy*.

— Isso nós vamos ver — disse depois. — Quando se trata de revelações, os ingleses não se fazem de rogados para aparecer.

— Como assim?...

— Estou pensando em um plano.

— Fale.

— Agora não; vamos esperar para saber onde está o capitão.

— Entendi a sua intenção: você está pensando em atraí-lo para uma armadilha.

— É provável.

— Ele não vai ser tão imprudente.

— Vai — respondeu o *ramanandy* com uma convicção inabalável. — Ele não sabe com certeza onde fica a entrada dos subterrâneos de Raimangal e vai tentar de tudo para dar um golpe bem-sucedido.

— É verdade, ele não sabe onde fica a entrada — disse Tremal-Naik. — Só sabe que o covil dos tugues fica em Raimangal, e mais nada.

— Ele que prove que é capaz de encontrar — disse o velho tugue, com tom irônico. — É possível que uma pessoa ande pela ilha durante um mês sem descobrir nada.

— Então ele vai vir aqui.

— Aqui?... — exclamou Tremal-Naik, olhando atônito para o faquir.

— É, aqui.

— E quem vai fazer com que ele venha aqui?...

— Eu.

— De que jeito?...

— Prometendo fazer revelações a ele.

— Mas não vai vir sozinho.

— E o que importa?

— Vai trazer uma bela escolta.

— Pode trazer até dois regimentos de *cipais*, se quiser, que não vão nos incomodar.

— Não estou entendendo você: se eu o matar, os *cipais* vão querer se vingar imediatamente.

— Desde que sejam capazes de nos encontrar — disse o *ramanandy* com um sorrisinho misterioso. — O templo é meu vizinho e tem comunicação com a minha casa.

Depois, cruzando os braços no peito, disse:

— Kali é grande e protege os seus fiéis, e Vindhya é um dos seus adoradores mais ardentes. O capitão MacPherson fez um grande mal a nós e agora quer nos destruir, portanto, será ele que vai morrer, muito antes do *Filho das águas sagradas do Ganges*.

— Está certo — murmurou Tremal-Naik, segurando e comprimindo a cabeça com as mãos, em um gesto desesperado. — Vou matá-lo, porque só com a sua morte posso ter a minha Ada.

28. A cilada

QUANDO O VELHO TUGUE e Tremal-Naik saíram da cabana do *ramanandy*, o sol já desaparecera e as trevas desciam rapidamente sobre as águas do rio sagrado.

Eram seguidos a uma pequena distância pelos seis homens da baleeira, armados com pistolas e punhais, a fim de protegê-los caso viessem a ser descobertos pelo capitão ou por seus *cipais*, algo que não era improvável, já que deviam ir ao encontro de Nimpor. Chegando à margem do Ganges, os oito indianos embarcaram na baleeira e se fizeram ao largo, descendo a torrente gigante.

A noite estava bonita e calma. No céu, miríades de estrelas brilhavam, vibrando, e se refletiam no rio, enquanto a lua começava a apontar atrás dos cumes altos das árvores da floresta e da selva de campanários, de coruchéus e de cúpulas dos numerosos templos, fazendo cintilar o tom dourado daqueles majestosos monumentos da arte indiana.

Bandos de marabutos, de águias-de-asa-redonda, de cegonhas negras, de íbis castanhas, de marrecos brâmanes e de corvos marinhos sulcavam o céu, indo pousar no cume dos templos ou no teto das casas, entre as largas folhas do lótus, enquanto na água cintilavam as luzinhas que as esposas apreensivas dos marinheiros hindus confiavam às correntes sagradas, para trazerem boa sorte.

Aquelas pequenas chamas, colocadas dentro de cascas de coco e lançadas às centenas, descreviam linhas caprichosas, ondulando ora aqui e ora ali, seguidas atentamente pelas indianas agrupadas nas bordas do rio sagrado. Quando um daqueles recipientes acesos chegava a salvo na margem oposta, sinal de boa sorte, de um retorno próximo do marinheiro que navegava no Oceano Índico, gritos de alegria irrompiam daqueles grupos, e a mulher de sorte que o dedicara às ondas sagradas podia voltar tranquila para casa, com a certeza da proteção da sua divindade.

Da direção do curso inferior do rio vinha uma luz viva, projetada para o alto, como uma nevoazinha fosforescente: uma infinidade de faróis indicava a cidade branca, enquanto mais ao sul duas faixas intermináveis de pontos luminosos, colocadas paralelamente uma à outra, assinalavam os navios e os barcos ancorados ao longo das margens do rio.

A baleeira, que descia a corrente com a velocidade de uma flecha sob o impulso poderoso dos seis pares de remos, deu voltas no meio da primeira fileira de *grab*, de *poular*, de *bangle* e de barcos europeus, depois fez uma curva brusca em direção à margem esquerda, abordando diante de uma pequena escada já meio arruinada que levava a um velho templo.

— Sigam-me — disse o velho tugue.

A baleeira foi amarrada e todos os homens desembarcaram e subiram a escada.

Diante do templo, Tremal-Naik avistou o faquir com o braço ancilosado. Estava sentado no último degrau e cobrira o corpo magro com um amplo *dubgah* de cor escura.

— Boa noite, Nimpor — disse o velho tugue. — Eu tinha certeza de que iria encontrar você aqui.

— E eu estava esperando vocês — respondeu o *porom-hungse*, sem sequer levantar os olhos.

— Você conseguiu descobrir alguma coisa?...

— Não, mas tenho boas razões para acreditar que o capitão está no palacete.

— Você o viu?

— Não.

— O que vamos fazer para ter certeza de que ele está lá?...

— Escute!...

A distância se ouviam *khole* e *hulok*, espécies de tambores bastante usados pelos indianos, ecoando com um estardalhaço cada vez maior.

— É uma orquestra? — perguntou o velho tugue.

— São os *sapwallah* — respondeu o faquir com um sorriso.

— E que estão fazendo?...

— Você vai ficar sabendo daqui a pouco. Olhe!...

O tugue e Tremal-Naik haviam subido até o último degrau para poder abarcar um horizonte maior. Viram um grande número de archotes avançando pela margem e deixando atrás deles uma infinidade de centelhas.

Uma procissão vinha caminhando entre o tamborilar furioso dos *hulok* e dos *khole*, serpenteando ao longo do rio Ganges e indo em direção ao templo.

— Já entendi — disse o tugue.

— Vão para o palacete e esperem por nós — disse o faquir.

— É lá que a festa vai acontecer?...

— É.

— Venha, Tremal-Naik — disse o tugue.

Desceram a escada oposta, passando por trás do templo e, depois de atravessar uma pequena esplanada sob alguns coqueiros e algumas bananeiras de folhas gigantescas, pararam diante de um gracioso bangalô de pedra branca, coberto por um telhado de zinco em forma de pirâmide e com uma espaçosa varanda na volta toda, sustentada por um grande número de colunetas de madeira pintadas de azul.

Duas fileiras de acadiros, uma palmeira magnífica que cresce até doze ou quinze metros e tem uma forma esbelta e elegante, coberta por folhas enormes que chegam a medir até um metro e meio dispostas como se fossem um guarda-sol, o protegiam contra os tórridos raios solares.

As janelas daquela graciosa habitação estavam abertas, mas não se via nenhuma luz brilhando no interior. A mansão, contudo, devia estar ocupada, pois havia um *cipai* de vigia na porta, armado com um fuzil e uma baioneta.

— É este o bangalô do capitão? — perguntou Tremal-Naik em voz baixa.

— É — respondeu o tugue.

— Será que o homem que eu tenho que matar está aqui?

— Talvez.

— Ah!... Se eu pudesse entrar!

— Você seria preso imediatamente. Você acha que só tem um soldado *cipai* aqui? O capitão é um homem cuidadoso e deve estar cercado de um grande número de soldados fiéis.

— E agora? — perguntou Tremal-Naik com ansiedade.

— Deixe que os dois faquires pensem. Vamos sentar embaixo daquela bananeira que tem uma sombra bastante densa para esperar os encantadores de serpentes.

Enquanto isso, a procissão avançava com maior rapidez, parecendo ser muito mais numerosa por causa do estardalhaço que faziam os instrumentos musicais e dos gritos que davam os participantes.

Em breve, os primeiros candeeiros foram acesos nas escadarias do templo, projetando uma luz fortíssima nos monstros que enfeitavam as colunas altas e maciças. Não se tratava exatamente de candeeiros, mas, sim, de hastes de ferro que terminavam em uma espécie de gaiola, nas quais queimavam rolos de algodão embebidos em óleo perfumado.

O cortejo dos *sapwallah* se deteve por alguns instantes na esplanada do templo para prestar homenagem à divindade à qual ele era dedicado, depois desceu a escadaria oposta, redobrando a barulheira.

Havia mais de duzentas pessoas na procissão. Na primeira fila, comandada por Nimpor, vinham os *sapwallah*, ou seja, os encantadores de serpentes, vestidos com um simples *languti* que cobria apenas os quadris, trazendo os *tomril*, uma espécie de flauta feita com um bambu. Atrás deles vinham os carregadores de serpentes, levando na cabeça cestos redondos, cuidadosamente fechados e cheios de cobras de todo tipo, depois outros homens, que traziam caldeirões transbordando de leite, destinados à alimentação daqueles perigosos répteis.

Em seguida, vinham vinte tocadores, alguns munidos de *khole*, que são tambores geralmente considerados sagrados, feitos de cerâmica e cobertos de couro nas duas extremidades, sendo que uma é maior do que a outra para emitir dois sons diferentes; outros, de *hulok*, tambores um pouco menores que emitem um som mais agudo, e de *domp*, muito maiores que os dois primeiros, com uma forma octogonal e que são batidos com as mãos.

Mas também não faltavam os instrumentos de sopro e de corda: havia tocadores de *tabri*, um instrumento que se assemelha um pouco à gaita-de-foles dos nossos pastores, de *bansy*, uma espécie de flauta doce, e também de *sarinda*, um violino que se toca com um pequeno arco feito de cordas de algodão.

Por último, vinham seis ou oito dúzias de faquires de diversas castas diferentes, como *saniassi*, *nanek-punthy*, *dondy* e *nagú*, carregando hastes de ferro em brasa ou vasos de cerâmica cheios de material inflamável.

Depois de atravessar a pequena esplanada, o cortejo parou diante do alto palacete do capitão, redobrando o estardalhaço, e formou um amplo círculo.

A luz projetada por todos aqueles candeeiros era tão intensa que iluminava a fachada do palacete como se fosse pleno dia, de forma que era possível distinguir imediatamente qualquer pessoa que aparecesse na varanda ou nas janelas.

Os encantadores de serpentes esperaram até que os músicos terminassem a sua peça e depois se agruparam no meio do círculo, colocando no chão os cestos que continham os répteis.

Eram todos homens muito bonitos, de estatura bastante alta, com uma musculatura poderosa e rostos barbudos que lhes davam um aspecto selvagem e ao mesmo tempo orgulhoso.

Enquanto se preparavam para abrir os cestos, Nimpor deslizara entre os faquires e, com aquele braço imobilizado sempre no alto, andara pela volta toda do palacete, parando depois embaixo da bananeira em que se encontravam Tremal-Naik e o velho tugue.

— Não percam as janelas de vista — disse. — Se o capitão estiver aqui, com certeza vai aparecer.

— Não vamos tirar os olhos de lá nem por um instante — respondeu o tugue.

— Eu vou fazer o mesmo — disse o faquir. — Estou velho, mas a minha vista continua boa. Depois que os *sapwallah* forem embora, esperem por mim no templo.

Enquanto isso, os encantadores de serpentes haviam preparado os instrumentos. Formando um círculo menor no meio do círculo de espectadores, começaram a tocar, extraindo daquelas flautas melodias doces e melancólicas, intercaladas de modulações estranhas e de notas agudas que se extinguiam de repente.

Ao ouvir aqueles sons, os cestos que continham os répteis começaram a se agitar, enquanto as tampas iam se levantando aos poucos.

Subitamente, de um deles apareceu um réptil com escamas castanho-amareladas, o pescoço muito inchado, o corpo da largura de um punho e com cerca de dois metros de comprimento. Era uma naja, ou cobra-de-capelo, ou cobra-de-óculos, espécie assim chamada porque, quando excitada ou brava, dilata o pescoço e forma duas estranhas convexidades que parecem um capuz, e também porque tem na cabeça duas manchas que se parecem perfeitamente com um par de óculos. Trata-se de um dos répteis mais perigosos da espécie, e não há soro para a sua picada.

Saindo do cesto, o réptil se levantou, agitando a língua e mostrando as presas agudas e recurvadas, talvez já cheias de veneno, mas logo um encantador a pegou pelo meio do corpo e jogou para o ar, enquanto os seus companheiros continuavam tocando.

O réptil caiu, furioso, sibilando e se contorcendo. O *sapwallah*, rápido como um raio, o agarrou pela cauda antes que ele tocasse o solo. Em seguida, apertando o pescoço, o obrigou a abrir a boca. Sem ligar para os sibilos da naja, pegou uma pinça e arrancou as duas presas portadoras do veneno e as jogou no chão, ao lado de um caldeirão cheio de leite.

Enquanto isso, dois outros répteis apareceram, atraídos por aquela música que, para eles, devia ser mesmo irresistível. Um deles era uma jiboia, uma cobra impressionante, de quase quatro metros de comprimento, o couro verde azulado e anéis irregulares; o outro, por sua vez, era uma cobra cega, de não mais do que quinze centímetros de comprimento, com a largura de um canudo, o couro negro com manchas amarelas, a mais perigosa de todas, pois é capaz de matar um adulto forte em cerca de noventa e seis segundos.

Dois encantadores a pegaram rapidamente, retiraram as presas e a jogaram ao lado da cobra-de-capelo que, esquecendo a cólera, estava bebendo com voracidade o leite do recipiente.

Outros répteis continuavam saindo dos cestos: najas negras, pítons tigradas, najas de couro rosa salpicado de manchas corais e muitas outras, de várias espécies diferentes. Os quatro grandes caldeirões foram depressa rodeados pelas serpentes ávidas por leite.

As flautas se calaram e os tambores e os instrumentos de sopro e de corda recomeçaram o estardalhaço, enquanto os faquires se puseram a dançar confusamente, correndo em torno dos répteis, agora inofensivos, unindo os seus gritos selvagens à orquestra retumbante.

Tremal-Naik e o velho tugue haviam se levantado. Uma janela do palacete fora iluminada e uma figura humana se desenhara atrás dos vidros.

— Olhe! — exclamou o tugue.

— Ainda não desviei os olhos de lá! — respondeu Tremal-Naik com uma voz sibilante.

A sombra se curvara sobre o parapeito e se expunha à luz das tochas. Um grito sufocado escapou da boca de Tremal-Naik.

— Ele!...

— O capitão! — exclamou o tugue.

— Um fuzil. Preciso de um fuzil!...

— Você ficou louco?... E também, onde vou arrumar um fuzil?

— Se ele fugir, eu perco a minha Ada.

— Nós vamos encontrá-lo de novo.

— Isso mesmo, nós nos encontraremos de novo — repetiu uma voz atrás deles. Tremal-Naik e o tugue se viraram. Nimpor, o faquir de braço ancilosado, estava perto deles.

— Vocês o viram? — perguntou.

— Vimos — responderam os dois.

— Esse homem não vai mais fugir de nós, não vai conseguir dar um passo sem ser espionado.

— E quem vai ser o espião? — perguntou Tremal-Naik.

— Dois faquires de confiança.

— E quando vou poder matá-lo?

Em vez de responder, perguntou:

— Vocês viram o Vindhya?

— Estamos hospedados na casa dele — disse o tugue.

— Vocês têm uma chalupa aqui?

— Temos uma baleeira rápida.

— Então me levem até a casa dele. Os *sapwallah* acabaram, assim podemos ir embora.

— Você pretende combinar algum tipo de plano com ele para fazer o capitão cair em uma armadilha?

— Pretendo — respondeu o faquir. — Venham.

Os encantadores de serpentes também estavam prestes a voltar para os seus bairros. Recolheram as cobras e colocaram nos cestos, apesar das contorções e dos silvos que davam, pois havia mais leite para beber nos caldeirões, se organizaram em colunas e saíram dos arredores do palacete, precedidos pela orquestra.

Enquanto o cortejo se dirigia para a cidade indiana através das hortas, o faquir, Tremal-Naik e o velho tugue, seguidos pelos seis remadores, voltaram ao templo, diante do qual se encontravam dois indianos escondidos entre as colunetas, dois *dondy*, uma classe de faquires que, como identificação, têm um bastão nodoso que nunca largam, nem sequer quando dormem, e que é enfeitado com um pequeno pedaço quadrado de tecido vermelho.

O *porom-hungse* se aproximou deles e, indicando o palacete, disse:

— Vigiem com toda a atenção e sigam o capitão aonde ele for: amanhã, antes do pôr-do-sol, quero que me deem notícias na cabana do Vindhya.

— Não vamos deixá-lo sozinho nem por um instante — responderam os dois *dondy*.

O pequeno grupo desceu a escada e, chegando à margem do Ganges, embarcou na baleeira, subindo rapidamente a corrente.

O rio estava deserto nesse momento, já tendo soado a meia-noite. Apenas ao sul brilhavam os faróis dos navios e dos barcos ancorados diante da cidade branca.

Em menos de uma hora a baleeira chegou diante do pequeno promontório deserto, em cuja extremidade oposta o antigo templo se agigantava à luz da lua.

Tremal-Naik e os seus companheiros estavam prestes a desembarcar, quando viram uma figura humana saindo de trás de um arbusto.

— É você, Vindhya? — perguntou o velho tugue, armando uma pistola rapidamente.

— Não se preocupe, sou eu — respondeu o faquir. — Pode guardar a arma no cinto. Já acabou a *naga pautciami* (festa das serpentes)?

— Já — respondeu Nimpor, se adiantando.

— Você também resolveu vir para cá? — perguntou Vindhya, atônito.

— Preciso falar com você.

— Estou às ordens.

— Você não prefere entrar na sua cabana?

— Este lugar é deserto e podemos falar melhor aqui — respondeu Vindhya.

— Como você quiser.

— E o capitão?

— Nós o vimos.

— Ah! Ele está no palacete?

— Está.

— Então já é nosso.

— Você está indo depressa demais, Vindhya.

— Não, Nimpor.

— Você tem algum plano?

— Tenho, e acho que é infalível.

— Fale — disse o *porom-hungse*.

— Temos que trazê-lo para cá.

— Hum! E ele virá?

— Tenho certeza que sim. E depois que entrar na minha cabana, garanto que não sairá vivo.

— Estou decidido a fazer tudo o que for preciso — disse Tremal-Naik.

— Sabemos disso, Suyodhana sabe escolher os seus homens. Ouçam — disse Vindhya — o capitão é um homem corajoso e decidido e, tendo recebido uma informação que pode facilitar o ataque a Raimangal, não vai hesitar diante de perigo nenhum. Eu o conheço e sei bem do que ele é capaz.

— Continue, Vindhya — ordenou o *porom-hungse*.

— O meu plano é atraí-lo para uma armadilha.

— De que jeito?...

— Mandando um dos nossos fiéis à casa dele para dizer que, ao saber da notícia da expedição a Raimangal, um traidor está pronto para vender o segredo da entrada para os subterrâneos.

— E você acha que ele vai cair nessa armadilha?... — perguntou Nimpor com um ar de dúvida.

— Garanto que vai. Vamos pedir um preço altíssimo pela informação e marcaremos um encontro aqui, à meia-noite.

— Ele virá acompanhado.

— E daí?... Tremal-Naik vai estar de emboscada com uma carabina e o matará.

— E os todos os outros *cipais* vão atacar a cabana para nos matar — disse o *porom-hungse*.

— Você se esqueceu dos subterrâneos do templo? — perguntou Vindhya.

— Ninguém é capaz de nos encontrar naquelas galerias escuras e intermináveis.

— Você as conhece bem?...

— Com todos os detalhes.

— Então eu aprovo o seu plano — disse o *porom-hungse* depois de pensar por alguns instantes. — É, talvez o capitão caia na armadilha, já que está tão ansioso para saber onde fica a entrada dos subterrâneos de Raimangal.

Não virá sozinho, disso eu tenho certeza, mas uma bala sempre pode chegar até ele, mesmo no meio de uma centena de homens. Você é um atirador hábil, Tremal-Naik.

— Ele é infalível — disse o velho tugue.

— Agora eu vou embora.

— Responda a uma pergunta, antes — disse Tremal-Naik. — Você acha que eles não vão tentar mais fazer a expedição depois que o capitão estiver morto?...

— Contra Raimangal?...

— É.

— Não existe outro homem tão ousado e com tanta iniciativa para conduzir uma expedição pelos *Sunderbunds*. Com ele morto, nenhum perigo ameaça Raimangal.

Até logo, amigos. Amanhã, um dos meus fiéis vai ao palacete e até a noite o capitão não estará mais vivo.

— Você quer a baleeira? — perguntou o velho tugue.

— Não precisa — respondeu o *porom-hungse*. — Nimpor tem um braço inútil, mas as pernas ainda podem desafiar os melhores corredores.

Dito isso, ele se pôs a caminho, acompanhando a sinuosidade da margem, e logo desapareceu sob a sombra densa dos acadiros de folhagem em leque.

29. A emboscada

NA NOITE SEGUINTE, TREMAL-NAIK, Vindhya e o tugue saíram em silêncio da cabana e se dirigiram para o pequeno promontório.

O primeiro estava armado com uma carabina, enquanto os outros dois, com os laços e os punhais. Depois de passar perto do antigo templo, subiram a escadaria e, do alto, podiam dominar um trecho imenso do rio sagrado. Sentaram entre as ruínas que tinham caído do alto daquela construção enorme.

Reinava um silêncio quase absoluto nas margens do rio gigante. Só se ouvia o leve gorgolejo da corrente que rompia contra os caules de lótus e contra as raízes das plantas aquáticas.

Não se via nenhum barco na água, espelhada e brilhante graças a uma lua magnífica que se estendia entre as duas margens; nenhum grito de barqueiros ou de pescadores ecoava no ar. Do lado de cá e de lá do Ganges, tudo estava adormecido.

Vindhya subira em um pedaço de coluna e estava observando, tentando discernir ao sul algum ponto ou alguma linha escura que indicasse a aproximação de uma chalupa, enquanto Tremal-Naik, agitadíssimo, começara a andar no meio das ruínas, girando sem parar em volta de uma enorme estátua de Moyeni, o filho de Vixnu, que, mais tarde, se transformou em mulher para seduzir os gigantes que infestavam o mundo e roubar o *amurdon*, o licor precioso que proporcionava a imortalidade.

— Nada — disse de repente o faquir, descendo do seu observatório. — No entanto, não deve faltar muito para a meia-noite.

— Será que aquele homem não vem, então? — perguntou Tremal-Naik com uma ira surda. — Estou sentindo neste momento uma vontade furiosa de matar ou de morrer.

— Ele vem — disse o faquir com voz tranquila. — O capitão não vai deixar escapar a ocasião de obter uma informação tão preciosa.

— O *porom-hungse* não apareceu mais e por isso estou com medo que o plano dele tenha virado fumaça. Onde estão os nossos homens?

— Colocados ao longo do rio, em intervalos espaçados — disse o velho tugue.

— Eles também não devem ter visto nada.

— Você está enganado, Tremal-Naik — disse o faquir. — Estou vendo um homem correndo para cá.

— Um dos nossos?...

— Não sei.

Tremal-Naik pulou para a coluna que servira de observatório a Vindhya e lançou o olhar para a margem do rio.

Um homem vinha correndo a toda velocidade, como se estivesse sendo perseguido por alguém, ou como se tivesse uma notícia urgente a comunicar. Devia ser um *dondy*, pois tinha em uma das mãos o bastão enfeitado com um pedaço de tecido esvoaçante.

Em vez de seguir a sinuosidade da margem, aquele indiano passou pelo meio dos grupos de plantas que surgiam a uma pequena distância do rio, contornou o casebre de Vindhya e continuou a correr na direção do templo.

— É um mensageiro do Nimpor — disse o velho tugue. — Com certeza está trazendo boas notícias para nós.

O *dondy*, pois era mesmo um faquir pertencente àquela casta de ascetas muito venerados na Índia, especialmente pelos indianos ricos, que costumam abrir os jardins particulares para aqueles parasitas, permitindo que eles os saqueiem à vontade, subiu depressa a escadaria e parou diante de Vindhya, dizendo com voz ofegante:

— Está chegando!...

— Quem? — perguntaram todos a uma só voz.

— O capitão.

— Pela morte de Xiva!... — gritou Tremal-Naik. — Aquele homem é meu!...

— Ele está sozinho? — perguntou o faquir.

— Não, está acompanhado de seis homens.

— Mesmo que estivesse no meio de mil *cipais*, eu o mataria!... — exclamou o *caçador de serpentes* exaltado.

— Quem são os homens que estão acompanhando? — perguntou o velho tugue.

— São seis *cipais*.

— Armados?...

— Parece que sim.

— Então ele acreditou que haveria uma delação?...

— Se vem vindo é porque deve ter acreditado no homem que foi procurá-lo.

— Vamos esperar por ele na cabana — disse o faquir. — É lá que nós vamos matá-lo.

— Nós, não, eu vou fazer isso sozinho — disse Tremal-Naik.

— Vamos esperar até avistarmos a barca — sugeriu o velho tugue. — A cabana fica bem perto, e seria bom prepararmos uma emboscada.

— Olhem, estão chegando!... — exclamou o *dondy*.

Tremal-Naik, o velho tugue e Vindhya se precipitaram para a escadaria, olhando para o rio.

À pálida luz da lua, puderam ver uma linha negra muito fina se destacando na superfície brilhante do Ganges. Em torno dela, a água espumava sob a batida dos remos.

Olhando com mais atenção, Tremal-Naik pôde distinguir seis pessoas. Mas deviam estar todas armadas com fuzis, pois ele via hastes delgadas brilhando como prata.

— Estão chegando — disse ele, com uma entonação terrível. — Brama, Xiva, Vixnu, me deem a força para cometer este último delito antes de salvar a minha pobre Ada.

— Para a cabana — disse o velho tugue.

— E os seus homens? — perguntou o faquir.

— A esta hora devem ter começado a dobrar as velas. Logo vão chegar aqui.

Os quatro indianos saíram da escadaria do templo e em poucos minutos chegaram à cabana do faquir.

— Vamos chegar a um acordo — disse Vindhya. — Sou eu que vou fingir fazer uma revelação prometida ao capitão.

— E nós? — perguntaram Tremal-Naik e os outros dois.

— Vocês se escondem ali, atrás daquela esteira, e ficam com os laços preparados. Quando me ouvirem tossir, pulem para fora.

Naquele instante, os seis tugues da baleeira chegaram avisando:

— Estão quase abordando.

— Ótimo — disse Vindhya. — A seus lugares.

Enquanto Tremal-Naik, o velho tugue e o *dondy* se ocultavam atrás da esteira, o faquir olhou para os homens da baleeira e disse:

— Vocês vão ficar de emboscada em volta da casa, entre os caniços do pântano, e não se mexam até ouvirem um tiro de pistola.

Os seis tugues desapareceram depressa, se dispersando ao redor do casebre.

— Agora é entre nós dois, capitão — murmurou o faquir, enquanto um raio feroz animava o seu olhar opaco. — Você será um homem de muita sorte se conseguir escapar desta vez do laço vingador dos sectários de Kali.

Ele foi até a soleira da porta e ficou olhando atentamente para o templo, pois era por lá que a vítima devia chegar.

Aguçando os ouvidos, escutou a batida de remos e, em seguida, alguns golpes surdos produzidos, talvez, pelo choque da chalupa contra a escadaria de pedra do templo. Um pouco mais tarde, viu uma forma branca se delinear no fundo da alameda de tamarineiros. Parecia que o capitão vestira um costume indiano para não ser reconhecido. De fato, Vindhya distinguiu um amplo *dubgah* de tecido branco envolvendo aquele homem e, na cabeça, uma espécie de turbante volumoso que devia cobrir boa parte do seu rosto.

O capitão se deteve a cinquenta passos do casebre, olhando para a direita e para a esquerda, como se tivesse receio de estar sendo vigiado ou de cair em alguma armadilha, e então, sentindo segurança, talvez por causa do silêncio que reinava naquele local, foi na direção do faquir que saíra da casa.

A dez passos, tornou a parar e, retirando uma pistola do cinto, apontou para Vindhya, perguntando com voz ameaçadora:

— Quem é você?...

— O homem que deve falar com o capitão MacPherson.

— Seu nome?...

— Vindhya.

— Entre no seu casebre e cuidado. Se você teve a intenção de preparar uma armadilha para mim, tenho duas pistolas no cinto e a primeira carga vai ser toda sua.

— Eu não sou um traidor.

— É possível esperar qualquer coisa de um delator.

— Está desconfiando de mim?...

— Talvez.

— Então pode voltar à sua chalupa, capitão. Eu sou um homem leal.

— Isso veremos.

— O senhor trouxe o dinheiro?...

— Estou com as cinquenta mil rúpias que você pediu pela informação.

— Pode entrar sem medo.

O capitão se adiantou, olhando uma última vez para a direita, para a esquerda e para trás, depois entrou decididamente na cabana.

O faquir já estava lá dentro e acendera um candeeiro. Assim que a chama iluminou o cômodo, um grito de espanto e de raiva saiu da sua garganta.

O homem, que ele até agora estava pensando ser o capitão, na verdade era um bengalês robusto, de formas atarracadas, feições atrevidas e olhar feroz. Deixara cair no chão o amplo *dubgah*, mostrando o uniforme branco e vermelho dos *cipais* indianos.

— Estou percebendo que você ficou surpreso — disse o bengalês com um sorriso de zombaria. — Por quê?...

— E você ainda pergunta?... — respondeu o faquir, que a muito custo continha a raiva que queimava no peito. — Achei que estava falando com o capitão MacPherson, e agora vejo diante de mim um sargento dos *cipais*.

O bengalês deu de ombros.

— E você acha que o meu capitão seria tão ingênuo a ponto de vir aqui?...

— Talvez ele seja um covarde.

— Não é um covarde, é um homem prudente.

— Mas ele fez muito mal.

— Por quê?

— Porque agora não vou mais falar. Eu só daria a informação a ele.

— Eu sou Bhârata, o homem de confiança do capitão, um inimigo ferrenho dos tugues, por isso você pode me dizer tudo o que queria informar a ele.

Você não vai perder nada, pois vou pagar por isso e não pretendo contar a ninguém o que você me disser, com exceção do meu patrão.

O faquir hesitou um instante, a seguir indicou ao sargento uma cadeira, próxima à esteira que servia de esconderijo para Tremal-Naik e para os seus dois companheiros, e disse:

— Sente e me escute.

Deu uma volta pela cabana, olhou para fora, como se estivesse com receio de estar sendo vigiado, e então fechou a porta, reforçando com uma trava.

— O que você está fazendo? — perguntou o sargento, com um ligeiro tom de preocupação.

— Tomando as minhas precauções — respondeu o faquir com voz tranquila.

— Então também vou tomar as minhas — disse Bhârata, tirando duas pistolas do cinto e colocando nos joelhos.

— Eu estou desarmado.

— Mesmo um homem desarmado pode ser um traidor — respondeu o sargento. — Agora você pode falar.

— Primeiro quero fazer uma pergunta.

— Faça.

— É verdade que o capitão está prestes a comandar uma expedição contra Raimangal?

— É verdade, sim.

— Com uma nave de guerra?

— Ele já está armando a *Cornwall*, uma boa fragata que pode levar também vários canhões e acomodar meia companhia de *cipais*.

— Ele vai partir logo?

— O mais rápido que puder — respondeu Bhârata. — O capitão está impaciente para destruir o covil daqueles malditos fanáticos.

— Mas provavelmente ele não sabe onde fica a entrada dos subterrâneos.

— Se soubesse, não teria me enviado aqui com cinquenta mil rúpias. Ele só sabe que eles estão na ilha de Raimangal.

— Mas eu posso guiá-lo — disse o faquir, dando um sorriso feroz. — Aqueles malditos me prejudicaram tanto que eu quero me vingar. Mas eu prefiro falar com o capitão.

— Ele não está longe daqui e, se as suas informações forem realmente importantes, posso levar você até ele.

— E por que ele não vem aqui?

— Eu já disse que ele é um homem prudente.

— E está acompanhado?

— Está, por uma boa escolta.

O faquir fez um gesto imperceptível de raiva, mas num instante a sua expressão se acalmou de novo, como se tivesse tomado uma resolução rapidamente.

— Escute — disse em seguida. — Como eu já disse, odeio os tugues, principalmente o chefe deles, o cruel Suyodhana. Até poucos dias atrás, fiz parte dessa seita; agora decidi quebrar a forte corrente que me prendia a eles, para me vingar de todos os péssimos tratamentos que recebi.

— O que eles fizeram a você?

— Por enquanto não adianta dizer nada a você. Eu fiquei muitos anos em Raimangal, e talvez ninguém conheça tão bem quanto eu os *Sunderbunds* e as cavernas imensas que servem de refúgio aos devotos da divindade monstruosa que nada em sangue humano. Eu vou dizer o que o capitão deve fazer para surpreendê-los e...

O faquir se interrompera bruscamente, enquanto uma forte preocupação se desenhava no seu rosto.

Do lado de fora, na direção do pântano, ouvira ecoar o grito triste e choroso de um chacal. Sabendo que aqueles animais não frequentavam aqueles lugares tão próximos à cidade indiana, fora surpreendido por aquele grito, que bem podia ser também um sinal dos homens que estavam na baleeira.

— Tem algum perigo no ar — pensou. — É melhor acabar com isso logo e me contentar com este homem mesmo, por enquanto.

O sargento parecia não ter prestado atenção ao grito do chacal, talvez achando que fosse mesmo um daqueles animais.

— Continue — disse ele, vendo que o faquir se interrompera.

— Está bem, vou continuar — disse Vindhya. — Se o capitão tem a intenção de surpreender os tugues no covil deles, terá que ter o maior cuidado para não ser descoberto e para que não seja dado o alarme. Se tiver que desembarcar em pleno dia, não vai encontrar um único homem nos subterrâneos.

Naquele momento, um segundo grito, mais longo e mais triste do que o primeiro, foi ouvido fora da cabana. Não era mais possível se enganar: tratava-se de um aviso de perigo. Vindhya fingiu não ligar e continuou:

— Você vai dizer ao capitão para não abordar em Raimangal, mas para se esconder nos canais de Gona-Souba. Não faltam ilhas por lá, e será fácil montar um acampamento confortável, para depois...

Ele se interrompeu pela segunda vez, tossindo com estardalhaço. Por um instante, ao virar a cabeça devagar, viu a esteira se agitar quase imperceptivelmente e depois se abrir. Como o sargento estava de costas para aquele canto da sala, não percebeu nada. Estava ouvindo o relato do informante com a maior atenção.

— Para depois cair inesperadamente em cima de Raimangal — prosseguiu o faquir.

266

— Como nós vamos cair em cima de você!... — gritou de repente uma voz às costas do sargento.

Este fizera um gesto rápido para empunhar as pistolas que estavam nos joelhos, mas seis mãos fortes o seguraram, desarmaram e jogaram no chão junto com a cadeira.

O infeliz viu três punhais apontados para ele, prontos para transpassá-lo.

— Traidores!... — exclamou, tentando se libertar daquele apuro, sem conseguir.

Logo em seguida, um grito de susto e de ódio escapou dele.

— Você?... Tremal-Naik!...

— Eu mesmo, Bhârata — respondeu o *caçador de serpentes*.

— Seu miserável!...

— Eu avisei que a minha missão não tinha acabado.

— Tomara que os infernos engulam você!...

— Cale a boca!... Agora você está em nosso poder e é inútil desabafar a raiva, fazendo desaforos.

— Mas o que você quer de mim?... Se está precisando da minha vida, pode pegá-la. Depois o capitão pode se vingar, ou melhor, logo, logo ele vai se vingar.

— Não tão rápido quanto você pensa — disse Tremal-Naik. — Em vez de me ameaçar, responda às nossas perguntas, se dá valor à sua vida.

— Não dou mais o menor valor a ela. Por duas vezes caí como um estúpido nas suas mãos, por isso pode me matar.

— Em vez disso, prefiro poupá-la. Você é um hóspede precioso demais para ser sacrificado. Mas eu quero que me diga onde está o seu patrão.

— Para que você o mate, não é verdade?... — perguntou Bhârata com ironia.

— Você não tem nada a ver com isso. Diga onde ele está.

— Onde ele está?... Se você abrir aquela porta, vai vê-lo.

— Ele está aqui?... — exclamaram Tremal-Naik, os dois faquires e o velho tugue.

— Está, meus caros. Esperando apenas um sinal meu para entrar com os *cipais*, prender e enforcar vocês.

— Pela morte de Xiva!... — gritou Tremal-Naik, empalidecendo.

— Ah!... Ah!... — continuou o sargento, rindo. — Vocês acharam que ele seria ingênuo a ponto de cair em uma armadilha dessas!... Não, seus canalhas, foi ele que preparou uma armadilha para vocês. Vocês vão ser presos daqui a poucos minutos.

— Você está mentindo — disse Vindhya. — Só está querendo nos assustar.

— Então abra aquela porta!...

Tremal-Naik empunhara as duas pistolas do prisioneiro e fizera menção de se dirigir à porta; Vindhya e o velho tugue o detiveram rapidamente.

— Que tipo de loucura você está querendo fazer? — perguntou o faquir?

— Talvez o capitão esteja lá — disse Tremal-Naik.

— E quantos homens estão com ele?... Você tem ideia?...

— Bhârata pode estar mentindo.

— E também pode estar dizendo a verdade. Você não ouviu o grito do chacal duas vezes?... Os nossos homens escondidos no pântano avisaram que estamos correndo perigo.

— E o que *você* pretende fazer agora?...

— Acho que temos que nos conformar e esperar uma ocasião melhor para tentar um novo golpe.

— Será que estamos cercados?

O faquir deu de ombros.

— Mesmo que fossem mil homens, iríamos fugir de qualquer jeito. Esperem por mim.

O indiano estava prestes a entrar no quarto vizinho, quando ouviu alguém batendo com força na porta, enquanto uma voz ameaçadora gritava:

— Abram ou vamos pôr fogo na casa!...

— Os meus companheiros! — exclamou Bhârata.

— Ninguém responde — ordenou o faquir. — Amordacem o prisioneiro e venham comigo em silêncio.

— Aonde vamos?... — perguntou Tremal-Naik.

— Vamos fugir.

— E o capitão?... Vou perdê-lo de novo?...

— Se você dá valor à sua vida, venha — respondeu o faquir. — Mais tarde podemos começar a jogar uma nova partida contra ele, mas por ora a nossa única opção é fugir.

Bhârata fora rapidamente amordaçado e amarrado. A um sinal do faquir, Tremal-Naik o pegou entre os braços e todos passaram para o quarto vizinho, enquanto a mesma voz de antes repetia com mais força:

— Abram ou serão todos queimados.

O faquir ergueu uma esteira de fibra de coco que cobria o chão, depois puxou uma pedra, em seguida uma laje de metal, e apareceu uma escada apertada e escura.

— Peguem as tochas — disse ao velho tugue e ao *dondy*.

Os dois indianos se apoderaram dos dois galhos resinosos, grossos como o braço de um homem, e acenderam depressa.

— Em frente! — exclamou Vindhya.

Desceu a escada apertada e parou em uma espécie de porão não muito grande e bastante úmido, pelo fato de ter sido escavado a uma pequena distância do pântano.

Deu uma olhada rápida em torno e disse ao *dondy*:

— Suba naquele pedaço de coluna que está ali no canto.

O indiano obedeceu.

— Tem uma chapa de ferro incrustada na parede?...

O *dondy* deu um soco poderoso e um estrondo metálico surdo ressoou.

— A chapa está aqui — disse.

— Tem um botão no meio, você está vendo?...

— Estou, já achei.

— Aperte com força.

O *dondy* fez força e logo a parede saiu de lado com o golpe. Apareceu então uma passagem ainda mais escura.

— Você está ouvindo alguma coisa? — perguntou Vindhya.

— Não, absolutamente nada.

— Subam todos.

— E você? — perguntou o velho tugue.

— Daqui a pouco vou me encontrar com vocês.

Tremal-Naik, o *dondy* e o tugue entraram naquela passagem, levando com eles o pobre Bhârata, que nem sequer tentava opor a menor resistência, pois tinha certeza, afinal, de que seria inútil fazer isso.

Vindhya esperou até que os companheiros desaparecessem, voltou a subir a escada que levava à sua cabana e se pôs a escutar.

Ouviu os *cipais* gritando do lado de fora, ameaçando mandar a cabana pelos ares. Cansados de esperar, rapidamente começaram a trabalhar com a coronha dos fuzis para derrubar a porta.

— Não vai ter ninguém aqui para se opor a vocês — murmurou o faquir com um sorriso irônico. — Vamos ver se vocês são capazes de nos encontrar nos subterrâneos escuros do templo antigo.

Pegou uma terceira tocha, colocou no cinto um facão largo e pesado e desceu mais uma vez ao porão, parando diante da parede oposta à da chapa metálica.

Ergueu o archote e observou com atenção por alguns instantes; em seguida empunhou o facão e deu um golpe terrível.

Uma grande laje de vidro, enegrecida pelo tempo, pela poeira e pela umidade se despedaçou com o choque e um enorme jato de água irrompeu, bramindo, no porão.

— Talvez o pântano fique seco, mas e daí? — murmurou o faquir. — Vamos fugir antes que a água chegue às galerias e afogue todos nós.

Enquanto os pontapés dos *cipais* ressoavam sobre a sua cabeça e a água invadia rapidamente o porão, subindo a olhos vistos, ele correu para a coluna e entrou no corredor.

Procurou por alguns minutos na soleira da abertura e, quando encontrou uma saliência, apertou com as duas mãos. De súbito, a grossa placa de ferro se fechou de novo com violência.

— Agora, tenho que alcançar os outros — disse o indiano, rindo. — Entre vocês e nós haverá uma enorme massa de água.

E correu pelo corredor para chegar até os companheiros, já bem distantes.

30. Nos subterrâneos do templo

AQUELA PASSAGEM subterrânea, que o capitão e os *cipais* com certeza não conheciam, era muito estreita, a ponto de permitir a passagem de apenas um homem por vez, além de ser tortuosa e úmida demais.

Em vez de descer, depois de alguns passos ela subia, descrevendo, ainda, diversas curvas, como se rodeasse o pântano ou o antigo templo, ambos muito próximos do casebre do faquir. Insetos repugnantes que entravam pelas fissuras do solo já tinham tomado conta do caminho, certos de que poderiam gozar de uma tranquilidade absoluta. À luz das tochas, de vez em quando os fugitivos viam sair, assustados por aquela invasão repentina e inesperada, escorpiões de todos os tamanhos e de todas as cores, lacraias, centopéias venenosas, aranhas negras e aveludadas, de um tamanho extraordinário, e também algumas *biscobras*, uma espécie de lagarto horrível, coberto de ferrões e com a língua dividida em dois dardos córneos que destilam um veneno poderosíssimo.

Tremal-Naik, sempre mantendo Bhârata seguro por um braço, depois de percorrer cerca de quinhentos passos, parara em uma pequena caverna que parecia não ter saída.

— Não podemos ir em frente — disse ao *dondy* e ao velho tugue, que haviam acabado de chegar. — Não estou vendo nenhuma passagem.

— Vamos esperar o Vindhya chegar — respondeu o tugue. — Só ele conhece estes subterrâneos.

— Eu já ouvi falar do antigo templo — disse o *dondy*. — Não acho possível que a galeria acabe aqui.

— Se fosse assim, seria a morte para nós — disse Tremal-Naik. — Os *cipais* não vão demorar a encontrar a passagem.

Naquele momento, avistaram Vindhya, correndo rapidamente para chegar até eles.

— Está feito — disse ele, apagando a tocha. — Agora podemos ter certeza de que não vamos ser seguidos.

— Por quê? — perguntou Tremal-Naik.

— O porão está cheio de água e eles não vão mais conseguir encontrar a chapa de metal.

— E aonde vamos agora? — perguntou o *dondy*. — Por aqui não tem saída.

— Eu vou mostrar o caminho — respondeu Vindhya.

Pegara um archote e estava examinando as paredes da caverna, quando ouviu uma detonação assustadora ressoar a distância. O solavanco no solo foi tamanho que uma grande quantidade de rochas se destacou da abóbada, ruindo com um estrondo terrível.

— O que aconteceu? — perguntou Tremal-Naik. — Será que explodiram uma mina?

— Acho que devem ter explodido a minha casa — disse Vindhya, que parecia ter ficado preocupado. — Este é um golpe que eu não esperava.

— Será que a galeria desmoronou? — perguntou o *dondy*.

— Duvido muito, mas... escutem! Vocês não estão ouvindo nada?

Tremal-Naik e os seus dois companheiros retiveram a respiração e começaram a prestar atenção. Da direção da galeria que tinham acabado de percorrer se ouvia um mugido surdo que avançava rapidamente e ficava cada vez mais distinto.

Os quatro indianos olharam uns para os outros, inquietos.

— O que significa esse barulho que está chegando cada vez mais perto? — perguntou Tremal-Naik.

— Não sei — disse Vindhya.

— Parece uma corrente de água, irrompendo pelas galerias.

— Água! — exclamou Vindhya com um tom aterrorizado. — Então eles explodiram também a placa de ferro que servia de proteção para nós.

— Temos que fugir — disse o velho tugue. — Rápido, encontre a passagem!...

Vindhya correra para um canto da caverna, onde sabia que havia uma segunda chapa que se comunicava com os subterrâneos do antigo templo. Já avistara o botão que devia fazer a mola disparar, quando uma verdadeira tromba de água desabou da galeria escura.

O choque daquela massa líquida foi tão violento que os quatro indianos e o prisioneiro foram arremessados contra a parede oposta. Duas tochas se apagaram, mas o velho tugue erguera a sua imediatamente, para evitar que a escuridão ficasse completa.

Por alguns segundos, os infelizes foram arrastados para frente e para trás por aquela torrente furiosa que irrompia na caverna, fazendo ruídos assustadores e ameaçando chegar rapidamente até o teto e afogar todos eles.

A água não encontrava uma saída; ricocheteava contra as paredes, formando verdadeiras ondas, e crescia a olhos vistos, tornando bastante difícil a situação daqueles cinco homens.

— Pela morte de Xiva! — exclamou Tremal-Naik, que soltara Bhârata. — Vamos nos afogar!... O que aconteceu afinal?...

— Eles despedaçaram a placa de metal e a água que estava no porão e no pântano invadiu a galeria — disse Vindhya.

— Então vamos nos afogar?...

— Não sei — respondeu o faquir com angústia.

— Temos que abrir uma saída para a água — disse o velho tugue.

— Tem uma passagem, mas agora está submersa.

— Vamos tentar abrir.

— Mas aí a galeria vai secar e os *cipais* virão atrás de nós.

— Melhor uma tentativa de fugir dos nossos perseguidores do que a morte certa aqui na água — disse Tremal-Naik.

— Será que depois vamos conseguir passar?

— O que você está querendo dizer, Vindhya?

— Que a água vai entrar pelos subterrâneos do templo e que vai fechar a nossa passagem.

— Mas estes subterrâneos não são imensos?...

— São enormes, sim.

— E onde acabam?...

— No Ganges.

— Então a água vai encontrar uma saída.

— Mas algumas galerias vão ficar submersas.

— Temos que tentar atravessá-las a nado. Rápido, Vindhya, procure a placa ou nós vamos morrer afogados em pouco tempo.

— Mantenha a tocha no alto — disse o faquir ao velho tugue. — Se ela apagar, estaremos perdidos.

A água continuava irrompendo na caverna com fúria, mas, depois de cobrir a galeria, as ondas ficaram um pouco mais calmas. Mesmo assim, o nível subia sem parar, e os cinco homens já estavam com água até o peito.

Mais alguns minutos e já estariam afundados até o queixo.

Depois de ter examinado as paredes da caverna, o faquir se dirigira a um canto, enchera os pulmões de água e mergulhara decididamente, a fim de fazer disparar a mola da placa.

Logo em seguida, se formou um pequeno turbilhão naquele canto e se ouviram ruídos surdos que iam ficando cada vez mais distintos.

O faquir se agarrou às saliências das rochas e se afastou depressa para não ser arrastado por aquela corrente subaquática e levado para as galerias de saída.

— Estamos salvos!... — gritou ele ao se juntar aos companheiros. — A água está passando pelas galerias do templo!

— Já era tempo — murmurou Tremal-Naik. — O nosso prisioneiro é mais baixo do que nós e já estava se afogando.

A água estava começando a diminuir, embora lentamente, pois continuava entrando pela galeria que se comunicava com a casa do faquir.

Antes que a caverna ficasse seca, era necessário esperar que o pântano esgotasse o reservatório de água, que não era muito grande, na verdade, mas, mesmo assim, considerável.

— Vamos ter que esperar umas duas horas — disse Vindhya a Tremal-Naik, que o interrogava com os olhos.

— E depois, para onde vamos fugir?

— Para os subterrâneos do templo.

— Será que os *cipais* vão nos seguir?...

— Receio que sim. Quando virem o pântano esvaziar, vão adivinhar o caminho seguido pela água e procurarão a galeria.

— Você acha que podemos escapar da perseguição deles?...

— Espero que sim.

— E o Bhârata, ele vai conosco?... Tenho medo de que se torne mais um empecilho do que uma utilidade.

— É verdade — respondeu Vindhya. — Mas também não podemos abandoná-lo. Quem sabe? Ele ainda pode ser necessário para conhecermos melhor as intenções do capitão.

— E também pode ser um refém de valor — disse o velho tugue. — Principalmente porque, se o deixarmos aqui, ele vai informar aos *cipais* o caminho que nós seguimos.

— Podemos matá-lo — disse o faquir.

— Seria um crime inútil — respondeu Tremal-Naik. — O Bhârata não é o capitão.

— Então vamos levá-lo conosco — concluiu o velho tugue.

Enquanto trocavam aquelas palavras, a água continuava baixando, encontrando talvez uma saída maior nos subterrâneos do antigo templo. Ao fim de meia hora, os cinco indianos estavam com a água na cintura.

O faquir, visivelmente preocupado, com medo de que os *cipais* aparecessem de repente, quis aproveitar para fazer uma rápida exploração na galeria que se comunicava com o porão.

Deu a tocha a Tremal-Naik, convidou o *dondy* a ir com ele e entrou na passagem, que já estava meio descoberta.

A corrente estava menos forte agora, sinal evidente de que o reservatório de água do pequeno pântano estava acabando. Portanto, era bem provável que, espantados com a fuga, os *cipais* tivessem procurado a causa e encontrado a chapa metálica.

Andando lentamente por causa da corrente que passava entre as suas pernas, ameaçando derrubá-los algumas vezes, e agarrando as saliências das paredes para resistir melhor àquele empuxo, os dois faquires conseguiram percorrer mais trezentos passos, chegando quase à metade do caminho.

Pararam por um momento para tomar fôlego e logo continuaram em frente, se amparando alternadamente para conseguir vencer a corrente que ficava mais forte, pois a galeria era uma descida.

Já haviam percorrido outros cinquenta ou sessenta metros, quando ouviram vozes humanas na extremidade da galeria. Os dois pararam e estenderam as mãos.

— Você ouviu? — perguntou Vindhya.

— Ouvi — respondeu o *dondy*.

— Descobriram a galeria.

— Você acha?...

— Quieto! Escute!...

Uma voz era transmitida distintamente pela galeria, gritando triunfante:

— Achei a passagem!...

— Fomos descobertos — murmurou o *dondy*.

— E em pouco tempo os *cipais* estarão nos nossos calcanhares — respondeu Vindhya.

— Temos que fugir.

— Espere um momento. Se já encontraram a placa, vamos ver as tochas.

Retomaram a marcha, tentando não fazer barulho e, quando chegaram a uma curva da galeria, avistaram um forte clarão à distância de cento e cinquenta passos. Alguns *cipais* estavam prestes a entrar na passagem que haviam descoberto.

— Para trás — disse Vindhya com voz sufocada. — Se os subterrâneos do antigo templo não estiverem desimpedidos, em pouco tempo estaremos presos.

Os dois se precipitaram pela galeria, se deixando levar pela correnteza, e em pouco tempo chegaram à caverna onde Tremal-Naik e o velho tugue estavam esperando, mantendo o prisioneiro com eles.

— Temos que fugir — disse Vindhya.

— Já estamos sendo seguidos? — perguntou Tremal-Naik.

— Estamos, os *cipais* descobriram a passagem.

— E estão atrás de nós?

— Estão, e logo vão chegar aqui.

Tremal-Naik retirou o punhal e fez com que ele brilhasse na frente dos olhos do Bhârata, dizendo:

— Ande, ou eu mato você.

A galeria de saída que conduzia aos subterrâneos do antigo templo já estava meio descoberta, e a água tinha quase acabado de escoar.

Os cinco indianos entraram por ali, fecharam a placa para atrasar um pouco a marcha dos *cipais* e se lançaram resolutamente adiante, mantendo a tocha no alto.

Aquele segundo duto subterrâneo era bem mais espaçoso do que o primeiro, permitindo a passagem de três e até de quatro homens ao mesmo tempo, e o teto era tão alto que a luz do archote não conseguia iluminá-lo.

A irrupção de água cessara com o fechamento da placa metálica, mas eles ouviam à frente ruídos surdos, repercutidos incessantemente pelos ecos da galeria.

Parecia que a torrente, acompanhando as rampas daqueles vastos subterrâneos, continuava avançando, precedendo os fugitivos.

Ouviam-se estrépitos, depois baques surdos, como se a água estivesse caindo do alto, gorgulhos, depois mugidos mais distantes que se perdiam naquelas cavernas negras e naquelas amplas galerias que se estendiam embaixo do antigo templo.

Vindhya, que conhecia aquelas passagens tenebrosas, ia mostrando o caminho. Pegara o archote e avançava sem hesitação, ora subindo, ora descendo. A água já desaparecera completamente e eles caminhavam em chão seco, pois a porosidade das rochas absorvera a água até a última gota.

Durante cerca de meia hora ele guiou os seus companheiros através daquelas galerias que descreviam curvas e faziam cantos infinitos e chegou a um amplo subterrâneo, onde se erguia uma grande quantidade de túmulos estranhos, que talvez fossem tumbas de antigos rajás.

As paredes daquela caverna estavam cobertas de esculturas gigantescas de natureza sagrada. Viam-se as vinte e uma encarnações de Vixnu, o deus conservador, representado por tartarugas colossais, por gigantes, por monstros assustadores, por cavalos com as patas armadas de sabres e escudos, cabeças de elefante com as trombas erguidas e, no meio, havia uma enorme concha, do gênero dos chifres dos amonitas, de cor escura, representando a famosa pedra *salagraman*, um símbolo precioso, adorado pelos seguidores do deus.

Vindhya se detivera, pois na extremidade oposta da caverna ainda havia uma grande quantidade de água.

— O caminho está impedido — disse, mostrando um pouco de tremor na voz. — A galeria que deve nos levar para a segunda caverna continua submersa.

— Vamos ser obrigados a voltar? — perguntou Tremal-Naik.

— Seria a morte certa; os *cipais* já devem estar bem perto de nós.

— Não tem nenhuma outra passagem?...

— Nenhuma — respondeu o faquir com um ar tenebroso.

— A galeria que dá no segundo subterrâneo é muito comprida?

— Ela tem cerca de sessenta passos.

— Eu sou um bom nadador.

— E nós também — disseram o velho tugue e o *dondy*.

— Aonde você quer chegar?

— Ao fato de que vamos ter que tentar passar por baixo da água — respondeu Tremal-Naik decididamente.

— E o prisioneiro?...

— Ou vem conosco, ou se afoga.

Retirou a mordaça que pusera na boca de Bhârata, dizendo:

— Se quiser continuar vivo, vai ter que vir conosco. Você sabe nadar?

— Sei — respondeu o sargento.

— Então venha.

Naquele instante, eles ouviram a distância um estrondo, que repercutiu por muito tempo sob as galerias e na ampla caverna.

— Eles detonaram alguns cartuchos explosivos — disse Vindhya.

— Os *cipais?* — perguntou Tremal-Naik.

— Com certeza, Devem ter estourado a segunda placa para continuar a perseguição.

— Vamos depressa!

Dirigiram-se para a extremidade da caverna, voltando a imergir. Como o piso era bastante inclinado, a água se juntara lá, obstruindo totalmente a galeria que devia fazer a comunicação com a segunda caverna.

— A passagem está bem na nossa frente — disse Vindhya.

— Ela é larga?...

— Larga e bastante alta também. Eu vou na frente.

— Temos que tomar conta do Bhârata — disse Tremal-Naik.

Os cinco homens encheram os pulmões de ar e mergulharam ao mesmo tempo.

Depois de quatro braçadas, encontraram a passagem submersa e entraram por ela, nadando vigorosa e rapidamente.

Durante aquela imersão, por duas vezes Tremal-Naik tentou voltar à tona, achando que já teriam acabado de atravessar a galeria e chegado à segunda caverna, mas sempre se chocava contra a abóbada. Na terceira tentativa, a sua cabeça finalmente emergiu.

Assim que encheu de novo os pulmões de ar, gritou:

— Vindhya, onde está você?...

— Perto de você — respondeu o faquir.

— E os outros?...

— Eu estou aqui — respondeu o velho tugue.

— Eu também — disse o *dondy.*

— E o Bhârata?...

Ninguém respondeu.

— Bhârata?... — repetiu Tremal-Naik.

Também não obteve nenhuma resposta na segunda chamada.

— Pela morte de Xiva!... — gritou. — O patife desapareceu!...

— Ou morreu afogado — respondeu Vindhya. — Vamos deixar os mortos e pensar em nós. Se quiserem salvar as suas vidas, venham atrás de mim!...

31. A perseguição

SEGUIR O FAQUIR NÃO ERA UMA coisa muito fácil com aquela escuridão profunda que reinava na segunda caverna, ainda mais agora que eles estavam sem tochas.

Os seus companheiros estavam em uma situação extremamente incômoda, sem saber para onde ir e, ainda por cima, sendo obrigados a nadar para se manter à tona, pois não haviam encontrado nenhum ponto de apoio.

A água que entrara pelas galerias se acumulara naquela caverna, por causa da inclinação do terreno, e ainda estava tão alta que não permitia que os quatro indianos alcançassem o fundo.

— Aonde estamos indo? — perguntou Tremal-Naik, que começava a ficar preocupado. — Confesso que estou desnorteado.

— Então trate de me seguir — disse Vindhya. — Eu sei onde fica a galeria que deve nos levar ao Ganges.

— E vai conseguir achá-la com esta escuridão?...

— Espero que sim.

— E será que ela também está submersa?

— Não, porque deve ficar muito mais no alto do que esta caverna.

— E se não conseguirmos encontrá-la?

O faquir não respondeu.

— Fale — insistiu Tremal-Naik.

— Então será o fim para nós — disse Vindhya com resignação.

— Os *cipais* vão nos alcançar, não é verdade?...

— Não são os homens do capitão que eu temo; a galeria inundada de água que acabamos de atravessar é suficiente para nos proteger. O que me assusta é ficarmos sem forças para continuar.

— Eu estou começando a ficar cansado — disse o *dondy*, que já estava nadando bem mais devagar. — Se eu tiver que me manter à tona por mais meia hora ainda, vou acabar afogando.

— Vá procurar a galeria — disse Tremal-Naik a Vindhya. — Nós vamos tentar seguir você.

O faquir começou a nadar até encontrar a parede da galeria escura e depois passou a segui-la para ver se encontrava a passagem com mais facilidade.

Tremal-Naik e os seus companheiros, orientados pelo barulho da água movimentada pelas pernas do nadador, começaram a segui-lo, tentando se manter unidos para não se perderem.

Embora os quatro fossem homens decididos e corajosos, o ruído surdo da água movimentada pelos seus membros e aquela escuridão profunda começavam a causar uma impressão forte no ânimo deles. Até mesmo Tremal-Naik sentia que era invadido aos poucos por uma vaga sensação de terror, que só fazia crescer com o correr dos minutos.

O faquir já dera duas voltas pela caverna, sem ter encontrado nada. O desespero, aumentado pela escuridão e pelo medo de um perigo iminente, estava prestes a tomar conta dele, quando os seus pés se chocaram contra um obstáculo.

Alongou rapidamente uma perna e achou que estava em um degrau.

— Acho que estamos salvos! — exclamou com um tom triunfante.

— Você achou a abertura? — perguntou o *dondy* com voz angustiada. — Eu não estou aguentando mais; estou quase desmaiando de cansaço.

— Encontrei um ponto de apoio — respondeu Vindhya.

— Tem lugar para nós? — perguntou o tugue. — Eu também estou no fim das minhas forças.

— Estamos perto da galeria, tem um degrau aqui embaixo.

— Então veja se continua — disse Tremal-Naik.

O faquir esticou a mão e percebeu que tinha outros degraus perto dele. Agarrou-se a eles, gritando:

— Podem vir. Estamos salvos!

Os degraus estavam indo para cima. Começou a subir e em pouco tempo as suas mãos encontraram uma abertura. Com um último esforço, passou por ela e se viu diante de uma passagem.

— Chegamos — disse. — Venham comigo, por aqui vamos chegar às margens do Ganges.

— Você já está vendo alguma luz? — perguntou Tremal-Naik.

— Ainda não; temos que passar por outras galerias e outras cavernas.

Os três companheiros, guiados pela sua voz, não tardaram a chegar perto da escada.

Vindhya já se embrenhara na galeria e avançava às apalpadelas, sem saber muito bem onde estava.

Naquele momento, ele acabava de se lembrar que existiam outras passagens na caverna que ele nunca tivera tempo de explorar, por isso não podia ter certeza de que a galeria em que estavam era a mesma que levava às margens do Ganges.

— Mas que desgraça termos perdido os archotes — murmurava. — Não sei se vamos conseguir sair deste apuro com uma escuridão tão profunda.

De repente, se chocou contra um obstáculo que parecia estar fechando a galeria. Apesar dos calafrios que sentia por causa do frio que reinava naqueles subterrâneos e do longo período de imersão nas águas que invadiram as galerias, sentiu que a testa ficara banhada de suor.

— Onde estamos? — se perguntou com enorme angústia. — Será possível que estamos perdidos nestes subterrâneos sem-fim do templo?

— O que é que você tem? — perguntou Tremal-Naik, que acabou se chocando contra o faquir, sem poder ter previsto aquela parada súbita.

— Não tem saída por aqui — respondeu Vindhya.

— Então você errou o caminho?

— Acho que sim.

Por alguns instantes, um silêncio amedrontado reinou entre os quatro homens. Aquele obstáculo inesperado que os impedia de prosseguir com a fuga os deixara aterrorizados.

— Acho que agora podemos ter certeza de que estamos perdidos — disse depois Tremal-Naik, com uma raiva surda. — O que você pretende fazer agora?

Vindhya respondeu com um suspiro.

— Fale — insistiu Tremal-Naik. — Eu não quero morrer, você está entendendo bem?

— Não sei mais o que fazer — disse o faquir. — Sem uma tocha, não consigo descobrir para onde ir.

— Que obstáculo é esse que está fechando a galeria?

— Não dá para saber se é uma pedra ou uma porta.

Tremal-Naik tirou uma pistola do cinto, deu alguns passos a frente e percorreu várias vezes o obstáculo com a coronha da arma.

Um som metálico ecoou pela galeria escura.

— É uma porta de ferro — disse o *caçador de serpentes*. — Talvez haja uma maneira de abrir. Vamos ver se tem algum botão por aí.

Passou as mãos naquela grande placa metálica, de alto a baixo, de um lado ao outro, mas não encontrou nada. Aquela porta era perfeitamente lisa, sem a menor saliência.

— Nada — murmurou com voz rouca.

Apelou para todas as suas forças e tentou empurrar: esforço inútil. Aquela porta, que devia ser maciça, nem se mexeu.

— Para derrubar esta porta, teríamos que usar uma mina — disse.

— Será que esta passagem foi fechada há pouco tempo? — perguntou o velho tugue.

— Não — respondeu Vindhya. — Com certeza houve um tempo em que ela se comunicava com o antigo templo, e vocês sabem que os subterrâneos dos templos têm portas de ferro.

— Então esta não é a galeria que desemboca no Ganges?

— Não, não é.

— Vamos procurar a outra.

— De que jeito?

— Voltando para a caverna.

— Se não achamos antes, duvido que possamos descobrir agora.

— Vamos ver — disse Tremal-Naik. — Você tem certeza de que aquela passagem não deve estar submersa?

— Se estivesse coberta de água, aqui não teria mais ar respirável.

— A observação é justa — disse o *dondy*.

— Então vamos procurá-la — aconselhou o velho tugue.

— E se esperarmos a água baixar? — perguntou o *dondy*. — O solo destas cavernas é bem poroso e não vai demorar a absorver...

— E os *cipais*?... — disse o tugue. — Esqueceu que estamos sendo seguidos?...

— Mas a galeria ainda está nos protegendo.

Como se fosse para desmentir o *dondy*, naquele momento se ouviu uma explosão assustadora a pouca distância deles, depois um raio luminoso ziguezagueou pela caverna e a iluminou por inteiro.

A água, elevada pela explosão de alguma mina poderosa, foi lançada pelas paredes, com ruídos ensurdecedores, enquanto da abóbada se precipitavam pedaços de rocha com baques surdos.

Tremal-Naik, o *dondy* e o velho tugue haviam dado um grito de terror, acreditando que a caverna inteira estivesse desmoronando; Vindhya, por sua vez, dera um grito de triunfo.

Com aquela rápida invasão de luz, ele avistara perto da abóbada uma segunda escadaria que subia e a reconhecera imediatamente.

— Encontrei a passagem! — gritou ele. — Depressa, para a caverna!...

Depois, sem sequer olhar para ver se estava sendo seguido ou não pelos companheiros, se jogou nas águas ainda agitadas, nadando com enorme vigor.

— Vindhya! — gritara Tremal-Naik.

— Venham — respondeu o faquir com voz imperiosa. — Os *cipais* estão quase entrando na caverna!...

Os três indianos, percebendo que estavam prestes a ser surpreendidos pelos soldados do capitão MacPherson, se atiraram na água, tentando segui-lo.

Da parte da galeria que se comunicava com a primeira caverna vinham vozes humanas. De vez em quando, clarões fugidios iluminavam as paredes e se refletiam na água.

Os *cipais*, depois de derrubar a passagem, a fim de desembaraçá-la da massa líquida que a estava obstruindo e impedindo o avanço deles, estavam se preparando para invadir a caverna.

No momento em que o faquir chegava à escada que devia conduzir ao corredor de comunicação com o rio, eles ouviram uma voz, gritando:

— Avançar!...

Tremal-Naik dera um urro de raiva.

— É a voz do Bhârata!...

— Ele escapou de nós e agora está nos perseguindo — disse o velho tugue. — Se aquele malandro cair de novo nas nossas mãos, não vai ser poupado.

Ao comando dado pelo sargento, os *cipais* correram para a galeria com a fúria de uma torrente de água. Eram quinze ou vinte homens, armados de fuzis e munidos de archotes.

Quando chegaram à caverna, pararam, com a água chegando até o pescoço.

— Lá estão eles — gritou um deles.

Vindhya, Tremal-Naik e o velho tugue já tinham chegado à galeria e entrado por ela, mas o *dondy*, mais velho que todos eles e já exaurido com toda aquela corrida e banhos contínuos, ainda se encontrava no último degrau.

Ao avistá-lo, alguns *cipais* apontaram rapidamente as armas e as descarregaram.

O infeliz faquir, crivado de balas, caiu da escada e se precipitou na água, sem dar um grito sequer.

Ouvindo o baque produzido pelo corpo que mergulhava, Tremal-Naik girara o corpo.

— O *dondy* morreu — gritou.

— Vamos em frente! — respondeu Vindhya. — Não é o momento de se ocupar dos mortos.

Os três indianos atravessaram correndo a galeria, enquanto os *cipais* avançavam a nado para chegar à escada.

Depois de percorrerem duzentos metros, Vindhya parou por um momento para deixar os companheiros passarem. Havia uma grande porta de ferro naquele local, mas estava aberta.

— Este obstáculo será suficiente para detê-los por alguns minutos — disse.

E fechou a porta atrás de si, com um ruído sonoro.

— Aonde vamos? — perguntou Tremal-Naik.

— Sempre em frente — respondeu o faquir.

— Será que não tem mais obstáculos? Não estou vendo mais nenhum.

— Agora o rio não está longe.

Os três homens votaram a correr, se chocando algumas vezes, se empurrando em outras, com medo de que os *cipais* do capitão surgissem atrás deles. Corriam como loucos, estimulados pelo medo, com as mãos estendidas para não baterem o rosto contra alguma parede ou contra qualquer outro obstáculo.

De repente, no fim de um longo corredor, começaram a distinguir uma luz bruxuleante, ao mesmo tempo que um murmúrio surdo chegava aos seus ouvidos, parecendo ser produzido por um longo curso de água.

— O que é este barulho? — perguntou Tremal-Naik esperançoso.

— É o Ganges — respondeu Vindhya.

Continuando a corrida, pouco depois chegaram a uma terceira caverna, mais ampla que as outras duas, que recebia um pouco de luz através de uma abertura estreita que se avistava no teto altíssimo.

A sua chegada àquela última gruta foi saudada por guinchos ensurdecedores vindo do alto. Tremal-Naik e o tugue, sem saber do que se tratava, pararam e lançaram olhares preocupados ao redor.

Só então perceberam que as paredes e o teto estavam cobertos de grandes manchas escuras que se agitavam e emitiam sons parecidos com um falatório, como se fossem pessoas conversando em voz baixa.

Eram milhares e milhares de *badul*, uma espécie de morcego repugnante, com mais de trinta centímetros de comprimento, uma envergadura de asas chegando muitas vezes a mais de um metro, e com a cabeça e o corpo cobertos de uma pelagem marrom-escuro atravessada por uma faixa amarelada.

Ao ver aqueles três homens, os habitantes das trevas começaram a se agitar e a protestar contra aquela violação de privacidade. Primeiro se reuniram em grupos, bem apertados uns contra os outros, formando um grande acolchoado vivo e sussurrante, depois começaram a voar pela caverna, indo como loucos em todas as direções, berrando para os três homens e batendo com as asas frias e gigantescas no rosto deles.

Tremal-Naik e os seus companheiros passaram correndo por aquele caos de morcegos apavorantes e chegaram a uma nova galeria; perto da extremidade dela podiam ouvir um estrondo contínuo que anunciava que o rio estava bem perto.

— Venha — disse Vindhya. — Agora estamos salvos!...

Eles percorreram o último trecho da galeria, cujo teto abaixava rapidamente, e chegaram diante de uma abertura, através da qual se via a água correndo.

— Será que conseguimos passar por ela? — perguntou Tremal-Naik.

— É só mergulhar — respondeu Vindhya.

Deu alguns passos a frente e se viu com a água até as coxas. O chão da galeria se inclinava depressa, acompanhando a inclinação das margens, e terminava um metro abaixo do nível do rio.

O faquir, que continuava afundando, estava preparado para se jogar decididamente no Ganges, quando viram que ele retrocedia depressa, fazendo um gesto de raiva.

— O que houve? — perguntou Tremal-Naik.

— O rio está vigiado pelos *cipais*!...

— Maldição!...

— Olhe lá!...

32. A morte de Vindhya

O FAQUIR NÃO ESTAVA enganado.

Aos primeiros clarões da aurora, ele avistara três chalupas com cerca de uma dúzia de *cipais* cada, paradas no meio do rio, como se estivessem vigiando a desembocadura da galeria.

Provavelmente os homens que se encontravam naqueles barcos deviam ignorar o ponto exato em que terminavam os grandes subterrâneos do antigo templo, pois, de outra forma, não teriam hesitado em entrar para encurralar os fugitivos em um fogo cruzado, mas certamente foram informados de que a galeria desembocava perto daquele rio.

Ao ver as três chalupas, Tremal-Naik empalideceu. Retrocedeu lentamente até chegar perto do faquir e, lançando um olhar cheio de ameaças para ele, disse:

— Então alguém nos traiu!...

— Estou vendo — respondeu Vindhya.

— Quem será esse "alguém"?...

— E você pergunta para mim?

— Você me garantiu que ninguém sabia da existência dessas galerias.

— Disse, e confirmo o que eu disse.

— Você estava mentindo.

— Não estava.

— Se não estivesse, esses homens não estariam lá.

— Você deve ter esquecido o Bhârata — reagiu o faquir. — Tenho certeza de que foi aquele homem que pôs tudo a perder.

— Bhârata!...

— Ele mesmo! Ele estava ouvindo a nossa conversa, estava ouvindo quando eu falei da desembocadura no Ganges e, assim que se viu livre, deu ordens para que vigiassem as margens.

— Deve ter sido isso mesmo — confirmou o velho tugue. — O sargento tirou proveito da nossa confiança para impedir a nossa fuga.

— E agora... o que vamos fazer? — perguntou Tremal-Naik.

— Temos que tentar um golpe desesperado — respondeu Vindhya. — Se ficarmos aqui, logo os *cipais* que estão passando por dentro dos subterrâneos vão cair em cima de nós.

— E a porta de ferro?

— A esta hora eles já fizeram saltar, explodindo uma mina.

— E o que você está querendo tentar?

— Todos nós nadamos bem, só o *dondy* não era muito forte, mas aquele pobre diabo já não está mais entre nós. Vamos mergulhar e nadar entre duas correntes até chegar à margem oposta.

— Se os homens das chalupas nos virem, vão atirar em nós com os fuzis.

— Eu sei, mas mesmo assim vou tentar a sorte. O rio sempre arrasta cadáveres, troncos de árvore e urnas funerárias na corrente, por isso não vai ser muito fácil nos descobrir. Para a água! Já estou ouvindo os *cipais* chegando.

Não havia mais tempo para hesitação. Em poucos instantes os soldados que os perseguiam pelas galerias, derrubando todos os obstáculos com as minas, deveriam chegar àquele último refúgio e fazê-los prisioneiros. Encheram os pulmões de ar e mergulharam, saindo da galeria.

Em vez de atravessar o rio em linha reta, Tremal-Naik se deixou transportar pela corrente, para não bater nas três chalupas que estavam ancoradas a trezentos passos da margem, nadando com enorme vigor e ficando embaixo da água o máximo que conseguia.

Segurando a respiração até o ponto de sentir o sangue assobiando no ouvido, percorreu duzentas braças e depois voltou à superfície, deixando que apenas a ponta do nariz saísse para fora da água. Renovou o ar dos pulmões e tornou a mergulhar, tentando cortar a corrente para chegar bem no meio das plantas aquáticas da margem oposta. Já percorrera mais cento e cinquenta braças quando, ao voltar à tona, ouviu um disparo, acompanhado de um grito.

— Mais alguém foi atingido — pensou.

Embora se sentisse exausto, continuou a nadar por baixo da água, até perceber que estava prestes a perder a direção. Arriscando-se a levar uma bala na cabeça, deu um impulso com os calcanhares e subiu.

Estava prestes a emergir, quando se chocou contra uma massa que vinha arrastada pela corrente.

— Deve ser um cadáver ou um tronco de árvore — pensou.

Agarrou-o e, mantendo-se escondido atrás daquela massa, estendeu a cabeça e abriu os olhos. Com enorme esforço, conteve um grito. O cadáver que se chocara com ele era o do Vindhya.

O infeliz faquir recebera uma bala no crânio e seguia o fio da corrente, avermelhando toda a água em torno de si.

Tremal-Naik empurrou com aversão aquele corpo ainda quente e voltou a mergulhar na água. Avistara a margem a uma pequena distância, enquanto as chalupas se encontravam a meio quilômetro dele.

Percorreu aquele trecho em dois tempos, nadando desesperadamente, com receio de ser descoberto e morto como o pobre faquir, e chegou ao meio de uma mata de folhas amareladas, redondas e muito grandes, a *ghil*, uma espécie de lótus que produz raízes grossas, parecidas com a canola, e que são muito procuradas pelos habitantes do Ganges.

Um bando de pássaros aquáticos, íbis castanhos, marrecos brâmanes, corvos marinhos e fantásticos galeirões de penas cor de anil, se levantou grasnando e foi embora, voando por cima do rio.

Com medo de que os *cipais* da chalupa suspeitassem do verdadeiro motivo daquela revoada precipitada dos pássaros, Tremal-Naik ficou escondido por alguns minutos entre as folhas amareladas, depois se aproximou bem devagar da margem que, naquele local, descia suavemente, salpicada de arbustos e de mato alto e, com um último esforço, saltou para fora da água.

Rastejando pelo mato, chegou sem mais problemas a um grupo de mangueiras, plantas lindíssimas que crescem em grande quantidade nas margens do rio sagrado e que produzem frutas excelentes, de três ou quatro dedos de tamanho, cobertas de uma casca esverdeada e dura que esconde uma polpa de uma bela cor amarelo-dourado e com um sabor bastante aromático.

Entrando no meio da mata, subiu em um galho forte, coberto com uma folhagem abundante, e olhou para o rio.

Das três chalupas, duas haviam encostado na embocadura da galeria, de onde saíam alguns *cipais*, provavelmente os mesmos que tinham atravessado os subterrâneos do antigo templo atrás deles; a terceira, por sua vez, descia o Ganges como que tentando encontrar alguma coisa que tivesse sido carregada pela corrente.

— Estão procurando o cadáver do faquir — murmurou Tremal-Naik. — E o que será que aconteceu com o velho tugue? Será que afogou ou foi apanhado?

Assim que acabou de pronunciar aquelas palavras, viu as folhas dos *ghil* que atravessara um pouco antes se agitarem, como se alguém estivesse deslizando no meio dos caules que os sustentavam.

No começo, achou que fosse um peixe grande, mas, quando observou com mais atenção, percebeu que aos poucos vinha emergindo uma cabeça humana, completamente raspada, como costuma usar a maioria dos bengaleses.

— O tugue — murmurou.

Levou uma mão aos lábios e imitou o grito do chacal.

O indiano levantou a cabeça e olhou para a margem. Compreendera que havia um amigo por perto; porém, hesitava em deixar o esconderijo aquático.

— Venha — gritou Tremal-Naik. — Agora não temos mais nada a temer.

O velho se arremessou para a margem, correu pelo meio do mato e chegou à mata.

— Estamos salvos! — disse. — Estou contente que você também tenha conseguido escapar dos nossos perseguidores.

— Você já sabia que o Vindhya foi morto?

— Sabia, Tremal-Naik — respondeu. — Quando os *cipais* o atingiram, ele estava a dez passos de mim.

— E o que nós vamos fazer agora?...

— Vamos fugir para o sul.

— E depois?

— Temos que procurar o *porom-hungse*.

— E o capitão?...

— Agora não é o momento de pensar nele.

— E se ele já saiu com a fragata?...

— Não acredito nisso, Tremal-Naik. Agora temos que sair daqui depressa, antes que as chalupas venham para estes lados; os *cipais* vão revirar o rio inteiro.

— Você conhece o caminho?...

— Basta seguir a margem do rio, mantendo uma certa distância, claro — respondeu o tugue.

Estavam prestes a deixar a mata, quando viram um sacerdote brâmane saindo de um arrozal próximo. Tratava-se de um belo homem, de estatura muito alta, com uma barba imponente, que já começava a ficar grisalha, e vestindo um manto branco. Levava na mão um vaso de metal muito brilhante, capaz de conter três ou quatro litros de água.

— E agora? Que coisa mais irritante esse homem resolver tomar um banho justo aqui — disse Tremal-Naik.

— Talvez seja uma sorte para nós — respondeu o tugue. — Aquele homem pode nos dar refúgio e nos proteger contra os *cipais*, que não vão se atrever a violar a casa de um sacerdote de Brama. Vamos deixar que ele cumpra as suas funções e depois falamos com ele.

O brâmane passou ao lado da mata, sem se dar conta da presença dos dois fugitivos, desceu lentamente a margem, mantendo os olhos fixos no sol que se erguia no horizonte, se desembaraçou do manto e lavou os pés e as mãos.

Feito isso, recolheu um pouco de água na palma da mão direita e a levantou, deixando escorrer para o pulso, conforme ensina o *achumunu*; em seguida tocou o nariz, a boca, as orelhas, os lábios, os olhos, o abdome e os ombros, murmurando as respectivas preces.

Cumprida aquela primeira cerimônia, sentou na margem e virou o rosto para os quatro pontos cardeais, poliu os dentes, utilizando um pedacinho de madeira verde, operação que os brâmanes devem realizar ao nascer do sol, a fim de evitar que a sua alma, nas encarnações futuras, passem para o corpo de um inseto imundo, de acordo com a sua crença tola, recolheu um pouco de lama e traçou diversos sinais na testa.

Mas ainda não acabara. Os brâmanes têm que cumprir tantas cerimônias singulares durante o dia que isso deveria pôr à prova a paciência deles. Depois daquela primeira limpeza, os sacerdotes têm que colher flores e fazer um maço para levar para casa, depois sujar o corpo inteiro com lama e descer para o rio até que a água chegue ao peito, mantendo sempre a cabeça virada para o oriente, entrelaçar os dedos de vários modos, cobrir o rosto com o cabelo, tampar os ouvidos com os polegares por algum tempo, então enfiar os dedos mindinhos nas narinas e os outros dedos, nos olhos, e mergulhar três vezes na onda sagrada.

Depois de realizar todos aqueles movimentos que fariam um europeu dar risadas, eles devem juntar as mãos, repetindo três invocações ao seu deus, jogar água na cabeça, pegar um pouco de água com as mãos unidas e oferecer três vezes para o sol e, finalmente, dar um último mergulho, recitando algumas fórmulas para garantir a bem-aventurança nesta e na outra vida.

O brâmane, que tinha entrado no Ganges, depois de terminar a longa e entediante toalete, subiu de novo para a margem e se sentou a uma pequena distância da mata, misturou um pouco de zarcão à lama e desenhou os sinais especiais da sua casta, uma mancha no meio da testa, uma em cima do nariz e várias no corpo, usando ora um dedo, ora outro, porque cada marca deve ser feita com um dedo diferente. Estava prestes a se levantar a fim de ir beber um pouco da água do rio sagrado, quando o velho tugue se aproximou, desejando um bom dia.

O brâmane olhou para o indiano e fez menção de jogar o maço de flores, achando que talvez o tugue pertencesse a alguma casta inferior, pois é assim que eles devem agir quando encontram algum miserável que pertença às classes mais baixas, mas o velho o reteve com um gesto, dizendo com orgulho:

— Eu sou um seguidor de Kali e pertenço à casta dos *kotteri* (guerreiros).

— O que quer de mim? — perguntou o brâmane.

— Pedir asilo até a noite.

— Você não tem casa?...

— Tenho, mas fica muito longe daqui e eu e o meu companheiro estamos correndo um grave perigo.

— Quem está ameaçando vocês?...

— Aqueles *cipais* que estão percorrendo o rio.

— Você roubou alguma coisa?...

— Não.

— Matou homens que pertenciam à minha ou à sua casta?...

— Também não.

— Então venha comigo — disse o brâmane.

— A sua casa é segura?

— Um templo é inviolável.

— Cuidado!... — disse Tremal-Naik naquele momento. — Os *cipais* estão vindo.

O velho tugue lançou um rápido olhar para o rio. As duas chalupas que estavam paradas perto da desembocadura dos subterrâneos do antigo templo recolheram os *cipais* e o Bhârata e estavam atravessando o Ganges em alta velocidade.

— Aqueles cachorros vão continuar com a caça!... — exclamou com uma raiva surda. — Em pouco tempo, estarão nos nossos calcanhares.

— E com o Bhârata no comando — acrescentou Tremal-Naik.

— Venham — disse o brâmane.

Enquanto os *cipais* remavam com grande esforço para chegar à margem oposta e vasculhar tudo, o brâmane e os dois fugitivos atravessaram rapidamente a mata de mangueiras e se embrenharam no meio de um arrozal.

Do outro lado, entre o verde-escuro dos coqueiros e dos *pipal*, dos *nim* e das palmeiras-de-leque que formavam um pequeno bosque, se erguiam os leves coruchéus de um templo, com bolas de metal no alto que brilhavam como ouro fundido sob os raios do sol.

O brâmane conduziu os hóspedes através do arrozal e do pequeno bosque e parou diante de um templo modesto, formado por uma cúpula grande e muito alta, com quatro coruchéus em cima e uma haste de ferro sustentando uma grande serpente de cobre; provavelmente o *adissescien*, aquele réptil imenso que os gigantes da antiguidade, a conselho de Vixnu, arrastaram do mar de leite para circundar a montanha Mandaraguire e proporcionar o *amurdon*, o licor da imortalidade.

O brâmane subiu a escada depressa, empurrou a porta grossa do templo, coberta de placas de bronze esverdeado, e os levou para dentro, fechando depois a entrada com um enorme ferrolho.

— Vocês estão no templo dedicado à quarta encarnação de Vixnu — disse ele. — Nenhum indiano vai se atrever a entrar aqui sem a minha permissão.

— Os *cipais* estão a serviço do governo inglês — observou Tremal-Naik.

— Mas continuam sendo indianos — respondeu o sacerdote.

O templo era quase desprovido de enfeites, mas bem no meio havia um animal monstruoso de metal dourado, meio homem e meio leão, representando Vixnu em sua quarta encarnação, quando assumiu aquela forma para combater o gigante Ereniano, que obtivera de Brama o privilégio de não poder ser morto nem pelos deuses nem pelos homens nem pelos animais.

O brâmane se aproximou do monstro e fez disparar uma mola que estava escondida no ventre do monstruoso animal. Com isso, abriu uma portinhola capaz de deixar passar um homem e empurrou os dois indianos para dentro dela, dizendo:

— Vocês estão seguros aí. Ninguém vai descobri-los.

O interior daquele leão de cabeça humana estava vazio e era suficientemente grande para acomodar seis pessoas. Pelos olhos do monstro, enormes e feitos de uma substância muito transparente, passava luz suficiente para iluminar o esconderijo.

Os dois indianos ficaram de pé, se aproximaram dos olhos e conseguiram distinguir com toda a clareza não só as paredes do templo, mas também a porta que dava para a escada.

O velho tugue fez um gesto de satisfação.

— Vamos poder ver tudo o que acontece dentro do templo — disse.

— Por quê? Você está desconfiando do brâmane? — perguntou Tremal-Naik.

— Não — respondeu o tugue. — Os brâmanes odeiam os ingleses, porque eles são os opressores da Índia, e odeiam os *cipais* tanto quanto os ingleses, por terem aceitado o jugo vergonhoso e por terem se tornado aliados da maldita raça branca.

Ele prometeu que vai nos salvar e, embora ignore os motivos da nossa fuga, vai manter escrupulosamente a palavra.

— E você acha que os *cipais* vão nos deixar tranquilos?

— Não tenho a menor esperança. Se conseguirem descobrir a nossa pista, vão cercar o templo e talvez se atrevam até a entrar para nos procurar.

— Então ainda corremos o perigo de sermos presos.

— Hum!... Quem poderia imaginar que estamos escondidos no corpo deste animal?

— Eles podem desconfiar e querer destripar a encarnação de Vixnu.

— Eles?... Indianos?... Ah! não!... Nunca cometeriam um sacrilégio desses.

— Que seja, mas se cercarem o templo, vão impedir a nossa saída — disse Tremal-Naik.

— Vão acabar se cansando.

— Enquanto isso, o capitão vai zarpar para Raimangal.

O tugue foi atingido por aquela observação.

— É verdade — murmurou depois. — E se ele for, vai ser a ruína de todos os sectários de Kali.

— E talvez a morte da jovem que eu amo — disse Tremal-Naik com um suspiro sufocado. — Não, aquele homem não pode partir; preciso matá-lo para arrancar a *Virgem do templo* das garras da morte.

— Talvez ele atrase a partida até os *cipais* voltarem.

— Mas quem garante?

— Ninguém. É só uma suposição.

— E se, ao contrário, ele partisse?

O velho tugue ficou em silêncio, não sabendo como responder. Mas de repente bateu com a mão na cabeça, exclamando com uma entonação de triunfo:

— Nós esquecemos o *porom-hungse*!...

— O faquir com o braço ancilosado?

— Ele mesmo, Tremal-Naik.

— Aonde você quer chegar?...

— Talvez aquele homem possa nos salvar.

— De que jeito?

— Isso eu não sei, mas tenho uma fé enorme no velho Nimpor. Ele é um faquir temido e respeitado, que sabe se fazer obedecer por todas as outras seitas de faquires e pelos encantadores de serpentes, e que tudo pode.

Vamos avisá-lo de que estamos em uma situação perigosa e você vai ver que ele encontrará um meio de nos tirar daqui sãos e salvos.

— E quem vai avisá-lo?

— O brâmane.

— Ah!

Naquele instante, ressoou um golpe sonoro no templo, despertando o eco da grande cúpula.

— Os *cipais*!... — exclamou o velho tugue com um calafrio.

— Silêncio — disse Tremal-Naik.

33. A libertação

O BRÂMANE PARECIA ESTAR ESPERANDO aquela visita, pois assim que o golpe ressoou pelo templo, ele saiu de trás de uma espécie de biombo, onde talvez estivesse rezando a uma das tantas encarnações de Vixnu, e se dirigiu com passos lentos para a porta.

Tremal-Naik e o velho tugue estavam observando os seus movimentos por trás dos olhos transparentes da imagem que servia de esconderijo para eles.

O sacerdote puxou o grande ferrolho e abriu lentamente a porta, mantendo, contudo, os braços abertos, de modo a impedir o acesso ao templo.

Quatro *cipais* armados de fuzis se apresentaram, precedidos por um sargento que foi logo reconhecido por Tremal-Naik e pelo seu companheiro como sendo Bhârata.

— O que vocês desejam? — perguntou o brâmane, fingindo uma enorme surpresa.

Ao se verem diante daquele sacerdote, os cinco indianos, que pertenciam a uma casta muito elevada, ficaram perplexos, mas em seguida o sargento, mais decidido do que os seus companheiros, disse:

— Desculpe, sacerdote de Brama, por importunar. Eu não estava esperando encontrar o senhor aqui, e sim dois homens que estamos perseguindo com o maior empenho desde ontem.

— E vieram procurá-los aqui, neste templo? — perguntou o brâmane, exibindo espanto cada vez maior.

— Estamos desconfiados de que eles se esconderam aqui — disse Bhârata.

— Seguimos a pista deles e, se não as tivermos confundido com outras, os dois indianos devem ter vindo para os arredores deste templo.

— Aqui ninguém entrou.

— Tem certeza?

— Não vi ninguém, por isso podem ir procurar esses dois homens em outros lugares.

Assim dizendo, fez menção de fechar a porta do templo. Bhârata, que talvez não estivesse muito convencido com tudo o que ouvira, o impediu de continuar.

O brâmane enrugou a testa.

— Você ousa?... — disse.

— Eu não ouso nada — respondeu o sargento, com um tom decidido. — Estou procurando aqueles dois homens e nada mais.

— E o que quer?

— Visitar o templo.

— Homens armados em um templo dedicado a Vixnu, o deus conservador que todos os indianos temem e adoram?

— Podemos deixar as armas de fogo aqui, se o senhor preferir, mas vamos entrar.

— Então façam isso — respondeu o brâmane, com medo de que uma resistência maior aumentasse a desconfiança do sargento.

— Obrigado — respondeu simplesmente Bhârata.

Mandou os homens largarem as armas de fogo e depois, se dirigindo a um segundo grupo de *cipais* que parara na base da escada, disse:

— Cerquem o templo, vocês, e se virem alguém fugindo, abram fogo.

Dito isso, entrou junto com os outros quatro, mantendo a mão direita no punho do sabre para poder desembainhar depressa em caso de perigo.

O templo não oferecia esconderijos que pudessem ser vistoriados, tendo como único anexo um quarto, que servia de habitação para o brâmane. Os cinco *cipais*, no entanto, examinaram cuidadosamente todos os cantos, bateram nas pedras do piso para terem certeza de que não havia passagens subterrâneas e depois pararam em frente à estátua monstruosa do deus.

Bhârata talvez quisesse verificar se ela era oca, mas não ousou cometer um sacrilégio desses. Ele também era um indiano e, embora estivesse há muitos anos a serviço do capitão, ainda não renunciara à sua religião.

— O senhor me garante que nenhum homem se refugiou neste templo? — perguntou de novo ao brâmane.

— Ninguém entrou aqui — respondeu o sacerdote tranquilamente.

— Mesmo assim, aqueles dois indianos devem estar escondidos pelos arredores.

— Então vá procurá-los.

— Vou fazer isso, pode ter certeza. Adeus, sacerdote de Brama.

Os cinco *cipais* saíram lentamente do templo, dando uma última olhada por tudo, e desceram a escada.

O brâmane esperou até que eles estivessem longe e fechou a porta. Deu a volta no templo e começou a observar atrás de um pequeno orifício, meio escondido por uma cabeça de elefante esculpida em um bloco de pedra negra.

— Eu sabia! — murmurou depois de alguns instantes. — Estão se preparando para cercar o templo! Fiquem à vontade. Se vocês são pacientes, nós também somos, e vocês não passam de homens amaldiçoados que se venderam à raça que oprime o nosso país.

Deixou o observatório e se dirigiu para a monstruosa divindade, fazendo a mola disparar.

De repente, as cabeças de Tremal-Naik e do velho tugue apareceram na portinhola.

— No momento, não precisam ter medo de nada — disse o brâmane.

— Eles foram embora? — perguntou Tremal-Naik, que começava a respirar livremente.

— Não, estão cercando o templo.

— Então ainda estão desconfiados?

— Receio que sim.

— Você acha que eles vão embora logo?

— Duvido.

— E não há uma maneira de espantá-los daqui?

— Não, nenhuma.

— Não existe um subterrâneo que se comunique com a floresta? — perguntou o velho tugue.

— Neste templo, não.

— Mesmo assim temos que fugir — disse Tremal-Naik. — Estão nos esperando muito longe daqui.

— Se saírem, aqueles renegados vão prendê-los — respondeu o brâmane.

— Ouça — disse o tugue. — O senhor tem algum homem de confiança?

— Tenho, o rapaz que está encarregado de me trazer os mantimentos.

— Quando ele deve vir?

— Daqui a pouco.

— Ele conhece a cidade indiana?

— Nasceu lá.

— É preciso que ele procure um *porom-hungse* chamado Nimpor. Esse faquir é nosso amigo e vai poder nos salvar.

— Onde ele pode ser encontrado?

— No templo dedicado a Krishna. É chamado o faquir das flores, pois tem uma plantinha na mão esquerda.

— Vou mandá-lo até lá para procurar — disse o brâmane. — O que ele deve dizer ao faquir?...

— Que os seus dois amigos, Tremal-Naik e Moh, estão cercados por *cipais* neste templo.

— Mais nada?

— É bom acrescentar que os *cipais* são chefiados pelo sargento do capitão MacPherson.

— Antes que a noite caia vocês receberão notícias do *porom-hungse*, prometo — disse o brâmane.

Trouxe para eles um vasilhame cheio de arroz temperado com peixe, uma garrafa de suco de *tody* levemente fermentado e um cacho de bananas, daquela espécie pequena e deliciosa que sempre foi a refeição preferida dos sábios e dos sacerdotes de Brama; por isso, as árvores que as produzem são chamadas *musa sapientum* pelos botânicos modernos.

Depois de fazer isso, fechou novamente a portinhola, desejando aos dois prisioneiros que comessem com apetite e que descansassem sem nenhum receio.

Tremal-Naik e o velho tugue, que estavam famintos, não tendo posto nada no estômago desde a noite da véspera, se apressaram a fazer desaparecer os alimentos, depois se estenderam da melhor forma possível, colocando os punhais ao alcance da mão, e dormiram placidamente.

Já estavam dormindo há várias horas quando foram despertados pelo disparo da mola.

Sempre com receio de uma traição ou do retorno dos *cipais*, foram ágeis ao se levantar, mantendo sempre os punhais na mão.

A escuridão invadira o interior do animal monstruoso, mas, pela portinhola aberta, viram entrar um pouco de luz, o suficiente para distinguir o rosto leal do sacerdote brâmane.

— O rapaz chegou agorinha mesmo — disse ele.

— E encontrou o *porom-hungse*? — perguntaram os dois prisioneiros ao mesmo tempo.

— Encontrou — respondeu o sacerdote.

— E o que ele disse? — perguntou Tremal-Naik.

— Que esta noite vocês estarão livres.

— De que jeito?

— Isso eu ainda não sei, mas ele mandou que eu iluminasse o templo e me preparasse para receber uma procissão que irá festejar o *madace-pongol*. Desde ontem, todas as casas da cidade indiana vêm celebrando o *poerum-pongol*.

— Então ele vai vir até aqui?

— Vai, e acho que posso adivinhar o plano do *porom-hungse* — disse o sacerdote.

— E qual seria?

— Talvez transportar vocês para fora daqui, dentro do deus, quando forem banhá-lo nas águas do Ganges.

— O Nimpor sabe que estamos escondidos aqui dentro?...

— Eu pedi ao rapaz que contasse.

— Já deve estar tarde — disse o velho tugue.

— O sol vai começar a se pôr.

— E os *cipais*? — perguntou Tremal-Naik.

— Continuam vigiando do lado de fora — respondeu o sacerdote. — Mas nós vamos conseguir enganá-los.

— Eles não vão tentar impedir a festa?

— Eles que experimentem fazer isso. Ninguém, nem sequer as autoridades inglesas, pode nos impedir de celebrar as nossas festas. Vou subir à cúpula para observar a chegada do *porom-hungse* e dos seus partidários.

Fechou a portinhola e foi verificar os *cipais*, que tinham acampado bem perto do templo, colocando sentinelas em diversos locais, a fim de impedir qualquer possibilidade de fuga. Depois, por meio de uma pequena escada que contornava a grande cúpula, subiu até o cume.

Daquela altura, o olhar podia abarcar um grande trecho das áreas vizinhas. Aos últimos raios do sol que se punha, o brâmane pôde observar as fantásticas margens do rio gigante, os campos que se estendiam atrás do templo, com seus bosques de coqueiros e suas plantações de anileiros e de algodoeiros, bem como os arrozais. Também podia distinguir a distância a cidade branca e a negra, languidamente acomodadas na margem esquerda.

O sol descia no meio de um oceano de fogo, fazendo flamejar com os últimos raios as águas do rio sagrado e as cúpulas dos inúmeros templos que emergiam entre o verde-escuro das palmeiras, dos tamarineiros, dos coqueiros, das palmeiras-de-leque e das figueiras-da-índia.

No ar muito límpido, como raramente vemos em nosso clima, e cintilante por causa do reflexo das águas e do pôr-do-sol, voavam e grasnavam bandos de marabutos, os pássaros fúnebres do Ganges, que se alimentam dos cadáveres que os indianos abandonam na corrente sagrada, a fim de que possam chegar mais depressa ao paraíso das suas divindades, e grupos de corvos, de cegonhas, de águias-de-asa-redonda e de marrecos.

Na água, contudo, deslizavam graciosamente barcos de todas as formas e se ouviam as cantilenas monótonas dos remadores.

Depois de ter observado durante um bom tempo o rio e os arrozais próximos, já cobertos de longas hastes verdes que sustentavam grãos enormes, o brâmane fixou o olhar em um grupo de casebres meio enterrados entre as copas densas das palmeiras e contornados por arbustos compactos.

Uma longa faixa negra serpenteava pelos arrozais e avançava devagar. Vista daquela altura, parecia uma coluna de formigas, mas os olhos aguçados do brâmane já tinham adivinhado que se tratava de uma multidão de homens e mulheres.

— São eles — murmurou.

Já estava observando há alguns minutos, quando subitamente ouviu um alarido distante se elevando pelo ar tranquilo. Ao som estridente e agudo dos *tam-tam*, ao estrondo surdo dos tamborins, ao rufo dos *hulok* e ao clamor dos trompetes se juntavam gritos humanos confusos.

— É isso mesmo, eles estão chegando — murmurou o brâmane.

Inclinou-se sobre a grade de ferro que protegia a cúpula e olhou para os *cipais*. Os soldados do capitão MacPherson também tinham ouvido aquele estardalhaço distante e abandonaram as cabanas improvisadas com galhos e folhas, se armando rapidamente, como se temessem algum ataque inesperado.

— Vamos preparar o *pongol* — disse o brâmane.

Subiu para um dos quatro coruchéus e começou a bater com fúria em um gigantesco disco metálico, um *tam-tam*.

A laje, bastante sonora, emitiu um som vibrante e agudo, rompendo bruscamente o silêncio que reinava em volta do templo e repercutindo nos bosques vizinhos e nos arrozais.

O brâmane continuou com aquela música ensurdecedora por dois minutos inteiros e depois, vendo chegar diversos indianos que habitavam em um vilarejo vizinho, que ficava quase totalmente oculto pelas palmeiras, desceu ao templo e foi abrir a porta.

Bhârata, acompanhado de dois *cipais*, já estava na escada.

— O que está acontecendo? — perguntou ao brâmane.

— Estamos nos preparando para festejar o *madace-pongol* — respondeu o sacerdote. — Você não está ouvindo o mugido das vacas?...

— Vai entrar muita gente no templo?...

— Com certeza.

— Não vou permitir.

O brâmane cruzou os braços no peito e fixando para o sargento com olhos semicerrados, disse com voz calma:

— E desde quando os *cipais* e o governo que paga o soldo deles têm a permissão de impedir as cerimônias dos hindus?...

— Há dois homens escondidos no seu templo — respondeu Bhârata. — Com uma multidão dessas, eles podem escapar.

— Encontre-os antes que os fiéis seguidores de Vixnu cheguem aqui.

— Não sei onde eles estão.

— Eu também não.

Depois, sem se preocupar com o sargento, olhou para os dez ou doze camponeses que tinham acorrido ao toque retumbante do *tam-tam*.

— Acendam a fogueira do *pongol* — disse a eles.

— Não vou permitir que toda aquela gente que está chegando entre no templo — disse Bhârata.

— Experimente impedir — respondeu o brâmane.

Deu as costas ao sargento e entrou no templo.

Enquanto isso, os camponeses haviam acendido uma fogueira gigantesca na base da escada e retornado aos seus casebres para pegar caçarolas, arroz e leite, a fim de preparar tudo o que era preciso para o *madace-pongol*.

Essa cerimônia é comemorada no décimo mês do *tai*, que corresponde ao nosso mês de janeiro, e é uma das que os hindus observam com mais rigor. Ela é destinada a celebrar o retorno do sol no hemisfério setentrional e dura dois dias.

A do primeiro dia se chama *poerum-pongol* e é realizada em casa.

São colocadas para ferver panelas cheias de leite puríssimo e arroz e, pela maneira como o líquido ferve, se pressagia o futuro. Mas, antes, o fogareiro deve ser purificado com esterco de vaca.

O arroz, depois de cozido, é servido aos membros da família e a todos os que assistiram à cerimônia.

A do segundo dia, por sua vez, se chama *madace-pongol*, ou seja, a festa das vacas, animal considerado sagrado pelos indianos.

Eles pegam diversos animais, adornam os chifres, enfeitam o pescoço com ramalhetes de flores e depois os levam em procissão pelos campos, precedidos e seguidos por uma multidão de músicos, de faquires, de encantadores de serpentes, de dançarinas, de sacerdotes e, diante dos templos, recebem o arroz cozido no leite para comer.

Depois que as vacas foram alimentadas, um animal reservado para a festa é morto, não importa se for um cavalo, um boi, um tigre ou um simples camundongo, desde que o sacrifício seja realizado após o animal ser deixado livre para ver que caminho vai seguir. Pela direção que ele escolheu, eles ficam sabendo se o destino será bom ou ruim.

Durante essa cerimônia, até os sacerdotes jogam a sorte para saber os acontecimentos do ano seguinte, enquanto os que participaram da festa trocam presentes entre si e se desejam mutuamente boa sorte para um bom *pongol*.

34. Tarde demais!

O S GRANDES VASILHAMES cheios de leite já estavam começando a ferver quando a procissão conduzida pelo esperto *porom-hungse* chegou diante do templo.

Era composta de mais de quinhentas pessoas entre tocadores, dançarinas, encantadores de serpentes, faquires *dondy*, *saniassi*, *nanek-punthy*, *biscnub* e *abd-hut*, sendo estes últimos uma espécie de santos que se esforçam para adquirir um aspecto assustador, pintando o corpo todo com sinais e manchas de todas as cores imagináveis.

Primeiro vinham duas fileiras de *nartachi*, que são as dançarinas encarregadas do templo, jovens lindíssimas, cobertas de colares e pulseiras de ouro e de prata, enfeitadas de flores, principalmente entrelaçadas nos cabelos, depois os tocadores, assoprando desesperadamente os *bansy*, espécie de flauta que termina em um tipo de bico e que, em vez de colocar entre os lábios, os indianos enfiam no nariz e emitem notas muito agudas.

Também não faltavam os tocadores de tambores, nem um *hauk* monumental, um enorme bumbo enfeitado de crina e mechas de plumas, que é tocado somente durante as cerimônias religiosas.

Aquela multidão barulhenta se dirigiu quase correndo para o templo, tocando as vacas, às quais era servido o arroz cozido no leite e, chegando diante da escada, formou um amplo semicírculo, obrigando os *cipais* de Bhârata a desocupar o local às pressas.

A um sinal do *porom-hungse*, as *nartachi* invadiram aquele espaço e, enquanto a orquestra aumentava o estardalhaço, começaram a intercalar danças à luz dos numerosos archotes que haviam sido acesos pelos faquires.

Nimpor esperou até que tivessem acabado e depois, enquanto os faquires conduziam as vacas até as panelas para que comessem o arroz cozido no leite, subiu a escada do templo e se aproximou do sacerdote brâmane que estava em pé, ao lado da porta.

— Sacerdote de Brama — disse ele, se inclinando. — O humilde *porom-hungse* se dirige ao senhor para obter a permissão de levar em procissão a estátua de Vixnu que é adorada em seu templo.

Todos os faquires que me seguiram desejam abençoá-la nas ondas sagradas do Ganges.

— Os faquires são homens santos — disse o brâmane. — Se esse é o desejo deles, entrem no templo e levem a estátua do deus até as margens do rio.

— Não — disse uma voz próxima a eles. — Ninguém vai entrar no templo, a não ser o brâmane.

O *porom-hungse* virou e se viu diante de Bhârata.

— Quem é você? — perguntou.

— Você está vendo, um sargento dos *cipais*.

— Ah!... É verdade, um indiano que vendeu os seus serviços aos opressores da Índia — disse Nimpor com ironia.

— Cuidado!... *Porom-hungse*!... A sua língua é ferina demais.

Nimpor virou de novo, indicando ao sargento a multidão que abarrotava o largo do templo, e disse com um tom ameaçador:

— Olhe!... Quase todos são faquires, e você sabe que eles não têm medo da morte!... Impeça-os de entrar no templo e vai ver que eles podem se tornar ferozes como os tigres da selva.

Ninguém tem o direito de impedir as nossas cerimônias religiosas, nem mesmo os ingleses, e não aceitaremos a proibição por parte dos seus *cipais*.

E depois, olhe direito e conte: eles são mais de cinquenta e você está com apenas uma dúzia de homens.

Bhârata achou melhor não responder. Sabia que os faquires não iriam recuar por causa de doze fuzis e que os seus homens não poderiam resistir por muito tempo a um ataque de tantos fanáticos.

Fez um gesto de provocação e deixou o campo livre, se retirando para o outro lado da escada.

O *porom-hungse* não tardou a se aproveitar daquela retirada. Levantou o braço que ainda funcionava e imediatamente vinte faquires subiram a escada e entraram no templo.

Todos eles carregavam hastes de ferro, barras poderosas que, de um momento para o outro, podiam se converter em instrumentos terríveis de assalto e massacrar os *cipais* do sargento, caso tentassem se opor aos seus desejos.

304

A estátua do deus foi erguida e transportada para fora. Os faquires que haviam ficado na praça saudaram o aparecimento da encarnação de Vixnu com gritos ensurdecedores, enquanto os tocadores sopravam os seus instrumentos cada vez com mais fôlego ou batiam furiosamente nos seus tambores, e as *nartachi* votavam a dançar.

— Em frente! — comandou o *porom-hungse* com voz trovejante.

Os vinte faquires que carregavam o enorme animal sobre as hastes de ferro desceram as escadas e se puseram a caminho, em direção à margem do Ganges, precedidos pelas *nartachi* e pelos músicos e seguidos pelos encantadores de serpentes e por todos os outros fanáticos que se espremiam em volta das vacas.

Bhârata e os *cipais*, sem sequer desconfiar de que os dois tugues estavam escondidos no ventre do animal, não saíram dos arredores do templo, ainda convencidos de que o brâmane os escondera em algum subterrâneo.

O *porom-hungse*, feliz com o sucesso do estratagema, guiou aquela turba numerosa até a margem do Ganges, escolhendo o ponto que era coberto por plantas densas e, principalmente, cheio de canaviais.

Com um gesto enérgico, ordenou às *nartachi* e aos tocadores que parassem a cinquenta passos do rio sagrado, a fim de deter os encantadores e os faquires das várias castas; em seguida, com os vinte fiéis que carregavam o enorme animal, entrou no meio dos caniços e das largas folhas de lótus.

O deus foi pousado em um baixio, de maneira que a onda sagrada banhasse apenas a base, e em seguida o faquir procurou apressado o botão que devia abrir a portinhola.

Enquanto isso, os seus vinte homens haviam formado um círculo amplo em torno do animal, para esconder da melhor forma possível o subterfúgio, uma precaução inútil, aliás, já que escuridão estava compacta naquele local coberto de tamarineiros muito altos e de acadiros frondosos.

Depois de alguns instantes, a mola disparou e a porta se abriu.

— Rápido, saiam — disse Nimpor.

Tremal-Naik e o velho tugue, que começavam a ficar mais do que cansados daquela incômoda prisão, pularam depressa para fora se jogaram entre os caniços e as folhas de lótus.

— Voltem ao templo — disse o *porom-hungse* aos faquires. — O deus já foi banhado pelas ondas do rio sagrado.

Os vinte homens pegaram novamente as hastes de ferro, reergueram o monstruoso animal e voltaram para perto dos músicos e das dançarinas.

O cortejo numeroso se reorganizou imediatamente e retomou o caminho do templo em meio a um estardalhaço ensurdecedor.

O *porom-hungse* ficara acocorado no baixio, como se estivesse tomando um banho. Quando viu o cortejo ir embora, se levantou e disse:

— Venham comigo, rápido!...

Tremal-Naik e o velho tugue o seguiram e os três chegaram a uma mata de arbustos compactos.

— Obrigado pelas suas providências — disse Tremal-Naik. — Sem você, nós ainda estaríamos trancados na barriga de Vixnu.

— Deixe os agradecimentos para depois e vamos nos ocupar do capitão — respondeu Nimpor.

— Você tem notícias dele? — perguntou o velho tugue.

— Tenho, e elas são péssimas para vocês e para o Suyodhana.

— Fale — disse Tremal-Naik.

— Acho que ele zarpa amanhã, ao nascer do sol, para os *Sunderbunds*.

— Pela morte de Xiva!... — exclamou Tremal-Naik, empalidecendo. — Ele já vai partir!...

— A *Cornwall*, a fragata que deve levá-lo aos *Sunderbunds*, já estava sob pressão hoje.

— Quem contou a você?

— Hider.

— Então tudo está perdido!...

— Ainda não sei. Temos que correr para a cidade branca para ter certeza de que ele vai zarpar mesmo.

— Não podemos perder um instante. Onde está ancorada a nave?...

— Perto do forte William.

— Temos que ir já.

— Fica longe — observou o velho tugue.

— A sua baleeira está esperando a uma pequena distância daqui — disse o *porom-hungse*.

— Então os nossos homens conseguiram se salvar?...

— Conseguiram.

— Vamos — disse Tremal-Naik. — Se a *Cornwall* partir, eu perco a minha Ada, mas vocês vão perder Suyodhana e todos os chefes da sua seita.

Os três homens correram ao longo da margem do rio, enquanto ouviam a distância os trompetes ressoando e os tambores retumbando na procissão.

Trezentos metros adiante, Tremal-Naik e os seus dois companheiros encontraram a baleeira escondida entre os caniços e guardada por seis remadores.

— Vocês viram alguém rondando por aqui? — perguntou a eles o velho tugue.

— Ninguém — responderam os remadores.

— Vocês acham que conseguimos chegar ao forte William antes do nascer do sol? — perguntou Tremal-Naik.

— Talvez, se forçarmos bastante a corrida — disse um dos seis indianos.

— Cinquenta rúpias se conseguirem — disse o *porom-hungse*.

— Obrigado: basta a sua bênção — responderam os tugues.

A baleeira logo se soltou da margem e desceu a corrente do rio com a velocidade de um barco a vapor.

O velho tugue assumira o timão e ao seu lado estavam sentados Tremal-Naik e o *porom-hungse*.

Como o rio estava deserto naquela hora bastante tardia, a baleeira podia correr livremente, sem receio de encontrar outros barcos. Mas como aquela parte do rio era bastante interrompida por numerosos bancos de areia, o timoneiro era obrigado a vigiar com muita atenção e a fazer longas curvas.

Enquanto os seis tugues remavam com um fôlego cada vez maior, esticando os músculos de tal forma que parecia que iam furar a pele, Tremal-Naik e o *porom-hungse* haviam retomado a conversa.

— Você esteve com o Hider? — perguntara o *caçador de serpentes*.

— Estive, hoje mesmo, antes de receber a mensagem do brâmane.

— Ele tem certeza de que o capitão vai zarpar ao amanhecer?

— Tem todos os motivos para acreditar nisso — respondeu o *porom-hungse*. — Ontem ele viu embarcarem duas companhias de infantaria de Bengala, duas peças de artilharia e uma quantidade considerável de munição e de víveres. Além do mais, ao meio-dia, as máquinas já estavam acesas.

— O capitão estava a bordo?

— Ele não soube me dizer.

— Temos mesmo dois sectários na fragata?

— Temos.

— Eles vão poder me ajudar — disse Tremal-Naik.

— Qual é a sua ideia?

— Pretendo embarcar na fragata.

— Quer matá-lo em seu próprio navio?...

— Não vejo outro meio, principalmente agora.

— Mas eu garanto que isso não vai ser fácil — disse o *porom-hungse*.

— Estou preparado para tudo — respondeu Tremal-Naik com uma firmeza inabalável.

— Chega! Os ingleses não brincam, principalmente quando se trata de nós, indianos.

— Sei disso.

— E você acha que, depois de matar o capitão, a expedição vai estar derrotada?

— Acho, pois ele é a alma do empreendimento todo.

— E se a nave já tiver partido?

— Vixnu vai me proteger.

— O que quer dizer com isso?

— Que vou ter que ir a Raimangal e esperar o capitão.

— Você vai chegar tarde demais... mas...

— Continue o que ia dizer.

— Você sabia que a canhoneira em que Hider está embarcado também está prestes a içar âncora?

— Para ir aonde?

— A Gelan.

— E daí?

— Ela deve partir amanhã à noite.

— Ainda não estou entendendo aonde você quer chegar.

— Estou dizendo que, caso a *Cornwall* tenha partido, você ainda poderia embarcar na *Devonshire* e abandoná-la na desembocadura do rio. Aquela canhoneira deve correr muito mais do que a fragata.

— É possível mesmo embarcar?

— O Hider vai ter que cuidar disso, se você tiver mesmo que usar a *Devonshire*.

Enquanto conversavam, a baleeira continuava descendo o Ganges, com uma rapidez cada vez maior! Já ultrapassara a cidade negra e deslizava ao longo da margem da cidade branca, quando o amanhecer começou a inundar o céu, quase com brusquidão, fazendo que o brilho dos astros empalidecesse rapidamente.

As tripulações dos diversos navios ancorados ao longo da margem começavam a despertar apenas naquele momento. Entre aquela confusão de mastros, de cordames e de velas, apareciam alguns homens espreguiçando os braços, enquanto uma canção monótona ecoava no ar tranquilo.

Tremal-Naik se pusera de pé. Os seus olhos estavam fixos no molhe do forte William, que se agigantava na semi-escuridão.

— Onde está a fragata? — perguntou ele com um tom selvagem.

O *porom-hungse* também se levantara e perscrutava ansiosamente a margem com os seus olhinhos negros com lampejos ardentes.

— Lá!... Olhe!... Em frente ao segundo portão do forte!... — gritou ele de repente.

Tremal-Naik olhou na direção indicada e viu a uma pequena distância do portão que se comunicava com os fossos do forte uma fragata de formas elegantes, mas com um calado maior na popa e muito carregada.

Uma fumaça densa misturada com escórias saía em turbilhões da chaminé, formando no ar uma espécie de sombra de dimensões gigantescas.

Aos primeiros clarões do amanhecer, se viam na coberta diversos soldados e marinheiros ocupados em rolar e amontoar caixas e barris e a retirar as amarras que já haviam sido soltas da margem, enquanto outros viravam o cabrestante de proa para retirar a âncora do fundo do rio.

Mesmo à primeira vista, era possível ver que aquela nave estava se preparando para partir.

Tremal-Naik emitiu um grito lancinante como o de uma fera ferida.

— Vai escapar de mim!... Rápido!... Rápido, ou tudo está perdido!...

Os seis tugues redobraram os esforços e a baleeira, lançada para frente por aqueles braços robustos, voltou a correr. Os bordos gemiam com aqueles golpes poderosos dos remos e a água se espalhava até a popa.

— Depressa!... Depressa!... — gritava Tremal-Naik enquanto isso, completamente fora de si.

— É inútil — disse de repente o velho tugue, abandonando o timão.

A fragata já estava saindo do molhe e descia majestosamente o rio, soltando rolos de fumaça e apitos agudos. Até os remadores da baleeira, completamente exauridos por aquela longa corrida, haviam abandonado os remos e olhavam com ferocidade a nave que passava a dois metros da baleeira.

De repente, eles viram Tremal-Naik correr para um fuzil que estava apoiado na banqueta de popa, armá-lo e apontar para a nave.

Surgira um homem na ponte de comando e o *caçador de serpentes* da selva negra o reconhecera.

— É ele!... O capitão!... — gritava com voz estrangulada.

Já estava quase atirando, quando o *porom-hungse* arrancou bruscamente a arma das mãos dele.

— Não faça uma cretinice dessas — disse. — Quer que eles matem todos nós?

Tremal-Naik se virara para ele com os punhos erguidos e os olhos em chamas.

— Você não viu? — perguntou.

— Vi — respondeu Nimpor com voz tranquila.

— Eu poderia tê-lo matado.

— E se você errasse? — perguntou o *porom-hungse*, cruzando os braços.

— É verdade — murmurou Tremal-Naik.

— Nem tudo está perdido, e você ainda pode salvar os nossos irmãos dos *Sunderbunds* — continuou o velho faquir. — Você esqueceu o que eu falei sobre o Hider? Ele está esperando por nós perto da *Devonshire*.

Tremal-Naik não respondeu; parecia aniquilado.

— Para a margem — comandou o *porom-hungse*.

A baleeira virou de bordo e subiu novamente o rio devagar, se dirigindo para o molhe do Strand. Estava prestes a abordar no ponto indicado pelo *porom-hungse* quando um marinheiro que parecia estar escondido atrás de um monte enorme de caixas e de barris se arremessou para a margem, dizendo:

— Rápido: desembarquem!...

Aquele homem era o Hider, o quartel-mestre da *Devonshire*.

Ao ouvir aquela voz, Tremal-Naik se levantou imediatamente e, com um salto de tigre, pulou para a escada da margem.

— Ele já foi embora! — gritou, enquanto se aproximava do quartel-mestre.

— Sei disso — respondeu Hider.

— Mas a sua canhoneira também vai partir, não é verdade?

— É verdade, sim, esta noite, à meia-noite.

— Então nem tudo está perdido.

— O que você quer dizer com isso? — perguntou o quartel-mestre atônito.

— Que nós podemos alcançar a *Cornwall.*

— De que jeito?

— Com a *Devonshire* — respondeu Tremal-Naik com um tom decidido.

Hider olhou para ele sem responder, pensando que o cérebro do indiano estava completamente transtornado.

— Você não entendeu? — perguntou o *caçador de serpentes* exaltado.

— Não, juro que não.

— A sua canhoneira não é mais rápida do que a fragata?

— Isso ela é.

— Então nós vamos alcançar a nave do capitão e a poremos a pique.

— Pôr a fragata a pique?... Você ficou louco?

— Você não acha isso possível?

— No mínimo, dificílimo! Além disso, eu não sou o comandante da *Devonshire*. Se eu tentasse alguma coisa o comandante me poria a ferros.

— Isso não vai acontecer; tenho um plano. Quantos partidários estão a bordo da canhoneira?

— Somos seis.

— E a tripulação inteira é de quantos homens?

— Trinta e dois — respondeu Hider.

— Temos que embarcar mais dez sectários.

— Impossível!

— Tudo é possível quando se quer — disse o *porom-hungse*, que assistira àquele diálogo. — Tremal-Naik é o enviado de Suyodhana e você vai fazer tudo o que ele quiser.

— Ele pode dizer o que eu tenho que fazer para embarcá-lo que eu vou obedecer — disse o quartel-mestre. — Estou preparado para tentar de tudo para salvar os nossos irmãos dos *Sunderbunds*.

— O que estão embarcando agora na *Devonshire*? — perguntou Tremal-Naik.

35. Ingleses e estranguladores

SOAVA A MEIA-NOITE NO RELÓGIO da cidade quando a *Devonshire*, que desde a manhã acendera o fogo nas máquinas, abandonou a todo vapor o molhe do forte William, descendo a negra corrente do rio Hugly.

A noite estava muito escura. Nada de lua ou estrelas no céu, que estava coberto por uma negra faixa de vapores. As luzes acesas dentro das cabanas de Kiddepur ou na proa dos navios ancorados na margem, na sua maior parte completamente imóveis, pouco alteravam a situação. Só no norte se via um estranho fulgor, uma espécie de aurora esbranquiçada, por causa das milhares e milhares de chamas que a cidade inglesa e a cidade negra que formam Calcutá fizeram.

O capitão, em pé na passarela, comandava a manobra com uma voz metálica que se sobrepunha ao fragor das rodas que mordiam furiosamente as águas e o formidável ronco das máquinas. Na ponte, sob a sutil claridade das poucas lanternas, havia grumetes e marinheiros atarefados, empilhando os últimos barris e as últimas caixas que ainda abarrotavam o local.

Kiddepur já desaparecera nas trevas densas e as últimas luzes das barcas e dos navios já não podiam mais ser vistas, quando um homem, que até agora se mantivera na roda do timão, atravessou em silêncio a ponte e deu uma forte cotovelada em um indiano que estava fechando a escotilha dos mastros principais.

— Depressa — disse a ele quando passou por perto. — O dormitório está deserto.

— Estou pronto, Hider — respondeu o outro.

Poucos minutos depois, os dois indianos desciam a pequena escada que levava ao dormitório comum que, naquele momento, estava deserto.

— E então? — perguntou Hider brevemente.

— Ninguém está desconfiando de nada.

— Você contou os barris assinalados?

— Contei, são dez.

— Onde os colocou?

— Sob a popa.

— Todos juntos?

— Todos, um ao lado do outro — disse o sectário.

— Avisou os outros?

— Estão todos prontos. Ao primeiro sinal, vão se jogar em cima dos ingleses.

— Temos que agir com cuidado. Esses homens são capazes de pôr fogo na pólvora e fazer voar amigos e inimigos.

— Quando será dado o golpe?

— Esta noite, depois que dermos um bom narcótico ao capitão.

— O que devemos fazer enquanto isso?

— Mande dois homens se apossarem da sala de armas e espere na sala de máquinas com os outros dois foguistas. Vamos precisar da sua habilidade.

— Não é a primeira vez que eu trabalho nas caldeiras.

— Está certo. Vou começar a agir.

Hider subiu novamente para a coberta e dirigiu o olhar para a passarela.

O capitão estava passeando para cá e para lá, com os braços cruzados no peito, fumando um cigarro.

— Pobre capitão — murmurou o estrangulador. — Não merecia um golpe desses. Mas e daí? Outra pessoa no meu lugar, em vez de deixar você impossibilitado de nos prejudicar, o teria mandado para o inferno com uma boa dose de veneno.

Ele se dirigiu para a popa e, sem ser visto, desceu sob a coberta, parando em frente à cabina do comandante. A porta estava entreaberta; ele terminou de abri-la e se encontrou em um pequeno quarto, de menos de um metro quadrado, com tapetes vermelhos e móveis elegantes. Encostou-se em uma mesinha, na qual havia uma garrafa de cristal cheia de limonada. Um sorriso diabólico apareceu nos seus lábios.

— Toda manhã a garrafa sai daqui vazia — murmurou. — Antes de dormir, o capitão sempre toma tudo.

Enfiou a mão no peito e tirou uma ampola microscópica, contendo um líquido avermelhado. Cheirou-o diversas vezes e depois pingou três gotas na garrafa.

A limonada borbulhou e ficou vermelha. Em seguida, retornou à cor original.

— Ele vai dormir dois dias — disse o tugue. — Agora vamos encontrar os nossos amigos.

Saiu e abriu uma portinhola que dava para o porão. Ouviu um leve ruído sob a popa, seguido de um estalido, como o de uma arma de fogo ao ser montada.

— Tremal-Naik — chamou o tugue.

— É você, Hider? — perguntou uma voz sufocada. — Abra logo, estamos ficando asfixiados aqui dentro.

O tugue pegou uma lanterna furta-fogo que estava em um canto, escondida ali com antecedência, acendeu e se aproximou dos dez barris colocados um perto do outro.

Os aros foram retirados e os onze estranguladores, meio sufocados, com os membros enrijecidos, molhados de suor por causa do calor excessivo que fazia ali embaixo, saíram. Tremal-Naik correu para Hider.

— E a *Cornwall?* — perguntou.

— Está navegando em direção ao mar.

— Temos alguma possibilidade de alcançá-la?

— Temos, desde que a *Devonshire* aumente a velocidade de navegação.

— Precisamos abordá-la, caso contrário eu perco a minha Ada.

— Mas primeiro temos que nos apossar da canhoneira.

— Sei disso. Você tem algum plano?

— Tenho.

— Então fale depressa. Não estou suportando a ansiedade. Ai de nós se não alcançarmos a *Cornwall!*...

— Calma, Tremal-Naik. Nem toda esperança está perdida.

— Diga qual é o seu plano.

— Antes de mais nada, vamos nos apossar das máquinas.

— Já temos sectários na sala da caldeira?

— Três, e todos eles são foguistas. Comigo, serão quatro no total. Não haverá dificuldade para amarrar o chefe maquinista.

— E depois?

— Depois vou ver se o capitão bebeu o narcótico que pus na limonada dele. Nesse momento, vocês vão entrar no quadro de popa e, quando ouvirem o primeiro assobio, subirão para a ponte. Os ingleses, apanhados desprevenidos, vão se render.

— Eles estão armados?

— Só com as facas.

— Vamos depressa.

— Eu estou pronto. Vou amarrar o chefe maquinista.

Apagou a lanterna, voltou ao quadro de popa e subiu de novo para a popa, exatamente no momento em que o capitão saía da passarela.

— Está tudo indo muito bem — murmurou o tugue, ao ver que ele se dirigia à popa.

Encheu o cachimbo e desceu para a casa das máquinas.

Os três sectários estavam em seus postos, diante dos fornos, conversando em voz baixa.

O chefe maquinista estava fumando, sentado em uma cadeira de espaldar alto, enquanto lia um livro.

Com um olhar, Hider avisou os companheiros para ficarem de prontidão e se aproximou da lanterna suspensa no teto, bem em cima da cabeça do chefe maquinista.

— O senhor me permite acender o meu cachimbo, sir Kuthingon? — perguntou o quartel-mestre. — Lá em cima está soprando uma brisa que apaga o pavio.

— Com todo prazer, respondeu o chefe maquinista.

E se levantou para recuar um pouco. Quase no mesmo instante, o estrangulador o agarrou pelo pescoço, com tamanha força que o impediu de emitir o menor grito. Depois, com um golpe vigoroso, o derrubou no assoalho.

— Poupe-me — foi a única coisa que o pobre homem conseguiu balbuciar, enquanto ficava preto sob o punho de ferro do quartel-mestre.

— Fique quieto e não será feito nenhum mal a você — respondeu Hider.

A um sinal seu, os companheiros o amarraram e amordaçaram, arrastando-o em seguida para trás de um grande monte de carvão.

— Ninguém encosta nele — disse Hider. — E agora vamos ver se o capitão bebeu o narcótico.

— E nós? — perguntaram os sectários.

— Não saiam daqui, ou então, morrem.

— Está certo.

Hider acendeu o cachimbo tranquilamente e subiu a escada. A canhoneira agora estava navegando entre duas margens completamente desertas, e o seu esporão fendia montes de vegetais flutuantes.

Todos os marinheiros estavam na coberta e olhavam, distraídos, a corrente, conversando ou fumando. O oficial do quarto passeava perto da meia-lua, tagarelando com o mestre-canhoneiro.

Muito satisfeito, Hider esfregou as mãos alegremente e voltou para a popa, descendo a escada na ponta dos pés.

Chegando à cabine do comandante, encostou o ouvido na porta e ouviu um ronco sonoro.

Girou a maçaneta, abriu e entrou, retirando um punhal do cinto para se defender, caso fosse necessário.

O capitão bebera quase toda a garrafa de limonada e dormia profundamente.

— Nem um tiro de canhão vai conseguir acordá-lo — murmurou o indiano.

Saiu da cabine e desceu ao porão. Tremal-Naik e os companheiros estavam esperando com os revólveres em punho.

— E então? — perguntou o *caçador de serpentes*, ficando em pé de um salto.

— A sala de máquinas está nas nossas mãos e o capitão bebeu o narcótico — respondeu Hider.

— E a tripulação?

— Estão todos na coberta e desarmados.

— Vamos subir.

— Cuidado, companheiros. Temos que pegar os marinheiros entre duas frentes para impedir que façam uma barricada embaixo do castelo de proa. Você, Tremal-Naik, fique aqui com cinco homens e eu vou para a câmara comum com os outros. Ao primeiro disparo, suba para a ponte.

— Combinado.

Hider empunhou um revólver na mão direita e um machado na esquerda e atravessou o porão entulhado de canhões desmontados, de barris e de barricas. Cinco tugues foram atrás dele.

O grupo saiu do porão, passou pela câmara comum e subiu a escada.

— Preparem as armas e atirem sem parar — ordenou Hider.

Os seis homens irromperam na ponte dando gritos selvagens.

A tripulação correu para a proa, ainda sem saber do que se tratava.

Um tiro de revólver ecoou, abatendo o mestre-canhoneiro.

— Kali!... Kali!... — urraram os tugues.

Era o grito de guerra dos estranguladores e foi apoiado por uma tremenda saraivada de balas.

Alguns homens rolaram na ponte. Os outros, aturdidos e surpreendidos por aquele ataque inesperado, de que com certeza não desconfiavam, correram para a popa, dando gritos de terror.

— Kali!... Kali!... — retumbou na popa.

Tremal-Naik e seus homens haviam se lançado para o tombadilho com os revólveres na mão direita e os punhais na esquerda.

Algumas detonações ribombaram.

Uma confusão indescritível ocorreu a bordo da canhoneira que, sem timoneiro, atravessava a corrente.

Os ingleses, presos entre duas frentes, começaram a perder a cabeça. Por sorte, o oficial do quarto ainda não fora morto.

Com um salto, ele se jogou da meia-lua com o sabre em punho.

— Comigo, marinheiros! — urrou.

Os ingleses se agruparam num piscar de olhos em torno dele e investiram para a popa, empunhando as facas, os machados e manivelas. O embate foi terrível. Os tugues de Tremal-Naik foram rechaçados por aquela avalanche de homens.

O oficial do quarto se apoderou do canhão, mas a vitória foi de breve duração. Hider se colocara à frente dos seus homens e atacava, incentivando sempre por sobre os ombros, preparado para dar o comando de fogo.

— Senhor tenente — gritou, apontando o revólver para ele.

— O que você quer, seu miserável? — berrou o oficial.

— Rendam-se e eu juro que não tocaremos sequer em um fio de cabelo seu ou dos seus marinheiros.

— Não!

— Quero que saiba que temos cinquenta tiros, cada um, para disparar. Qualquer resistência seria inútil.

— E o que vai fazer de nós?

— Vocês vão embarcar nos escaleres e estarão livres para desembarcar em qualquer uma das margens do rio.

— E o que vão fazer com a canhoneira?

— Não posso dizer. Vamos lá, ou se rendem, ou eu dou o comando de atirar.

— Vamos nos render, tenente — gritaram os marinheiros, que se viam em poder de Hider.

Depois de hesitar um pouco, o tenente quebrou a espada e a jogou no rio.

Os estranguladores correram para os marinheiros, os desarmaram e fizeram que embarcassem nos dois escaleres, baixando também o capitão que ainda dormia e o chefe maquinista.

— Boa sorte! — gritou o quartel-mestre.

— Se eu o prender, você vai para a forca — respondeu o tenente, mostrando o punho.

— Como quiser.

E a canhoneira retomou a corrida, enquanto as embarcações se dirigiam para a beira do rio.

36. A bordo da Cornwall

A TAREFA MAIS DIFÍCIL FORA bem-sucedida. Agora era preciso seguir a todo vapor a fragata, que tinha uma vantagem de quase quinze horas, alcançá-la ou na foz do rio, ou no mar, e executar o segundo plano, não menos difícil nem menos perigoso, tramado pelo *caçador de serpentes.*

Depois que desembaraçaram a ponte dos cadáveres e medicaram os feridos que, felizmente, não eram muitos, Tremal-Naik se dirigiu para a meia-lua com Hider, enquanto um gajeiro se instalava na cruzeta do mastro, armado com uma luneta poderosa.

Ao ouvir a ordem do novo comandante, Udaipur, que estava no controle das máquinas, saiu da sala e foi para a ponte.

— Temos que voar, Udaipur — disse Tremal-Naik.

— Os fornos estão cheios de carvão, capitão. Estamos com a pressão máxima.

— Isso não é suficiente. Temos que alcançar a *Cornwall*.

— Carregue as válvulas a cinco atmosferas — disse Hider.

— Corremos o risco de explodir, quartel-mestre.

— Não tem problema; agora vá.

O maquinista desceu correndo para a casa das máquinas.

A canhoneira estava voando como um pássaro. Nuvens de fumaça negra misturada com escórias saíam furiosamente pela chaminé muito estreita; o vapor assobiava, bufava e rugia dentro do invólucro de ferro e as rodas redemoinhavam com tamanha fúria que a estrutura rangia da proa até a popa e a água se espalhava pelas laterais, espumando.

— Jogue o *lok* e informe a velocidade! — gritou Hider.

— Quinze nós e cinco décimos — gritou um marinheiro alguns minutos depois.

— Estamos indo com a velocidade dos mais rápidos caçadores do mar — disse o quartel-mestre.

— Vamos alcançar a fragata? — perguntou Tremal-Naik.

— Espero que sim.

— No rio?

— No mar. Só há cento e vinte e cinco quilômetros entre Calcutá e o golfo.

— A quantos nós a fragata navega?

— Seis nós por hora e com mar calmo. Ela é muito velha e tem mais calado de popa.

— Mas eu não queria que ela chegasse a Raimangal.

— Nesse caso, o que você faria?...

— Vou atacá-la com golpes do esporão.

— Você é um homem decidido, Tremal-Naik — disse o quartel-mestre, sorrindo.

— Tenho que ser decidido. Preciso da cabeça do capitão.

— Mas você está correndo um grande risco!

— Sei disso, Hider.

— O capitão poderia descobrir você.

— Antes disso, eu o mato.

— E se você errar o golpe?

— Não vou errar — disse Tremal-Naik com uma firmeza inabalável.

— Aquele homem é forte.

— E eu vou ser mais forte do que ele. Aqui, no meu coração, tem um nome esculpido; o nome Ada!... Esse nome faz o meu sangue ferver; esse nome destrói qualquer receio; esse nome me transforma em um tigre e em um gigante. Eu me sinto capaz de agarrar com os meus próprios braços a *Cornwall* e de esmagá-la, junto com o capitão que a comanda e os homens da tripulação.

— Então você continua apaixonado pela *Virgem do templo*?

— Eu a amo tanto que, se ela vier a me faltar, eu me mato.

— Sinto por você — disse Hider, com uma voz levemente emocionada.

Tremal-Naik olhou para ele com ansiedade.

— Sente por mim? — murmurou. — Por quê?...

— Não sei dizer.

— Talvez você esteja sabendo de alguma coisa que eu não sei.

— Não sei de nada — disse o tugue, em cuja voz se adivinhava uma vibração triste.

— Eles me enganariam?

— Talvez, meu amigo.

Hider olhou fixamente para Tremal-Naik, que estava pensativo, emitiu um suspiro profundo e saiu da meia-lua para ir à proa.

A canhoneira continuava devorando a distância, sulcando a água do rio com a força irresistível de um cetáceo. As duas margens passavam a uma velocidade cada vez maior, mostrando confusamente bosques, pântanos ilimitados cobertos de cana e de mato amarelado, arrozais lamacentos, aldeias feias afogadas em águas pútridas ou sufocadas no meio dos cipós e de tamareiras de copa densa, sob as quais a permanência de um europeu que não esteja aclimatado é fatal, por mais breve que seja.

Às quatro horas, a canhoneira estava passando diante de Diamond-Harbour, um pequeno porto situado perto da foz do rio Hugly, onde os navios a vapor recebem os últimos despachos. Não passava de uma casinha branca, rodeada de seis coqueiros. Diante dela, se erguia o mastro dos sinais, em cujo cimo esvoaçava a bandeira inglesa.

Subitamente as margens do rio se alargaram bastante e começaram a abaixar quase até o nível da água. A distância se desenhou a grande ilha de Sangor, que assinala o limite entre as águas do rio e as do mar.

— O mar! — gritou o marinheiro instalado na cruzeta da vela mestra.

Tremal-Naik, arrancado bruscamente da sua meditação por aquele grito, correu para a proa, enquanto os marinheiros escalavam as enxárcias e as enfrechaduras. Todos os olhares se voltaram para os *Sunderbunds* (cabeças de areia), imensos bancos muito perigosos que se projetavam do rio Ganges no golfo de Bengala.

Não havia nenhum navio visível na linha do horizonte, nem do lado de cá nem do lado de lá da ilha Sangor; também não havia nenhuma luz brilhando na semi-escuridão.

Um grito de raiva irrompeu dos lábios de Tremal-Naik.

— Gajeiro! — gritou ele para o indiano que se encontrava na cruzeta do mastro, com a luneta apontada.

— Capitão?

— Está vendo alguma coisa?

— Ainda não.

— Udaipur, carregue as válvulas.

— Estamos com a pressão máxima — observou o maquinista.

— A seis atmosferas! — gritou Hider, enquanto mordiscava a barba.

— Quatro homens de reforço na sala das máquinas.

— Vamos saltar pelos ares — resmungou Udaipur.

Quatro indianos desceram para a sala das máquinas. As fornalhas foram alimentadas com carvão.

A canhoneira não corria mais; ela saltava sobre as ondas azuis do golfo, assobiando e tremendo. Um calor tórrido escapava do porão e uma fumaça muito negra saía com fúria da chaminé.

— Direto para a ilha Raimatla! — gritou Hider para o timoneiro.

A distância que os separava da ilha desaparecia depressa. Todos os indianos haviam se içado para as embarcações suspensas nas gruas, nas enxárcias ou nas enfrechaduras do mastro e perscrutavam o horizonte.

Um silêncio profundo reinava na ponte, quebrado apenas pelas pulsações febris das máquinas e pelo silvo do vapor que saía das válvulas.

— Uma nave na proa! — gritou de repente o gajeiro.

Tremal-Naik sentiu um abalo, como se tivesse sido tocado por uma pilha elétrica.

— Está vendo? — trovejou ele.

— Estou — respondeu o gajeiro.

— Onde?...

— Ao sul.

— E é?...

O gajeiro não respondeu. Estava de pé na cruzeta para abarcar um horizonte maior e olhava fixo com a luneta.

— Uma nave a vapor! — gritou depois.

— A fragata!... a fragata!... — berraram os indianos.

— Silêncio! — trovejou o quartel-mestre. — Ei, gajeiro, aonde está indo aquela nave?

— Para o leste, contornando a ilha Raimatla.

— Olhe a proa.

— Estou olhando.

— Como ela é?

— Em ângulo reto.

O quartel-mestre correu para Tremal-Naik, que se encontrava na meia-lua.

— É a fragata — disse. — Em toda a Índia, só a *Cornwall* tem o esporão em ângulo reto.

Tomado por uma emoção indescritível, Tremal-Naik deu um grito de triunfo.

— Aonde ela está indo? — perguntou com voz estridente.

— Sempre para o leste. Contornando a ilha por fora, talvez com medo de não encontrar água suficiente no canal.

— Tem certeza?

— Absoluta.

— Quer dizer que vamos encontrar com ela?...

— Do lado de lá da ilha, se passarmos pelo canal.

— Comande de forma que a encontremos.

— Mas... — disse Hider.

— Silêncio, eu comando.

Tremal-Naik saiu da meia-lua e desceu para o quadro de popa; Hider, por sua vez, foi para a roda do leme.

A canhoneira, que ia três vezes mais depressa do que a fragata, não demorou muito para contornar a ilha. Às dez horas da manhã, ela estava saindo do canal formado por Raimatla e pelas terras vizinhas e se escondeu atrás da ponta extrema de uma ilhota deserta, que surgiu em frente a Jamera. Com um único olhar, Hider se assegurou de que a nave inimiga ainda estava longe.

— Tremal-Naik! — gritou.

O *caçador de serpentes* apareceu na ponte, mas não era mais o mesmo homem de antes. A cor bronzeada da sua pele ficara olivácea, parecida com a de um malaio; os olhos pareciam muito maiores, graças a sinais esbranquiçados bem traçados; os dentes, um pouco antes brancos como o marfim, haviam ficado negros como os do mais inveterado mastigador de bétele. Transformado dessa maneira, com um chapelão de fibra de ratã na cabeça, uma cambraia de algodão nos quadris, dois longos *kriss* (punhal de lâmina serpenteante com a ponta envenenada) colocados no cinto, estava, de fato, irreconhecível.

— Está me reconhecendo? — perguntou ao quartel-mestre que olhava para ele com admiração.

— Só reconheço você porque sei que não temos malaios a bordo.

— Você acha que o capitão vai me reconhecer?

— Não, não é possível.

— Diga uma coisa, como se chamam os dois sectários que estão a bordo da *Cornwall?*

— Palavan e Bindur.

— Vou guardar esses nomes na memória. Mande descer um barco ao mar.

A um sinal do quartel-mestre, a iole foi descida.

— O que você pretende fazer? — perguntou em seguida.

— Esperar a fragata aqui e depois subir a bordo.

— E eu?

— Você vai se esconder no canal de Raimangal. Quando ouvir o disparo do primeiro tiro, saia ao mar para me recolher.

Apanhou uma corda e desceu na iole, que rolava agitada nas ondas. A canhoneira emitiu um silvo sonoro e se distanciou rapidamente. Uma hora depois não passava de um ponto negro no horizonte, que mal podia ser visto.

Quase no mesmo instante, apareceu no sul um outro ponto com uma coluna de fumaça por cima.

Tremal-Naik olhou para ele.

— A fragata! — exclamou. — Ada, me dê forças para cumprir a minha última missão. Depois você vai ser a minha mulher... e finalmente seremos felizes!...

Pegou os remos, começou a remar com furor e se distanciou da ilha, cujas costas começavam a se confundir com o azul do céu.

A fragata continuava avançando, forçando as máquinas, e crescia a olhos vistos. Tremal-Naik não parava de remar, tentando cortar a passagem dela.

Ao meio-dia, apenas cinquenta passos separavam a iole da *Cornwall*. Era o momento esperado pelo *caçador de serpentes*.

Esperou até que uma onda inclinasse a iole, se jogou violentamente a bombordo e a virou. Começou então a flutuar, agarrado na quilha.

— Socorro!... Socorro!... — gritou com voz trovejante.

Alguns marinheiros correram para a popa da fragata e, em seguida, uma embarcação com quatro homens foi descida ao mar e se dirigiu para o náufrago.

— Socorro!... — repetiu Tremal-Naik.

A embarcação corria sobre a água, enquanto a fragata reduzia a velocidade. Em cinco minutos alcançara a iole.

O náufrago agarrou as mãos estendidas por um marinheiro e subiu a bordo, balbuciando:

— Obrigado, rapazes!

Os marinheiros pegaram de novo os remos e voltaram à *Cornwall*. Uma escada foi atirada e o falso malaio, ensopado, com os olhos habilmente transtornados, foi conduzido à presença do oficial do quarto.

— Quem é você? — perguntou este.

— Paranga de Singapura — respondeu Tremal-Naik, olhando em torno com curiosidade.

— Você faz parte da tripulação de algum navio?

— Faço, do *Hannati*, de Bombaim, que foi a pique há quatro dias, talvez, a cem milhas da costa.

— No mar calmo?

— É, abriu um rombo na popa.

— E a tripulação?

— Afogada. Os escaleres estavam avariados e afundaram assim que desceram.

— Você está com fome?

— Faz doze horas que comi o meu último biscoito.

— Olá, mestre Brown, leve este pobre diabo à cozinha.

O mestre, um velho lobo-do-mar, com uma barba grisalha, tirou da boca a guimba de cigarro e a guardou com cuidado no barrete; depois pegou a mão do falso malaio e o conduziu para baixo da proa.

Uma caçarola cheia de sopa fumegante foi colocada diante de Tremal-Naik, que a atacou vigorosamente.

— Você tem um bom apetite, meu jovem — disse o mestre, tentando sorrir.

— Estou com o estômago vazio. A propósito, como se chama este navio?

— É a *Cornwall*! — exclamou.

Tremal-Naik olhou surpreso para o lobo-do-mar.

— A *Cornwall*! — exclamou.

— Parece que você não gosta desse nome.

— Muito pelo contrário.

— E então?

— Eu me lembro de que dois indianos amigos meus embarcaram em uma fragata com um nome bem parecido.

— Puxa! Que coincidência! E como eles se chamam?

— Um se chama Palavan, o outro, Bindur.

— Esses dois indianos estão aqui, meu jovem.

— Aqui, a bordo?

— É, a bordo.

— Preciso encontrar com eles. Oh! mas que sorte!

— Vou enviá-los até aqui depressa.

O mestre subiu a escada de novo e pouco depois os dois indianos se apresentaram a Tremal-Naik. Um deles era alto, magro, dotado de uma agilidade simiesca; o outro tinha uma estatura mediana, vigorosa, mais parecido com um malaio do que com um indiano.

Tremal-Naik olhou ao redor para ver se estavam sozinhos e depois estendeu a mão direita, mostrando o anel a eles. Os dois indianos caíram a seus pés.

— Quem é você? — perguntaram com voz sufocada.

— Um enviado de Suyodhana, o *Filho das águas sagradas do Ganges* — respondeu Tremal-Naik em voz baixa.

— Fale, ordene, as nossas vidas estão nas suas mãos.

— Alguém pode nos ouvir?

— Estão todos na ponte — disse Palavan.

— Onde está o capitão MacPherson?

— Na cabine; ainda está dormindo.

— Vocês sabem aonde a fragata está indo?

— Não, ninguém sabe. O capitão MacPherson disse que só vai contar quando estivermos perto do nosso destino.

— Então nem os oficiais sabem de nada?

— De absolutamente nada.

— Portanto, matando o capitão, o segredo vai ser enterrado junto com ele.

— Sem dúvida; mas estamos com medo de que esta fragata esteja indo a Raimangal, para atacar os nossos irmãos.

— Vocês não se enganaram, mas a fragata não vai conseguir desembarcar os homens.

— Mas como?... Por quê?...

— Vamos fazê-la ir pelos ares antes de chegar à ilha.

— Quando você quiser, poderemos pôr fogo na pólvora.

— Quando devemos chegar a Raimangal, pelos seus cálculos?

— Por volta da meia-noite.

— Quantos homens estão a bordo?

— Uns cem.

— Está certo. Às onze horas eu vou matar o capitão, depois nós fazemos o barco explodir. Só mais uma coisa.

— O quê?

— É preciso que o capitão esteja dormindo profundamente às onze horas.

— Vou derramar um narcótico na garrafa de vinho — disse Palavan.

— É possível chegar à cabine dele sem ser visto?

— A cabine tem comunicação com a bateria. Esta noite, a porta vai estar aberta.

— Isso é tudo. Venham me buscar aqui às onze.

Tremal-Naik voltou a comer. Depois da sopa, devorou um bife capaz de alimentar três pessoas, tomou diversas taças de um excelente gim, uma após a outra, fumou um pouco de cachimbo e, em seguida, subiu em uma rede e se esticou, murmurando:

— Não é muito prudente subir à ponte. O capitão poderia me reconhecer.

Tentou dormir, mas o seu estado de ânimo estava agitado demais. Mil pensamentos se chocavam em tumulto no seu cérebro. Pensava em histórias antigas, pensava na sua querida Ada e no momento em que finalmente, após tanto sofrimento, tantos perigos, iria revê-la e torná-la sua esposa, e no último lance que estava prestes a jogar. E estava acontecendo uma coisa estranha, incompreensível para ele; todas as vezes em que pensava no assassinato que iria cometer, se sentia invadido por um sentimento novo. Parecia até que aquele delito o horrorizava.

As horas passaram com enorme lentidão. Ninguém descera à cabine, nem ele ousara aparecer na ponte. Nem mesmo os dois sectários voltaram.

Tremal-Naik estava começando a sentir um certo receio e já se perguntava se acontecera alguma desgraça aos dois tugues.

Às oito horas, o sol desceu no horizonte e a noite caiu rapidamente nas ondas azuis do golfo de Bengala. Tremal-Naik, tomado por uma forte ansiedade, subiu a escada e pôs a cabeça para fora, na ponte.

Havia soldados e marinheiros na coberta, alguns deles atarefados na proa, com os olhos fixos no oriente, outros trepados nas enfrechaduras, nos cestos de gávea, nas cruzetas e nas vergas.

Na popa, alguns homens estavam armando umas embarcações.

Olhou para baixo da meia-lua. Quatro oficiais estavam passeando por ali, fumando e tagarelando com animação. O capitão MacPherson não se encontrava lá.

Voltou para a rede e esperou.

A campainha de bordo soou nove horas, depois dez e, em seguida, onze. O último gongo nem tinha acabado quando duas sombras começaram a descer a escada em silêncio.

— Depressa — disse uma voz, imperiosa. — Não temos um minuto a perder. Raimangal está à vista.

Tremal-Naik reconheceu os dois sectários.

— E o capitão? — perguntou com um fio de voz.

— Está dormindo — respondeu Bindur. — Ele tomou o narcótico.

— Vamos.

Ao pronunciar essa palavra, Tremal-Naik viu que estava tremendo. Sentiu um calafrio tão forte que chegou a transtorná-lo.

Palavan abriu uma portinhola e os três entraram na bateria, parando em frente a uma segunda porta que dava para o quadro de popa.

— Estão decididos? — perguntou Tremal-Naik.

— Pusemos as nossas vidas nas mãos da deusa Kali.

— Estão com medo?

— Não sabemos o que significa essa palavra.

— Ouçam-me.

Os dois tugues chegaram mais perto dele, com os olhos em chamas.

— Eu vou matar o capitão — disse ele com voz triste. — Você, Bindur, vai descer até a bárbara e acender um belo fogo.

— E eu? — perguntou Palavan.— Também quero fazer alguma coisa.

— Você vai pegar três salva-vidas e voltar para perto de mim. Andem logo e que a sua deusa proteja vocês.

Tremal-Naik pegou um machado, atravessou a soleira e entrou na cabine iluminada por uma lanterna de talco.

A primeira coisa que viu foi um espelho refletindo a sua imagem. Ao vê-la, levou um susto.

O rosto estava horrivelmente transtornado, irrigado por grandes gotas de suor, e os olhos, chamejantes como as lâminas de dois punhais.

Abaixou o olhar e viu um leito coberto com um grosso mosquiteiro. Um leve suspiro chegou até ele.

— Que coisa estranha — murmurou. — Eu nunca senti nada parecido.

Deu três passos e, com a mão trêmula, levantou o véu.

O capitão MacPherson estava deitado no leito, sorrindo. Sem dúvida, estava sonhando.

— Os tugues querem a sua cabeça — murmurou o indiano.

Levantou o machado sobre o homem adormecido, mas de repente o abaixou, como se as forças tivessem faltado inesperadamente. Passou uma mão na testa e a retirou ensopada de suor. Olhou em torno com profundo terror.

— O que é isso? — se perguntou, entre surpreso e atordoado. — Será que eu estou com medo?... Quem é este homem?... O que significa esta emoção terrível que me deixa tão abalado?...

Voltou a erguer o machado e, pela segunda vez, o abaixou. Nunca antes acontecera uma coisa parecida com ele. Parecia estar ouvindo uma voz interna, murmurando que aquele homem era sagrado para ele, que o sangue que ele estava prestes a derramar não era sangue estrangeiro.

— Ada! Ada! — exclamou quase com raiva.

De repente, empalideceu, recuando depressa.

O capitão se levantara, sentara na cama e estava olhando para ele com olhos esbugalhados.

— Ada!... — exclamou MacPherson com grande emoção. — Quem está pronunciando o nome da milha filha?...

Tremal-Naik, petrificado e espantado, permanecera imóvel.

— Ada! — repetiu o capitão. — O nome da minha filha!...

Depois percebeu a presença do indiano.

— O que você está fazendo na minha cabine? — perguntou.

Um raio atravessou a mente de Tremal-Naik; uma suspeita terrível entrara no seu coração.

— Mas quem é você? — perguntou com voz estrangulada. — De que Ada está falando? É da minha Ada?

— Da sua!... — exclamou o capitão atordoado. — Estou falando da minha filha!...

— Onde ela está?

— Onde ela está?... Nas mãos dos tugues!...

— Poderoso Brama!... Se isso for mesmo verdade?... Uma palavra, capitão, um nome, eu imploro!... Como se chamava a sua filha?

— Ada Corishant.

Tremal-Naik escondeu o rosto nas mãos, dando um grito de horror.

— A minha noiva!... E eu estava prestes a matar o pai dela!... Ah!... Que trama medonha!...

Depois, caindo aos pés do leito, exclamou:

— Perdão!... perdão!...

O capitão, assustado, olhava para Tremal-Naik, se perguntando se aquilo era sonho ou realidade.

— Mas me explique o que está acontecendo!... — exclamou.

Com a voz quebrada por soluços, Tremal-Naik revelou em poucas palavras a trama infernal de Suyodhana.

— E você sabe onde está a minha filha? — perguntou o capitão, que já ficara em pé, pálido de emoção.

— Sei, eu vou levar o senhor até lá — disse Tremal-Naik.

— Devolva-a a mim e eu juro que, se ela o ama de verdade, vai ser sua.

— Ah! Obrigado, capitão! A minha vida pertence ao senhor.

— Não podemos perder tempo; vamos depressa a Raimangal. Eu estava justamente preparado para chegar e atacar os tugues no seu covil.

— Um instante: tenho dois cúmplices a bordo e eles devem estar prestes a fazer esta nave saltar pelos ares.

— Vamos agarrá-los.

Saíram correndo e subiram para a ponte.

— Quatro homens na bárbara. Que prendam os traidores que estão pondo fogo na pólvora.

Ao invés de quatro, vinte homens se precipitaram para o depósito das munições. Pouco depois se ouviram dois baques, seguidos de alguns disparos.

— Eles se jogaram ao mar — disse um oficial, correndo para a ponte.

— Que se afoguem — disse o capitão. — A pólvora está segura?

— Os traidores não tiveram tempo de despedaçar os barris.

— Deus está nos protegendo!... A todo vapor para Mangal!...

37. A vitória de Tremal-Naik

CORNWALL SE SALVARA COMO por milagre da explosão dos depósitos de pólvora e navegava a todo vapor para os *Sunderbunds*.

Tremal-Naik já contara tudo o que acontecera, e o capitão Corishant queria primeiro ir atrás da canhoneira de Hider, antes que a tripulação se desse conta do ataque e avisasse ao terrível Suyodhana sobre o golpe fracassado e a traição.

Os marinheiros e os soldados da infantaria marítima já estavam armados, para não perder tempo quando fosse dado o sinal, enquanto os artilheiros haviam se colocado atrás das seis unidades de canhão, decididos até mesmo a pôr a pique a *Devonshire* para não deixar que ela fugisse.

O capitão, tomado por uma ansiedade indescritível, em pé no castelo de proa, com uma potente luneta noturna, perscrutava avidamente as trevas e assinalava a rota aos timoneiros, para evitar os baixios. Tremal-Naik, ao seu lado, aguçava os olhos de águia, tentando descobrir a entrada do Mangal.

— Depressa!... Depressa!... — repetia ele. — Se os tugues perceberem o ataque, a minha Ada está perdida!...

— Agora que eu sei onde ela está e que você está me guiando, não tenho mais nenhum receio, meu bravo indiano — respondia o capitão. — Ah!... Finalmente vou poder ver a minha filha, depois de tantos anos!... Que alegria!... O destino cruel estava me devendo esta revanche.

— E dizer que eu estava prestes a matar o senhor, e que a sua cabeça deveria ser o nosso presente de núpcias!... Poderoso Xiva!... Que trama medonha!...

— E você estava realmente decidido a me matar?

— Estava, capitão, pois só com esse crime eu poderia conseguir ter a mulher que eu amo com tanta paixão. Se aquele narcótico fosse mais forte...

— Que narcótico? — perguntou Corishant, atônito.

— Aquele que o Bindur e o Palavan derramaram na sua limonada.

— Quando foi isso?...

— Ontem à noite.

— Mas eu não bebi a limonada!... Ah!...

— O que aconteceu, afinal?

— Eu me lembro de ter experimentado a limonada, mas achei que estava muito amarga e joguei fora. Foi inspiração divina não ter bebido.

— E foi a sua salvação, capitão. Se o senhor não tivesse acordado, eu não teria hesitado em matá-lo, e talvez...

— O Mangal!... — gritou o oficial do quarto naquele instante.

— Onde está ele? — perguntou o capitão.

— Em frente ao senhor.

— Tem certeza de que não está enganado?

— Não tem perigo, senhor: olhe lá adiante aqueles dois faróis brilhando.

O oficial não se enganara. Diante da *Cornwall*, a meio quilômetro de distância, era possível ver dois pontos luminosos, um vermelho e um verde, cintilando entre as trevas.

— A *Devonshire*!... — exclamou Tremal-Naik.

— Máquinas a ré!... — comandou o capitão.

A *Cornwall*, levada pelo próprio impulso, prosseguiu no curso durante cinquenta ou sessenta metros e depois ficou imóvel.

— Três chalupas ao mar. Quarenta homens armados devem embarcar nelas com três balistas — disse o capitão em seguida.

Olhou então para Tremal-Naik e continuou:

— Agora cabe a você provar que realmente quer a mão da minha filha.

— Pode dar as ordens, a minha vida pertence ao senhor — respondeu o indiano.

— É necessário que você prenda toda a tripulação da canhoneira.

— Pode deixar comigo.

— Mas é fundamental que nenhum deles consiga fugir.

— Ninguém vai escapar.

— E que os tiros de fuzil sejam evitados para não alertar as sentinelas dos tugues.

— Não vamos disparar nem um tiro de fuzil. Hider está me esperando: vai ter uma surpresa com a minha traição.

— Então vá, meu bravo amigo.

As três chalupas estavam prontas e os homens, a postos. Tremal-Naik desceu para a maior delas e deu o comando de se porem ao largo no maior silêncio possível.

O capitão ficara a bordo, apoiado no parapeito de proa, tomado por mil preocupações. Durante alguns instantes, conseguiu distinguir as três chalupas que se distanciavam sem fazer ruídos, e depois as perdeu de vista.

Passaram alguns minutos de ansiosa expectativa, depois se ouviram gritos e estrondos e então tudo voltou a ficar em silêncio.

— Vocês não estão vendo nada? — perguntou o capitão com voz entrecortada aos oficiais que se encontravam por perto.

— Estou!... — gritou um deles. — Os canais viraram de bordo!...

— A canhoneira está vindo ao nosso encontro! — gritaram os outros.

Um grito de hurra ressoou no largo: era o grito de vitória.

Corishant emitiu um suspiro profundo.

— Que Deus nos proteja — murmurou. — Ah! minha pobre Ada, finalmente vou poder ver você, abraçar você!...

Pouco depois, a *Devonshire* vinha ancorar perto da fragata, e Tremal-Naik subia a bordo, dizendo ao capitão:

— Missão cumprida: Hider e todos os outros foram presos.

— Obrigado, meu bravo homem — disse Corishant, apertando vigorosamente a mão direita do indiano.

— Eles foram pegos de surpresa?

— Foram, capitão. Estavam esperando eu chegar com a sua cabeça e deixaram que encostássemos, sem a menor desconfiança. Quando perceberam o estratagema que usei, já estavam cercados e depuseram as armas sem resistência.

— Agora vamos a Raimangal.

— Mas a fragata não pode subir o Mangal.

— Vamos subir com a canhoneira. Quero mais vinte homens corajosos para vir comigo.

Eles abandonaram a fragata e embarcaram na *Devonshire*, que retomou o curso a todo vapor, se embrenhando no Mangal. Tremal-Naik assumira o comando e fazia que ela voasse nas águas lamacentas do rio.

Bem depressa a velocidade da embarcação aumentou espantosamente. Toneladas de carvão desapareciam nas caldeiras, esbranquiçadas de tão quentes; o vapor saía das válvulas emitindo um silvo agudo; um tremor aterrorizante sacudia o barco, da quilha até o alto dos mastros, da haste da proa até a da popa. Logo o manômetro assinalou seis atmosferas e meia! Mas Tremal-Naik e o capitão, assaltados por uma impaciência furiosa, por uma espécie de delírio, ainda não estavam satisfeitos. A voz deles ecoava a todo instante, estimulando os maquinistas e os foguistas que tostavam na frente das caldeiras.

Três horas já haviam transcorrido, três longas horas que mais pareciam três séculos para o indiano que ansiava em rever a mulher que lhe custara tantos sacrifícios e tantas emoções. O canal estava afunilando, enquanto se enchia de ilhas e ilhotas lamacentas, em meio às quais se lançava a canhoneira, quebrando as massas compactas de mato pútrido. Tudo indicava que a viagem estava prestes a terminar. De súbito, veio um gritou do alto do mastro:

— A figueira-da-índia!

A árvore gigantesca surgira ao norte, como seus mais de trezentos troncos.

Tremal-Naik sentiu uma emoção violenta que o fez estremecer da cabeça aos pés.

— Ada!... — exclamou ele. — Estou de volta, acabou o meu castigo!

Pulou da meia-lua e correu para a proa.

A margem estava deserta. Havia apenas marabutos apoiados nos ramos da figueira-da-índia, crocitando de modo sinistro. A visão daqueles pássaros fúnebres fez correr um arrepio pelos seus ossos.

— Máquinas a ré! — gritou.

A batida das rodas cessou. A canhoneira, levada pelo próprio impulso, foi chocar a proa contra a costa da ilha, encalhando profundamente na areia.

O capitão se aproximou de Tremal-Naik, que estava parado, agarrando o costado com as mãos convulsas.

— Ninguém? — perguntou.

— Ninguém — respondeu Tremal-Naik.

— Então vamos surpreendê-los no próprio covil.

— Espero que sim.

— Você sabe onde fica a entrada?

— Sei, capitão.

— Será que está acessível?

— Acho que sim.

— Vamos desembarcar, então!...

— Só uma coisa: deixe-me entrar na frente. Eles me conhecem e vão me deixar passar. Quando o senhor ouvir um assobio, avance livremente.

Dito isso, começou a correr como um homem em delírio em direção à árvore, escalou as raízes, chegou ao tronco e se deixou cair ali.

Havia uma tocha brilhando no final da escada e, ao lado dela, um tugue estava de vigia, com uma carabina na mão.

— Pode vir — disse ele.

— Está acontecendo alguma coisa nos subterrâneos? — perguntou Tremal-Naik.

— Não, nada.

— E a minha Ada?

— Está esperando no templo pelo presente de núpcias.

Então se aproximou de um enorme tambor suspenso na soleira e bateu três vezes.

Ouviram três batidas iguais soarem a distância.

— Você está sendo esperado — disse o tugue, estendendo a tocha.

— Agora você morre!...

Tremal-Naik, rápido como um raio, se jogara para cima do tugue com o punhal na mão. Agarrar o pescoço e enfiar a arma no peito dele foi coisa de um instante. O estrangulador caiu sem emitir um grito sequer.

Tremal-Naik empurrou o cadáver para o lado e assobiou. O capitão e os seus homens, que já tinham entrado, chegaram até onde ele estava.

— O caminho está livre — disse o indiano.

— E a minha filha? — perguntou Corishant com voz sufocada.

— Está nos esperando na grande caverna.

— Em frente!... Armem os fuzis!...

— Não, deixe que eu vou na frente. Assim podemos pegá-los de surpresa com maior facilidade.

— Então pode ir, nós estamos bem atrás de você.

Tremal-Naik pôs-se a caminho, avançando rapidamente. Sentia-se agitado por mil preocupações naquele instante decisivo. Parecia que um perigo terrível estava ameaçando a sua tarefa, justo agora que estava prestes a atingir a felicidade suprema.

A sua corrida por aqueles longos corredores durou dez minutos. Doze golpes sonoros estavam retumbando naqueles subterrâneos assustadores, no momento em que ele chegou ao templo, em cujo centro agigantava-se a figura sinistra de Kali, a divindade monstruosa dos indianos tugues.

Um espetáculo estranho, nunca visto antes, apresentou-se imediatamente aos seus olhos.

Sob a abóbada, brilhavam candeeiros ricos e extravagantes, derramando torrentes de uma luz azul desbotado, quase branca.

Das paredes pendiam milhares e milhares de laços, ao lado de milhares e milhares de punhais. Diante de uma pia de mármore branco cheia de água, na qual deslizava o peixinho sagrado das águas do Ganges, Suyodhana estava sentado sobre uma almofada de seda carmesim, envolto em um grande *dubgah* de seda amarela. Ao redor dele, em pé e imóveis como estátuas, havia cem tugues, alguns de pele negra como os africanos, outros, olivácea como os malaios, e outros, ainda, bronzeada, avermelhada ou amarelada, praticamente nus, untados com óleo de coco e o peito tatuado.

Tremal-Naik, ofegante e atônito, parara no meio do templo, atingido por aqueles cem pares de olhos, agudos como pontas de agulha.

— Seja bem vindo — disse Suyodhana, com um sorriso estranho. — Você voltou como vencido ou como vencedor?

— Onde está a minha Ada? — perguntou Tremal-Naik com profunda angústia.

Um murmúrio surdo percorreu o cerco de tugues.

— Tenha paciência — disse o chefe dos sectários. — Onde está a cabeça do capitão?

— Hider vem vindo atrás de mim e, em poucos instantes, você vai vê-la.

— Então você o matou?

— Matei.

— Irmãos, o nosso inimigo está morto! — urrou Suyodhana.

Levantou-se, ou, antes, saltou como um tigre. Algo como um estremecimento passou pelo seu rosto e ele ficou ali, olhando para Tremal-Naik.

— Ouça — disse depois de alguns minutos. — Você está vendo aquela mulher de bronze que está em frente a nós?

— Estou — respondeu Tremal-Naik. — Mas ela não tem nada a ver comigo.

— Sei disso, mas ela é uma mulher poderosa, mais poderosa do que Brama, do que Vixnu, do que Xiva e do que todas as divindades adoradas pelos hindus. Ela habita o reino das trevas, fala conosco por meio daquele peixe que está nadando na pia de mármore, é justa e terrível. Ela despreza os incensos e as preces, só deseja vítimas. Aquela mulher representa a liberdade indiana e a destruição dos nossos opressores de pele branca.

Suyodhana parou para observar o efeito que aquelas palavras estavam produzindo sobre Tremal-Naik, mas ele permanecia frio, insensível ao entusiasmo do sectário. Parecia não pensar em outra coisa que não fosse a sua Ada, que, para ele, era a única deusa, a sua pátria e a sua vida.

— Tremal-Naik — retomou Suyodhana. — Você é um daqueles homens tão raros hoje na Índia, você é muito forte, você é ousado, você é assustador, você é um indiano que, como nós, se sente consumir sob o jugo dos estrangeiros de pele branca. Você abraçaria a nossa religião?

— Eu? — exclamou Tremal-Naik. — Eu? Tornar-me um tugue?

— Você tem horror aos tugues? Talvez porque eles costumam estrangular as vítimas? Os europeus nos esmagaram com o ferro dos seus canhões, nós os esmagamos com o laço, a arma da nossa poderosa deusa.

— E a minha Ada?...

— Ela vai continuar entre nós, bem como Kammamuri, que já se tornou um tugue.

— Mas ela vai casar-se comigo?

— Nunca! Ela pertence à nossa deusa.

— Acontece que Ada Corishant é a única deusa de Tremal-Naik!

Pela segunda vez, um surdo murmúrio percorreu o círculo dos tugues. Tremal-Naik olhou ao redor, furioso.

— Suyodhana! — exclamou. — Isso quer dizer que estou sendo traído?... Você se negaria agora a me dar aquela mulher, depois de tudo o que fiz pela sua deusa?... Será que você não passa de um perjuro?

— Não. Você fez jus a ela e agora Ada pertence a você — disse Suyodhana com um tom de voz que dava calafrios.

Um indiano bateu doze vezes em um *tam-tam*.

Por alguns instantes, reinou um profundo silêncio no templo, um silêncio de morte. Parecia até que aqueles cem homens nem respiravam mais.

De repente, uma porta foi aberta e Ada passou por ela, coberta de véus claros, com o peito encerrado em uma couraça de ouro, de onde brotavam lampejos ofuscantes. Dois gritos retumbaram no templo:

— Ada!...

— Tremal-Naik!...

O indiano e a jovem correram um para os braços do outro. Logo em seguida, uma voz trovejante gritou:

— Fogo!...

Uma tremenda descarga ribombou no subterrâneo, sacudindo todos os ecos das galerias e, em seguida, sessenta homens irromperam do corredor tenebroso e se arremessaram no templo com as baionetas abaixadas.

Os tugues, completamente atônitos e aterrorizados, atravessaram as galerias numa grande confusão, deixando no local apenas uns vinte homens. Dando um salto de tigre, Suyodhana correu para uma pequena passagem, fechando atrás de si uma pesada porta maciça de madeira da teca.

O capitão se precipitara em direção à filha, gritando:

— Ada!... Minha filha!... Finalmente recuperei você!...

— Meu pai!... — gritara a jovem, antes de desmaiar nos braços dele.

— Retirar!... — trovejou Tremal-Naik.

Os soldados recuaram para o templo, com medo de se perder nas galerias tenebrosas.

— Vamos embora! — disse o capitão. — Venha, meu valente Tremal-Naik, a minha Ada vai ser a sua mulher... Você fez por merecer.

E começaram a ir embora, mas antes que saíssem do imenso subterrâneo, ouviram a voz do terrível Suyodhana, gritando num tom ameaçador:

— Podem ir embora!... Nós ainda vamos nos ver na selva.

Emílio Salgari
Uma cronologia

1878-1879 – Frequenta como ouvinte o primeiro Curso Náutico no "Regio Istituto Tecnico di Marina Mercantile de Veneza.

1879-1880 – Frequenta, com sucesso, o primeiro ano do Curso para Capitães de Longo Curso.

1880-1881 – Frequenta o segundo ano do Curso para Capitães, mas é reprovado e não repete os exames. Enquanto isso, escreve contos e poesia e desenha cenas exóticas de navios, batalhas, selvas e mares.

1883 – Aos vinte anos, publica em quatro capítulos o seu primeiro conto, *I selvaggi della Papuasia*, no *Valigia*, um periódico de Milão. No mesmo ano, publica no jornal veronês *La Nuova Arena*, como folhetim, o seu primeiro romance curto, *Tay-See*, uma história de amor oriental, que é ampliada em 1897 e se torna *La Rosa del Dong-Giang*, romance de aventuras para crianças.

1883-1884 – O segundo romance, uma história muito original de piratas dos mares de Bornéu, *La Tigre della Malesia*, é publicado como folhetim no *Nuova Arena*; a nova elaboração deste romance, com modificações oportunas e com o título de *Le Tigri di Mompracem*, será publicada em 1900 e acaba sendo um dos seus romances mais famosos.

1884 – É contratado como redator/cronista no *Arena* de Verona.

1885 – Em setembro vence um duelo de sabres, mas passa seis dias preso.

1887 – A importante editora milanesa de viagens, Guigone, publica o primeiro romance em volume de Salgari, *La Favorita del Mahdi*, que já fora publicado como folhetim no *Nuova Arena* em 1884: aos vinte e cinco anos, a obra de Salgari sai dos confins da província. *Gli strangolatori del Gange*, que em 1895 se tornará *Os Mistérios da Selva Negra*, é publicado como folhetim, em Livorno.

1888 – Sai seu primeiro romance remodelado sobre a obra fantástica de Julio Verne, *Duemila leghe sotto l'America*.

1889 – O pai de Salgari, que sofre de depressão, se suicida.

1891 – Virginia Tedeschi Treves (aliás, Cordelia), diretora do *Giornale dei Fanciulli* (Jornal dos Jovens), de Verona, da grande editora Treves, publica como folhetim *La Scimitarra di Budda*, primeiro conto adequadamente concebido para crianças. No ano seguinte (1892), ele será publicado em volume pela mesma editora.

1892 – Casa-se com Ida Peruzzi (Aida).

1893 – *Il Giornale dei Fanciulli* publica como folhetim um romance do mar, *Il pescatori di balene*, que sairá em volume no ano seguinte, sempre pela Treves.

1894 – Estabelecido em Turim com a família, dedica-se integralmente a escrever. Saem os primeiros volumes editados nessa cidade: pela Paravia, *Il continente misterioso*, ambientado na Austrália, e pela Speirani, *Il tesoro del Presidente del Paraguay*, e uma coleção de contos do mar, *Le novelle marinaresche di Mastro Catrame*. Inicia-se então uma importante colaboração com a Speirani, que publica as obras de Salgari, curtas ou longas, em seus vários periódicos destinados aos jovens ou à leitura amena para o grande público.

Nesse mesmo ano ele adquire o hábito de enviar uma cópia dos seus romances à Rainha Margherita.

1895 – Ano crucial para Salgari: pelas duas editoras que serão fundamentais na história editorial dos seus romances, a Donath de Gênova e a Bemporad de Florença, saem respectivamente os volumes *Os mistérios da Selva Negra* e *Un dramma nell'Oceano Pacifico*. Este último é o primeiro romance salgariano a ter uma heroína não tradicional, enérgica e independente.

Sai também o seu primeiro romance histórico, *Il Re della Montagna*, ambientado na Pérsia dos anos 700.

Além disso, o seu primeiro romance de fantasia futurista, *Al Polo Australe in velocipede*, antecipa a descoberta do Polo Sul.

A família Salgari se muda para o interior, ao norte de Turim, na região de Cuorgnè, perto das montanhas do Parque Nacional Gran Paradiso.

1897 – Em abril, o Rei Umberto I lhe confere o título honorário de "Cavaleiro da Coroa da Itália". Até o final desse ano, já terá publicado vinte e um romances.

1898 – Entre o final de 1897 e o início de 1898, firma o seu primeiro contrato de exclusividade com Antonio Donath, "editor livreiro" de Gênova. Muda-se com a família para Sanpierdarena, no litoral liguriano, perto de Gênova.

Depois de *I pirati della Malesia* (1896), inicia um novo ciclo sobre piratas, desta vez ocidentais, com *Il Corsaro Nero*.

Il tesoro del Presidente del Paraguay (1894) é traduzido para o alemão; publicado pela Alphonsus, de Münster, Westphalia.

1899 – Pela Donath saem os primeiros romances publicados sob um pseudônimo, assinados por "E. Bertolini": *Avventure straordinarie d'un marinaio in Africa* e *Le caverne dei diamanti*, este último adaptado de uma tradução francesa do grande sucesso *As Minas do rei Salomão*, de H. Rider Haggard.

Os mistérios da Selva Negra e *I Robinson italiani* são traduzidos para o francês, pela Montgrédien, Paris.

1900 – Salgari e a família voltam a Turim e ficam na cidade ou nos arredores até 1911. Sai em volume *Le Tigri di Mompracem*. Apesar da enorme estima da família real, ele corre o risco de ser processado depois de publicar as suas "notícias" sobre a viagem de exploração do Ártico do Duque de Abruzzi. Consegue evitar o processo mudando o título no ano seguinte para *La "Stella Polare" e il suo viaggio avventuroso*.

1900-1901 – Começa a passar por dificuldades econômicas, mas um novo contrato de exclusividade com a Donath, assinado em maio de 1901, dobra os seus ganhos, que chegam a três mil liras anuais por três romances originais a cada ano, durante três anos (1902/ 1904). Fica estipulado que Salgari está proibido de usar pseudônimos, mas ele continua a fazer isso em outras editoras. No final de 1901 começa a publicar os seus romances também na Argentina.

1903 – No verão, Aida tem que deixar a família para se tratar.

1904 – Em fevereiro sai o primeiro número do semanário fundado pela Donath, *Per Terre e Per Mare*. Jornal de aventuras e de viagens, dirigido pelo Capitão Cavaleiro Emilio Salgari, para o qual ele escrevia uma parte substancial (artigos divulgadores, novelas e romances em capítulos). Lido por milhares de crianças, o periódico não era endereçado exclusivamente a elas: no segundo ano de publicação (Ano II), de fato o subtítulo foi mudado para *Avventure e viaggi illustrati. Scienza popolare e letture amene. Giornale per tutti*.

1905 – Em julho, na revista da Donath, são mencionados os inúmeros plágios cometidos em prejuízo de Salgari.

1905-1906 – Ambientou dois romances no mundo antigo: *Le figlie dei Faraoni* e *Cartagine en fiamme*.

1906 – Firma um contrato de exclusividade para quatro romances ao ano com Enrico Bemporad, de Florença, que, no mês de junho, lança *Il Giornalino della Domenica*, com contribuições de todos os milhares de escritores de época: esse será um dos periódicos infantis mais felizes jamais publicados. Em julho, cessa a publicação de *Per Terre e Per Mare*. Desse momento em diante, quase todas as novidades salgarianas saem pela Bemporad, e Salgari não fará mais uso de pseudônimos.

1908 – A família Salgari se muda do centro de Turim para a periferia, perto da Madonna del Pilone, a uma pequena distância da "colina" de Torino.

1909 — Sente-se oprimido pelo trabalho e procura cuidados médicos. Publica o único livro que não fala de aventuras, *La Bohème italiana*, baseado mais no romance francês de Murger do que na ópera lírica de Puccini; uma série de anedotas humorísticas contidas nesse livro reflete alguns aspectos da sua mocidade.

1910 — Declínio da saúde de Aida e de Salgari também, que recebe o diagnóstico de uma neurastenia; primeira tentativa de suicídio.

1911 — Em abril desse ano, poucos dias depois da internação de Aida em um manicômio, Salgari se suicida na colina de Turim. Estava com 48 anos.

1912 — Em fevereiro, o corpo de Emilio Salgari faz sua última viagem, de Turim para Verona, e é definitivamente sepultado na sua cidade natal.

Emilio Salgari aos 35 anos de idade

livros da tribo

Coleção Piratas da Malásia

livros da tribo

À PROCURA DE KADATH
H.P. Lovecraft

AS AVENTURAS DE PINÓQUIO
Carlo Collodi

CARTAS DE UM CAÇADOR
Horacio Quiroga

CLÁSSICOS DO SOBRENATURAL
H.G. Wells, Rudyard Kipling, Henry James, Edward Bulwer-Lytton, W.W. Jacobs, Charles Dickens, Edith Wharton, Bram Stoker, Joseph Sheridan Le Fanu, M.R. James, Robert Louis Stevenson, Sir Arthur Conan Doyle.

AS COISAS
Arnaldo Antunes

CONTOS DA SELVA
Horacio Quiroga

CONTOS DE FADAS
Irmãos Grimm

CONTOS E FÁBULAS
Charles Perrault

CONVERSA DE PASSARINHOS
Alice Ruiz e Maria Valéria Rezende

A COR QUE CAIU DO CÉU
H.P. Lovecraft

O CORAÇÃO DAS TREVAS
seguido de O CÚMPLICE SECRETO
Joseph Conrad

DAGON
H.P Lovecraft

DESORIENTAIS
Alice Ruiz

O ESPELHO DO MAR
seguido de UM REGISTRO PESSOAL
Joseph Conrad

O FLAUTISTA DE MANTO MALHADO EM HAMELIN
Robert Browning

HISTÓRIAS ALEGRES
Carlo Collodi

O HORROR EM RED HOOK
H.P. Lovecraft

O HORROR SOBRENATURAL NA LITERATURA
H.P. Lovecraft

A MALDIÇÃO DE SARNATH
H.P. Lovecraft

NAS MONTANHAS DA LOUCURA
H.P. Lovecraft

O TERROR
seguido de ORNAMENTOS DE JADE
Arthur Machen

Capa de L. Dalmonte (1895).

Este livro foi composto em Goudy Old Style e Poetica Chancery pela *Iluminuras* e terminou de ser impresso no dia 30 de abril de 2009 na *Prol Gráfica*, em Tamboré, SP, em papel Polen Soft 80g.